长公主

女将军与

请君莫笑 著

网络原名《女将军和长公主》

②
完结篇

这次，
换我来保护你，阿月

请君莫笑

图书在版编目（CIP）数据

女将军与长公主.2 / 请君莫笑著. -- 北京 ： 北京燕
山出版社，2023.6
ISBN 978-7-5402-6931-9

Ⅰ．①女… Ⅱ．①请… Ⅲ．①长篇小说－中国－当代
Ⅳ．① I247.5

中国版本图书馆 CIP 数据核字（2023）第 086930 号

女将军与长公主.2

作　　者：请君莫笑

出 品 人：余　言

责任编辑：李　涛

特约编辑：茶宿宿

封面设计：宗　介

出版发行：北京燕山出版社有限公司

地　　址：北京市西城区椿树街道琉璃厂西街 20 号

邮政编码：100052

电　　话：（010）65240430

印　　刷：长沙鸿发印务实业有限公司

开　　本：710 mm×1000 mm　1/16

印　　张：20

字　　数：390 千字

版　　次：2023 年 6 月第 1 版

印　　次：2023 年 6 月第 1 次印刷

书　　号：ISBN 978-7-5402-6931-9

定　　价：52.00 元

李娴

林挽月的胸口一痛。

这便是女子的命了吗？

即便是公主，也不能幸免？

天地茫茫，孑然一身，
只有这满眼的大火相依相伴。
女子对林挽月伸出手，
轻声说："别怕，我带你出去。"

自十六岁二人相识，至今已经走过五个春秋。

目录

第十二章 << 一别经年忆相逢 >>001

第十三章 << 万民被与功德碑 >>031

第十四章 << 在地愿结连理枝 >>061

第十五章 << 天意难违将星落 >>093

第十六章 << 三英大战匈奴人 >>124

第十七章 << 我是人间惆怅客 >>151

第十八章 << 智与勇珠联璧合 >>181

第十九章 << 问君是否能如旧 >>211

第二十章 << 入骨相思知不知 >>237

第二十一章 << 不负天下不负卿 >>269

番外 << 后来·某年 >>308

林挽月

第十二章 一别经年忆相逢

自从上次李沐在大帐里一通乱点鸳鸯谱之后，又十余日过去了，林挽月再没有去过李沐的大帐，生怕李沐一时兴起再干出一个提笔上奏陛下的事情来。

最近林挽月也确实非常忙碌，即使大军已经迁回阳关城内，林挽月也已经三天没有回家了。

她除了要忙军务上的事情之外，还要忙着新阳关城的建设和山田开垦的事情了，各类请示的文书如雪花般飘到林挽月的案前，这三天她甚至几乎没有合眼。

说起新阳关城，可以说是林挽月除了设立考核司之外给所有人的一份惊喜。

林挽月颁布第三条军令之后，所有人都以为林挽月只是想修茸阳关城的城墙。

开工的第一天，林挽月特意到城墙上视察，立刻急了，拿着匠人的图纸，为之气结，说道："我要的不单单是修茸阳关城，而是要建一座新城，你懂了吗？"

匠人瞪大了眼睛，做出一副不敢相信的样子。林挽月只好耐着性子解释道："将现在的阳关城变为内城，在整个阳关城外面建一座新的阳关城，城墙要高，要坚固，听懂了吗？"

"听……听懂了，可是将军……小的，小的不知道您说的新城到底有多大？而且，光我们这点儿工匠怎么够？"

匠人心想这林将军是疯了吗？阳关城这么大的地方作为内城的话，那外城要多大，简直想都不敢想。

"这个你不用管，你只管画图，材料已经在路上了，先打好地基再说，谁说只有你们几个工匠干活的？北境几十万大军包括我都要干活！

"还有，不知道要盖多大是吧，我告诉你，来人，拿弓箭来！"

林挽月一声令下，身为亲兵的卞凯立刻双手献上林挽月的黑弓。

林挽月接过弓箭，在众人的注视下，站在阳关城的城墙上，向东南西北四方各射了一箭。

"去量吧，新阳关城的内墙，就修在我箭射到的地方。"

林挽月在提出修建新阳关城这个军令之前，其实经常会想起两年前护送李娴回天都城时所看到的一切。

天都城那看不见尽头的街道、又高又厚的城墙无不让当初的林挽月震撼，也同样给林挽月提供了些许灵感。

是谁说边陲小镇就一定是破败不堪的样子，甚至都容不下驻防的军队的？

若是新的阳关城建成了，北境数十万大军就有了安身之所，在这里她也会有更多发挥治军策略的空间。

林挽月已经通过书籍以及林子途的估测，了解了京城的规模。

这座新城在建成后，绝对不会超过京城的规模。

当工匠拿着绳子去量的时候，惊奇地发现这四支箭射出去的距离居然都是相差不过毫厘。刹那间，在工匠们心中林飞星的形象顿时高大了很多，工匠把这四支箭偷偷都收藏了起来。

三天没合眼的林挽月，好不容易抽了个空儿回到了林府，立刻来到秀阁去看自家的闺女。

小白水看到许久不见的父亲尤其兴奋，几乎是林挽月刚踏进房门，小白水就朝着林挽月伸出了胳膊，嘴里软软糯糯地喊着"爹爹"。

林挽月喜笑颜开，仿佛疲惫的感觉都被一扫而空了，来到床边抱起了小白水举了举。小丫头也不怕，发出一连串"咯咯咯"的笑声。

屋子里的一众丫鬟婆子见状，无不露出了柔和的笑意，即使这一幕经常上演，但是每一次都能给她们带来些许触动。

"丫头，想不想爹爹？"

"爹爹。"

"哈哈哈。"

"咯咯咯。"

"老爷……京城有客来访。"

林子途的声音在闺阁外响起，林挽月听到后先是皱了皱眉，随后露出了惊喜的神色，将林白水交给了奶娘，出了闺阁。

自从上次长公主派人送了回书信后，就再也没有派人来过，莫不是……

林挽月来到客厅，看到一位留着山羊胡子的中年男子，身后立了四位仆人打扮的精壮男子，看座上之人虽然风尘仆仆，穿着打扮却俱是上品。

"小人公坚繁，见过林将军。"

"先生不必多礼，未请教有何贵干？"

公坚繁闻言，抬眼打量了一眼林挽月。

在来之前他已经预先对林飞星进行了详尽的调查，知道林飞星是农户出身的白丁，即便最近声名鹊起，想着也不过是一介粗鄙的武夫罢了。

没想到此人是一副彬彬有礼的样子，再一看相貌，虽然面皮黑了些，也算是五官端正，身上带着武将的硬朗又融合了些许文人的儒雅的气质，双目更是内有华光，一看就是读书入心之征兆。

公坚繁心中不禁暗自后悔，这礼是不是准备得太轻了？

公坚繁不敢怠慢，朝着林挽月补了一个尊礼，才开口说道："小人公坚繁，乃雍王府管事，今日特奉我家殿下之命拜会将军。"

林挽月怔了怔，雍王？

林挽月想起了雍王这号人物，两人在宫宴上曾有一面之缘，雍王生得高大威猛，孔武有力，民间对这位雍王殿下的评价也与其外形很相近。

"原来是雍王府的贵客，小可近来军务繁忙，有失远迎，还请先生莫怪。"

公坚繁笑道："将军实在折杀小人了，将军近日来的事迹已经传到了雍地境内，雍王殿下最是欣赏安邦定国的武将，将军您凭借区区四人之力就给了草原上的一方霸主图克图部以致命的打击，雍王殿下听过之后对将军您是既欣赏又钦佩，特命小人携薄礼前来，望与将军相交。今日小人亲观将军之风采，您不愧是李沐大帅的得意门生，当真风流无双。"

这公坚繁自然有他的手段，而他最厉害的两个本领，一是察言观色，二是溜须拍马。

不过三句话，他便先给林挽月戴上了一顶高高的帽子，言语间极尽赞美之词，说完还暗暗观察林挽月的表情，却没有想到林挽月自始至终的表情都是淡淡的，虽然带着礼貌的笑意，眼神中却丝毫不见窃喜之色。

公坚繁心下一沉，他没有想到山野出身的林飞星居然有如此沉稳持重的心性。

公坚繁不知道的是林挽月满心欢喜地以为是李娴派人来看自己了，结果迎来的却是一位八竿子打不着的雍王府管事，再加上林挽月此时已经三天没合眼，身体已经极度疲惫，根本没有心思去仔细听公坚繁说了什么，林挽月现在满脑子想的都是怎么把这公坚繁打发了……

见"林飞星"只是微笑不说话，公坚繁面露尴尬地笑了笑，随后朝着身后的四个壮丁摆了摆手，后者立刻会意，从后面搬出了几个物件捧在手里，来到客厅的正中一字儿排开。

公坚繁对着林挽月笑了笑，起身来到了壮丁们身边，打开第一位壮丁手中捧着的匣子，道："将军请看，这把刀乃从海底打捞出来的一块奇石所造，入手冰凉，刀身滴血不沾，刀身刀柄自成一体，更是可以吹毛断发、削铁如泥的宝刀。"

说着，公坚繁来到另外两个壮丁中间，伸手打开了由两个壮丁共同提着的一口大箱子。

"这是一副由工匠千锤百炼制成的金甲，坚韧而不厚重，正好适合将军。还有这最后——"

"老爷！军营那边来人了，大帅让您立刻去一趟军营！"

公坚繁还没说完，门外响起虎子的声音。

已经眼皮打架、昏昏欲睡的林挽月听到声音，立刻打起精神从椅子上弹了起来，大步流星地向外走。

走到门口才想起来公坚繁还在那里，强自停住脚步回头对公坚繁作揖道："飞星给先生告罪，大帅通传，失陪了！"

"军务要紧，小人可以等——"

没等公坚繁说完，林挽月已经离开了客厅。

一路飞奔至李沐大帐，见李沐的脸色还是几天前的样子，不过眉宇间仿佛带着些许欢喜的神色。

"你来得倒是挺快，去替老夫跑一趟。"

"不知大帅要末将去哪里？"

"一个时辰前有快马来报，长公主殿下及平阳侯世子奉旨来阳关城慰军，现在已经快到了，老夫身子不爽利，你带一队人马去城外迎接。"

"是！"林挽月强自压抑着自己的笑容，对李沐行了军礼，快速地退出了大帐。

走出来没几步，林挽月咧开了嘴，露出一排洁白的牙齿。

公主来了，真是好久不见她了。

林挽月带着五百骑兵冲出了阳关城，所到之处尘土飞扬。

林挽月骑着龙冉宝驹领先了身后的五百人整整两个马身，即便这样，她仍觉得日行千里的龙冉宝驹今日跑得仿佛有些慢了。

两年，一别两年。

本以为今生今世不会再见，没想到公主殿下竟然又来了北境。

一队骑兵在四乘马车前面的不远处停下。

林挽月坐在龙冉的背上，朝着四乘马车朗声喊道："北境裨将林飞星，奉大帅之命恭迎长公主殿下。"

马车门从里面被人推开，林挽月一抬手，随着整齐划一的"哗啦"声，五百骑兵从马背上翻身落地。

五百零一人站在各自的马边，等待着给离国最尊贵的公主殿下见礼。

林挽月站在队伍的最前面，目不转睛地盯着李娴的马车。

她好想告诉李娴，两年来她没有辜负李娴的期望，她没有忘记和李娴的约定，她已经懂得了李娴的艰难之处，她无时无刻不在努力，希望有朝一日可以成为李娴最有力的屏障！

她还想以朋友的身份私下问问李娴，一别两年，你可还好？

一个人从马车上走了下来，穿着一袭绛紫色的广袖袍子，一身贵气，身材修长，玉树临风，此人正是平阳侯世子李忠。

李忠转身伸出手，一只纤纤玉手自然地搭在李忠的手上。

李娴穿着一袭华丽的宫装，气质更加华贵夺目，美得更加摄人心魄、倾国倾城。

李娴在李忠的搀扶下缓缓地走下了马车，她第一眼就看到了立在队伍最前面的林挽月。

两年不见，他仿佛长高了不少，虽然模样并没有太大的变化，但脸上的稚气却已经消失不见，好似也沉稳了许多，果然是成长了。

李娴勾起嘴角，朝着林挽月露出了一抹老友重逢后的笑意，却不想后者不但没有回应李娴，反而别过了眼睛……

看到"林飞星"如此，李娴心中扫过一股异样的感觉，这种感觉让她非常不舒服。

林挽月立在那里，垂着眸子，直到她的视线里缓缓出现了两个华丽的衣衫下摆。

"末将恭迎长公主殿下！"林挽月单膝跪在地上。

身后的五百人也高呼同样的一句话，跟着跪了下去。

李娴站在李忠的身边，打量单膝跪地的林挽月。

这两年来，李娴虽然不在林飞星的身边，却算得上是在暗中见证了他的成长。

两年来，李娴看着每隔一段时间就会收到呈上来的绢报，读着绢报上林飞星的变化，李娴的心情不知道从什么时候开始也在一天天地变化着。

直到前些日子，李娴收到了几份绢报，里面记载着关于自己舅舅李沐遇刺和眼前这人有关的事情，看到消息后她决定亲自来一趟北境。

向着北境走来的这一路，李娴总会时不时回忆起当初林飞星赶着驴车一路护送自己回京时的事情。

随着距离北境越来越近的时候，李娴甚至开始隐隐有些期待。

两年不见，林飞星究竟成长到怎样的程度了？

这次重逢，他们要谈些什么？或者，林飞星会对自己说些什么？

此时，李娴看着林飞星规矩地跪在自己的面前，不知怎的，竟有些失望。

李忠转头看了看李娴，见李娴只是站在那里，好像有些心不在焉的样子，也不开口让这一地的人免礼。

李忠走上前来，一把扶起林挽月，笑道："林将军真是太客气了，快快请起。"

"多谢世子。"林挽月不着痕迹地脱开了李忠的双手，林挽月缓缓地抬起头，看着李忠，也看到了站在李忠身后不远处的李娴。

李忠朝李婉月笑着，一派亲和的表情，心中却不住地翻涌出了以前的回忆，李忠还记得就在两年前，面前这人让自己当众出过洋相！两年前，这林飞星不过是一个连食邑都没有的小小营长！可是不过两年，也不知道这家伙撞了什么大运，竟然成了京中权贵们纷纷想要拉拢的对象！

这次，李忠到北境来也是带着任务来的，楚王命李忠尽量与林飞星交好，若是林飞星能表明归顺楚王府的立场，林飞星想要什么都好说！

楚王还给了李忠一个情报，根据楚王安插在北境军营中的探子回报，林飞星很可能中意楚王的亲妹，二公主李嫣！

让李忠怎么也没有想到的是，一向眼高于顶的楚王李玹听到这个消息之后，非但没有骂林飞星这个卑鄙之人妄想攀高枝，反而异常地高兴，在临行前还嘱咐若是林飞星愿意暗中归顺，楚王自会在上元节宫宴上亲自请求陛下，将二公主嫁给林飞星！

李忠笑眯眯地看着林挽月，心中却是恨得牙痒痒。自从两年前自己被雍王软禁，后又被放出来后，楚王对待他们平阳侯府就一直不冷不热的，总是暗暗防着一手。

该死的雍王！刺杀自己的未婚妻也就算了，还使了一手挑拨离间的计谋！

这林飞星也是可恨，若是日后他迎娶了楚王的亲妹妹，楚王府还有他们平阳侯府的位置吗？若是两年前能够成功暗杀林飞星就好了，便没有这么多的问题了！

林挽月面对着李忠，对这个人的印象怎么都好不起来，便用余光扫了李娴一眼。

李娴自然是感受到了林挽月的目光，心中莫名地泛起不悦的感觉。

"免礼平身！诸位将士一路辛苦了，本宫在此谢过，继续出发！"

"谢长公主殿下！"

李娴说完，立刻转身回到马车边，踩着还没撤走的小几回到了马车里，自始至终也没有正眼看林挽月一眼……

李忠还准备和林挽月再寒暄几句，却没想到一向注重"礼贤下士"的长公主殿下，居然只是冷冷地丢下一句话就回到马车上去了！

出什么事了？

李忠愣了愣，朝着林挽月笑笑，反身也登上了马车。

林挽月重新翻身上马，一挥手五百骑兵训练有素地分成两拨，将李娴的四乘马车和两列随行护卫护在了中间，朝着阳关城进发。

林挽月骑在龙冉宝驹的背上，走在队伍的最前面，情不自禁地将手伸到怀里，摸了摸那方冰凉的汉白玉佩，发出一声轻叹。

两人的关系到底还是疏远了吗？

马车内。

李忠先给李娴倒了一杯茶水，才柔声地问道："公主可是有什么不快？不如说出来……忠愿为公主分担一二。"

"世子多虑了，本宫并未有什么不快。"

"是吗？那公主刚刚好像有些心不在焉的样子，对待迎接的士卒们的态度也不似从前，是忠多虑了，还是舟车劳顿，公主乏了？"

听到李忠的话，李娴暗自心惊，但面上依旧是风轻云淡的样子，对着李忠笑了笑："大抵是有些乏了。"

"那公主靠在软垫上休息一会儿吧，等到了我再唤你。"

"那便谢过世子了。"

李娴说完，便真的靠在软垫上假寐了起来。

李娴闭着眼睛，心中惊愕不已，刚才自己居然如此失态！看到林飞星那副卑躬屈膝的样子，还有对自己视而不见的态度，李娴不知怎么莫名地窝火！

余闲明明上书说两年来林飞星一直带着自己的玉佩从不离身，而且会时不时地拿出来把玩发呆……

还有！军营里的探子回报说林飞星居然在当年的宫宴上对二公主一见钟情了？自己的舅舅还想帮着林飞星保媒！

看到这条绢报，李娴坐不住了！自从自己的舅舅遇刺后，北境军营内可谓风起云涌，各大势力安插在北境军营中的暗桩几乎是一夜之间全部被激活！

从北境发出的密报每天都会传到各大府中！

自己的舅舅有意栽培林飞星，而林飞星这两年来也确实进步神速。

林飞星仅仅带着四人就将图克图部的万匹战马放跑了，自己的父皇听说了这件事都对林飞星大加称赞！

朝中已经有不少人在私下议论林飞星很有可能是北境的下一任统帅的人选之一。

楚王更是不可能不知道这些消息！

李娴若是嫁给林飞星的话，那一切就全完了！

此时李娴的心情就好像眼看着自己两年前埋下的种子就要开花结果，却突然出现了一堆不相干的人叫嚷着果子属于他们！

其实，在此之前李娴是不相信林飞星想要娶李嫣的。

一来，林飞星……身体不允许。

二来，从各种情报上来看，林飞星都应该对自己怀着几分"非分之想"才对。

结果，林飞星适才那副做贼心虚的样子直接将李娴推到了对立面。

林挽月将李娴一行护送回阳关城，身体已是极度疲惫了，只想回到家里好好睡一觉。

林挽月一路浑浑噩噩地回到了阳关城，向李沐请示过后便回到城南的林府休息去了。

"舅舅，这是娴儿从京城带来的千年人参和千年灵芝，还带来了四名最好的……御医，等下就让他们给您看看，您一定不会有事的。"

李娴看着李沐苍白的脸庞和已经有些发青的眼底，心中一痛。李娴自然知道李沐所中之毒，此毒并不会立刻致命，但若是中毒的人在七天之内没有得到解药，便再无药石可解！

"温柔乡"是最折磨人的一种慢性毒，就像它的名字一样，中毒的人可以清晰地感觉到自己体质逐渐变弱，力量越来越小，最后成为一个手无缚鸡之力的废人，直至虚弱而死！

李沐看着自己神情悲痛的外甥女，拍了拍她扶在自己胳膊上的手，反而坦然地宽慰道："傻丫头，舅舅中的是'温柔乡'，我相信你也看出来了，现在我已经药石难医了，我也只能靠自己的底子死撑着。不用舅舅多说，你都明白对不对？若不是这样，再过几个月你就要大婚了，陛下怎会在这个节骨眼上同意你来北境看我？"

李沐强撑着说完，便爆发出了一连串的咳嗽，缓了好一会儿，才继续说道："不过，这北境之中除了军医没有第二个人知道舅舅的病情了，你要答应舅舅万万不可泄露半句，今年的秋收时期会有一场硬仗要打，若是这个消息传出去恐怕会军心大乱，咳咳咳……"

说到动情处，李沐再次控制不住地咳嗽了起来，苍白的脸憋得通红，也无法停止咳嗽，急得李沐朝着李娴直摆手。

"舅舅……娴儿都知道了，您要保重身体，娴儿扶您坐下。"

李沐一边咳嗽着，一边任李娴扶着自己落座，又咳了好一会儿才缓过来，接过李娴递上的水杯，喝了一口，发出一阵无力而又感慨的叹息。

李沐放下水杯，压低了声音带着歉意对李娴说道："是舅舅太天真了，上次你来……提的那件事，舅舅应该答应你的，后来也不应该听你的，只派了那么一点儿人护送你回去！你若是有个什么意外，我怎么对得起你母后，我的亲妹妹啊！还好啊……还好，娴儿吉人天相，哎……这林飞星是个好苗子，背景又干干净净的，过些时日我会亲自嘱托他，替我履行当日你的提议，舅舅还能撑一段时间，我在奏折中也推举了林飞星，希望在我死后……他能撑起这北境，我便放心了！"

李沐的话音刚落，一个不和谐的声音打大帐门口传了过来："大帅……敢问大帅林飞星林将军现在何处？"

原来是李忠进来了。

这李忠虽然讨厌林飞星，但因为平阳侯府在楚王府内的地位摇摇欲坠，李忠幻想着完成楚王的任务，一举恢复之前的地位，所以，到了阳关城安顿好自己的住所之后，连李沐都没有拜见便去寻找了林飞星，只可惜找了一圈也没找到，便来问李沐了。

李忠一进大帐，见李娴也在，尴尬地笑了笑，忙对李沐行礼："忠儿拜见舅舅，不知舅舅最近身体如何？"

这个称呼一出，李沐的脸色变得有些难看，虽然圣上早就下了指婚的圣旨，两人的婚期也临近了，但是自己的外甥女并没有过门，李忠现在就称呼自己为舅舅极为不妥，让有心人听了去，自己外甥女的清誉定会有损！

李沐抬眼看了看李娴，见后者一派风轻云淡的样子，表情丝毫不变，虚弱的李沐一阵恍惚，仿佛看到了自己的妹妹李倾城。

"舅舅，您千万保重身体，娴儿听说莘姐姐知道了您的情况后很着急，相信不日平东将军夫妇就会到北境来看您了。"

李沐的脸上露出了慈父般的笑意，点头道："莘儿来得好，我正好有事情要她做。"

李沐看了看李娴，知道她故意岔开话头儿，是想给自己一个台阶，若是从前李沐也许就这么算了，但此时李沐自知时日无多，反而看开不少，活得更加洒脱了。

"平阳侯世子，你这一声舅舅老夫不敢当，虽然婚期临近，但娴儿一日没有下嫁，我们还一日不是亲戚，你这声舅舅实在是欠些思虑，下不为例！"

李忠一张秀脸一会儿红一会儿白，最后也只能双手抱拳赔罪道："大帅教训的是，是晚辈疏忽了。"

"哼。"李沐冷哼一声，继续说道，"老夫最近身子不爽利，北境的军务全部交给了林飞星，他这阵子很忙，已经有三天没合眼了，刚才和老夫请示，回城南的家中休息去了。世子若是想见他，大可往城南林府去寻。"

李沐虽然是在回答李忠的问题，却一直在看着李娴。

李娴心领神会，又和李沐说了几句家常，便带着李忠从大帐中退了出来。

"世子若是想到城南林府去，不如本宫陪世子走一趟吧，本宫和林将军也算是旧识，希望能帮到世子一二。"

李忠闻言，眼前一亮，喜道："公主若是愿意纡尊降贵陪忠走这一趟，那自然是再好不过了。"

李娴看着李忠，目光盈盈，露出一抹淡淡的笑意，回道："世子言重了，天色尚早，我们现在便出发吧。"

城南林府。

李娴和李忠坐在客厅，玉露随身伺候着。余闲打门外看到李娴后目光一闪，抬手拦住欲去通报的虎子，问道："那二位是谁啊？"

虎子挠了挠头："我也不知道，那……姑娘说是老爷的旧友，那个公子陪着那姑娘来的。"

说完，虎子的脸一红，他长这么大还从来没有见过这么美的人呢！

余闲听虎子这么说，立刻明白了其中的关节，拦着虎子嘱咐道："我听说咱们老爷可是三天三夜没合眼了呢！咱们做奴才的是不是应该为主子的身体着想？"

虎子听得云里雾里，但还是点了点头道："对啊……"

"那这样，你先别去叫醒老爷，这才睡下一会儿，乏着呢！弄不好还得和你发脾气，姐姐我今儿心情好，帮你一把！我先进去应付一会儿，看看能不能请他们改日再来，你去树后头躲一躲，要是我冲你挥挥手绢，你再去叫老爷起来，怎么样？"

"哎哟！那就谢谢余闲姐姐了！"

虎子眉开眼笑地朝余闲拱了拱手，一溜烟地跑到树后头，只露出一个脑袋，对着余闲挤眉瞪眼。

余闲微微一笑，朝着客厅里去了。

"二位贵客莅临，奴婢余闲，是林府的丫鬟。家丁已经去请老爷了，我们老爷这阵子忙，几天都没合眼了，恐怕会来得晚一些，还请二位勿要见怪。"

说完，余闲来到玉露身边，小声地在玉露耳边嘀咕道："我看这二人的衣着打扮不同凡响，你怎的就空上了两杯茶水，还不快到厨房去，热了茶点端过来！"

玉露一听余闲这么说，吓得连忙端着托盘急吼吼地朝着厨房跑去。

"无怪无怪！"李忠笑眯眯地摆了摆手。

李娴却放下茶盏，漫不经心地问道："不知林老爷忙些什么？"

说完还看了李忠一眼，李忠以为李娴是在帮自己打探情报，朝着李娴露出了一个感激的笑意。

"哎哟，具体的奴婢也不知，不过这阳关城内都传遍了，我看二位好似远道而来，就说些道听途说来的消息吧！前些日子我们家老爷接了北境半块兵符，下了三道军令……"

当下，余闲将林挽月近日来的动态说了个详尽，几乎是李娴问什么余闲便答什么。

说完，余闲看了看外面的天色，歉意地对李忠说道："这位公子勿怪！最近哪，经常有些不相干的陌生人来林府，怕是老爷被那些人扰得烦了，而且最近我们家老爷真的很累，还请公子再等等。"

李忠立刻警惕了起来，问道："敢问姑娘……都有哪些人呢？"

"哎哟，奴婢不过是一个下人，可记不住那么多呢，今天还来了一位呢，哎哟，带着那么些个大箱子小匣子的……奴婢奉茶的时候，恍惚听到叫什么公坚繁的……也没记真切。"

"雍王府管事！"李忠自觉激动失言，收住话头。

余闲淡淡一笑，朝着李忠打了一个万福："公子少安毋躁，奴婢再派人去催催。"

说完，余闲出了屋子，朝着树后挥了挥手绢，虎子一看失望地从树后踱出来，一溜烟地朝着林挽月的卧室跑了去。

林挽月带着一脸的倦容出现在客厅门外的时候，余闲早就不在了，只有玉露一个人在伺候着，刚摆上冒着热气的茶点。

林挽月站在门口看到李娴，有些恍惚，公主怎么会在自己的家里呢？

李娴坐在椅子上也在看着林挽月。见"林飞星"一脸难掩的倦容，神情憔悴，像木头桩子一样呆呆地立在门外不动，痴痴傻傻地看着自己，也不知道避讳一点儿。她又想到刚才余闲说的那些，发现这两年来，这人活得很辛苦，心中又涌出了一股难言的滋味，看林挽月的眼神也复杂了起来。

李娴没有发现，短短一日的工夫，她已经因为"林飞星"而失去常态两次。

林挽月浑浑噩噩地迈步欲走进客厅，却没想到一下子绊在了门槛上！

李娴端坐在椅子上，见到这一幕整颗心一下子就悬了起来！

林挽月弯着身体，踉跄着往客厅里冲，一边向前倒，一边努力地调整身体的平衡。

奈何，此时的林挽月已经太累了，刚进入深度睡眠便被人强行叫醒，比三天不入睡来得更加辛苦。

眼看着林挽月就要一头栽倒在地上，李娴终于坐不住了。

"小心！"李娴从座位上站了起来，朝着林挽月的方向奔了过去。

在千钧一发之际，林挽月余光扫到右侧的茶几，一把拍在上面终于稳住了身体。

就在此时，林挽月闻到一股熟悉的香风，然后感觉一双柔若无骨的手轻轻地抵住了自己的两个肩膀。

林挽月抬起头，对上了李娴那双闪着明显担忧意味的双眸。

这神色却是稍纵即逝，当林挽月想要仔细看清的时候，那双眸子已经恢复了它原有的平静神色。

李娴收回了抵在林挽月肩膀上的双手，平静地说道："小心些。"便转身回到了自己的座位上，脸上依旧是一派风轻云淡的神情。

林挽月按着茶几直起了身体，抬眼看了看李忠和李娴。

她扯了扯嘴角，仿佛是为了缓解她刚刚的失仪。

林挽月走到李娴和李忠面前刚欲行礼参拜，李娴缓缓地说道："飞星请坐吧，我与忠公子今日前来，只为会友不做其他。"

林挽月闻言，怔了怔微微一笑，默默地转身在下首坐了。

然后对已经呆愣的玉露说道："这儿不用你伺候了，先下去吧。没有我的吩咐，谁都不要过来打扰。"

"是……是！"

玉露抱着托盘小心翼翼地从客厅走了出去，走出好远还是一脸不可置信的表情，老爷怎的在下首坐了？来人究竟是谁？

林挽月拱了拱手低声说道："公主，世子，不知二位莅临寒舍有何见教？"

李娴没有说话，心中却是满意的，这两年来这林飞星果然成长不少，这样一番话两年前的林飞星是无论如何都说不出来的。

李忠转头看了看李娴，见李娴并没有开口的意思，于是便对林挽月说道："一别经年，林将军真是平步青云，令人刮目相看。"

"不敢当，大帅抬举罢了，无论在哪个位置上，飞星只是想多为离国边境上生活的百姓多做一点儿事情罢了。"

林挽月说着目光扫过李娴，发现李娴依旧是那副云淡风轻的样子，唇边带着淡淡的笑意，神情既礼貌又疏离。

林挽月黯然地收回了目光，转而看向李忠，心中却是五味杂陈，酸涩、凄楚、失望……

她全都忘了，当初她劝我努力拜将时说的那番话，她全都忘了，明明两人约好的事情，却连一句恭喜都没有。

"林将军真是高风亮节，令忠钦佩不已。"

林挽月摇了摇头，没有说话。

李忠继续说道："正所谓良禽择木而栖，不知林将军有没有什么想法？"

"世子，恕在下驽钝，不明白世子是何用意？"

"明人不说暗话，既如此，忠便开门见山了，敢问林将军以为楚王殿下如何？"

至此，林挽月算是听明白了，原来这李忠是奉了楚王的命令来当说客的！

只是这本应私密的事情，李忠居然丝毫不避讳长公主，让林挽月十分不解。

此时的林挽月已非当日白丁，虽然北境离天都城相去甚远，但林挽月这两年来对各大派系之间的关系还是进行了一些研究的。

楚王作为成年的藩王，无论是从封地食邑上，还是受宠程度上来看，都应该是东宫的劲敌。

林挽月还记得两年前的宫宴上，就是楚王明修栈道暗度陈仓，借李嫣使得李钊将李娴的婚姻大事提上了日程……

林挽月一直都觉得刺杀李娴的疑犯中，楚王嫌疑最大，可是今天为何李娴会陪着李忠来帮着楚王做说客呢？

李忠见林挽月只顾着发呆，轻声唤道："林将军？"

"啊！世子莫怪，在下近日来都没怎么合眼，怠慢之处还望世子莫要怪罪。"

"无妨无妨。不瞒将军，楚王殿下是诸位藩王之中最有风采者，相较齐王更是不遑多让，又得陛下青睐。楚王殿下最是求贤若渴，将军以区区四人之力大挫图克图部，王爷对将军大加称赞，一定要与将军相交。正好陛下派忠与公主殿下来北境慰军，楚王殿下特别嘱咐我，要将一些话带给林将军你！"

"不知楚王殿下说些什么？"

李忠看着林挽月露出了一抹会心的笑意，回道："楚王殿下要忠转告将军，殿下钦慕将军为人，欣赏将军的能力，楚王殿下有一同胞亲妹，年方二八，待字闺中，若将军有意，楚王殿下愿替将军请求陛下赐婚，将二公主李嫣嫁给将军为妻，届时将军与忠便成了连襟，岂不快哉？"

听完李忠的话，林挽月不淡定了。

这两年来，在李沐的教导下，林挽月已经不会轻易将内心的情绪表露在脸上了，但听完了李忠的提议后，脸色立刻沉了下来。

林挽月的目光在李娴和李忠二人的脸上流转，一个依旧是一派风轻云淡的样子，仿佛这一切都与她无关一般；另一个带着一脸得意的笑容，一副"我明白"的神情，仿佛胜券在握。

一股热气直顶百会，林挽月略带怒意地回道："还请世子转告楚王，在下不过农户出身，卑鄙之人，实在是配不上公主殿下的千金之躯，不敢妄自高攀。"

听到林挽月的回答，李忠一愣，他从小到大还没有受过这样的气呢，这个林飞星居然三番五次羞辱自己。

李忠眯了眯眼，警告似的说道："林将军，你可莫要不识抬举！"

林挽月冷冷地回敬道："粗鄙之人，上不了台面。"

李忠大怒，一拍茶几，欲发难，却没想到一只柔软的手轻轻地覆在李忠的手背上，安抚地拍了拍。

李忠的满腔怒火立刻烟消云散，他喜欢李娴这么多年了，即便是已经定亲，婚期就在眼前，李娴也从来没有主动和他有过任何的身体接触，这怎能让李忠不惊喜？

李忠心情大好，转头看向李娴柔声唤道："公主……"

林挽月沉默了，低下了头。

李娴对着李忠淡淡一笑，收回了手，柔声道："世子不如先去外面等本宫片刻，让本宫与林将军谈谈如何？"

李忠没想到李娴愿意亲自为了他去当说客，立刻对李娴露出了感激的神情，点了点头："那便劳烦公主了。"

说完，李忠"噌"的一下从椅子上起身，抖了抖袖子，狠狠地剜了林挽月一眼，大步流星地离开了客厅。

客厅中很静，林挽月低着头不看李娴。

李娴却一改之前的冷漠态度，带着笑意注视着低头不语的林挽月。

"士别三日当刮目相看，飞星，你做到了。"

林挽月闻言，猛然抬头，对上李娴那双带着笑意的盈盈双眸，那双眸犹如一束阳光穿过了厚厚的阴霾照射在林挽月冰冷的心田！

李娴的话语犹如涓涓的山泉缓缓在林挽月的心间流淌，滋润着林挽月干涸的心田。

李娴的下一句话却让这些山泉瞬间变成了致命的毒。

"嫣儿才貌双全，品行才情都是极好的，若是你二人能喜结连理，日后我与飞星便是一家人了，飞星为何拒绝？"

李娴一直看着林挽月，将对方神情的变化尽收眼底。

当李娴看到林挽月那本来神采奕奕的眸子变得晦暗而失落时；当李娴看到林挽月那本就苍白的脸色变得更加灰白难看时；当李娴看到林挽月因惊愕而微微张开又紧紧抿在一起的双唇时；当李娴看到林挽月无力地靠在椅背上周身弥漫着浓浓的哀伤时；李娴的心头拂过一丝悔意。

李娴也沉默了，她第一次不知道该怎么将话题进行下去。

良久，林挽月才缓缓开口，声音无力而又沙哑地问道："你真的想让我娶楚王的妹妹李嫣？"

林挽月感觉自己的心在滴血，自己一个女人如何娶妻？如果当初自己不是听了公主的劝说又何须出风头，走到今日这一步？

若是自己只做一个步兵，谁会关注自己的婚姻大事？

自己女扮男装参军、领了陛下赏赐的食邑，还在军营里做了官，每一条都够自己杀头的，这几年自己应付形形色色的人已经很累了，难道一个女子就不配为国、为民做点儿事情吗？

李娴张了张嘴，却发现自己如鲠在喉。

当李娴回过神来的时候，林挽月不知道什么时候已经抬起了头，直直地盯着李娴的眼睛。

李娴甚至可以看到林挽月那双黑白分明的眸子里清晰而又密集的红血丝。

"回答我！"

"是。"李娴点头，声音依旧很轻，却带着某种坚定的意味。

"……你走！"

林挽月颤抖着举起了手，指向了客厅的大门，继续说道："请公主殿下回去告诉李忠，婚姻大事是我自己的事情，我是不会娶李嫣的！我林飞星是粗鄙之人，配不上公主！"

林挽月难过极了，若是自己一直做个步兵也不会有这么多困扰，至少不会如此担心身份暴露的后果。万没想到众多将自己推下深渊的手之中，有一只是属于公主的。

这位自己心心念念的人，默默当成知己的人！

李娴愣住了，从小到大何曾有人对她这样说过话？可是看着这样的林飞星，李娴却一点儿都生不起气来。

"飞星……"

有那么一瞬间，李娴想对林飞星说，李沐已经身中剧毒，北境需要一个新的统帅！可是光有李沐上书是不够的，若是在自己的父皇提出易帅的时候，楚王能替林飞星美言几句的话，便可十拿九稳了。

她只不过是一个待嫁的公主，父皇再怎么宠爱她，她也不能干政。

太子李珠又小，若是让李珠推举林飞星，自己的父皇必定会猜疑林飞星，说不定会适得其反。

李娴之所以不远千里赶过来，是怕林飞星真的喜欢上了李嫣。

林飞星若先娶李嫣，借用楚王美言得到军权，自己再安排林飞星打入楚王内部，则是上上之策！

其实此时李娴的心中也是矛盾的，一方面她希望林飞星可以先答应李忠与楚王交好，不管怎样先拿到兵权才是成功的保证！可是另一方面，李娴却发现当林飞星断然拒绝的时候，自己心中居然莫名地涌出一丝欣喜……

最终，李娴还是没有和林飞星做任何解释，不管林飞星是棋子也好，是种子也罢，都不能知道太多……

林挽月自嘲般地冷笑一声，又指了指门口，疲倦地闭上了眼睛。

李娴缓缓地起身，优雅地走到门口，驻足，短短的几步路，理智重新占据上风："飞星，你再好好考虑考虑，我改日再来。"

病来如山倒。

林挽月虽然算不上体壮如牛，但参军的这几年，除了因伤休养之外，还没有病倒过。

由于连日来的忙碌，又被李忠和李娴登门这么一气，再加上对自己身份随时可能暴露的担忧，林挽月病了。

她安排了亲兵禀告过李沐后，林府便大门紧闭，概不见客了。

外面的消息进不去，并不代表里面的情报出不来。

在林挽月病倒的第二天夜里，夜色浓郁时。一位穿着一袭黑衣、戴着黑色面具的身影如鬼魅般走进了李娴在阳关城内的临时住所。

"笃，笃笃笃，笃，笃笃，笃。"

"吱嘎"一声，李娴的房门被打开了。

开门的是随行的小慈，看到门外一身黑衣、戴着面具的人，小慈露出淡淡的笑意："好久不见了。"

"好久不见。"从面具后面传来的是女人的声音。

小慈让开一条路，黑影闪身进入房内。

李娴穿着中衣从屏风后面绕了出来，坐到案前问道："林府里出什么事了？"

影子单膝跪在地上，回报道："禀告殿下，林飞星病了，自从殿下和李忠离开林府之后，林飞星就交代任何人都不许打扰，回到卧房一直在里面待到次日清晨。辰时，林飞星从卧房里出来过一次，去看过白水小姐，嘱咐了奶妈几句，打发人到军营里去告假，又勒令关闭林府，概不见客，也不允许任何人去打扰他。属下在林飞星回房之前见过他，脸色很差不似假装。今日傍晚，属下端着晚饭想进去一探究竟，结果林飞星的卧房紧锁，属下便找了机会潜了进去，发现林飞星昏睡不醒，属下不懂医术无法判断，只见林飞星眉头紧锁，手中紧紧地攥着一方玉佩，属下无法从他手上拿出玉佩，只能凭着那双珞流苏判断应该是林飞星一直带在身上的那一块。"

立在李娴身后的小慈听到影子的汇报，眼皮一跳，小慈还记得两年前林飞星离京时，公主殿下带着她一大早等在城外，将惠温端皇后亲赐的玉佩赠给了林飞星，那天，在回京的马车上，小慈还因此抱怨了很久，那块玉佩十分重要，就算是林飞星护驾有功，给他赏些金银珠宝、绫罗绸缎的都使得，怎能把那块玉佩送给他呢？而且那双珞流苏还是小慈亲手打的……

小慈记得那天公主殿下只是看着窗外，静静地听她抱怨，脸上带着淡淡的笑意，也不说话。

直到最后快到皇宫时，公主被自己扰得烦了，才轻声地解释道："本宫自有用意。"

小慈偷偷瞟了瞟李娴的背影，心里直犯嘀咕。

影子端正地跪在地上，李娴亦不知道在思考什么，房间中很安静。

李娴抬起一只手，抵住下巴，转头看着案边的烛火出神。

"可有……传大夫吗？"

"回殿下，未曾。"

"本宫知道了，你先回去吧。"

"是！"

影子离开了房间，李娴就这样穿着单衣坐在案后，也不知道在想些什么。

小慈见李娴久坐，刚想拿件披风给李娴披上，却听李娴幽幽地发出一声叹息，道："夜了，寝吧。"

"是。"

小慈服侍李娴重新躺下，吹了灯，回到耳房睡下。

黑暗中的李娴却睁着眼睛，借着从外面渗进来的微弱月光盯着床边的帷幔。

这两年来，李娴收到无数封来自北境的绢报，里面提到林飞星看玉发呆的次数，李娴自己都已经数不清了。

这两年来，林飞星一共拒绝了提亲的媒婆九次。

自己送给林飞星的那本《戍边纵论》被他放在了一个锦盒里，并且置放在书架中单独的一层里。

李娴明白就连林飞星病倒自己也脱不开关系。

李娴本以为这么一折腾，林飞星定会把玉佩还给自己，可是他非但没有，反而在昏睡中都攥得紧紧的。

李娴觉得林飞星喜欢自己，已经无须再验了。

李娴的脑海里不禁又闪过了日前的情景，那人断然地拒绝了李忠，又赶走了自己。

这还是李娴第一次见林飞星发脾气，李娴活了十八年，第一次被人如此不敬地对待。

可是，为什么自己偏偏会对这个林飞星如此宽容呢？是珍惜他的才能，还是欣赏他的忠诚呢？

这两年来，朝中的形势变得愈发地复杂起来了，不仅各路成年的藩王步步紧逼，就连李环都开始表现出了夺嫡的局势，自己的父皇怀着愧疚的心态，对李环格外地疼爱。

这次来北境，李娴一共想好了两套方案。

第一套方案便是帮助李忠成功拉拢林飞星投到楚王帐下，利用楚王在京中的人脉，让林飞星取得北境的军权，林飞星有隐疾无法圆房，就算娶了嫣儿，按照他的性格也定会借由军务躲在边关。只要可以事先断定林飞星并不喜欢自己的二妹，那么这套方案是最快速直接，也是牺牲最小的一条路……

按照林飞星的脾性，即便归顺楚王府，也绝对不会听楚王的调遣，届时林飞星兵权在握，楚王竹篮打水一场空。

楚王那种跋扈惯了的人怎么可能受得了林飞星这种石头一样臭脾气的人？

到时候两个人说不定还会斗个天翻地覆，这两年，林飞星已经积累了足够的威望，用他来全面牵制楚王自然是再好不过。

就算是这二人其中一方选择了隐忍，待到时机成熟，只要自己命人暗中将楚王曾经勾结匈奴人，以及林宇的死也和楚王脱不开关系的这两条情报透露给林飞星。

那么……已经算是打入楚王府内部的林飞星将给予楚王最致命的打击！

按照楚王的脾气，必定会迁怒负责拉拢林飞星的平阳侯府！

届时，朝中有雍王一党与楚王恶斗，失去了平阳侯府的支持，又赔了北境这边的支持，楚王的气数也就算是尽了。

自己就可以腾出手来专心对付那位见缝插针的皇子环……

在李娴准备的两套方案中，李娴是非常中意于第一套方案的。

只是不知道为什么，一想到这套方案的实施必须是以林飞星迎娶李嫣的代价为前提，李娴便莫名地有些抵触，有些……不快。

其实，当林飞星毅然决然地拒绝了她和李忠的时候，李娴的内心是极其复杂的，一方面觉得很可惜，另一方面又有些……欣喜。

念及此处，李娴无声地笑了起来，她忽然想到了两年前她决定拉拢林飞星的时候，这人便是这般"又臭又硬"的样子，两年后，他依旧如此。

"既然你这般固执，我也只能进行另一套计划了，你可莫要怪我！"

说完，李娴的心头升起了一股奇怪的感觉，这感觉让李娴觉得其实第二套计划也不错。

次日。

李娴带着小慈还有一名御医，坐着轿子来到了城南林府。

林府的大门紧闭，小慈来到门前，叩响门环。

"谁呀？"

"我们想拜见你们家林老爷。"

门房隔着门回道："我们家老爷病了，这几日不见客，姑娘请回吧！"

恰巧余闲打旁边过，听到门房的话，走了过来问道："晋叔，这大清早的什么事啊？"

"门外头有位姑娘要拜访老爷，老爷已经说了不见客，我给打发了。"

"哎哟，老爷今儿都起来了，这会儿正在前厅用饭呢，估摸着过一会儿就会让您把府门打开。这样，您先开门把人请进来，我这就去禀报老爷，老爷说不见再打发了也不迟啊！"

"那好吧！"门房点了点头，拿下了门闩，将李娴三人放了进来。

"原来是这位姑娘，您前几日来过的吧，您稍等片刻，我这便去禀告老爷。"

"那便有劳姑娘了。"李娴对着余闲淡淡地笑了笑。

余闲到正厅的时候，林挽月刚刚用完了一碗清粥、一个馒头，以及一碟酱菜。

"老爷，前几日来访的那位姑娘又来了，正在门房等着呢。晋叔本来想把她们打发走，这阵子晨露重，奴婢看着二位姑娘穿得单薄，就斗胆把她们请到门房先烤烤火，老爷您要是不见，奴婢这就去打发了。"

林挽月一听李娴来了，当即从椅子上站了起来，大步流星地走到门口却顿住了脚步，反身退了回来，如此这般反复了好几次，终于无奈地叹了一口气朝着门房快步地走了过去。

林挽月走到大门的时候，李娴并没有如同余闲说的那般待在门房里烤火。

她今日换下了宫装，穿了件常服，远远看去穿得有些单薄。

见状，林挽月心中一急，加快了脚步来到李娴的面前。

李娴亦在细细打量林挽月，见他气色仍旧带着病态，区区两日的工夫，整个人竟瘦了一圈，心中有些愠怒，这人都这般模样了，竟然还讳疾忌医！

"公——"

"我听说飞星病了，今日特地带了大夫来给飞星瞧瞧。"

听到李娴带了大夫来给自己看病，林挽月僵了一下，脸上闪过一丝尴尬的神情。

虽然这些变化稍纵即逝，但是却没能躲过李娴的眼睛。

"阳关不比天都，秋寒露重……先随我到客厅里去吧。"

去往正厅的路上，林挽月沉默不语，心里一直想着该如何婉拒大夫给自己号脉。

进了正厅，林挽月请李娴在首位坐了，余闲奉上茶水糕点。

"公——"

"飞星可是还在生几日前的气？"

"没有！"

"那为何这般疏远？"

林挽月转头，对上李娴盈盈似水的眸子，心头漫过说不出的滋味，唤道："娴儿。"

一声"娴儿"仿佛让时光倒流，又回到了她们二人坐着一辆驴车走遍大半个离国的时光。

李娴与林挽月相视一笑，那笑容中透出只有她二人才能体会的寓意。

"娴儿……我前阵子只是劳累过度，休息了几日已经大好……"

没等林挽月说完，李娴便接过了话头："飞星若是不想看大夫，那便算了。"

李娴抬眼看了看随行的御医，说道："你们二人先下去吧。"

"是！"

"是。"

御医和小慈退了出去，余闲也端着托盘识趣地退下，整个正厅就只剩下了林挽月与李娴二人。

李娴转头看着林挽月的侧脸，轻声地问道："我与忠世子提议的事情，飞星的回答是否如初？"

"是，如初！"林挽月毫不犹豫地回答了李娴。

林挽月低着头，脸上没有表情，抓着扶手的左手却紧了又紧，女子如何娶妻？不要命了？

林挽月没有看到李娴脸上那一闪即过的笑意。

在这个世上，林挽月可以无视任何人的保媒搭线，但若这个人是李娴的话，林挽月难免会很难过，毕竟自己的人生是因为公主当年的勉励而改变的，就算是朋友之间的保护也应该是相互的才对……可转念一想，人家又不知道自己的性别，为自己和另一位公主保媒本来就是抬举自己了。想到这里，林挽月只能无声一叹。

林挽月本已做好了李娴二次游说自己迎娶李嫣的准备，却听李娴柔柔说道："既如此，此事便就此作罢。"

林挽月猛地抬起头，瞪大了眼睛看向李娴，满脸皆是不可置信的神色。

看到这样的林飞星，李娴嫣然一笑，复又说道："怪我唐突了，这门亲事飞星既然不愿，权当没有提过。至于忠世子那边，我会劝说的。"

"谢谢！"林挽月露出了真挚的笑意。

看着这样熟悉的林飞星，李娴的心情也跟着轻松了起来。

"不知当日我赠予飞星的玉佩，现在何处？"

听到李娴的问题，林挽月坐直了身体，忙不迭地把手伸进怀里，将两年来从未离身的玉佩放在手掌上，端到李娴的面前："喏，在这儿！"

林挽月那神情就像等待先生抽查功课的孩子一般。

李娴着重看了看玉佩的双珞流苏，才对林挽月满意地点了点头。

"飞星，你知道吗，从最开始认识你，我便觉得你定会有一番作为，所以我才会一直劝你不要逃避。可是我没有想到你居然可以在这么短的时间内就做到如此程度，我原本以为，你哪怕是想要成为将军衔中最低的裨将，至少也再需三五年的光景，没想到你我分别不过两年，你便做到了！真的是让我既意外又惊喜。"

林挽月沉默了片刻，回道："不过是运气罢了。"

"不知飞星可愿意给我讲讲'四人克敌'的传奇一战？"

"好！"林挽月点了点头，微笑着继续说道，"说实话，如果让我再选一次，我未必会做出当日那样的决定，我其实是被仇恨与愤怒冲昏了头脑……去年七月，匈奴人夜袭军营，阿宇在那天战死了，我便奏请大帅提出主动出击，不知娴儿可还记得老虎寨的那帮草寇吗？"

"自然记得。"

"说来也是话长，那帮草寇之中有个人后来居然弃恶从善跟着我回到了军营，他叫卞凯，从前做过马贼，侦查功夫一流，那一趟也多亏了他，带我们顺利找到了图克图部。却没想到这图克图部虽然人多，防卫却非常地松懈，就连王帐外面只不过才两个守卫！我们一路畅通无阻，卞凯他熟悉马性，放跑了图克图部万匹战马，而我，小时候看过村里人放过羊，按照记忆找到了领头羊，将图克图部的羊都顺了回来，当然那次行动也离不开三宝和倪大的舍命配合。"

其实，这件事情李娴之前已经收到了非常详细的消息了，但如今亲耳听到林飞星的讲述时又是另一番滋味。

"适才听飞星说图克图王帐外面不过两个守卫，那飞星为何不带了图克图可汗的人头回来？我想，带回一位匈奴可汗的人头要比放跑战马的军功高多了。"

林挽月笑了笑，曾经一起行动的另外三人也有过这样的疑惑，但林挽月最终也没有同他们三人解释，此时林挽月并不认为聪慧如李娴会有这样的困惑，但她却愿意为李娴解释。

"其实那天我也犹豫过。特别是一起去的另外三个人都显出一份跃跃欲试的样子时，我真的很动心，我们离国北境的士兵一辈子都在和匈奴人战斗，有哪个士兵不梦想着可以手刃匈奴的一位可汗呢？不过在我动摇的瞬间，我想起了娴儿曾经教我的一个道理。"

"哦？"

"就是……在我们制定回京路线的时候，你说'其实这个方法不仅仅局限于我们逃命时使用，在平时制定策略的时候也可以这般思考问题'。"

说完这句话，林挽月停了下来，唇边含笑，目光炯炯地看着李娴。

李娴听到林飞星说出了自己当日的话，心一颤，当日自己不过是信手点拨，他居然记了下来！

这种感觉很奇妙，无法言喻。

林挽月继续说道："不知怎的，那天我突然想起了这句话，于是我便用你教我的这种方法分别预想了一下两种做法所产生的后果，我发现刺杀匈奴可汗后，我如果能活着回去的话确实可以取得更高的军功和荣誉，但是却并没有给匈奴部落造成任何实质性的伤害，他们可以再选新的可汗，但却自此结下了仇恨，甚至匈奴人会不死不休！图克图部是匈奴大部，新可汗定会为图克图报仇，那么遭殃的将是北境的百姓和所有的将士，而且匈奴人善战，能守在可汗王帐外面的人实力不容小觑，当时我也没有绝对的把握，一旦不能将那两个人一击毙命，死的就是我们四个！人是我带出去的，他们三个冒死追随我，在关键时刻他们三个可以被迷惑，但是我不能！我要保持清醒的头脑，将他们平安地带回来。卞凯虽然出身不好，但他天赋极高，将来可以成为优秀的斥候，甚至可以用他的经验培养出更多优秀的斥候来，三宝和倪大具备先锋郎将的才能，我不能为了军功冒这么大的风险！但是反过来去看，我们驱散了万匹战马，又牵回了那么多羊，不仅重创图克图部的根基，还改善了整个北境军士的伙食，何乐而不为呢！"

事后李娴看到绢报的时候，便对林飞星的这个抉择非常满意。如今李娴故意重提旧事，得到的答案又与自己当日的猜测不谋而合。

满意的笑容绽放在李娴的唇边。

林挽月亦笑，她就知道李娴并不是真正地困惑，而是有意地考自己，她也愿意在李娴面前展示自己。

林挽月又想起当日在未明宫时，李娴当着自己的面抽查太子课业，那天李娴一连串问了不少关于军法的问题，看来也是在暗中点拨自己了……

林挽月有些恍惚，今日这般一回顾才发现，虽然自己与李娴相处的时间虽然不长，她却已经教了自己很多，只是她从不明说，最终能领悟多少还是要靠自己。

体会出这一层，林挽月的心中亦荡漾起了一股奇妙的感觉，同样不可言喻。

"林千里还好吗？"

李娴笑了起来，回道："好，吃得好睡得好，在未明宫的花园里生活得自由自在。"

"我替千里谢谢娴儿。"

"它也算劳苦功高，该当善终。"

"你……什么时候回去？"

"我这趟出宫本属不易，因为上次遇险的事情，这次父皇本是不许的，多亏忠世子见我忧思舅舅心切，主动请缨做慰军的钦差，并替我说情，我又好生央求，父皇才准许我来探望舅舅。不过即便如此，我也待不了多久，最多再有个月余也要回去了，若是等到下雪车马难行，再则上元节将至……"

李娴止住了话头，林挽月点了点头，望着正厅里的柱子不知在想些什么。

良久，林挽月才幽幽地开口："再过几个月娴儿就要大婚了……你看我，还未曾祝贺你。"

李娴却轻声唤道："飞星。"

"嗯？"

"舅舅说他也会为我准备一份嫁妆。到时候由你护送，可好？"

"好。"

李娴主仆三人回到了阳关城的府邸中。

李娴坐在书房里问道："如何？"

适才随行的御医立刻恭敬地回答道："回殿下，微臣观林飞星之气色，发现他体内确实有一股毒素。"

"哦？可知何毒？"

"公主恕罪，望闻问切，单凭一望，下官实在难以推断。"

"此毒毒性如何？"

"虽不致命，却侵蚀内里，还是早日对症下药为妙。"

"本宫知道了，你先退下吧，此事不得外传。"

"是！"

御医走后，李娴陷入了沉思。

到底是谁会给林飞星下毒呢？早在数月前余纨呈上的绢报上也提到了林飞星体内的毒。

可是那个时候的林飞星不过是小小的先锋郎将，到底是谁如此高瞻远瞩？

还是说……这毒另有蹊跷？

自己明明交代余纨为林飞星解毒，为何毒素还在？是余纨的功力不够没能成功，还是其他的原因呢？

可是余纨死了，现在她已经无从询问。

余纨在绢报中提到了为林飞星处理伤口的事情，提到了林飞星的毒，可是为什么没有上报林飞星有隐疾一事呢？

难道之前只是误传，还是说林飞星已经痊愈了？莫不是他体内的毒就是为了治疗隐疾吗？

李娴总觉得这中间漏掉了些什么，思来想去怕是余纨有孕在身观察不够仔细的缘故，现在人都死了，也只能作罢。

又过了几日，林挽月回到了军营。

"秋收之战"目前还没有打响，新的城墙和开垦的山田已经初具规模。

几十万大军共同修建城墙的速度是非常惊人的！

北境中每个人都不敢掉以轻心，去年秋收时期的平静固然可喜，不过也意味着今年北境的将士们有可能会承受更加猛烈的进攻！

不过，今年的北境却迎来了难得的热闹，自李娴与平阳侯世子李忠前来北境慰军之后，平东将军项经义带着他的夫人李莘以及小将军项贺甲也来到了北境！

李沐已经有多年没有见过自己的女儿了，这次女儿女婿带了外孙来看自己，他怎么能不高兴?

人逢喜事精神爽，李沐整个人的气色都照比之前好了不少。

李莘要比李娴年长几岁，平东将军项经义还不到三十岁，算得上是少年得志，不过此人却非常低调谨慎，温和有礼，颇具李沐的儒将之风。

如今朝中局势风起云涌，手握重兵又是世家出身的项经义自然是各路势力争相拉拢的对象，不过这么多年来也没有听说过这位平东将军表示支持过谁。

项经义在这一点上深得李沐的赏识。

林挽月应李沐的通传走进了大帐，吓了一跳!

李沐坐在案前，怀中抱着一个虎头虎脑的男娃，林挽月从军四年来还是第一次见到露出这般温情神色的李沐。

在李沐身后一位男子立着，一身古铜色的皮肤，留着两撇胡子，穿着一身戎装，看上去正值而立之年。林挽月敏锐地在这男人的身上捕捉到了一股熟悉的气场，不由得多瞧了几眼。

在大帐的另一头，李娴与一贵妇模样的人执手相望，那贵妇人还在不住地用绢帕抹着眼泪。

李忠站在大帐的门口，此时的李忠显然融不进这大帐篷内的氛围，只能远远地观望着帐篷内的众人。

李沐看到林挽月一脸懵懂的样子，笑了笑，对林挽月招手道:"飞星，过来，到老夫这边来。"

林挽月走了过去，朝着李沐行了礼，见李沐今日的气色不错，心中一喜。

自从林挽月走进大帐后，站在李沐身后的项经义就一直在打量着她。

项经义作为平东将军，对各地军队中传出的信息总是会格外地关注，对于眼前的这个林飞星，项经义并不陌生。

在项经义看来，林飞星是农户出身的人，在短短的四年时间里不借助任何外部力量一步步擢升到神将的位置上，的确很了不起!

项经义是了解自己岳父的，虽然岳父用人不拘一格，也不太注重门第，但是若是有人想要得他青眼，没有真本事是绝对不可能的!

特别是前些日子，林飞星只凭借四人之力就动摇了图克图部的根本，甚至导致图克图部消失在了匈奴的国土版图上!

项经义听说了这件事之后，一方面拍案叫绝，觉得热血沸腾，另一方面竟然暗中起了比试的心思……

项经义带着妻儿进入阳关城的时候，看到了已经初具规模的阳关新城，看到了在半山腰开垦山田的军士们，也听说了北境军营中设立考核司，了解到这些都是林飞星颁布的军令后，便对林飞星更感兴趣了！

林挽月一进大帐，项经义就开始认真地打量起了她的外貌。

项经义有些意外，适才听自己的岳父一直在夸赞林飞星，说他已经可以拉开三石弓，若是用二石弓更是可以左右开弓，看得出来自己的岳父对这位叫林飞星的非常满意。

在项经义的想象中，这样的一个人应该是高大威猛、孔武有力、声如洪钟的，甚至有异于常人的相貌才对，却没有想到这林飞星不仅与自己想象中的截然不同，甚至还要比军营里一般男人看上去赢弱几分，从他的身上不仅没有感觉到猛将的气场，竟还看到了几分书生气。

"末将林飞星，参见大帅！"

"嗯，飞星，来，老夫给你介绍一下，莘儿，你也过来。"

"是，父亲。"李莘拉着李娴的手来到了李沐的案前。

"这是老夫的贤婿，项经义，项家后人世袭罔替的平东将军。"

北境虽然离东边很远，但这位项将军的大名林挽月还是听说过的！

当下林挽月双手抱拳，朝着项经义恭恭敬敬地行了一个尊礼。

"飞星见过项将军！"

见林挽月如此，李沐一手抱着项贺甲，另一只手捋了捋胡子，点了点头。

项经义夫妇对林挽月露出了友善的笑容。

看到这一幕，李娴的面上虽然依旧平静，心中却有另一番思量。在李娴看来，此时的林飞星年仅十八岁就已经拜授北境裨将军，食邑一千六百户，别说是在平民阶层中绝无仅有这样的人，就是在世家子弟中，十八岁能达到林飞星这样程度的人也屈指可数，所以林飞星绝对拥有骄傲的资本。但是从他的身上，李娴从来都没感受过一点儿居功自傲的苗头，这一点非常可贵。

李娴已经从项经义夫妇的眼中看到了他们对林飞星的满意和欣赏，这正是李娴想要的。

目前林飞星是个非常重要的人，但是偏偏她和太子都不适合表现出对林飞星的支持来！

日前，李忠已经按捺不住将林飞星拒绝投靠楚王的消息传了回去，如今若是林飞星能得到平东将军府的庇佑，自是上善。

项经义情不自禁地向前迈了两步，一把扶起林挽月，笑着说道："林贤弟真是太客气了，我不过是愚长了贤弟几岁，贤弟无须如此多礼。"

闻言，林挽月对项经义笑了笑，笑容中带着农户出身的少年特有的淳朴和憨厚的气质。

"这是老夫的独女，你叫一声姐姐便是。"

"姐姐！"林挽月转身便朝着李莘躬身一拜，丝毫没有因为李莘是女子而在礼数上有丝毫的怠慢。

见如此，项经义夫妇心中更是对他满意了，李莘也没有任何顾虑了。

早在之前，李莘收到了一封来自李沐的家书，并且在家书中提及，希望李莘可以转告项经义收一人为义弟。

这个人便是林飞星。

经过这几年的观察，李沐对林飞星的能力和人品非常满意，李沐没有子嗣，曾经他的确想过等到时机成熟收林飞星做义子，在离开北境解甲归田之前，推这个年轻人一把！

可是如今他身中"温柔乡"，已经是风烛残年，不久于人世。

如果再贸然收林飞星做义子，等到自己一死，给林飞星留下的阻力要远远大于倚仗。人走茶凉，谁还认这个大将军府？若是再因为这个，使得林飞星被陛下猜忌而仕途受阻，那不仅仅耽误了林飞星，更是北境几十万大军以及无数百姓的灾难！

李沐殚精竭虑夜不能寐，想到了自己的女婿！

平东将军府！正好自己身中剧毒，招女儿女婿来看望自己陛下也不会多想，若是能让林飞星拜入平东将军府，自己也算是可以瞑目了！

"认干亲"这种事对于平东将军府来说也算是大事。

在离国的法律中，"干亲"是被认定为亲族之内的，若是林飞星出了问题，平东将军府也会受到牵连。

不过，项经义夫妇看过林飞星之后，彻底打消了之前的疑虑。

这件事算是成了。

此时的林挽月还浑然不知，李沐送给她一个多大的倚仗！

当天晚上，李沐在军营中设宴款待自己的女儿、女婿、外甥女以及她未来的夫婿。

宴会用的烤全羊都是林挽月上次"顺"回来的，平东将军项经义竟然屈尊与北境的裨将林飞星同案而食，二人开怀畅饮相谈甚欢。

林挽月的酒量较浅，所以当项经义端着酒杯当众宣布要认林飞星做义弟的时候，她已经趴在案上不省人事。

消息一出，给大家带来的震撼不小，当时许多高级将军已经微醺，所以在短暂的寂静之后，更多的人选择端着酒盏前来祝贺。

林挽月倒是省事儿，两眼一闭撒手不管，可怜了项经义被这群武将灌了不少酒，最后被李莘带人架回了住处。

有一人银牙暗咬，险些摔碎了手中的酒盏，远远地看着趴在案上的林挽月，露出恶毒的目光……

如此，阳关城内的百姓们又过了几天平静的日子。

"呜——"

一日清晨，雄壮而悠远的号角声响彻整个阳关城。

街道上的百姓无不停下了手中的活计，面带凝重之色，朝着新阳关城墙那边望去。

该来的，终究还是来了！

在几十万大军的日夜努力下，新城墙已经垒了两丈多高，所有工匠都觉得差不多可以收尾的时候，林挽月去看了看城墙，下令继续向上砌，所以此时城墙的工程还没有完工，匈奴人便来了！

大军迅速集结，林挽月站在城墙上，平东将军项经义出于军人的本能，听到了号角声也迅速上了城墙。

林挽月眉头紧锁，为了让城墙能顺利修建，她早就在城外布置了每十里一道的防线，之前是两千人一道，最近新增到了五千人。

城外有两万五千士兵守着，一般的匈奴人根本就不可能杀过来！

林挽月看着面前单膝跪地的斥候问道："怎么回事？"

"将军！出大事了！匈奴人不知道在哪里抓到了好多边境的百姓！用这些百姓组成了一道人墙，缓缓地向前推移！有百姓在前面挡着，我们没办法放箭，也不敢进攻，匈奴人躲在百姓的身后对我军放箭！前方五营损失惨重！五位郎将命属下特来请示将军！"

"你说什么！"林挽月一听到匈奴人居然用离国的百姓组成了一道人墙，脖颈上青筋暴起。

一旁的项经义也皱起了眉头，脸色难看。

"你立刻回去传令，五营全部后撤。"

"是！"斥候得令一溜烟跑下了城墙，骑上马跑走了。

林挽月却沉默了。

过了一会儿，林挽月转头看着项经义问道："大哥，这件事你怎么看？"

被林挽月这么一问，项经义也犯了难，回道："贤弟，愚兄在东边一直都是同海寇作战，没遇到过这样的情况，一时间也拿不出什么好主意来！"

城墙下大军已经整合，只等林挽月一声令下便可摇旗擂鼓。

可是，城墙上的林挽月只是眺望远处，迟迟不下命令。

李忠也来到了城墙上，后面跟着的是携手而来的李莘和李娴。

李莘来到项经义身边轻声唤道："夫君！"

项经义点了点头，一直看着林挽月，同为将军，项经义知道林飞星目前正面临着非常艰难的抉择。

随着细密的脚步声，飞羽营的弓箭手上了城墙，一字儿排开。

亲兵单膝跪在林挽月的身后请示道："报将军！大军已经集结完毕，是否摇旗擂鼓！"

"再等等！"

"是！"

众人足足等了一个多时辰，才远远地看到撤回来的队伍。

待走近一看，城墙上的众人便发现了其中的诡异之处，离国先锋营的那些士兵明明有马却跑得不快，匈奴人慢悠悠地跟在后面，时不时地还会放箭射杀离国的士兵，队伍中不时会传出离国士兵的惨叫声。

"将军，这是怎么回事？"

张三宝脾气火暴，看着自己的同袍像桩子一样让匈奴人射杀，急得不行。

"匈奴人抓了不少百姓组成了人墙，如果没猜错的话，先锋营的人应该是被威胁了。"

"直娘贼！狗匈奴人何时这般卑鄙？"张三宝气得直跺脚，其他听到这一消息的士兵也纷纷露出怒容。

他们将目光投向了林挽月，不知道这位年轻的将军会做出怎样的决定。

李娴亦站在城墙上，居高临下地看着远方，几百名百姓打扮的人被绑成一道人墙，由匈奴的铁骑驱赶着，跟跄前行。

匈奴人就躲在这些百姓的后面，时不时地朝着离国的士兵放冷箭。

不时有离国的士兵落马，惨叫声此起彼伏。

林挽月的拳头握得紧紧的，双腮高高隆起，此时她的身上承载了所有人的期望。

"摇旗！告诉城下的士兵向两侧散开！"

"是！"

厚重的战鼓声响了起来。

城下的士兵们听懂战鼓中的意思，纷纷如看到救星一般抬头，读懂旗语，立刻整齐划一地勒马，向两侧散去！

片刻的工夫，阳关城的城墙，两翼散开的士兵，以及由百姓组成的人墙，四者形成了一个"口"字。

林挽月一抬手，战鼓声戛然而止，她要听听匈奴人费尽心思抓了这么多百姓究竟想做什么。

果然，战鼓声一停，从匈奴人队伍里出来了一个人，骑在马上用流利的中原话对城墙上喊道："交出你们的粮食和战马，不然我们就要杀了这些离国羊！"

话音刚落，立刻有匈奴士兵手持弯刀，从后面砍倒了五六个人质，撕心裂肺的惨叫声传出好远。

站在城墙上的所有人无不义愤填膺、怒目直视，除了脾气火暴的张三宝实在按捺不住对着匈奴人破口大骂之外，其他人都转头看向了自己的将军林飞星。

他们此时虽然都怒不可遏，恨不得一人射出个百八十支箭去，可是却有那么多百姓挡在匈奴人的前面，若是贸然行动，惹恼了匈奴人，只怕那些人手起刀落，这些百姓瞬间就要死光了！

林飞星以飞羽营的营长拜将，算得上是飞羽营走出来的将军，这些士兵对林飞星非常爱戴，大伙都一脸期盼地看着他，希望这位将军能想出一个两全其美的主意来。

李忠来到林挽月的身边大声地吼道："你还在想什么？快点儿让人准备粮食和战马，赎回那些百姓要紧！"

其实，对于李忠这种士族出身的人来说，百姓的性命根本就不值钱，他自己身上就背了不知道多少条人命。但是如今阳关城内军民一体，在几十万人的众目睽睽之下，便另当别论了。

他们要是处理不好这么多无辜的百姓，传出去都是大事儿！反正他李忠不是北境的军事统帅，也不用承担任何后果，但若是借此机会博得一个"贤名"，岂不是更好？

让北境的百姓们都看看吧，他平阳侯世子李忠是多么爱民如子！该死的林飞星，这次我看你怎么办？

丢了粮草和战马后，林飞星就算不被杀头也要被革职，若是对这么多百姓不闻不问的话，民怨一起，也够你喝一壶的！

世家出身的项经义立刻洞悉了李忠的心思，挡在李忠面前，冷冷地说道："世子请自重，这里不是平阳侯府，也不是平阳侯的部队，没有你说话的份！"

李娴来到林挽月的身边，低声地说："飞星，不如鸣金收兵，从长计议吧！"

一直沉默不语的林挽月却突然回神，看着前方坚定地说道："不！来人哪，擂鼓，开城门！"

"林飞星！你想干什么？难道你不顾城下的百姓了吗？我要禀告陛下，你为将不仁！其罪当诛！"

"你给我闭嘴吧！"

项经义的脸色非常难看，直接照着李忠的肚子来了一拳！

不仅城内的百姓有人听到了李忠这中气十足的喊声，就连城下的匈奴人也听到了。

项经义看着捂着肚子冷汗直流的李忠，不耐烦地对身边的亲兵吩咐道："你们两个把世子带下去，好好休息！"

"是！"

项经义那一拳打得很重，李忠佝偻着身子被两名亲兵架走了，他是不敢得罪项经义的，只好生生地忍了下来。

直到被人拖下了城墙，李忠才又大声地喊了起来："林飞星，本世子要禀报陛下，你为将不仁！居然置数百百姓的生死于不顾！"

李忠一直扯着嗓子大喊，城下不明就里的百姓闻言议论纷纷。

城墙上所有人的脸色都很难看，唯独林挽月一脸的坚定神色，完全没有因为李忠的喊声而表现出丝毫的动摇。

随着"嘎嘎"的声音，城门被打开了。

"骑兵冲锋，步兵掩护，城下先锋营纵深两翼包抄！"

由于骑兵数量少，离国多是由步兵冲锋的，林挽月一声令下，旗手立刻挥动了旌旗，城内马蹄隆隆，骑兵们变换着队形。

"飞羽营全体准备！"

林挽月清晰而又坚定的喊声刺入每一个人的耳朵。

"是！"将士们雄浑的喊声震天响。

林挽月高高举起的手快速地落下！

"放箭！"

话音刚落，箭矢破空而去，旌旗挥舞，城下分到两翼的士兵立刻向匈奴军队的纵深包抄。

城中的士兵们喊杀声气贯长虹，骑兵营一马当先，用最快的速度冲出城门，朝着匈奴人杀了过去！

林挽月目眦尽裂地盯着城下，那些一字儿排开的百姓有的被正面射中，有的被匈奴人从背后砍倒，不过眨眼的工夫便死光了。

李莘以袖掩面，不忍看城下一幕。

见惯了沙场的项经义，面色倒是平静，却也担忧地看了林挽月一眼，若是在野外，这些人杀了也就杀了，如果换成他，也会这么做，战争就是残酷的，妇人之仁要不得。

可是如今阳关城内军民一体，身后那些百姓可不会这么想，李忠那个卑鄙小人又有意煽动……

看来这北境之势，真的如同岳父所说，静水流深！

"飞星……"

唯独站在林挽月左侧的李娴，清楚地看到了从林挽月左边眼角滑下的一滴浊泪。

第十三章 万民被与功德碑

匈奴人一下子就乱了阵脚，他们万万没想到，懦弱的离国人居然会杀自己人！

由于新城墙很高，而且经过林挽月的训练之后飞羽营整体的实力都提升了一个台阶，只见漫天的箭雨破空而去，匈奴人的队伍中惨叫声不绝于耳！

箭雨刚停，从城门冲出去的骑兵已经奔袭至眼前，作为军人，没有人会责怪林挽月下令放箭，他们只会将这份仇恨算在匈奴人的头上！

往常离国都是采取步兵冲锋的方式，这次突然发动了骑兵，也打了匈奴人一个措手不及！

"杀！"离国的骑兵喊声震天，匈奴人也挥舞着弯刀朝着离国的骑兵冲了过去！

伴随着兵器碰撞的声音、战马嘶鸣的声音，以及不知是哪一方传出的惨叫声，离国骑兵与匈奴人短兵相接！

城墙上旗语挥动，先锋营按照林挽月的指示继续向前纵深，此时已经像是两条远远伸出的手臂将匈奴人环在其中。

城墙上的飞羽营停止了无差别的大规模射击，改用缓慢的精准射击，专挑落单的匈奴人下手。

后冲出城门的步兵奔跑在路上，间或遇到冲过战线的匈奴人，几个士兵便默契地合围将匈奴人挑下战马，然后用手中的长矛毫不犹豫地刺穿敌人的身体！

"将军！飞羽营请求参加战斗！"

张三宝嫌杀得不过瘾，跑到了林挽月的身边跪地请示。

林挽月眯着眼睛看了看前方的战局，点了点头。

见林飞星同意，城墙上所有的飞羽营士兵都露出了喜色，之前离国百姓如何被匈奴人挟持，站在城墙上的他们看得最清楚，若不是因为匈奴人挟持无辜的百姓，他们也没必要对着百姓放箭，这笔账自然是要和匈奴人算一算的！

他们将绳索快速地放下城墙，井然有序地顺着绳子滑下了城墙，没有一个人犹豫。

一直站在一旁观战的项经义点了点头，情不自禁地称赞道："果然是我离国最精锐善战的部队，勇！"

林挽月看着战局，下令道："旗手变旗语，纵深部队行合围之势，务必全歼这批匈奴人！"

"是！"

战鼓变奏，旌旗易语，纵深的骑兵如同两翼翅膀一般，平缓而整齐地朝着中心收拢。

片刻工夫，便形成了合围之势！

"好！"

项经义看着城下的战局，没想到林飞星小小年纪居然有如此精妙的布阵之道，不由得发出了赞叹。

李娴一直安静地站在林挽月的左边。

看着城下的战局，李娴又转头看了看身边的林挽月。

那一滴滑过眼眶的泪水早已消失不见，此时林挽月的表情坚毅，眼睛一眨不眨地注视着城下的战局，仿佛一切都在她的掌握之中。

两年前，李娴在营墙下看到的是林挽月那略显单薄却挺拔的身影。

两年后，李娴在城墙上看着她干练沉稳地指挥全局，运筹帷幄，统率千军万马。

北境这边部队的人数越来越多，战士们更是越战越勇，即便交锋几个回合过后，北境这边的部队损失不小，可是没有一个人退却，每个人都仿佛杀红了眼，哪怕是踩着倒地同伴的尸体也要往上冲，哪怕是拼着同归于尽也毫不犹豫！

匈奴人慌了，领头人用匈奴语喊着些什么，匈奴人立刻整合队伍，打马向后撤退。

"呵！"林挽月看着城下的形势冷哼一声。

"传令，纵深骑兵分段阻击，其他军士立刻停止冲锋，改换队形，飞羽营头前列队准备射击，骑兵两翼掩护，提防匈奴人向回冲杀。"

"是！"六路旌旗同时挥动！

与匈奴人正在交战的士兵们立刻停止了追击，放缓了速度，留出路线让匈奴人往已经成了合围之势的先锋营那边跑。

飞羽营来到队伍最前方，一字儿排开，一边搭弓射箭，一边缓速地向前推移，剩下的骑兵则在两翼掩护飞羽营的弓箭手，谨防匈奴人杀个回马枪！

纵深的队伍本来就是由五道先锋营组成，很快便恢复原状，形成五道屏障，拦截想要撤退的匈奴人。

项经义的眼中闪烁着兴奋的光芒，林飞星的这一布局在他看来可以说是非常漂亮！

分段阻击简直精妙绝伦！所谓一鼓作气，再而衰，三而竭。

若是集中全部兵力去形成一层包围，匈奴人凭借一股求生的念头很有可能会撕开一个口子，可是林飞星居然主动分散了优势兵力，削弱每一层的兵力总数，分成了五道包围层！

这一计谋真是奇思妙想，大胆而又精巧！

果然！因为兵力五分，匈奴人轻而易举地就冲破了第一层阻击。

大部分匈奴人冲破了第二层，有一小股被第二层士兵拦截，这些被拦截的匈奴人被第一层和第二层的士兵前后一夹击，正以肉眼可见的速度消亡着。

到第三层的时候，被拦截的匈奴人已经过半！

只有几百人的队伍成功冲破了第四层包围，却被第五层的离国骑兵拦截了，即使兵力分散了，离国第五层队伍的人数也要远远大于这几百人！

与第五层士兵拼死交战的匈奴人形成了一个圆，拼命想要摆脱最后一层的阻击。

"拿我的三石弓来！"

林挽月突然大吼一声，卞凯不敢怠慢，连忙双手奉上林挽月前一段时间刚刚造好的三石弓。

如今的林挽月使用二石弓时已经可以左右手开弓了，前一阵子刚刚开了三石弓。

匈奴人的队伍已经跑出去很远，早就超过了一般弓箭的射程范围。

项经义眯了眯眼，大约可以明白林飞星想要做什么，可是他有些不敢相信。

一时间，城墙上所有人的目光都集中在了林挽月的身上。

大家屏息静气，只见林挽月弓步开立，下腰扎了一个马步，立弓搭箭，深吸一口气……

三石弓被缓缓地拉开了！

李娴安静地站在林飞星的身边，看着他神色坚定的侧脸，还有那拉弓的样子。忽然之间，李娴有些恍惚，眼前的这一幕与两年前的那幕竟然缓缓地重合了。

同一个人，同样的动作，同样的神色，还有，同样地带给人震撼的感觉。

林挽月一口气将三石弓拉如满月，却迟迟不见她放箭！

正在大家疑惑时，林挽月眼中精光一闪，果断地松开了拉弓的右手！

这三石弓果然是不同凡响！

"嘣"的一声，弓弦震动的声音震击了所有人的耳膜！

箭矢更是快得吓人，在半空中只能堪堪看到一个残影！

林挽月根本无暇顾及其他人的目光，只见她放下弓，趴在石墩上向前眺望！

远处，与最后一层阻击的离国士兵拼死厮杀的匈奴人中发出了一阵骚动。

林挽月见状，抬起右手重重拍了一下石墩，叫道："好！哈哈哈哈……"

这一切来得太突然，所有人都愣住了，不知道林挽月究竟在高兴些什么。

只有项经义凭借经验向匈奴人的队伍远眺，同样发出一阵畅快的大笑。

项经义走上前去，重重地拍了拍林挽月的肩膀："贤弟好弓法，愚兄自叹弗如！"

林挽月对着项经义淡淡地笑了笑，宠辱不惊，再次将精力投入了战局中，胜利的天平已经朝着离国军队慢慢倾斜，匈奴人的部队被林挽月布下的五道拦截线分割成几块，被后继而上的离国士兵重重包围，现下不过是困兽之斗罢了，已绝无逃走的可能。

"相公，究竟发生了何事？"

李莘实在是好奇，偷偷地拉了拉项经义的袖子。

见爱妻发问，一边的长公主殿下也投来了好奇的目光，项经义收敛了笑容解释道："贤弟刚才那一箭，百步穿杨，将匈奴人带队的首领射下了马！"

李莘复又问道："这么远？阿星到底是怎么分辨的呢？"

林挽月见城下大势已定，松了一口气，转过头来将三石弓递给卞凯，解释道："我曾经有过夜探匈奴人营帐的经历，发现匈奴人喜欢团居，而且帐篷的排列顺序也是按照身份决定的，最普通的士兵住在最外层，越往里面帐篷越大，而匈奴人的王帐在整个帐篷群的最中心。那次回来之后，我开始总结经验，回顾这几年和匈奴人作战的场景，慢慢地我发现他们将这个习惯带到了战场，不过自从上次夜探匈奴人之后，一直也没有再和匈奴人交战，故此我也不敢断定，所以我适才故意命令他们稀释兵力组成了五段拦截。果然被我猜中，一层一层地拦截下来，能冲到第五道的，基本上都是匈奴人中有身份、有地位的人。我又仔细一看，发现他们将一个人牢牢地围在中心，有几次明明有缺口，却没有任何一个人逃跑，宁死也要护住中心的人，我便知那人定是这队匈奴人的领队，甚至有更高的身份！正所谓擒贼先擒王，匈奴人已经是强弩之末，若是杀掉他们的首领，定会给他们致命的打击，敌军一乱，便再也冲不出去了！"

林挽月一口气说完后，城墙上为数不多的亲兵立刻朝着她投来了钦佩的目光，就连项经义夫妇也不住地点头。

林挽月的脸上却丝毫不见骄傲之色，只是咧嘴一笑，露出一排洁白的牙齿。

失去了首领的匈奴人战斗力锐减，眼看着就要被尽数歼灭，林挽月远远一望，立刻对旗手喊道："给我留几个活口！"

城下传来了震耳欲聋的欢呼声，场面沸腾，所有离国士兵或挥舞着手中的兵器，或三五成群地撞在一起，这是北境今年秋收的第一仗，大获全胜！

他们活捉了七名匈奴人，其余全部歼灭，无一人逃脱。

北境已经很多年没有打过这样的大胜仗了！

城墙上的一众人来到了城下，林挽月看着满地的尸体沉默良久，吩咐道："将匈奴人的尸体和死亡的战马全部烧掉，阵亡的将士按照惯例办，伤亡总数呈报给我。"

"是！将军。"

"另外……将这些百姓妥善安葬，派人去沿途调查，看看究竟是哪里的百姓，有没有亲眷尚在，家属的抚恤……每人一金，从我的食邑里出。"

"将军，那这几个匈奴人怎么处置？"

没等林挽月开口，张三宝却先跳出来："当然是在城内支个台子，当众活剐了！"

蒙倪大连忙拦住张三宝："三胖子别胡闹，现在没有你说话的份儿！"

"这几个人先给我关起来，记住，任何人不许和他们说一句话，打骂都不可以，要将每个人单独关起来，不许让他们之间有一点儿沟通，而且每天只准他们喝水，不许给吃的，记住了？"

"是！"亲兵领命去了。

项经义夫妇听到林飞星对这些罹难百姓的安置，满意地点了点头，在心中愈发地对谦逊厚道的林飞星称赞了起来。

众人反身回城，在将进城门之时，李娴突然叫住了林挽月："林将军可否借一步说话？"

林挽月驻足，其他人见状和她打了个招呼继续向城内走，林挽月反身来到李娴身边，二人对望。

直到人群彻底走远，林挽月才缓缓开口，问道："不知公主有何指教？"

李娴仰着头，眼神复杂地看着林挽月，沉吟良久不答反问道："你就不知道疼？"

这没头没尾的一句话将林挽月问住，林挽月眨了眨眼回道："公主在说什么？"

看着这样的林飞星，李娴为之气结，适才她从城墙上下来的时候，突然发现地上有由血滴连成的线，血滴正是从林飞星的右手拇指上滴下来的。

李娴仔细一看，发现林飞星并没有戴扳指，那三石弓是何等的力道？肉体凡胎的怎么能经受得住？

这人硬生生地靠着血肉之躯拉开了三石弓，手指被割破了，鲜血滴了一路还浑然不觉。

"给我看看你的右手！"

"哦！"

林挽月后知后觉地伸出右手，低头一看，一道极深的口子横亘在拇指上，此时还在汩汩地出着血，只不过适才是林挽月第一次指挥如此大规模的战斗，高度集中之下，居然没有感觉到痛来！

此刻，林挽月看着自己手上的口子，痛感一下子便涌了出来。

"哎。"李娴轻轻地叹了一口气，拿出一方绢帕，握着林挽月受伤的右手，意欲包扎。

"万万使不得，飞星自己来便是！"

"莫要逞强了，伤在手指上，你自己如何包扎。"

说话间，李娴已经轻轻地擦拭掉了伤口周边的鲜血，开始包扎。

李娴将林挽月的手握在手中，入手的是无比粗糙的触感，纵观李娴十八年的记忆，还从来没有摸过这样粗糙的手。

林挽月手指下面的几个肉丘早就变成了几块高高隆起微微有些发黄的硬茧，五个手指上，以及虎口处也尽是粗糙的茧。

射箭勾弦的拇指上的茧最厚，像一只小蚕般卧在那里，清晰可见。

如今这小蚕形状的硬茧被生生地从中间切开，也多亏了这层凸起的茧起到了扳指的作用，不然这手指恐怕要伤得更深！

"好了，回到府上让丫鬟再帮你处理一下，上些金疮药好得会快一些。"

李娴抬起头，对上了林挽月的眼。

"多谢公主！"

林挽月用极快的速度抽回了手，转身，飞也似的离开了，什么礼节都顾不上了。

李娴却站在原地看着林挽月逃走的背影，勾了勾嘴角。

怎么，堂堂北境最年轻的将军，也会有怕的吗？

明明知道本宫已经被许给了旁人，竟也会起非分之想吗？

思来想去，李娴却恍然发现自己对林飞星竟是出奇地包容！

明明这人是有隐疾的呢？难道也会起非分的念头吗？

李娴的心情有些复杂。

翌日。

林挽月刚刚睡醒，就有下人通报说有人送来一个锦盒。

林挽月洗漱完毕，命虎子将锦盒呈上。

"谁送来的？"

"来人没说，但是留了话，说老爷您一看便知。"

"哦！"林挽月点了点头。

打开锦盒，映入眼帘的是两样物件。

一个精致的瓷瓶，以及一环扳指。

看到这两样东西，林挽月的心头一跳，她将锦盒放在小桌上，先拿出了里面的扳指。

将扳指拿在手中仔细翻看，见扳指上没有血线，知是鹿角做的。因为右手被缠了绷带，便将扳指往左手拇指上一套，发现扳指有点儿大了。

不过，由于林挽月常年拉弓，右手拇指上面长了一层厚茧，所以她的右手拇指要比左手稍微粗一些，这个鹿角扳指应该是正好合适的。

林挽月恍然想起昨日李娴似乎是用手指夹了一下自己的拇指，心道公主真是好细的心思……

林挽月爱不释手地将扳指握在手中，最后干脆将扳指暂时戴在了左手拇指上不舍得摘下来，又伸手拿过了那个精致的瓷瓶，打开红色的瓶塞，将瓶口放在鼻息处一嗅，浓浓的草药味之中带着淡淡的幽香。

"余闲。"

"是，老爷。"

"麻烦你帮我重新上一下药吧。"

"是，老爷。"

林挽月将冰凉的药膏浸入自己拇指上的伤口，有些刺痛，更多的是冰凉和舒适的感觉。林挽月满足地眯了眯眼，心中暗自感慨还是京城的药好用。

这瓶药膏余闲却是认识的，它名唤"冰肌玉骨膏"，虽然不是最名贵的外伤药膏，但是因其中有一味草药非常难得，所以每年的产量很少，而且这药膏虽然有愈合伤口的作用，但最主要的功效就像它的名字一样，能消除疤痕。

余闲看了看林挽月这双粗糙不堪的手，心中不住地疑惑，殿下给林飞星这瓶药膏，是不是有点儿浪费了……

当天下午，林挽月忙完了军务从军营中回来后，便一头扎进了秀阁探望小白水去了。

林挽月发现小孩子真是一天一个样子，变化快得惊人。

林挽月将小白水抱在怀里举高高，整个房间里立刻充满了欢声笑语。

桂妈行色匆匆地打前院往秀阁走，路上正巧碰到余闲。

"桂妈，您脚步这般急切，往哪儿去啊？"

"哎哟，闲丫头，出事了，我要去禀报老爷！"

"出什么事儿了？老爷这会儿正在秀阁里面逗小姐呢，难得忙里偷闲的，不然您先和我说说？"

"哎……也对，你给我出出主意。"

"这不是说话的地儿，桂妈，您跟我来。"

余闲将桂妈引到了一处僻静之所，问道："您说说吧，出什么大事了？"

"哎，昨儿送菜的就没来，我想着许是因为打仗了，府中的菜蔬鱼肉也尚足两日的量，就没在意，可是今儿，送菜的还没来！眼看着府中的存菜剩不了多少了，没办法我便去账房现支了株币到菜市场去买菜，可是到了之后那些菜农肉贩一听说是往林府送菜，立刻翻脸不卖！我问缘由，他们说话还阴阳怪气的，我从东头走到西头，什么都没买到不说还碰了一鼻子的灰！闲丫头你说说，你说说这是不是出事了？"

"一群白眼狼！桂妈还不知道吧？老爷昨儿那一仗，杀了一些被匈奴人抓走的百姓，没想到不过一晚上的工夫这事儿就传开了！"

"哎哟哟，还有这事儿呢。我昨儿在府中住下了，没听说，这可怎么办哪，巧妇难为无米之炊！厨房的菜不够了，就算勉强做了今晚的饭，明天早上府中这么多口子人吃什么啊？"

"桂妈，您先别慌，要我说，这事儿你直接禀报老爷有些不妥，你应该先报告给管家，才是正理，而且由管家想办法或者报告老爷，您也少担一些不是？"

"哎！还是你说得对，我这就去找管家去！"

当夜。

北境长公主临时府邸内。

影子端正地跪在李娴的案前，将今日林府内发生的事情详细地汇报给了李娴。

"林飞星怎么说？"

"回殿下，林飞星听后一笑了之，命令全府暂时吃酱菜、稀粥和馒头。"

听完影子的汇报，李娴的心中是又气又笑，但在影子面前她的表情依旧静如止水，让人看不出一点儿情绪。

"命你们办的那两件事，怎么样了？"

"回殿下，第一件事已经在执行中，不过我们的人只能挑在夜里行动，且用微弱的烛火照明，还要提防被人发现，所以进度缓慢。第二件事一切准备就绪，只等殿下一声令下即可。"

"嗯，做得很好，第一件事等到我们离开了北境之后再放出来吧，至于第二件事……等到处理好林飞星关押的那几个匈奴人之后就找个机会办了。"

"是！"

"嗯……算算时间，本宫也差不多该回宫了。好了，你先回去吧。抓紧办好第一件事，务必要小心，如果有人看到了，你知道该怎么做。"

"属下明白。"

"嗯，去吧，本宫乏了。"

"是。"

另一边的林府，由于林府的人买不到菜，林挽月干脆勒令全府吃酱菜、稀粥、馒头，脾气好得令人咋舌。

有的下人都有些不解，照理说按照林飞星如今在阳关城内的身份和地位，李沐养病不出，林飞星代掌帅印，又和平东将军府结了干亲，林飞星甚至都不用出面，只需和阳关城的太守知会一声，那些个刁民谁敢说个"不"字？

可是偏偏林飞星没有，就这样忍下了这莫大的委屈。

一个用生命在守卫北境太平安康的人却连新鲜的蔬菜都吃不到，当真可叹，可笑！

这些后来进入林府的下人签的一律是卖身契，到死都是林府的人，他们自然是全身心地站在林飞星这边。可是下人毕竟身份低微，最多也只能在私下里替自家老爷愤愤不平，就算他们再怎么生气，林府掌权人都不言语，他们也只能忍着。

林府断菜第三天，李沐听说了这个消息，命人将之前剩下的羊牵来好些，还送来了时令的瓜果蔬菜，林府缺菜的状况才得以缓解。

自从林挽月与平东将军府结了干亲之后，她已经不再算是没有依傍的布衣将军了，北境的那些士族将军早就改变了对她的态度，见李沐都出手援助，其他的将军也坐不住了，一车连一车地往林府里头送各种食材！

林挽月是平民出身的，能吃上精米白面她已经非常满足了，所以平时林府吃的东西都很简单，但是这些精致惯了的将军，即使生活在最艰苦的北境，依旧有办法过得滋润，他们的府里可是什么食材都有的！

对于这些馈赠，林挽月倒是照单全收，所以林府经历了一个小小的风波之后，伙食居然硬生生地提高了一个档次，也算是因祸得福了。

至于那些原来往林府送菜的菜农，见林府的人过的日子似乎更加滋润了，皆后悔不已，又想到林府的人买东西不挑剔，给的价格也公道，没几日便纷纷觍着脸回来想要继续送菜……

这些人连林挽月的鞋底都是碰不到的，由林子途全权处理了这些事情，彻底结束了与他们的雇佣关系，换了一批新的菜农，并且签订了文书……

这些都是后话了。

在林挽月抓到匈奴人俘虏的第七天，她来到了军营，命人将匈奴人带出来提审。

说来也是巧，这日项经义夫妇及李娴和李忠都在军营里，四人听说林飞星要提审匈奴人，纷纷带着好奇心来到了林飞星的营帐。

走到目的地了，众人却发现林飞星在一处空地上置了一个案，坐在案前提审这七名匈奴人。

林挽月选的这块空地正是放置离国战死士兵名牌的地方，空地上摆了好几排架子，每个架子上面绑着密密麻麻的名牌，每一个名牌都代表着一个曾经鲜活的生命。

林挽月的大案就摆在这些架子的前面，她穿着一身戎装端坐在案后，身后是密密麻麻的木牌，风一吹那些木牌碰撞发出"叮叮当当"的响声。

林挽月见四人到来，命人在一旁加了四把椅子，士兵将七名匈奴人押了上来，林挽月扫了一眼，发现这七人虽然气色都很萎靡，但是眼中的敌意非常明显。

林挽月心道：无怪，能奋战到最后的，都是匈奴人军营中战斗力拔尖的勇士。

李娴坐在第一把椅子上静静地注视着眼前的一切，她细心地发现在林飞星的案上放了一块木板，李娴记得那块木板，她不由得抬眼看了看林飞星，想到林飞星的身世和他与自己讲的故事，感慨良多。

"让他们跪下。"林挽月对身边精通匈奴语的斥候说道。

"将军让你们跪下！"

话音落，匈奴士兵那边表现出了明显的反抗，他们叫嚣着、挣扎着。

林挽月身后懂得匈奴话的斥候闻言脸色难看，不知道该如何翻译，却见林挽月只是淡淡一笑，对斥候抬了抬手，表示不用翻译。

林挽月对抓着匈奴的士兵抬手示意，后者立刻会意，拿出棍子朝着匈奴人的小腿猛打。

随着一顿密集的木棍敲打声，终于有一个人扛不住"扑通"一声跪在了地上。

"停。"林挽月一抬手，命士兵将第一个跪下的匈奴人绑在另一边早已钉好的木桩上。

林挽月转过头对李娴和李莘说道："公主殿下，大嫂，接下来可能会……有碍观瞻，二位要不要回避一下？"

李莘转头看了看自家夫君，摇了摇头。

李娴亦没有动，她还要见识见识林飞星的手段，怎么可能会轻易离开？

见二人都选择了留下，林挽月没有再劝，看着剩下的六名匈奴人，随手一指："把他给我砍了，把他的脑袋挂在新城楼上。"

"是。"

士兵领命将被林挽月选中的匈奴人拖到一旁，手起刀落，这一切发生得太快，快到所有人还没明白是怎么回事，匈奴人已经死透了。

行刑的士兵麻利地收起刀子，说道："将军！"

"嗯，找人把它先挂在城楼上。"

"是！"

项经义看了一眼自己这位看上去带着几分书生气的义弟，又转头看了看明显有些不适的自家夫人，低声地说道："娘子，先送你回府如何？"

李莘心有余悸，只感觉心中翻涌不止，惊恐地看了看端坐在案后面带笑容的林挽月，点了点头。

项经义安抚地拍了拍李莘的胳膊，命亲兵将李莘先送回去。

李莘起身之前对李娴说道："妹妹，你要不要和姐姐一起回去？"

李娴却坚定地摇了摇头，虽然她也有些不适，但是她暗中培养了林飞星两年，七天前她验收了林飞星统兵打仗的成果，今天正好验收其他的，林飞星目前对李娴的棋局至关重要，她怎么能回去？

李莘见李娴不走，略有不解，但是她却是一刻都不想多待在这里了，便没有再劝，急忙离开了这块空地。

林挽月转头朝着凳子这边看了看，目光特意扫过李娴的脸。

对面的六名匈奴人反应过来之后，挣扎着对林挽月破口大骂，每个人的表情都很狰狞，恨不得将林挽月吞之入腹。

林挽月却显得毫不在意，唇边挂着好看的弧度，仿佛刚才命令士兵杀人的人根本不是她。

林挽月带着笑意看着眼前的六名匈奴人，此时场中之人谁也摸不清她的心思。

又过了一会儿，林挽月缓缓地抬起手，又是随便一指，点中了一名匈奴人，说："把他也给我砍了，把他的脑袋和他同伴的挂在一处。"

"是！"押解着这名匈奴人的两名士兵立刻将他拖到刚才的地方，手起刀落。

三位看官还来不及消化，林挽月再次抬手，指了指其中挣扎最激烈、喊声最大的匈奴人说道："把这个精力充沛的拖到那边，在他脖子上开个口子，小心点儿，别一下子就扎死了。"

"是！"

项经义还好，身经百战早就见惯了杀伐，内心没有什么波动。

李娴则因为心中有坚定的目标，而且她已经渐渐地明白了林飞星的用意，所以倒也能坚持。

但是，含着金汤匙出生的李忠看到这一连串的屠杀之后，整个人显得愈发地不好了。只见他脸色难看，目光游离，却又怕自己由胆小露怯而被人笑话，苦苦地坚持着。

不过一盏茶的工夫，空地上站着的匈奴人就只剩下了三名。

林挽月看着脸上逐渐开始露出惊恐之色的匈奴人，心中无比畅快，终于有了一个释放这么多年积压的仇恨的机会了，她等这一天已经等了太久了。

战场上杀敌和如今这样慢慢地折磨敌人带来的感觉是全然不同的。

林挽月坐在案后，左手支着下巴，右手搁在案上，五根手指有节奏地敲击着木案，发出均匀而又清晰的"嗒嗒嗒"声。

正对面被五花大绑的三个匈奴人，亲眼见证了自己同伴的死亡，最开始的愤怒情绪已经随着时间的推移渐渐平息。

恐惧的情绪逐渐漫上他们的心头。

适才还雷厉风行的林挽月，似乎一下子变得慵懒了起来，她托着下巴饶有兴致地看着前面的三个匈奴人，嘴角挑起一个好看的弧度，手指一直在"嗒嗒嗒"地敲击着案面。

李娴循声望去，看到林挽月的右手拇指上戴着自己送的鹿角扳指，大小正合适。

西风乍起，林挽月身后那数不清的木牌发出密集而又清脆的碰撞声，仿佛是那些战死的英魂在催促着林挽月继续行刑。

"说，你们是怎么越过边防守卫抓到那些百姓的？"

话音一落，西风戛然而止。

"将军问你们话呢，你们究竟是怎么越过边防守卫抓到那些百姓的？"

三人闻言沉默了片刻，中间有一个人却突然来了精神，扭动着被捆的结实身体，对着林挽月大声喊叫。

那人说的皆是些粗鄙不堪的话，斥候面色难看："将军……"

林挽月冷哼一声，道："还是不肯说是吗？"

"没错。"

"那便继续吧！"

林挽月"啪"的一下拍了面前的案子，然后按着木案从座位上起身。绕过木案的时候，林挽月偏过头，看了看李娴。

她在心中轻叹一声，这些事她本是不想在李娴面前做的，同样地，她也没想到李娴居然留了下来。

林挽月来到那名叫喊的匈奴人面前，还没等她说话，匈奴人突然朝着林挽月啐了一口，林挽月眼疾手快地闪了过去，并且示意那匈奴人身后的两个士兵不动。

李娴偏过头，双手紧紧抓着两个扶手，此时她已经知道，无论怎样，这三个匈奴人都会死，只是猜不到与匈奴人有血海深仇的林飞星究竟会用什么手段去折磨这三人……

李娴心若明镜，自打一开始，林飞星便已经有了人选！

那个最先跪下屈服的匈奴人才是林飞星真正想要审的人，其他人不过是饵！

同时，李娴对林飞星也有了一层新的认识，两年不见，这人的心智和手段真的成长了许多，先是只给匈奴人水不给饭，并且将他们分开关押，不允许任何人同他们交流，这样可以最大程度地摧毁这几人的意志力，然后便是从这些匈奴人之中选择一个意志力最弱的人，让他看着自己的六位同伴如何身死，这般摧身又攻心，真是好手段！

一个受了委屈也不与百姓争辩，宁可勒令全府和他一起吃酱菜度日也不去对百姓施压的人，居然也有这样的心性和手段！

"啊！"一声歇斯底里的惨叫将李娴拉回了神。

听着这声音，李娴不由自主地打了一个寒战，下意识地转头看向林挽月那边，又快速地别过脸。

李娴感觉自己的脊背有些发凉，心生退却，却又固执地不肯离去，究竟是为何？就连李娴自己都觉得有些不可思议。

惨叫声一声接着一声，一声高过一声！

即使李娴不去看，单单从这惨叫声中，她都能清楚地感受到那匈奴人所承受的痛苦和绝望。

听着这一声声的惨叫，林挽月的脑海里却闪过了婵娟村的昔景，她在那里出生，在那里长大，那是她的家！

那里虽然不富裕，却有清澈的小溪，小溪里常有鱼儿游过，湛蓝的天空和满是宝贝的大山，是她和弟弟时常嬉戏玩耍的地方。

可是，不过一下午的工夫，一切便全都没有了！

小溪被染红了，土墙坍塌，满目疮痍，一片死寂，空气中弥漫着血腥味，每走几步就会看到熟悉的面孔。

一把大火烧了所有的尸体后，那味道、那温度、那场景，林挽月始终忘不了，自此化作梦魇，一梦四年。

一位忍不住涕泗横流的匈奴人，此时看林挽月的眼神已经再没有任何的挑衅之意了，而是满眼的恐惧和后悔！

直到林挽月甩了甩手走到一边，他才一边呜咽着一边用已经不利索的口齿说出了什么。

"将军，这匈奴人招了——"斥候面上一喜，欲给林挽月翻译。

谁知林挽月竟皱着眉一抬手，止住了斥候的话。

待到匈奴人说完话，继续吃痛呜咽的时候，林挽月一把抽出了旁边士兵腰上的佩刀。

"你没有机会了！"

匈奴人软绵绵地向后倒去，他不懂，他明明招了的……

"把他的头也砍下来，挂在城楼上。"

"是！"

士兵麻利地将匈奴人的尸体拖走了。

场中，终于只剩下两人了。

"拿碗来。"

"是！"

亲兵一路小跑给林挽月端来几个碗。

林挽月拿了一个，捏在手里，另一只手朝边上一伸："匕首。"

"是！"

匈奴人被饿了七天，又被五花大绑，再加上每人身后都有两名身强力壮的士兵死死地抓着他们，即便匈奴人明白了林挽月的用意也只能瞪眼瞧着。

李忠愈发脸色难看，终于忍不住了大声喊道："林将军到底意欲何为？！"

众人的目光一下子便集中在了李忠的身上，就连林挽月也停了下来，转过头，问道："世子何意？"

"林将军要问什么便问，如此蓄意折磨，究竟意欲何为，若是将军什么都不想问，不如给他们个痛快！"

"哈哈哈哈！"林挽月似乎听到了天大的笑话，仰天发出一阵长笑，走到了李忠的面前，林挽月走得很近，这样的距离李忠若是执意起身便会不小心碰到林挽月手中那明晃晃的匕首。

李忠闻着空气中的血腥味，强自压抑着胸腔中的翻涌的感觉，与林挽月对视。

只不过，一个居高临下，一个抬头仰视，气势上高下立判。

林挽月冷眼瞧着李忠，说道："世子问我意欲何为？呵。这是他们欠我的！你说我意欲何为？"

李忠再也压抑不住心中的翻涌，一把推开林挽月。

"呕！呕……"李忠跑出去没几步，弯下腰吐了起来，吐好了之后又觉得自己此时的样子太过失仪，甩着袖子头也不回地走了！

李娴也颇为惊愕，但是她却没有错过林挽月那眼神中浓浓的哀伤。

经过李忠这么一吐，林挽月似乎也失去了兴致，她转过身，吩咐旁边的士兵把两个匈奴人推到菜市口去。

"是！"

"至于那个，给我关起来，好生看守，别让他死了！"

"是！"

"大哥，替我向大嫂道歉，今日真是失礼了，改日飞星定登门致歉。"

"哈哈哈哈！"项经义笑着从椅子上起身，重重地拍了拍林挽月的肩膀，道，"贤弟不必如此。你大嫂妇道人家，见不得这些也属平常，不过，贤弟你今日倒是让大哥刮目相看了，大哥一直觉得你身上书生气太重，如今一看，是大哥多虑了，今儿你给大哥看了一出好戏，戏散了我要回去看看你大嫂了，告辞了！"

项经义说完，朝着李娴拱了拱手离开了空地。

"你们先下去吧！"

"是！"

场中只剩下林挽月和李娴二人。

"药膏和扳指我收到了，谢谢公主。"

李娴嫣然一笑，问道："扳指可还合适？"

"嗯。"

"对了，这个还给公主。"

林挽月一边说，一边从怀中掏出一方叠得四四方方的绢帕递到李娴的面前。

李娴低头看了看绢帕，却迟迟不接。

林挽月低头一看，吓了一跳，连忙将绢帕捏在手里，慌道："对不起，我不知道……下次洗干净了再还吧！"

"好。"李娴点了点头。

那方手帕林挽月一直揣在怀里，刚才这么一折腾不知道什么时候竟然又沾上了血迹。

"飞星，可否告诉我，你今日这么做究竟意欲何为？"李娴郑重地看着林挽月。她不相信林飞星这么做只为泄私恨。

林挽月也严肃了起来，对李娴说道："其实我这几天一直想找机会告诉你，我怀疑朝中有人和匈奴人勾结，意欲颠覆北境军政……"

李娴微微仰头看着林挽月，轻声问道："飞星何以见得？"

"其实从粮草丢失开始，我便在怀疑了，北境几十万大军的过冬粮草是何等庞大的数量？没有足够有权力的人暗中相助，怎么能让那么多粮草凭空消失？大帅我自是信得过的，况且……"林挽月顿了顿，看着李娴欲言又止。

"飞星想说什么，但说无妨，我保证不会有第三个人知道。"

"况且，陛下的态度实在耐人寻味。那么多粮草丢失了，陛下没有下令追查搜捕，只是杖责大帅一百军棍。事后我仔细思考，发现打大帅的这一百军棍大有警告的意味，也就是说很有可能陛下猜到了这个偷走粮草的人，大帅也猜到了，就算是这二位当时没有确认是何人，我想总该是有大致范围的，若是当时就一层一层细细追查总会水落石出，况且那么多粮草，如果陛下下令全国戒严，盗窃粮草之人必会无所遁形。可是陛下并没有，这实在是让人百思不得其解。我原来想着或许是为了稳定军民情绪，陛下命人暗中调查。前些日子我代掌帅印，命人调出了事发后整个西北的卷宗，发现粮草丢失之后，根本没有任何官员收到暗中戒严搜查的文书，我就想，究竟是何人能让陛下心甘情愿地为其隐瞒，思来想去……"

李娴的目光闪了闪，看着林挽月，等待着她的答案。

"我想很有可能这人是诸位藩王中的一位，这便说得通了。勾结匈奴人私吞粮草，每一项都是杀头的重罪，陛下爱子心切，权衡之下帮忙掩盖。"

"飞星……你可知，你暗中调查此事，很危险？"

听到李娴的话，林挽月却笑了，笑得很讽刺。

"我不知道！我只知道北境几十万大军用生命守护北境，我只知道大帅半生戎马，我只知道匈奴人是潜伏在离国边境的虎狼之众，居然有人会为了争权夺利，丧心病狂到置北境数十万大军的生死于不顾，置无数百姓的身家性命于不顾，而且陛下——"

林挽月的语气激动，音调颤抖，然而这说了一半的话却戛然而止。

原来是李娴在最关键的时刻抵住了林挽月的嘴唇，让那些积压在林挽月心中的早就使她义愤填膺、怒发冲冠的话没有被说出口。

只见李娴轻轻按着林挽月的嘴唇，眼中闪过一丝嗔怪之意，用仅有两人才能听见的声音低语道："嘘……我知你委屈，但这大逆不道的话，我不许你说出口。"

说完，李娴拿开了压在林挽月唇上的冰凉手指，向后退了一步。

场中的气氛安静得有些诡异。

良久，李娴才开口解释道："本宫……我，适才一时情急，还望飞星勿怪。"

林挽月一声轻叹，摇了摇头，回道："我知道，公主是为了我好，这军营……不干净。"

李娴的心不由得一揪，已经很多年没有过的局促和不安的感觉油然而生。

好在李娴表情端得沉稳，才没有露出任何端倪。

见李娴沉默，林挽月自顾自地继续说道："你也不必瞒我，虽然我不知道具体是谁，但是那些人既然都能在众目睽睽之下将粮草运走，这北境军营之中还会缺眼睛吗？"

听了林挽月的解释，李娴一颗悬着的心安然落地，还好……

"飞星，可知过刚易折？"

"我都明白，这些道理大帅总教我的，其实这些话我从未与旁人说过，今日……总之，这次公主回京之后，千万小心，要与太子及时商讨，早做应对才是。"

李娴轻笑，问道："之前你心中不是只有北境的吗？"

闻言，林挽月又是一声轻叹，皱了皱眉，回道："两年前，你对我说：你在宫中步步艰难，进退维谷。起初我还不信，我总觉得你们本是同宗同根的血亲，就算是有立场上的冲突，也总会顾念几分亲情才是……分开的这两年，我看了不少书，大帅又对我悉心教导，后来又出了粮草的事，我才明白，原来当初你没有骗我。"

"谢谢。"

李娴这一声突如其来的道谢让林挽月有些局促，但她依旧提起勇气，坚定地对李娴说道："你放心，这北境有大帅……和我坐镇，翻不了天。"

"叮当叮当。"

西风又起，架子上的木牌碰撞发声。

林挽月看着李娴飞扬的发，不由自主地为公主挡住风口。

"公主穿得单薄，这个季节过了午时便冷了，我送公主回去吧。"

"好，那便谢过飞星了。"

李娴坐在一顶小轿里，林挽月骑着龙冉宝驹行在前头。

就在刚才，那两个匈奴人在菜市口示众，那惨叫声传出了几条街。

看热闹的百姓得知这些都是林飞星的命令，无不打了一个寒噤。

这座阳关城里，有几个人没有传过林飞星的是非呢？

从最开始的不举，到后来余纨的事情，又到前几天下令屠杀无辜百姓的事情，他们居然还自发地抵制林飞星……

他们在菜市口看见了那两个匈奴人的惨状。

这些，也都是这位年轻的将军下的令。

于是百姓开始害怕，之前他们总觉得林飞星不过是尚未弱冠的少年郎，法不责众，他们说了便说了，而且一直以来也没见林飞星对他们做什么，于是有些人便愈发地肆无忌惮起来。

直到今日，他们终于明白，即便林飞星再怎么年轻，也不是他们这些布衣百姓可以随意欺凌的角色。

住在这座边陲之城的人，又有几个不痛恨匈奴人的呢？可是眼看着那两个匈奴人的死状，有些人又不免兔死狐悲起来，有时候，人性还真是复杂。

此时，林挽月穿着一身戎装骑在高头大马上，头发用一枚黑色的发箍固定一丝不苟地绾在头顶，好不威风！

马蹄踏在青石板路上，发出"嗒嗒嗒"的响声，林挽月的速度并不快，但街边的百姓却纷纷避开，硬生生地给林挽月让出一条路来，这还要得益于适才在菜市场口的发生的事情。

一顶四人抬的小轿跟在身后，轿子看上去古朴无华，也不知里面坐的是谁。

不过在离国，有权有势的男子出行多骑马或坐马车，就算坐轿也会坐着四方大轿，这种小轿唯独女子会坐。

看到这一幕的百姓好奇之心又起，如今的林飞星在北境之中可谓如日中天，不过十七岁就拜又将又代掌北境的帅印，这轿中女子是何许人也？竟然能得林飞星亲自开道护送。

不过这一次百姓收敛了许多，再也不敢明目张胆地议论林飞星了，只是在心中暗自好奇，或者关起门来与自家人偷偷议论一二。

林挽月将李娴送回府内，谢绝其让自己稍坐片刻的邀请。

临出门，又恍然想起了什么，林挽月压低了声音对李娴说："对了，我已经派人去查匈奴人究竟是如何抓到那么多百姓的了，还要待我审问完最后一个匈奴人再说，至于这次和上次背后指使的是不是同一人，我目前还不能断定，一旦我有了消息定会找机会告诉公主的，还请公主心中有数。"

"好。"

"那飞星便告退了！"

"飞星慢走。"

林挽月离开李娴的临时府邸，马不停蹄地命人备了礼品，提着礼品到平东将军的临时府邸拜会，当面对李莘致歉。

项经义大悦，命人准备了酒菜留林挽月在府里用了晚饭。

酒足饭饱后，二人又到书房，项经义一时手痒，命人端来了沙盘和林挽月做起了推演来。

两人一个镇西，一个平东，作战的方式和理念都大有不同，这一战居然推到了三更天！

结果如何已经不重要了，通过这次推演，两人都在对方的身上学会了不少新的想法和理念，对将来的领兵作战大有裨益！

最后，项经义亲自把林挽月送到门口，项经义从怀中掏出一本用绢布包着的东西，递给她："星弟，这本《统军术》是家父所写，愚兄早就背得滚瓜烂熟了，如今你我义结金兰，虽不是亲兄弟，但胜似亲兄弟，大哥欣赏星弟的为人和气节，如今就把这本《统军术》赠给星弟，还希望对星弟有益处。"

林挽月双手接过了《统军术》，由衷地感谢道："大哥赠书之情，飞星没齿难忘。"

"哈哈哈哈，不早了，回吧。"

林挽月心情愉悦地回到林府，去看了看已经睡熟的小白水，回到自己的卧房，躺在床上却无论如何也睡不着了。

第二日，天尚未大亮，有一名士兵从军营里赶了过来！

林挽月连忙穿衣接见，士兵战战兢兢地跪在地上："报告将军……最后一名战俘……昨夜死在牢房中。"

天牢里，士兵和狱卒跪了一地。

死去多时的匈奴人战俘已经被抬了出来，放在一张木板上。

经过仵作鉴定，匈奴人是因窒息而死，在匈奴人的脖子上也找到了一道明显的勒痕。

整个牢房里静得吓人，只有火把的呼呼声，所有人都匍匐在地上，仵作也屏声静气地退到一旁。

林挽月看着木板上的尸体，尸体的脸色呈绛紫色，双眼凸出，确实是被人活活勒死的。

"这里有你们这么多人看守着，一个大活人在你们眼皮子底下被人活活勒死了，难道你们就连一点儿声音也没有听到？"

林挽月的声音里夹杂了雷霆之怒的味道。

"将军息怒！"

"有没有可疑的人靠近过牢房？"

"这……"

"所有接近过牢房的人！"

"有……有，昨夜申时，将军您的亲兵公伯玉来过一趟。"

"嗯？他来做甚？"

"是……"狱卒的脸色难看，看着林挽月欲言又止。

林挽月见状大怒，抽出腰间的佩刀"咔吧"一声将桌上的水碗一劈两半："还不快说！"

"是是是！"

狱卒吓得磕头如捣蒜，一连磕了数个才直起腰回道："公伯玉，说……将军您说，最后一个匈奴人至关重要，不能饿死了，带了馒头来给他吃……"

"马上把公伯玉给我叫过来！不，我亲自去！"

林挽月带着两队人风风火火地朝着公伯玉的营帐赶去，到了之后被告知公伯玉休沐回家了，林挽月又带人直接杀到公伯玉的家里。

门房揉着惺忪睡眼打开了大门，被卞凯一脚踹开了，两队全副武装的士兵呼啦啦冲进了公伯玉的宅子。

"哎哟，你们……你们是何人！"

"睁大了你的狗眼看清楚，这位是裨将军林飞星，公伯玉在哪儿？"

门房一听立刻跪倒在地，口中高呼："小人有眼不识泰山，我们家老爷这会儿在房里睡着呢，小的这就带路。"

门房一路小跑地走在前面，林挽月面色阴郁带着两队人紧随其后，到了公伯玉的卧房外，一推门，门是锁着的。

林挽月一个眼神，旁边的亲卫立刻当门一脚，只听"砰"的一声，卧房的门便被踹开了。

看到房中的一幕，包括林挽月在内的所有人都愣住了。

"啊！老爷……"门房更是高呼一声，跑了过去。

公伯玉悬梁自尽了，而且上吊的位置不知是有心还是无意，正好对着房门，开门便能看到！

公伯玉已经死了多时，面色绛紫，双目凸出，舌头伸得老长，这死状竟与那匈奴人有几分相似。

卞凯低声唤道："将军……"

看着公伯玉，林挽月短暂思索之后，只觉手脚冰凉，忙吩咐道："把人放下来，找件作来验尸，你们两个守在这儿，其他人跟我来！"

林挽月带着人马风风火火地出了公伯玉的宅子，往斥候营中赶。

到了营中，却被斥候营营长告知昨夜斥候被公伯玉传唤，说是奉了林飞星的命令前去问话。

林挽月听完这个消息，只感觉胸中闷闷地燃起一股火，无从宣泄。

斥候的尸体最终被发现了，被人吊在了阳关城南的竹林里。

这片竹林距离林挽月的府邸只有不到百步……

最后一个匈奴人战俘死了！

公伯玉畏罪上吊自杀！

斥候被人吊在了林挽月家门口的竹林里，放下来的时候皮面绛紫，双目凸出，死法和前两者一模一样！

匈奴人究竟是如何穿过边境守卫无声无息地抓走离国百姓的？

这件事让林挽月感觉到空前无力，好像自己蓄积全力打在了一团棉花上，这棉花里包了道刀子，她被刀子割得鲜血直流！

她击败匈奴人、活捉俘虏，用了一出"宫心计"敲山震虎……本来以为这次总会收获点儿情报，让李娴带回京中早做布防，也算是不枉费李娴当日对她的青眼相加了，算是自己送她一份新婚大礼。

结果，临门一脚，她栽了。

当天下午，林挽月推掉了所有的事情，勒令军中之事除战事之外，一律次日禀报。

林挽月一个人走在街上，漫无目地走着，心中的失落溢于言表。

"哎哟，世子爷，世子爷，您就是大名鼎鼎平阳侯府的世子，未来的长公主驸马李忠大人吗？"

迎面，一道不和谐的声音传入林挽月的耳朵。

林挽月一抬头，只见李忠穿着一袭华贵的广袖长袍，勒着金抹额，头顶白玉镶宝发冠，腰间左佩刀又备容臭，烨然若神人。

李忠的身后跟着两队京中的侍卫，同样是衣着华丽，腰间佩刀，足足二十人的阵仗，好不气派！

林挽月看到街边一家卖糖水的老板拦住了李忠，侍卫立刻对老板拔刀相向，却被李忠制止。

李忠也看到了林挽月，不过这老板一连串的称呼叫得李忠十分舒坦，便勒令侍卫退下，和颜悦色地对老板说道："正是本公子，不知你当街拦路所为何事？"

"哎哟喂，今儿是哪位菩萨开眼哪，总算是让我看到世子爷您的庐山真面目了。前几日世子爷为了那些被匈奴人抓走的百姓鸣不平，这件事啊，现在整个阳关城都传开了，小的仰慕世子爷您，这几日还念叨着，求老天开开眼，能不能让小的碰到世子爷您呢！今儿，可就碰到了！"

"哈哈哈，哈哈哈……"李忠听完，仰天大笑。

糖水铺子老板又谄媚地说道："世子爷您宅心仁厚，小的别无所长，就祖传了这煮糖水的功夫，世子爷您赏赏脸，尝一碗？"

"好！本公子今天就尝尝你的糖水！"

"哎哟，那真是光耀门楣，世子爷您尝过小人的糖水，小的明儿就命人写了大匾额挂上，以后就是传家的招牌啦！"

"哈哈哈哈哈……"李忠斜眼看着形单影只站在不远处的林挽月，得意地笑了。

只见李忠一挥手，两队的侍卫立刻就将这本就不大的糖水铺子坐了个满。

林挽月眼睁睁地看着这群人，扯了扯嘴角，想要笑一笑，却发现怎么都笑不出来，只得继续朝前走。经过糖水摊子，李忠突然对着林挽月高声喊道："哟，这不是林将军吗？怎么今日军务不忙，有空在街上闲逛啊！"

林挽月驻足，朝着李忠拱了拱手："忠世子。"

"林将军要不要来一碗糖水啊？本公子请客。"

两人说话的工夫，老板已经将糖水端到了李忠的桌上，一边说道："我们小铺子可容不下大佛，眼睛都不眨就屠杀无辜的人喝了我们家的糖水，我家小店怕是再卖不出一碗糖水了，世子爷您抬抬手！"

李忠一听老板这话，笑得直眯眼，也不反驳，端起糖水喝了一口，一边拿眼睛斜着睨林挽月。

老板的话就像是一把刀子，直直戳在林挽月的心窝子里。

她转过头，对着李忠笑了笑，然后迈着步子离开了原地。

身后，传来了李忠对糖水的赞叹话语。

林挽月就这样在阳关城里漫无目的地走着，新阳关城的修建工程即将竣工，这里处处透着生机，新阳关城占地面积是从前的数倍，有些地方的路虽然还没有铺好，但林挽月已经能够看出这座城未来的样子。

林挽月看着眼前的街景，笑了，这城是她去过天都城之后突发灵感后想要修的，这里凝聚了北境几十万大军，以及数万民工和匠人的心血。

林挽月继续朝前，又漫无目的地游荡了一会儿，突然被人叫住。

"林将军这是要往哪里去？"

林挽月猛地一回头，见是李娴身边的宫婢小慈正在叫自己，再定睛一看，自己竟然不知不觉走到了李娴在阳关城内的临时府邸。

"小慈姐姐有礼了，我……随便走走。"

小慈见林挽月朝着自己行礼，拈着兰花指捂嘴一笑，道："奴婢可受不得将军的礼，随便走走？那可是巧了，我们殿下刚刚命小厨房做好糕点，将军要不要进来尝尝？"

"我……"

林挽月有些心动，此时此刻她满腹的彷徨与委屈，的确想找个安全的地方躲躲，可是自己去公主的府上，似乎于理不合？

见林挽月不动，小慈倒是热情，径直走下了台阶，来到她的面前："我们家殿下在宫中也时常提起将军您呢，说您不仅是她民间的挚友，也是她的救命恩人，要是让殿下知道了您过门而不入，恐怕要责备奴婢怠慢了，快请吧。"

"如此，飞星便恭敬不如从命了。"

小慈一路领着林挽月七拐八拐地进了客厅，而李娴竟仿佛知道有人要来一般，正坐在客厅里，小几上放着新出笼的糕点，还冒着热气。

"殿下，奴婢适才在门前看到林将军，也真是巧了，您说这林将军是不是闻到我们府中糕点出炉的味道，一路寻来的呢？"

小慈的话音刚落，一屋子八名宫婢都露出了含羞带俏的笑意，李娴也笑着说道："真是愈发放肆了，虽说外面不比宫里，可你作为掌事女官，规矩还是要守的。"

"殿下您教训的是，奴婢知罪了。"小慈笑着对李娴打了一个万福，脸上没有丝毫惧意。

林挽月安静地看着眼前这主仆和谐的一幕，心中也温暖了起来。

"飞星快坐，本宫今日心情大好，命小厨房做了糕点，还想着差人送去些给你尝尝，你倒是有口福的。"

林挽月迈着步子来到李娴身边，往小几上一瞧，又是一阵恍惚，桌上的糕点竟然是两年前在北境军营中李娴第一次赠给自己的那种糕点。

北境不比宫中处处考究。

宫婢立刻给林挽月搬来了食案，案上放着新出笼的糕点。

小火炉温上茶水，地上摆着火盆，香炉生烟。

林挽月与李娴对坐，宫婢们有序地退了出去，眨眼的工夫整个客厅就剩下了林挽月与李娴两人。

李娴端起茶盏，抿了一口，慢慢放了下来，抬起广袖邀道："飞星快趁热尝尝，味道如何？"

林挽月应邀率先拈起一块玉露玲珑糕放在嘴里，糕点软糯却不甜腻，入口即化，玉露香气溢满唇齿。

李娴一直面带微笑看着林挽月，见她也不先喝口茶润润口便直奔玉露玲珑糕去，又见她眯着眼睛好像是偷到腥的猫儿一样，心头突然升起一阵奇异的感觉，见过她统兵打仗，见过她的铁血手腕，谁又能想到这人还有这样贪嘴的一面呢？

李娴见惯了宫中的繁文缛节，如今看到林挽月这般率性地享受美食的姿态，反而觉得这样挺好。

李娴就这样安静地坐在林挽月的对面，看着她大快朵颐，眉眼一直带着笑意。两年来，面前的这人可以说有了脱胎换骨般的变化，可单单这胃口和吃相一直是以前的样子。

林挽月由于习惯了朴素简单的生活，条件改善后她也很少会去特别吩咐厨房做什么，可这却并不代表她不贪嘴。

林挽月一直埋头苦吃，将各式各样的糕点往嘴里塞，两个腮帮鼓鼓的，脸上带着满意和享受的表情，别人看到这样子的她，也会心情大好。

直到面前的碟盏已空，林挽月才停了下来，用手指擦了擦嘴角的残渣，端起面前的茶盏牛饮了一口，如释重负般呼出一口气，看上去甚是满足。

对面的李娴终是忍俊不禁，出声唤道："小慈。"

"奴婢在！"

"去再端些来。"

闻言，小慈看了看李娴案上几乎没动过的几盘糕点，又转头看了看林挽月面前空空的碟子，笑了起来，打了个万福，转身去了。

林挽月这才发现李娴正在打量自己，不由得面上一烫，讪讪地解释道："今日天还未亮军中便有事情，我一直忙到刚刚也没吃饭——"

李娴打断了林挽月的话，笑吟吟地说道："无妨，看到飞星用得如此开怀，我亦心生欢喜，光吃糕点可够？不如我命人传膳吧。"

听到李娴的话，林挽月连连摆手："不不不，不用麻烦了，此时又不是用饭的正时辰，能吃些糕点已经很好了，不敢麻烦。"

李娴笑了笑，没有坚持。不一会儿小慈回来了，身后带着两名端着托盘的宫婢，两位宫婢看到林挽月的食案亦忍不住勾了勾嘴角，拿眼睛偷偷打量端坐在案后看上去颇为文质瘦弱的将军，手脚麻利地收了空碟，放下了四盘码得很高的糕点。

林挽月讪讪地揉了揉鼻子，这个量恐怕是小慈特意为自己加的，一想到自己一不小心给李娴身边近人留下了如此印象，心中一报。

李娴、小慈二人从小一起长大，早就心意相通，李娴怎会不知这古灵精怪的小慈是故意为之，遂用眼睛嗔了后者一眼。

小慈浑然不惧，拈着兰花指贴在唇边抿嘴一笑。

"林将军今日军务繁忙，一餐未用，你去厨房端一碗冰糖莲子粳米粥来。"

"不不……不必麻烦了，我……喝些茶水就够了。"

"那怎么能行呢，这冰糖粳米粥我们家殿下每日都用，奴婢看林将军你的气色也不是很好，用一碗吧。"

"那……那就，麻烦小慈姐姐了。"林挽月有些局促地搓了搓手。

小慈笑眯眯地带人下去了，又过片刻，端上一碗热腾腾的冰糖莲子粳米粥放在了林挽月的面前。

林挽月道过谢，小慈转身欲走，却被李娴叫住。

"小慈，你亲自送些糕点到忠世子府上。"

主仆二人对视一眼，小慈打了一个万福领命去了。

本来还准备低头喝粥的林挽月猛然听到李忠的名字，心头一堵，便没了食欲。

只见林挽月低着头，右手握着汤匙缓缓地搅着碗中的冰糖莲子粳米粥，一下也没往嘴里送。

李娴看着林挽月，自是知道林挽月因何闷闷不乐。对于这一天之中发生的所有事，李娴虽未曾参与却早已了如指掌，就连林挽月在街上的事情，也有影子一路随行汇报了上来。

这林飞星虽然看上去像是个能忍事、不喜追究的主，可是李娴知道这人内里耿直又不会转弯，经历过糖水铺子的事后，恐怕会偷偷难受好一阵子。

所以在听到影子报告林飞星晃晃悠悠地往自宅的方向走来时，李娴特意打发了小慈去门口候着。

林飞星不愿意娶自己的二妹李嫣，那么李娴只好行使第二套方案。

这套方案是李娴亲自制定的，她便可以大致地预见林飞星的未来，知他将来会经历许多本不应该由他承受的磨难，李娴心中也曾涌起过诸多愧疚的情绪，李娴不知道未来自己是否还能及时地安抚林飞星，只好趁着如今有机会，多给他一点儿安慰和弥补。

李娴已经开始执行自己的计划了，也没办法回头……

"飞星，我观你神色不济，定是昨夜也没睡好吧？这冰糖莲子粳米粥最是补气提神的，你多少用一些，等吃完了，若是飞星想说，我愿意为飞星分担一二。"

林挽月抬眼看了看李娴，感受到她眼神中传达的真挚和担忧的意思，心中一暖，舀起一大口粥送到嘴里："嗯！真好吃。"

林挽月吃了粥，李娴又劝着让她吃了几块糕点，才唤来宫婢将碟盏撤了下去。

待正厅里再次安静下来，李娴开门见山地问道："飞星可是有烦心事？"

"嗯。"

林挽月点了点头，直直地看着李娴，那股委屈的感觉再次涌现出来，却不知如何开口。

李娴安静地回望林挽月，耐心等待她的回答，眼神中带着安慰的柔光。

"唉……"

林挽月重重地叹了一口气，继续说道："昨天夜里，最后一个匈奴战俘在牢中被人勒死，最可疑的人是我的亲兵公伯玉，结果公伯玉在卧房上吊自尽，死无对证，我又带人到营中去找斥候，侦查营的营长却告诉我，那名斥候昨夜被公伯玉打着我的名义叫去问话，卫兵找了大半天，发现斥候被吊在城南的竹林里，那片竹林离我府上不足百步，警告的意味明显，而且至此所有的线索都断了。"

李娴点了点头："意料之中，却比想象更快，只是飞星为何不即刻提审那名匈奴人，又为何不让那斥候当场翻译？"

听到李娴的问题，林挽月又是重重地一叹，脸上涌现出了浓浓的自嘲之色，回道："呵，也许是怪我太自以为是了，或者说我太贪了，我知道军营中不干净，本想借此机会一箭双雕。我不让斥候当场翻译，是不想让潜伏在军营中的暗桩听到，这样背后的人便不知道这批匈奴人到底掌握了什么情报，他们没有分寸，必会行动，或者去想办法套那斥候的话。事后只要我再问那斥候，有谁明里暗里打听过，便可心中有数。

"至于那匈奴人，也是同样的道理。其实我知道这些匈奴人也未必知道太多情报，指望着从他们嘴巴里揪出幕后黑手的可能性很低，所以我干脆只留下一个活口，等到暗桩把情况都传出去后，我再单独审问这名匈奴人，问出多少情报并无所谓，主要目的是给幕后黑手来个敲山震虎的效果，我要让他摸不准我到底掌握了什么，他一慌，必定会布局运作，只要他动，便会有迹可循。

"我本想……本想借此机会送你一份大礼，权当……恭贺你大婚之喜，让你带着情报回到京中早做防控，我也借此机会肃清军内细作，只是我万万没有想到对手的速度这么快，手段这么狠，冒着暴露的风险也要如此行事，甚至连成了我亲兵的暗桩都能舍……现在所有的线索和筹码都断了，又死无对证了！"

李娴直直地盯着林挽月，心中五味杂陈。就在昨天夜里，她派去保护林飞星的那些最一流的影子一共处理了七拨意图到林府暗杀林飞星的死士！一晚上的死士的数量甚至比这两年来加起来的总数还要多！

这人怎么就这么傻？对手能逼得暗桩自尽，在天牢里杀死匈奴人，又把斥候吊在他府外的竹林，难道他就不曾想过，杀手同样可以潜入林府刺杀他吗？

若不是自己早早就把余闲安插进去，若不是保护林飞星的影子从两年前李忠命人暗杀他的时候到今天一直在待命，这人早就死了！

林挽月见李娴久久不语，又是自嘲般地一笑："你也觉得，我太过自以为是了，对吗？"

李娴闻言却坚定地摇了摇头："我只是在想，其实线索全断了也未尝不是一件好事，飞星，你是聪明人，你的器量也绝对不会止步于此，舅舅和平东将军均对你另眼相看，若是这次为了帮我而有个什么闪失，我会愧疚一辈子的！你……这次，真的太冒险了。"

林挽月走后，李娴独自坐在书房中。

"笃笃笃。"

"进来。"李娴听到敲门声，放下了手中的毛笔。

小慈推门进来，走到李娴身边："殿下，送去了。"

"哦，忠世子可用得开怀？"李娴淡淡地说道。

"忠世子不在府上，不过这么多年来，您哪次送给他的东西他不是好好珍藏着？奴婢想这次也定能用得开怀。"

"嗯。"李娴点了点头。

小慈往李娴的案上瞄了一眼，笑着说道："这个林飞星……似乎在殿下心中挺特别的？"

听到小慈的问题，李娴的脸上依旧是一派风轻云淡的模样，反问道："何以见得？"

小慈看着李娴笑了起来，她早就已经习惯了自家主子的这般模样，继续说道："奴婢跟了殿下这么多年，还没见过殿下为了保护哪个外人动用了整整一旗的影子，就连旗主都派去给他当丫鬟了。"

李娴皱了皱眉，下意识地反驳道："那是因为林飞星这枚棋子非常重要，北境这块地，珠儿无论如何也不能丢。林飞星无父无母背景简单干净，父皇最喜欢用这样的人了。而且他这个人单纯又没什么私欲，忠诚好控制……"

"殿下，奴婢觉得林飞星人还挺不错的。"

李娴点了点头，肯定道："嗯，和京中那些虚与委蛇的伪君子比起来，确实是坦荡多了。"

听到李娴的回道，小慈哭笑不得。她现在也叫不准自家主子到底是胸怀太广，广阔到装不下儿女情长，还是她家主子偏在感情上比别人慢半拍。在小慈看来，天下男人谁也配不上李娴，既然都配不上，那出身地位反倒不重要了，不如找一个内心纯良踏实稳重的。通过接触，小慈觉得林飞星就不错。

"殿下可还记得，娘娘临终前对殿下说过什么？"

"自是记得，怎么了？"

"不是关于太子的，而是关于殿下您自己的那句！娘娘说婚姻大事切莫顾虑太多，要随心而择！"

"本宫记得，怎么突然提起这个？"

"没什么，奴婢去小厨房看看，不打扰殿下了。"小慈打了一个万福，离开了书房。

李娴目送小慈离开，一片云里雾里。

直到她低头看自己案上的时候，心中豁然开朗！

案上摆着一张纸，纸上端端正正地写了三个字：林飞星。

李娴顿时有一种百口莫辩的感觉，刚才她在思考关于林飞星的一些事情，也不知道怎么的，就莫名其妙地在纸上写了他的名字，竟然被小慈瞧了去！

定是误会了！

李娴有些懊恼，想把小慈喊回来好好解释一下，想一想又觉得没什么可解释的……

且说林挽月刚刚回到林府，就被告知李沐急召自己，林挽月只好拖着疲惫的身躯匆匆忙忙赶到了军营。

李沐屏退了所有人与林挽月密谈了一个多时辰，才将林挽月放回家……

元鼎三十年十一月，新阳关城的修建工程在全体北境军士以及从各地调拨来的数万名工匠的共同努力下正式竣工，只剩下城内个别的设施还需要进一步修缮。

这期间匈奴人猛烈地进攻了数次，均被林挽月率军一一击退。

十一月十一日，北境迎来了第一场大雪，只要下雪匈奴人的进攻会受到诸多制约，按照惯例这一年的秋收守卫战至此基本可以宣告成功。

新阳关城内不仅有了足够的校场，还预留出了一大片空地给北境的将军们建新宅子，林挽月更是在新阳关的中轴线上为李沐划出了一大块空地，预备来年春天冻土期一结束，就为李沐修建一座气派的新大帅府。

旧阳关城的百姓也得到了妥善的安置，如此便皆大欢喜。

由于秋收之战的成功、新阳关竣工，以及长公主殿下和平东将军夫妇也在北境，李沐一声令下，北境数十万大军大庆三天。

军营里架起了篝火烤肉，将士们喝着大碗的烈酒，军歌相和，再冷的天也不怕。

将士们大碗喝酒、大块吃肉。一是预祝长公主殿下来年上元节大婚之喜；二是庆贺新阳关工程竣工；三是庆祝今年的秋收之战圆满成功。

第一天宴会结束，李忠喝得酩酊大醉，不省人事，被京卫架回府中。

起初谁也没在意，直到三天宴会结束后，传来消息：李忠睡了两天后醒来吐了一大口黑血，陷入昏迷。

消息一出，众人震惊，李沐立刻派来全北境最好的大夫给李忠看病，李娴更是亲自带了从京城带来的四大御医来给李忠诊治。

诊治结果却出乎所有人的预料，这李忠的脉象虚浮，内里空虚，竟是一副被酒色掏空、时日无多的脉象。

堂堂长公主殿下的准驸马竟然在大婚前一个月被诊断出时日无多，而且还是纵情声色所致……

所有人都沉默了。

李沐更是怒不可遏，下了封口令。

李沐本以为李忠只是骄纵了些，世家子弟嘛，难免都会有的毛病，却万万没想到李忠竟然纵情声色到亏了身子、危在旦夕的地步，这让他这个做舅舅的情何以堪？

自己的妹妹已经不在，他自己也时日无多，难道眼睁睁地看着自己的亲外甥女嫁给一个衣冠禽兽，甚至很有可能会守寡！

李沐拖着风烛残年的病躯一夜没眠，第二天一早，他亲手写了一封措辞激烈的奏折，盖上了西北兵马大元帅的金印，命传令官快马呈交朝廷。

由于李忠这一病，长公主殿下原本就没剩下几日的归期不得不再次提前。

元鼎三十一年十一月十五日，长公主殿下一行启程回宫。

林挽月请缨送嫁，李沐亦想让林飞星代表他进京述职，便应允了。

出发那日，整个阳关城的百姓算是见识了什么叫作天家富贵。

李沐钦点了一千骑兵做送亲护卫，用马车拉着装着嫁妆的大箱子，头一辆已经走出阳关城，尾一辆还没出大帅府……

可是百姓却没有看到准驸马的身影，只看到送嫁将军林飞星骑着高头大马行在长公主殿下的四乘马车边。

这位准驸马李忠呢？他正盖着锦被，形容枯槁，双目紧闭地躺在李娴宽大华丽的马车里。

李娴坐在马车的另一侧，烤着火炉，安安静静地看着书。

在马车外的林挽月的心中却是五味杂陈。

两年前，她护送李娴回京，两人坐着一辆破驴车，处处透着危险。

两年后，亦是她护送李娴回京，有的却是这一眼望不到尾的嫁妆，浩浩荡荡的送亲队伍，豪华的四乘马车，再也没有任何危险，每到一城都会有当地太守亲自率众出城十里相迎。

可是她将要嫁的是个什么样的人？

一个常年纵情声色被掏空了内里的人，一个在大婚前夕不到一个月内症外显、要靠着马车运回去的人！

这次送亲由于人数众多，一路上林挽月竟然都没有和李娴单独相处的机会。

另一边，在林挽月离开北境不久后的一天，某阳关城百姓发现埋葬了被匈奴人抓走的那些百姓的坟地居然被冻裂了一个大口子！

该百姓立刻报告官府，太守命人去修缮，却意外地在一具已经有些腐烂的尸体上看到了朦胧的刺青！

太守大骇，离国百姓信奉身体发肤受之父母的思想，从不在自己的身上刺图案，会这么做的只有匈奴人！

此事非同小可，太守与师爷商议后，立刻调集民工将所有坟地全部掘开，结果在这些已经有些腐烂的百姓的身上发现了各式的刺青！

太守立刻上报李沐，李沐下令将这些尸体全部焚烧，当天下午，在李沐等人的操作下，这条消息传遍了整个阳关城……

"听说了吗？上次大战那些被杀的百姓其实都是匈奴其他部落的人假扮的！"

"早听说了！多亏了林将军当机立断啊，不然我们阳关城损失惨重！"

"对啊，要是那些匈奴人混进了城，不知道要死多少人哪！"

"哎，真是人心不古……"

"这叫兵不厌诈！还好林将军没有动摇！"

"那我们前阵子岂不是冤枉人家林将军了？"

"对啊……而且菜场的那些人最过分，我听说林府的人好几天都没菜吃呢！"

"啧啧，林将军真是好人哪！"

"这林将军不过……十八岁，自打他代掌北境帅印以来，为我们阳关城的百姓做了多少事啊！论打仗，大大小小也有十几起了吧？硬是一次都没有输过，上次大战更是全歼了匈奴人！再往前数，还驱散了匈奴人的战马，牵回好多羊！再看看现在的阳关城，多气派。前几天我武邑城的堂兄来探亲，看到这阳关城直说要过来开商铺呢！而且这新城更是人家林将军号召大军和民工一起建的，你们掰着手指头数数，历来这修城铺路的事都是服徭役的民工做的，哪有兵老爷帮忙的？要不是人家林将军不忌讳那些，真心实意为我们百姓着想，这新的阳关城至少要修十年！"

"对呀！没错！"

"要我说，我们应该号召全城的百姓给林将军做个万民被！"

"万民被哪儿够啊，我看不如立个功德碑！"

......

短短几日阳关城的百姓对林挽月的态度竟然来了一个大转弯，林挽月对此却浑然不知。

之前，林府的人上街买不到菜；如今，林府下人走在街上，那些小商小贩都要塞些东西聊表心意。

这可是乐坏了桂妈，她作为林府的厨娘，走在菜市场上，次次都能满载而归！

第十四章 在地愿结连理枝

即使队伍行进的速度并不快，也终有到达终点的那一日。

入京的那天，太子李珠带着仪仗队亲自迎接长公主殿下。

两年间李珠长高了不少，气质更加轩昂，眉宇间与李娴有七分相似，但比李娴多了三分英气，与李娴沉静的气质也略有不同，太子李珠的眼神里带着几分锐利。

"末将林飞星参见太子殿下，奉西北大元帅之命，护送长公主殿下回京，今安全抵达，不辱使命。"

李珠跳下马背，来到林挽月的身边，双手将她从地上扶起，微微仰着头笑着对林挽月说："林将军一路辛苦了，两年未见，将军在北境的风采孤亦有耳闻，改日孤在东宫设宴款待将军，还望将军务必要来。"

林挽月受宠若惊地对李珠拜道："末将不胜惶恐，多谢太子殿下。"

"嗯。"李珠笑着点了点头，快步走到李娴的四乘马车前，马车的门开了，李珠恭敬地举起右手，"姐姐，珠儿扶你。"

李娴看了看自己的弟弟，双眼含笑，将纤纤玉手搭在李珠的手背上，走下了马车。

林挽月看到一位衣着华贵、头发花白的老人跟在李珠的身后，当李娴站稳时，老人立刻来到李娴的身前双膝跪地，痛心疾首地说道："老臣有罪，教养出这样一个不成器的孽障，让长公主殿下蒙羞，罪该万死，罪该万死！"

林挽月这才反应过来，这老人竟然就是大名鼎鼎军功拜爵的平阳侯。

"侯爷请起，世子病得突然，本宫亦非常痛心。眼下这些虚名都不重要，北境贫苦，药材和大夫都不足，这一路回京世子也辛苦了，还请侯爷将世子接回府中好生调养吧。"

说着，李娴带着太子李珠给平阳侯让开了一条路。

李娴的脸上自始至终都带着礼貌又疏离的笑意，不亏礼数，而太子李珠则对着跪在地上的平阳侯眯了眯眼，不满的意味十足。

平阳侯拜谢过李娴，从地上爬起来，一挥手，身后的四名府兵便进了李娴的马车，将李忠从马车上抬了下来。

此时的李忠早就不复往日的风流之姿，只见他面色枯槁，形容消瘦，双目紧闭地躺在那里，若不仔细观察很难察觉胸口的起伏，眼看着是不成了。

平阳侯布衣从军，过着几十年刀口舔血的生活，搏了个一品军侯的功名。他的三个儿子中只有李忠最成气候，虽然平阳侯夫人对李忠颇为溺爱，使得李忠的身上有不少世家子弟的毛病，但李忠的弓马骑射之术样样精通，又很孝顺，颇得平阳侯的喜爱。

如今不过几个月的光景，他竟然变成这般模样，让平阳侯怎么能不痛心？

平阳侯看着自己的儿子，强忍心头酸楚，朝着李娴李珠又是躬身一拜，带着抬了李忠的府兵，上了平阳侯府的马车。

李娴目送平阳侯府的马车走远，李珠终是压抑不住，对李娴说道："孤是第一个不同意这门亲事的，这两年来，因为这个李忠，我们姐弟之间数次产生了龃龉，姐姐总是袒护他，现在好了！事实胜于雄辩，姐姐看到了吧？李忠不值得托付。"

李珠的话音一落，林挽月明显感觉到场中的气氛一滞，拿眼睛一扫，只见场中所有的宫婢侍卫尽数低着头，屏声静气做出一副什么也没听到的样子。

林挽月朝李娴那边看去，见李娴正笑着，安慰般拍着李珠的肩膀。

不知怎的，看着眼前的一幕，林挽月仿佛感受到了李娴心中那股深深的无奈，便不由自主地跟着难过了起来。

李娴突然没有任何预兆地转过眼，正好与林挽月隔空对视。李娴看到林挽月的表情微微一怔，林挽月立刻别过了头，仿佛偷窥了人后被人发现了后窘迫地转过了身。

李娴换了轿辇，太子李珠与林挽月骑马行于凤辇两侧，后面跟有千名骑兵，以及看不见尾的嫁妆。

队伍浩浩荡荡地进了天都城。

李娴坐在轿辇中，回想刚才看到的一幕，心头一悸。

她最善读心，适才她竟然从林飞星的眼神中读到了疼惜之情，他远远地看着自己，眼神中的疼惜与难过是那样地不加掩饰。

他，竟看透了我的心吗？

李娴靠在软垫上，疲倦地闭上了眼睛，心间恍若有什么东西在跃跃欲试，试图破土而出。

轿辇中并无第二人，李娴也可以短暂地卸下伪装，这两年来，她很累。

朝中雍王李玡与楚王李玹斗得如火如荼，齐王李琪态度暧昧，摇摆不定，皇子李环异军突起，两位王爷斗得越激烈，便越能体现出李环的与众不同来。这两年来，父皇已经对李环愈发地疼爱，虽然有自己坐镇，李环还不足以撼动东宫的地位，可是这次北境一行让李娴陷入了深深的不安……

勾结匈奴人以百姓相挟的毒计到底是谁想出的？干净利落地断了一切线索的人又是谁？刺杀林飞星的那几个人又是哪一路的？与两年前刺杀自己但至今都没有查出结果的那批人是不是都是受同一人指使？

这一桩桩一件件事搅得李娴心乱如麻，又不得其法。

太子李珠一天天长大，他也开始有了自己的想法和主张，这两年来因为李娴要嫁给李忠，李珠竟然为此和李娴吵了数次。

自己的弟弟在想什么，李娴又怎会不知？

楚王得宠，又是兄长，性子更是眼高于顶、狂放不羁，这么多年来李珠受了不少气，而平阳侯府是楚王府的中坚力量，自己嫁给平阳侯世子李忠，从某种程度来讲亦算是和楚王府联结。

李珠心中有气，有不解，甚至有猜忌，李娴都知道，可是纵然能理解他，自己也真的很累……

这两年来，李娴一直将这份疲惫深藏心底，就连每日贴身伺候她的小慈都不曾察觉，却没想到，竟然被一个置身外围的林飞星看了个透彻。

他眼中的疼惜毫不掺假，余闲说得没错，这人真的是天生的敏锐。

"哎……"李娴终是轻叹出声，却不知这声叹息到底为谁。

林挽月本以为要送李娴进宫，却没想到轿辇先到了长公主府。

在林挽月的印象中，李娴在宫外似乎并无府邸，想来是陛下为了李娴大婚出阁特意敕造的吧。

长公主府的占地面积大得惊人，玄黑色的匾额上的金色大字写着：敕造长公主府。

朱红大门对开，门上钉着八八六十四颗铜钉。

门口蹲着两尊栩栩如生的铜铸瑞兽，门外两排下人已经规规整整地跪下了。

轿辇尚未停稳，两排下人便齐齐呼道："恭迎长公主殿下回府。"

李娴由李珠搀扶着下了轿辇，朝着黑压压跪了一地的奴仆说道："都起来吧。"

"谢殿下！"

"来几个得力的人手将这些东西妥善安置。"

"是，太子殿下。"

"姐姐，我们进去吧。"李珠抬着广袖，对着李娴做了一个"请"的动作。

"嗯。"李娴颔首，率先进入长公主府的大门。

林挽月立在原地，一时间不知如何是好，小慈绕过人群来到林挽月面前打了一个万福道："林将军，一路辛苦，殿下要先行沐浴更衣，进宫拜见陛下，林将军不如先回驿馆稍做准备，陛下说不定也会召见您呢。"

"好，谢谢小慈姐姐提醒。"

"小文子，你过来给林将军带路。"

小慈话音一落，一位看上去颇为机灵的家丁立刻跑来，到林挽月身前站定，恭敬地行了一礼："小文子给林将军见安。"

"麻烦你前面带路吧。"

"可不敢当，奴才能给将军带路，是奴才的脸面，将军这边请。"

林挽月整合了送亲的队伍，由小文子领着带着这一千骑兵朝驿馆去了。

刚刚安顿好送亲的队伍，李娴便派人来了。

"奴婢见过林将军。"

"姑娘有礼，不知殿下派姑娘来所为何事？"

"殿下命奴婢给将军送了几身常服，让奴婢转诉将军，因裨将在京中无品，将军穿常服面圣即可。"

林挽月道过谢，宫婢便将几套常服连着发冠、腰带、佩饰、鞋子安放在了林挽月的房中，退了出去。

李娴沐浴更衣后同太子李珠共同进宫，进了大殿，李钊给姐弟二人赐了座，屏退了所有宫人。

李钊坐在高位上，打量自己的女儿良久，重重一叹："娴儿，父皇对不住你。"

李娴垂着眼没有说话，李钊更是愧疚，说道："前几日父皇收到了你舅舅的亲笔奏章，书中说：李忠行为不检，且不久于人世，奏请寡人下旨解除婚约，另行嫁娶。娴儿，你以为如何？"

未等李娴开口，李珠从椅子上跳了起来，双手叠于胸前朝着李钊恭恭敬敬地一拜："父皇，儿臣有话要说。"

"你说。"

"是，儿臣觉得舅舅所言甚是，儿臣适才见到李忠了，一副不久于人世的模样，恐怕连大婚之期都未必能熬过去，父皇难道想皇姐守望门寡吗？就算是李忠康复了，父皇怎舍得让皇姐嫁给那样一个人？儿臣第一个不答应！"

"珠儿！"

"皇姐莫要劝我，珠儿虽为储君，但也是皇姐的亲弟弟，两年前珠儿年幼不懂事，未曾劝过，如今珠儿长大了，不能眼睁睁地看着自己的亲姐姐往火坑里跳，皇姐，你何错之有？为什么要冒险去承受望门寡的污声？父皇，若是母后尚在，该有多伤心？珠儿求父皇为皇姐做主！"

李珠说完"咚"的一声跪在了下去，黑色的广袖平摊在地上，额头贴着冰凉的地面。

李娴姐弟又在大殿里与李钊谈了半晌才双双退了出来。

站在大殿的门口，李珠心情大好，看着李娴露出了一个畅快的笑意："姐姐，我看父皇这下定会答应的。"

李娴只是淡淡地笑着，眺望远处的宫墙没有说话。

"姐姐怎么了？不开心吗？"李珠小心翼翼地问道。

"没有，只是突然觉得时间过得真快，母后已经离开我们这么久了。"

听李娴提起惠温端皇后，李珠也陷入了沉默。

姐弟二人就这样并排站在大殿门口，各怀心思。

"珠儿，姐姐乏了，先回府了。"

"珠儿送姐姐。"

"不必了，年终岁尾的，我想东宫也有很多事情要忙，你回宫好好温习功课，说不定哪天父皇来了兴致会检查的。"

"这……那好吧，姐姐慢走。"李珠抬起广袖，对李娴行了一礼，李娴颔首，叫来恭候多时的小慈，二人离开了。

大殿内。

李钊放下李沐的奏折，揉了揉太阳穴："顺喜。"

"奴才在。"一直站在李钊身后的管事太监立刻上前一步，躬身等待李钊的吩咐。

"依你看……娴儿适才一直顾左右而言他，究竟是为何？莫不是，舍不得那李忠，还是有什么难言之隐？"

"奴才不敢揣测长公主殿下的心思。"

"你这老东西，寡人恕你无罪便是了。女儿长大啦！有自己的小心思，也不肯和寡人这个做父亲的说，可是珠儿说得对，寡人不能眼睁睁地看着爱女往火坑里跳，寡人本来就不甚看好那李忠，只是玹儿一直力荐，又想那平阳侯府根基不深，富贵不过两代而已，那李忠又是从小唯娴儿是从，处处以娴儿为先，寡人便想着娴儿嫁过去定不会受欺负，哎……寡人虽为天子，但出嫁从夫，寡人也不好把手伸得太长！如今这小畜生居然出了这档子事儿，这个驸马他是万万做不得的了。"

"陛下所言甚是。"顺喜垂着双眼，脸上满是恭顺的神情，一味附和着李钊。

李钊似乎也习惯了身边的人皆没有思想，只会事事逢迎，也不以为意，继续自顾自地说道："娴儿也不小啦，过了今年便十九了，都是寡人一时疏忽，想着多留在身边几年，这一眨眼，竟把寡人最心爱的公主留成了老姑娘，眼看着大婚在即，却出了这样的事情，于娴儿的名声到底是不好的，寡人还想问问娴儿除了李忠之外有没有其他合适的人选，让大婚如期进行，多少还能弥补一些，可是娴儿怎么就不说呢？"

"陛下……依老奴看，此事事关长公主殿下的名节，陛下您这么问，就算长公主殿下心有所念也不可能说出口的。"

听到太监的提醒，李钊懊恼地拍了拍脑门儿，弄得额前的珠帘"哗啦啦"直响："哎，是寡人糊涂了！真不该问娴儿那问题。"

"老奴看得真切，陛下您是真心疼爱长公主殿下，但殿下不说也是人之常情，长公主殿下的性子最像娘娘了，既善良又识大体。"

"哎……这孩子，寡人虽是天家，但关起门来也是她的父亲啊，和自己的父亲有什么不能说的呢。顺喜，你说会不会娴儿真正中意的人不在寡人提供的名单里，所以她当初只能选了李忠？"

"奴才不敢妄语。"说完，顺喜重新退到了李钊的身后，安静得仿佛不存在。

李钊再次扫过李沐呈上来的奏折，心头沉甸甸的，他作为李娴的亲生父亲，居然让一个外人来求自己成全自己亲生女儿的终身幸福。

李娴与小慈二人上了马车，小慈轻声问道："殿下，一切可还顺利？"

李娴点头："嗯。"

"那殿下为何闷闷不乐？"

"本宫……只是在想，或许还有别的办法。"

"殿下为何突然改变主意？如今时间如此紧迫，殿下不是早就计划好了？一步步筹划到这一步，怎么突然……"

李娴没有回答，只是静静地望向窗外，她永远都不会告诉第二个人，因为林飞星那一眼触动了她的心，所以，即便自己早就制订好了计划，却突然生出一种不安的感觉，这奇怪又陌生的感觉让她本能地想逃。

"殿下，恕奴婢多嘴，迟则生变，望殿下三思。"

"本宫知道了。"

回京的第二日，林挽月没有等到李钊的传诏，倒是长公主府的掌事女官小慈来了。

"见过林将军，林将军休息的可还好？"

"多谢小慈姐姐关心，不知小慈姐姐亲自来找飞星有何事？"

"可不是我找你，是我们家殿下找将军到府中一叙呢。"

"那请小慈姐姐稍等片刻，飞星换套衣服就来。"

"林将军只管去。"

林挽月回到房间里，从李娴送过来的几套衣服中找了一件藏青色的长袍换上，推门走了出去。

小慈上下打量林挽月感慨道："真是人靠衣裳马靠鞍，我们家殿下的眼光就是好，林将军穿上正合适呢。"

林挽月笑了笑："小慈姐姐，我们是坐马车去还是我去传轿子？"

"哎，不用，公主府又不远，殿下说想吃钱家铺子的桂花糕了，正好顺路，我们步行吧。"

"好。"

林挽月和小慈二人出了驿馆，直奔钱家铺子，小慈买了两包桂花糕，又挑了几样新鲜精巧的糕点让老板包了，然后非常自然地将糕点递给了林挽月。

林挽月笑着接过糕点，二人继续朝着长公主府走。

"林将军听说了吗？"

"什么？"

"御医诊断过之后，说忠世子恐怕是不行了。"

"哦……"

"亏我们家殿下委身下嫁，这厮真是不识好歹。"

……

"昨儿陛下召殿下进宫，说是要解除婚约。"

"哦。"林挽月木讷地点了点头。

小慈转过脸狠狠地剜了林挽月一眼，问道："你就没什么可说的？"

林挽月苦笑："我能说什么？"

"哎，亏我们家殿下对你青眼相加，哪怕是出出主意也是好的！这过了今年我们家殿下就十九了，被李忠这一耽搁怕是要成了老姑娘，陛下的意思是解除和李忠的婚约后，婚期照常进行，挑选适龄未婚的青年才俊与殿下完婚。"

"哦。"

"可是说得轻巧，殿下都十九了，这个年纪，出众的男子尚未婚配的本来就少，就算是有，万一嫁给不知根知底的人，怕是殿下要受委屈呢！"

林挽月沉默地听着小慈的抱怨，不禁想到了自己的身世，这世道的女子……无论尊卑都是如此身不由己啊。

林挽月的双脚机械地跟着小慈，小慈的声音却愈发地模糊了，此时林挽月满脑子只有一个念头：那样美好的公主，就要随便嫁给一个什么人共度一生了吗？

小慈在长公主府门口站定，看林挽月竟然还往前走，出声叫道："哎！林将军！

走过了！"

"哦哦，来了。"林挽月从思绪中回神，提着糕点忙不迭地跑回小慈的身边。

"想什么呢？"小慈拿眼睛嗔了林挽月一眼，瞥见那个尾随了她一路的身影消失在街角，笑了。

进了公主府，李娴正坐在后花园的石凳上，看着眼前即将凋零的风景。

"公主，林将军来了。"

"嗯，坐吧。"

林挽月在李娴对面坐定，李娴对林挽月淡淡一笑，转而吩咐小慈道："将糕点摆上。"

"喏！"

钱家铺子的糕点很美味，奈何二人似乎都无甚胃口，李娴见林挽月也不大用，便唤来宫婢将糕点撤了下去。

"飞星可会下棋吗？"

"下棋？小时候……爹爹教过一些，知道规则……"

"那便好，飞星可愿陪我手谈一局？"

"当然！若公主不嫌弃飞星棋艺不精的话……"

李娴淡淡一笑，片刻工夫，就有府中下人在石桌上摆好了棋盘，焚了香。

"飞星先请。"

林挽月也不客气，执了白子在星位落子。

转瞬十手，李娴看着林挽月乱七八糟的布局，淡淡地笑了。

李娴随意落了一子，抬眼看着面前的人。

见他正夹着白子，双眉紧蹙，显然是这复杂的棋局难到他了。

李娴也不催，只是安静地等待，终于，随着"啪嗒"一声，林挽月思索良久后落了子。

李娴低头一看，终于忍不住笑了起来：这人想了半天，却下了最臭的一手。

林挽月正好看到李娴的笑容，心头一跳，双颊的温度升高，小声地问道："公主……我是不是下得不好？"

李娴随手落了一子，笑着回道："闻道有先后，术业有专攻，局中术不过是小儿科罢了，怎抵得过飞星运筹千军万马？"

林挽月知道李娴是有意在维护自己的自尊，心里暖烘烘的。

"飞星若是想学，我教你好不好？"

林挽月直直地看着李娴，咧嘴露出一排洁白的牙齿："好！"

于是，这盘棋被推倒重新开始，李娴一边下一边拆开了讲解，林挽月听得认真，每每行至妙处，无不豁然开朗。

李娴是一位好老师，耐心不藏私，又不会刻意卖弄，片刻工夫便勾起了林挽月学棋的兴趣。

这盘指导棋两人下了将近两个时辰，最后李娴不过只赢了林挽月两目。

林挽月应邀在长公主府上用过饭，临行前李娴赠给林挽月一套简单的棋谱，二人相约明日再战。

林挽月揣着棋谱欢欢喜喜地去了。

就这样，林挽月一连和李娴下了三日的棋，每天早上，林挽月在驿馆吃过饭，打扮得清清爽爽，便信步走到距离驿馆不远的长公主府与李娴下棋。

通常中饭会在长公主府用了，有时候下棋下得晚了，李娴还会留林挽月在府中用晚饭。

林挽月初入棋道，正是兴致盎然时，丝毫没有觉得有什么不妥，每天乘兴而来，尽兴而归。

到了第四天，林挽月与李娴在湖心亭对弈，四周只有碧波荡漾的湖水。

李娴落下一子，抬起头笑着对林挽月说道："飞星，我没想到不过短短三日，你进步竟如此神速，如今看你前三十手的布局已经丝毫看不出你是初学者了。"

林挽月咧嘴一笑，落下一子："都是公主教得好。"

李娴信手落下一子，淡淡地说道："与飞星下棋的这几天，我很开心。"

"我也是！"

"只是不知道这次你我再分别，今生今世还会不会有这样的机会了。"

"啪嗒"一声，林挽月夹在指尖的白子脱手落盘，竟是不偏不倚地填到了自己布下的死眼上，这左角的一片棋都死了。

李娴见状微微一笑，抬手拈起林挽月掉落的一子，递给了回去："瞧你，刚刚夸了你棋力精进，怎么就胡来了？"

林挽月伸手接过李娴递过来的棋子，二人指尖相碰。

"公主……应该不会嫁给李忠世子了吧？"

"嗯，父皇的意思是解除婚约。"

林挽月落下一子。

李娴抬眼一瞧，林挽月这已是乱了章法胡放棋子了。

随后李娴竟也跟着林挽月胡来了。

"大婚之期在即，公主……嫁给谁呢？"

"婚姻大事，不过父母之命、媒妁之言罢了，我虽然是公主，也逃不开的。"

"可是……是否太仓促了些，眼下只剩下不到一月……"

"父皇的意思是只换人，不更改日期。一是为了最大程度地降低影响，避免百姓过度猜忌；二是明年的上元节是难得的黄道吉日，错过了便再不好选了。明年我便十九，再不出阁，怕是要成老姑娘了，再说，终归是要嫁的，既然结局已经注定，早些晚些又有什么相干。"

"啪嗒"一声。林挽月将捏在手中的白色玉石棋子丢回盒子里，搁在棋盘边上的左手早已握成了拳。

林挽月猛地抬起头，注视着眼前的李娴，表情严肃认真："若是陛下将你许配给如李忠那种衣冠禽兽的人，又或者是个金玉其外败絮其中的草包怎么办？"

李娴直视林挽月的双眼，双目盈盈似水，似有千言万语。良久，她才幽幽回道："人活于世，总要背负些遗憾和无奈，身为皇亲贵胄享受了无尽的荣华，也要承担相应的责任。父皇将我许配给谁，我便嫁给谁。如果未来的驸马真的不幸被飞星言中是个那样的人，那……便是我的命了。"

林挽月的胸口一痛。这便是女子的命了吗？即便是公主，也不能幸免？

哀其无奈，怒其不争。

可是林挽月又一想，如何争呢？一时间便也迷茫了起来。

林挽月的脑海里突然闪过了一个念头：不如我娶……

念头一出，林挽月吓得从石凳上跳了起来。

我在想什么？我疯了吗？

且不说自己这卑微之躯绝对不会在陛下考虑的行列之中，就说我这身份！我是女子啊！彻头彻尾的女子！怎能……假凤虚凰？

和我这样的人在一起，又和守寡有什么区别？

若是有一日东窗事发，我又如何自处？她会不会恨我？

可是……为什么这个念头越来越强烈，越来越清晰？

至少，我可以保护她的名节，可以呵护她不受伤害，待到有一天，她找到真正的如意郎君……我便退出来，况且我这女子的身份瞒到这一日实属不易，随着身份的水涨船高，各方都在关心着自己的终身大事，暴露不过是时日的问题了。

林挽月站在亭中，呆呆愣愣地看着李娴，似注视，又仿佛放空，心中暗自权衡着她们互相做挡箭牌的可能性。

可这样的目光看在李娴的眼中，却是别一番含义。李娴犹自在心中一叹，这人到底是对我动情了。

李娴的心跟着复杂起来，便也没了言语。

四角飞檐的湖心亭，一张石桌上置棋盘，两墩石座对置，四周尽是粼粼的湖水，湖中鱼可百许头，皆若空游无所依。

亭中，李娴穿着一袭杏黄色的宫装坐在石凳上，与面前穿着银色长衫的人对望着。

四目相顾，无语无言。

林挽月从长公主府落荒而逃，甚至都没有对李娴拱手作别，在李娴的注视下晃晃悠悠地转身，然后大步流星地逃走，头都没回。

李娴竟没有丝毫责怪林挽月失礼的意思，亦未开口留人，只是安静地坐在石凳上，眼神一直跟着林挽月落荒的身影，直到那瘦削的背影消失在花园的景致凋零处。

李娴又独坐了一会儿，小慈捧着披风走到湖心亭，披在李娴的身上，轻声道："殿下，起风了。这几日京城也寒了，回吧。"

"小慈，本宫这几天一直在想，或许有其他的计划，可是本宫苦思冥想，却无结果。"

"陛下是说……"

"本宫在想，是不是不应该把林飞星拖下水。"

小慈绕到李娴身边，半蹲下去，熟练又温柔地帮李娴系好披风的带子，轻声道："果然被奴婢言中，看来这林飞星是特别的。"

听到小慈的话，李娴的美目中第一次流露出迷惘的神色："本宫在宫中生活这么多年，自母后去世后便开始为珠儿筹划，见过了太多的人，唯独这林飞星无欲无求，没有私心和贪念，他是本宫见过最干净的人。近日来，本宫常常会想，这样的人就算不去摆布他，他依旧会成为一心为百姓着想的好将军，可是……北境大军几十万，本宫和太子都输不起。"

"殿下，您累了，回吧。事已至此，多思无用，况且，当时是林将军自己拒绝了楚王的拉拢，殿下才不得已启用这套计划的，其实这也算是他自己的选择，说起来，那林将军的命早就是殿下的了，这几年若是没有殿下的暗中保护，那人不知已经死了几次，而且这林将军先后拒绝了楚王、雍王，若是殿下您不这么办，他怕是没有命活着走出京城的。"

当夜，宫中。

大殿里，长信宫灯烛火昏黄摇曳。

整个大殿空旷得吓人，只有坐在高位上的李钊以及安静地立于李钊身后、伺候了李钊几十年如影随形的顺喜。

在大殿正中跪着一位侍卫打扮的男子。

"启奏陛下，微臣已有结果。"

"讲。"

"是，微臣奉命派人日夜监视长公主府，发现自公主回宫之后，连续三日闭门谢客，唯独北境神将军林飞星每日都到长公主殿下的府上去，清晨便至，午后甚至傍晚方出。"

李钊挑了挑眉，侧过脸问身后的顺喜："林飞星……可是，当初护送娴儿回宫的那小兵？"

"回陛下，正是此人。林飞星年十八，无父无母，大泽郡婵娟村人氏，四年前只身投军，由步兵一路擢升至裨将一职。前不久，那个仅带三人大挫匈奴图克图部的人，便是此人，号集北境几十万大军修建新阳关城、开垦山田的亦是此人。听说李沐将军对此子青眼相加，前不久撮合平东将军项经义收了林飞星做义弟，帮他抬了抬出身。"

李钊听完满意地点了点头，他的年岁大了，这几年总是记不清楚一些鸡毛蒜皮的小事，顺喜便充当起了李钊的活卷宗，而且顺喜懂规矩，只对李钊开口，这让李钊非常满意。

"启禀陛下，喜总管所言不差，微臣又得到了一个重要的消息。"

"讲。"

"是，微臣重金撬开了长公主府掌事女官的嘴，据说两年前林飞星离京当日，长公主殿下清早出宫，出城十里，只为等这林飞星，并且将惠温端皇后赏赐的贴身玉佩赠给了林飞星，此事是小慈亲眼所见，绝对准确无误。"

"小慈？是倾城赐给娴儿的那个丫头吗？"

"正是！"

"寡人知道了，此事封口，所有参与调查的侍卫全部处理掉，懂吗？"

"是！陛下放心。"

"嗯，你下去吧。"

"是！"

待这侍卫离开了大殿，李钊慢悠悠说道："寡人要知道林飞星的全部，三日可够？"

顺喜弯了弯腰，眯着眼睛："是。"

"嗯，还有，等处理完底下的侍卫以后，适才那人……"

"陛下放心，奴才明白。"

"事关娴儿的名节，一定要处理得干净，宁可错杀，切莫放过。"

"是。"

"那个小慈……"

"陛下，女官小慈由惠温端皇后亲选，与太子殿下、长公主殿下二人一起长大，感情甚笃，怕是动不得。"

"如此，便留着吧。"

"是。"

"顺喜，你说……娴儿莫不是真的看上了那个布衣小子？"

"长公主殿下的心思，奴才不敢揣测。"

"哈哈哈……你这老东西，愈发怕死了。"

"奴才只想多侍奉陛下几年，陛下若要奴才死，奴才绝无二话。"

"好了好了，留着你的老命给寡人办事吧。"

"谢陛下。"

这一夜，林挽月又是彻夜未眠。

不是因为床铺，不是因为气候，而是因为李娴。

这一夜林挽月想了整整一夜，自己到底要不要求娶李娴？理智告诉她就此止步，尚可回头。可是……这天下间还有一个比自己更适合帮自己一把的人吗？

若是她的驸马是位良人也便罢了，如今李忠不堪，陛下为了颜面竟打算随便找个人便将长公主下嫁，若是再遇到李忠这样的人，该怎么办呢？

林挽月不怕死，她的命本就是捡回来的，无数次地从死人堆里爬出来，见惯了死亡，早都麻木了，可是她怕真相大白的那一天，李娴会恨她。

林挽月枯坐一宿，最后狠狠地给了自己一个耳光。

林挽月打自己的那一下很重，嘴角溢出了鲜血，脸上的手印明显。

可是她却坐在床头，笑了。

剩下的时间，林挽月想了想到底该如何给自己制造机会，求助于李沐恐怕时间上来不及，过段时间自己的义兄平东将军项经义会偕夫人及世子入京，可以从这方面找找机会，还有便是冒险在宫宴上公然求娶，自己是代表整个北境进京的，宫宴必定会有自己的一席之地。

又过了三天，顺喜呈上了一份记载了林飞星生平的详细卷宗。

林飞星的背景很简单，与当日顺喜对李钊口述的相差无几。对此李钊是比较满意的，林飞星的背景越简单越好，召到京城封个驸马陪伴自己的爱女，没有根基更好控制。

林飞星在北境的战绩和政绩以及百姓对他的一些评价都非常不错，这一点李钊也很满意。只是看到"林白水"三个字，李钊皱了皱眉："这个林白水，确定是林宇的遗孤，不是林飞星与人私通诞下的吗？"

"回陛下，绝对无误，林宇还活着的时候便知道其妻有孕，林宇的亲兵数人可以做证，这林飞星与林宇的遗孀清清白白。"

"嗯。如此甚好，能将同袍遗孤视若己出，也算有情有义。"

"侍卫都处理了？"

"是。"

"嗯。"

元鼎三十年十二月，李钊下诏废除长公主李娴与平阳侯府世子李忠的婚约，诏书中李钊痛斥李忠品行不端，字里行间皆透出对李娴的呵护，并且勒令平阳侯府闭门谢客，好生反省。念在李忠卧病在床不做重罚，只是褫夺了李忠平阳侯世子的身份。

明眼人都知道这算是李钊的恩典了，这李忠本就命不久矣，定是活不过平阳侯的。

平阳侯跪谢恩典，老泪纵横地领了圣旨，关闭了平阳侯府。

在这个年节前夕，整个京城都洋溢着新年的喜庆，四处张灯结彩，唯独平阳侯府阴郁笼罩，原本门庭若市的一品军侯府，只因一道圣旨便被打入谷底。

平阳侯夫人终日以泪洗面，楚王李玹在这个至关重要的时刻被砍掉一臂，怒不可遏又无可奈何。

李沐病重的消息在京中高层中并不是什么秘密，多少人正虎视眈眈地盯着北境，只要李沐一死，各方势力必定加入角逐。

楚王之前打了一手如意算盘，先是拉拢林飞星，若是林飞星能迎娶自己的妹妹，他便扶持林飞星上位，林飞星忠不忠于自己都不重要，娶了自己的妹妹，在外人眼中便是楚王一党，有北境几十万大军坐镇，楚王夺嫡的底气更足。

如今后位悬空，太子年幼，一直苦苦扶持东宫的长公主又要嫁给李忠，东宫眼看着便不成气候了。

这些日子，李玹一直心情愉快，却没想到李忠那个蠢货不仅先得罪了林飞星，让自己的嫁妹计划落空，他自己又出了这样的事，丢了驸马的位置不说，还连累平阳侯府，李玹还想着推举平阳侯接掌北境军权，这一下也是不成了。

一个小小的"李忠事件"，看似平常，却让整个京城的局势更加错综复杂了起来。

元鼎三十年十二月二十八日，李钊御门听政。

林挽月虽为裨将军，在京城却是个无品无衔的官，但又因其代表北境而来，硬生生地被安排到了百官队列的前方。

在武官的行列中，林挽月的前面是几位蟒袍玉带的藩王，就连平东将军项经义竟然也比林挽月的位置靠后些……

林挽月站在百官队列中震撼不已，原来李沐在京中的地位竟是如此之高！

周围的人都穿着极其威武的华贵朝服，唯独林挽月因无品无阶，只穿了一身质地不错的广袖长衫，反倒异常显眼。

随着掌事太监的唱和，李钊坐上了置于御门下的龙椅。

李钊一眼就在众人之中看到了林挽月，相比于两年前，林挽月又长高了一些，但在武官行列中依然显得有些瘦小，又因其穿着一身长衫显出几分武官身上没有的儒雅来。

"参见陛下。"李钊坐定，百官齐刷刷地跪在御道上。

李钊大袖一挥："诸位爱卿免礼平身。"

"谢陛下。"

百官刚刚站稳，李钊抬袖一指："你是何人？"

林挽月立刻成了众人的焦点。

林挽月心头一紧，心跳加速，但她丝毫没有将这样的心思表现在脸上，在众人的注视下，淡定地走出队列，来到御道中央，张开双臂，双膝跪地，将双臂直伸于耳畔，额头贴在冰凉的地面上，如此规规矩矩地行了三拜，才跪在地上直着身子，双手将竹笏端在胸前回道："末将，西北大元帅麾下裨将林飞星，奉大元帅之命，入京面圣述职。"

李钊看着林挽月，见她的礼仪照比两年前周全许多，小小年纪立于百官之中也算宠辱不惊，心下满意。

"哦，是你，寡人记得你，你可是两年前护送长公主回京，还得了寡人千户赏赐的那个林飞星？"

"回陛下，正是末将。"

"嗯，不错，小小年纪虽品阶末流，却能得国舅青眼，不简单。"

"谢陛下，大帅抬爱，末将愧不敢当。"

"国舅最近身体如何？"

"回陛下，大帅戎马半生，难免有些沉疴旧疾，大帅命末将代禀陛下，他已大好，请陛下切勿挂怀。"

"嗯。"李钊满意地点了点头，李沐的情况李钊是知道的，但是林挽月的回答让他很满意，有分寸，懂规矩。

"很好，今夜寡人设宫宴款待所有三品以上官员，你也来吧！"

"谢陛下。"

林挽月回到了队伍之中，发现时不时地有目光扫到自己这边，她装作浑然不觉，端着竹笏，垂着眼，规规矩矩地站在队伍中。

御门听政整整进行了三个多时辰，中间李钊给众人传了一碗白粥。

朝会一结束，林挽月眼看着有一些人往自己这边来了，她立刻闪身来到项经义身边，叫了一声"大哥"，安静地站在项经义的身后。

这些人一看到平东将军，站在原地忖度片刻，最终只好放弃了。

林挽月暗暗地松了一口气，京中之势错综复杂，自己又不善权谋交际，眼下可是一步都错不得的。

项经义拍了拍林挽月的肩膀，脸上带着笑。他现在是越来越喜欢这个义弟了，适才陛下同林飞星讲了不少话，明眼人都能看出陛下对林飞星似乎有些不同，若是林飞星想借着圣宠结交些权贵，眼下就是最好的机会。而他却躲在自己的身后，拥有这般不慕荣华心境的人，是块做将军的好材料，岳父果然没有看错人！

林挽月不知道的是，她的表现早就被内廷太监看了去，不消片刻就会禀报李钊了……

　　项经义同林挽月一起出了宫。

　　"星弟，适才我和你说的那些宫廷礼仪你都记住了？"

　　"大哥放心，我都记下了。"

　　"嗯，很好，星弟你穿的这一身也太寒酸了，你居然穿着这身行头就来参加朝会了！我一会儿差人给你送几套好衣服。"

　　"大哥不必费心了，飞星无阶无品，你府上的衣服我穿着怕是要僭越了。"

　　"哎，谁说的？你现在是我的义弟，按照我们离国的律例，金兰算宗亲之内，我堂堂平东将军府的人，怎能不入流？我心里有数，你听我的。"

　　"那便谢过大哥了。"

　　"行，回吧！"

　　"大哥请留步！飞星有事相求。"

　　"相公，相公……"

　　"啊？"

　　"你在想什么呢？"李莘抱着小世子笑着看向项经义。

　　项经义张了张嘴，无声地笑了笑，没有回答。

　　平东将军府一家三口坐着马车共赴宫宴。

　　项经义看着窗外不住向后退去的风景，又回想起白日里林飞星对他说的话来……

　　"大哥请留步！飞星有一事相求。"

　　"你我兄弟，何谈'求'字，有什么你尽管提，大哥一定鼎力相助！"

　　"大哥，飞星自知身份低微，光凭自己恐怕此事难成，希望大哥能在关键时刻站出来替我美言几句。"

　　"究竟何事？如此严重？"

　　"大哥，我想求娶公主。"

　　林挽月说完，项经义愣在了当场，看着林挽月一脸认真的神色，知他是下定了决心，项经义沉吟了片刻回道："星弟，你如今虽然无阶无品，但明眼人都看得出来，你的前途不可限量，要说配公主，也不是不可以，可是大哥要说几句，你知道岳父他老人家是国舅？"

　　"我知道。"

　　"那你知道太子和长公主殿下要叫岳父大人一声舅舅？"

　　"我知道！"

　　"那你可知，楚王一直对储位虎视眈眈，你在这个关头迎娶楚王的妹妹……当然大哥不是非要把事情想得这么复杂，可是你是不是再考虑考虑更佳，你们又没见过几面，难不成非她不可？"

林挽月看着项经义，轻轻地叹了一口气："大哥也听大帅说了？"

"嗯，岳父他老人家在临行前还希望我帮你一把，他真的非常器重你。"

"大哥。"

"嗯？"

"我要求娶的，是长公主殿下。"

"相公……你在傻笑什么？"

"啊，没什么，没什么。夫人哪，你别看飞星平时看上去文文弱弱的，有一派儒将的风采，其实做起事情来很惊人哪！"

"相公在说什么？"

"哈哈哈，没什么，也许过几天，快的话今夜你就会知道了。"

项经义笑着摇了摇头，在震惊过后，项经义有些兴奋，他没有文官那么迂腐，心中更没有那么多条条框框的规矩。林飞星的这个消息够劲儿！他喜欢，他也愿意帮林飞星一把。在项经义的眼中，北境的帅印早晚都是林飞星的，如果林飞星能迎娶李娴，自己的岳父也应该会很开心，至少北境军权说到底没有旁落，假以时日有林飞星压着，也可保东宫太平，只不过项经义的心中也隐隐有些担忧，李娴贵为嫡长女，尊贵的程度是二公主李嫣不能比拟的，但无论怎样他定会倾力相助！不仅因为林飞星是他的义弟，他还想看看那些酸腐的文官，听到这个消息会是什么样的表情。

林挽月早早到了宫中，大殿外已经有不少人候着了，放眼望去，黑压压一片人。

在离国，只有三品以上的官员和皇室宗亲有资格穿黑色为底的服饰。

林挽月今天的这身衣服布料很特殊，乍一看像黑色，却和正统的玄黑色有些许区别。

林挽月站在大殿门口望眼欲穿，终于看到了项经义一家人远远地走了过来，面上一喜，连忙迎了上去。

"飞星见过大哥，嫂嫂。"

"自家兄弟不必多礼！"

小世子也对着林挽月见礼，叫道："二叔。"

项经义坏心眼地拍了拍林挽月的肩膀，笑道："星弟，紧不紧张啊？"

谁知一向淡定的林挽月一反常态露出了羞涩的神态，因皮肤黝黑倒也看不出什么女儿姿，反倒将项经义逗得哈哈大笑。

听到笑声，周围那些轻声细语的官员纷纷将目光投到了林挽月他们这边，想看看究竟是谁这么大的胆子，敢在御前高声喧哗。

众人一看是平东将军项经义，又纷纷将目光收了回去。

离国的文官大部分是瞧不上武官的，但对于手握重兵盘踞一方的大将军，特别是项经义这种累世公卿家族中的将军又莫名地敬重。

随着厚重的开门声，四名太监将殿门缓缓地推开。

李钊身边的掌事太监顺喜从大殿中迈了出来，一甩手中的拂尘，脸上堆着喜庆的笑意，高声唱道："陛下有旨，各位大人入殿等候。"

"谢陛下！"

"诸位大人请。"

丈宽的红毯从殿门口一直铺设到御阶之上，大殿的两侧已经左右各摆了三排食案。

项经义带着夫人径直往里走，林挽月自知身份低微，在门口挑了末座，刚要坐下，却被顺喜叫住："林将军且慢。"

"不知总管大人有何吩咐？"

林挽月这一声总管叫得顺喜眉开眼笑，甩着拂尘给林挽月回了一礼，说道："陛下说他很喜欢林将军，想和林将军多聊聊，特别开恩，赐给林将军一个靠近御前的位置，方便和陛下说说话，林将军快跟我来吧。"

顺喜的话音一落，林挽月再次成为众人的焦点，有的人很羡慕他，有的不解，有的若有所思，还有一少部分人带着不满的情绪。

此时这间大殿里，除了林飞星这个特例之外，官阶最低的人也是三品大员，而林飞星这个无阶无品的黄毛小子为何接二连三地得到圣眷？

之前代表李沐御门听政站在他们前面也就算了，如今居然被赐了单座。

林挽月笑了笑，她敏锐地感觉到了众人的目光，依旧佯装不觉，跟在顺喜的身后到御赐的案前坐了。

说来也是巧了，林挽月的位置就在平东将军项经义的前面，再往前的位置是空的，是留给各路藩王及皇子们的。

一看李钊给林飞星的位置，许多人倒吸了一口凉气，就算李沐亲临，最多也就坐在那个位置！难道……陛下是想让这林飞星接掌北境军权不成？

不可能！他才多大，又是布衣出身，于情于理也难堪此任！

林挽月有些紧张，项经义给了她一个安慰的笑容。

众人找了各自的位置坐了，片刻后，随着高声的唱和，大殿中的官员全体起立。

"陛下驾到，贤妃娘娘到，淑妃娘娘到，德妃娘娘到，太子殿下驾到，齐王殿下到，楚王殿下到，雍王殿下到，长公主殿下驾到，皇子环到，二公主到，皇子珮到。"

"臣等参见陛下，见过各位娘娘。"

"参见太子殿下、诸位王爷，见过两位公主。"

在百官跪拜下，李钊带着三位娘娘及太子李珠走上了高台，藩王和皇子坐在了武官一侧，两位公主坐到了文官一侧。

"诸位爱卿免礼平身！"

"谢陛下。"

林挽月重新端正跪坐着，一抬眼，愣住了，坐在她正对面的不是李娴是谁？

林挽月难免心头一紧，毕竟自己即将要让这位公主成为自己的挡箭牌了。

今日的李娴头戴一支金步摇，装扮简单而不失华贵，黑发如瀑般散着，面若中秋之月，色如春晓之花，鬓若刀裁，眉如墨画，双目若盈盈秋水，顾盼生辉，绛唇一点万般风情，唇边两个浅浅的梨涡时隐时现，给这副倾城的容颜增添了几许人间烟火。

她穿着一袭玄黑色宫装，纁红宽边，长长的宫装在身后平铺开来，呈一个扇面。

因李娴宫装特殊，她身后未置一案，放眼整个大殿，处处皆是人头，唯独李娴这里玉人独坐，仿佛这尘世间的喧嚣皆近不了她的周身。

李娴的目光也时不时地会扫过林挽月，带着淡淡的笑意，那样美好。

"星弟！"项经义一把拉住了林挽月的胳膊，往自己这边一带，强迫林挽月回神与他对视。

"大哥？"

"喀喀。"项经义看到林挽月一脸的不满，尴尬地咳了咳，伏在林挽月的耳边低声说道，"我说，星弟，大哥知道这个……食色性也，可是这百人宫宴，陛下和各位娘娘都看着呢，你肆无忌惮地盯着长公主殿下，可有些僭越了。"

"喀喀。"林挽月也咳了起来，握拳压住了嘴巴，脸上一热，"谢谢大哥提醒，小弟……疏忽了。"

"别怕，大哥会帮你的。"

"谢谢大哥。"

林挽月与李娴遥遥对望，别人兴许没有注意到，坐在高位上的李钊却是看得一清二楚。

原本李钊还有些担心，万一是自己会错意，自己的女儿并不喜欢林飞星怎么办？可是刚才他亲眼看到这二人"眉目传情"，也只能在心头一声轻叹：真是女大不中留！

想要成全自己女儿幸福的同时，李钊的心中又腾升了一股不悦的情绪，也许这便是做父亲的复杂心情吧。

这个感觉一出，他看林飞星也不怎么顺眼了。

李钊面色一沉，大袖一挥："开宴！"

"陛下，赐几鼎给林将军？"

李钊本想让林飞星与二品同待，却对顺喜说："赐三鼎。"

顺喜微微一怔，应声去了。

宫婢们端着托盘鱼贯而入，跪在各个食案边上将盛着吃食的鼎簋奉在案上。

宫乐起，歌舞姬登场。

整个大殿内的气氛顿时活络了起来。

席间觥筹交错，欢声笑语，诸位皇亲重臣也纷纷对天子祝酒。

宫宴过半，宾客皆欢，百官其乐融融，林挽月坐立难安。

李钊唤来顺喜，附耳吩咐了几句，后者一脸了然。

顺喜直起身，拂尘一挥，宫乐停，歌舞姬散。

原本高谈阔论的武官们也纷纷压低了声音，朝高位看去。

李钊沉吟片刻，说了一些帝王关怀的话语，底下的朝臣一副感恩戴德的激动神色。

李钊满意地点了点头，看了眼李娴，话锋一转道："最近发生的事情，诸位爱卿也都听说了，李忠行为不端，不配迎娶我离国最尊贵的公主，也怪寡人不察，险些耽误了娴儿的终身。"

"父皇……"李娴欲说些什么，却被李钊抬手止住。

李钊对着自己的爱女笑了笑，脸上显出慈父的神色来，继续说道："寡人从前私心想着多留娴儿几年，陪陪寡人，这李忠不堪，婚期却不能耽误，今日值此宫宴，我离国的肱股之臣齐聚一堂，寡人宣布在各府适龄子弟中挑选一位成为娴儿的驸马。"

"陛下圣明。"

大殿之中有几位大臣的脸上洋溢着喜悦的笑容，他们府中正好有适龄未婚的子弟。

李钊点了点头，又看向林挽月，道："林飞星出列。"

"末将在！"林挽月在起身时心虚地看了李娴一眼，来到红毯之上，规规矩矩地给李钊行了礼。

"林飞星，你可知李沐国舅在奏折中多次推举过你？"

林挽月忙磕头回道："大帅抬爱，末将不甚惶恐。"

"你也不必过谦，国舅的为人寡人是清楚的，他能对你青眼相加，必定是因你有过人之处。"

"谢陛下！"

"寡人还记得两年前你护送长公主回宫，那时的你不过是小小的一名营长，布衣出身，无一户食邑，寡人没记错吧？"

"是。"

"嗯，当日寡人见你虽礼数欠缺，但尚算持重，是个不错的年轻人，有意封你做京都尉主司京城防卫，车马调度，你辞而不受，是也不是？"

"是。"

李钊故意将这段只有为数不多的皇室宗亲知道的事情重新提起，果然引起了场中大臣们的注意。

李钊继续问道："那寡人问你，你今日如何作答？"

京都尉五品官这个品阶在京城是官阶最小的，但京都尉这个官职很特殊，品阶虽然不高但权力很大，是许多一品大员也要拉拢的官员。

于是，所有人都盯着林挽月，静静地等待答案。

此刻场中之人大致分成了两派。

在文官们的眼中北境既荒芜又危险，即便林飞星有李沐的赏识，但是他这个年纪再加上出身，想掌管北境的帅印基本无望，如今他有食邑不愁吃穿，选择做个京官，投靠一位好靠山慢慢向上升迁是最安全快捷的路。

在武官们的眼中，林飞星近几年异军突起，虽然年轻，但若是留在北境军功拜爵是早晚的事，如果选择弃武从文，难免可惜，男儿就应当功名利禄马上求，从死人堆里爬出来的才是真汉子。

那两位藩王则面露喜色，恨不得林飞星立刻就答应，两年前他们定会跳脚反对，此一时彼一时，如今林飞星若是选择了京都尉，他们做梦也会笑出声的！林飞星未投靠任何一府，李沐风烛残年，林飞星就算没有根基，他在北境对自己来说总是一个威胁，若是他选择入京，李沐一死，他们便可以堂而皇之地角逐北境这块地盘了。

林挽月不过沉默了瞬息的工夫，场中之人已经思绪翻腾，在众人的注视下，林挽月行了一礼，坚定地回答道："回陛下，末将的回答依旧如故。"

大殿两边，左侧的文官多露出不解，右侧的武官均是露出了欣赏之色。

雍王李玥第一个坐不住了，从案后站起来，朝着高位的李钊拱了拱手说道："林将军，你可要想清楚，京都尉是非常重要的职位，父皇如此器重你，你数次拒绝居心何在？"

楚王李玹亦附和道："父皇，儿臣认为京都尉一职正合适林将军，如今朝中正是用人之际，林将军年轻有为，实乃京都尉一职的不二人选，还请父皇下旨。"

坐在林挽月旁边的李环看了看两位皇兄，又抬眼看了看对面了李娴，垂下了眼。

李娴的脸上一派淡然，静静注视着跪在红毯上的林挽月。

项经义目睹了全程，他咧嘴笑了起来，心中对两位王爷的行为十分鄙夷，端起面前的酒樽一仰头，一饮而尽。林飞星的回答项经义一点儿都不意外，什么劳什子的京都尉，两年前不过一阶布衣的林飞星都看不上眼的官职，还想让今日的林飞星答应？痴人说梦！

"父皇，儿臣倒想听听林将军怎么说。"众人循声望去，说话的竟是齐王李瑱。

"林飞星，那你便说说吧。"李钊环顾一周，心中暗道，他不是楚王府的人，也不是雍王府的人……齐王？

"回禀陛下，末将的答案和两年前一样，末将不图安逸生活，不慕荣华富贵，只愿以这卑鄙之躯，抗驱匈奴人，保卫北境百姓安康，让北境的百姓不蹈飞星幼年之覆辙。况且李沐大帅对末将有知遇之恩、再造之情，末将无以为报，唯有传承大帅之志。"

林挽月的一席话，声音不大，但字字坚定。一些良知尚存的文官若有所悟，而武官们齐刷刷地露出了激动的神采，没想到这林飞星小小年纪竟然有此鸿鹄之志！

李钊的目的达到了，他纵然有意成全林飞星，却也不能让外人觉得自己将嫡长女嫁给了无名之辈。

"好！好一句不忘初心，林飞星，你果然没让寡人失望。"

"谢陛下！"

楚王、雍王见李钊如此，只好悻悻地坐下，看林挽月的眼神愈发不善。

倒是齐王一副事不关己的样子，坐在首位，自饮自酌。

"寡人两年前曾经说过，你若应了昔日豪言，寡人还有重赏，如今你虽只是小小的裨将，不过以你的年纪已属难得，寡人还听说了你不少功绩，凭借区区四人大挫图克图部，在国舅将养期间，率大军修建新阳关，开垦山田，造福于民，更是全歼了来犯的匈奴人，于军于政，皆可谓出色。天子之言，一言九鼎！如今也到了寡人兑现承诺的时候了……"

"谢陛下！"林挽月双袖平铺于地，额头贴在地面。

此时她的心怦怦直跳，想转头再看一眼李娴，但她克制住了自己，林挽月从李钊的话语中看到了希望，天子一言九鼎，这是她千载难逢的机会！

项经义也同样听出了些许苗头，直起了身子，一副蓄势待发的样子。

"寡人特许，京中所有三品衔任你挑选。"

此言一出，场中窃窃私语，碍于李钊坐镇，众人很快平静了下来。但大部分人都红了眼，羡慕嫉妒地看着林挽月，三品衔还随他挑？这样滔天的恩宠简直可以载入言史了！

就在众人都觉得这个少年将军即将狮子大开口的时候，林挽月却从地上直起了身子，微微仰头第一次直视天颜。

"末将斗胆，陛下当真君无戏言？"

此话一出，场中所有人一滞，这林飞星不要命了？

项经义憋着笑，暗叹英雄难过美人关，林飞星这点儿聪明才智在这场宫宴中真是用得淋漓尽致。

李钊为之气结，心中暗恼，你这个小畜生，寡人给你造势，还要将最心爱的女儿嫁给你，你居然将寡人的军！

李娴看着跪在地上的林挽月，看着他有些瘦削但跪得笔直的身影，看着他微微昂起倔强的头颅，看着他脸上认真而又坚定的神色，心头涌起了一股异样的感觉，这种感觉并不陌生，之前已经数次隐隐出现过，可是因为李娴自己也不清楚这感觉是什么，便硬生生地将其压了下去，而这次，这种感觉竟是空前地清晰而强大。

李娴无从抑制，于是这感觉顷刻间便在心头蔓延开来。她耳边忽然回响起小慈的话来："殿下，这林飞星在您心中，挺特别的吧。"

李娴的面上突然升腾起热气，那若羊脂般的容颜愈发娇艳欲滴。

"真是初生牛犊不怕虎，自是君无戏言，你有什么要求，尽管提出来，寡人应允便是。"

林挽月笑了起来，她等的就是这句话！

"启奏陛下，末将不求任何官职！"

"哦？那你想求寡人赏你什么？"

"末将林飞星，求娶长公主殿下！"

"轰——"

大殿里一下子热闹了起来，这下有李钊坐镇也不管用了，前排听得清楚的人一副见了鬼的表情看着林挽月，而后面的人还以为自己听错了，忙扒着身旁的同僚询问。

雍王李玒站了起来："大胆！林飞星，你好大的胆子，竟然敢提出这样的要求！"

楚王李玹也坐不住了，此事万万不能成，林飞星要是投靠东宫，后果不堪设想！

"林飞星，长公主天家贵胄，你区区裨将，又是布衣出身，凭什么迎娶本王的皇妹？"

齐王支着下巴，饶有兴致地看着场中一幕，轻声说道："本王也想知道林将军拿什么配长公主？"

李钊一眼扫过去，他也不是齐王府的人，甚好。

一直没有说过话的李环从座位上站了起来，朝着李钊一拱手，朗声说道："父皇，此事关系皇姐终身，不如问问皇姐的意思。"

此言一出，所有的目光都集中在了李娴的身上。包括高位上的贤妃、淑妃脸上都是一副看好戏的样子，等着李娴回答。

德妃看着自己的儿子，无奈地轻叹一声，李环的问题看似无心，其实最为歹毒！若是李娴同意，难免会让人怀疑长公主与林飞星私相授受，况且李娴早就有婚约在身，若是李娴拒绝，陛下疼爱长公主必定会犹豫，然君无戏言，李钊若想反悔，只能治罪林飞星才能平息……

德妃远远地看着自己的儿子，叹了口气，她的儿子隐藏得太深了，深到让她痛心！可是她的儿子错了，大错特错，他选错了对手。

德妃闭上了双眼，脑海中闪过了昔日那个倾国倾城的容颜，那个太过聪慧的人，那个早早便被上天收走的人。

李婳缓缓起身，在众人的注视下与李环对视。

李婳淡淡地笑着，两个梨涡惹人怜爱；李环也笑着，一脸的真诚。

"多谢环弟为姐姐着想。但婚姻大事自古皆是父母之命、媒妁之言，一切皆由父皇做主，况且君无戏言，身为公主又怎能因一己之私，陷父皇于难堪之地呢？你说对吗，环弟？"

李婳看着李环笑了笑，重新坐了下去。在场之人都是一副恍然大悟的表情，看李婳的眼神也充满了敬佩，至于李环，大多数人还是觉得他年少了些，有些欠考虑，倒也没有深想。

李钊则是满眼慈爱地看着自己的女儿，心中一暖，直叹还是嫡出的女儿更加高贵、识大体、明事理。

"陛下！末将有话要说。"

众人的目光再次被林挽月拉回。

"讲。"

"适才有王爷问末将拿什么配长公主殿下。末将以为，长公主殿下之尊贵，末将万万配不上，不仅末将配不上，放眼整个离国，没有一个人能配得上！"

短暂的安静之后，大殿里的众人再次活络了起来，李钊重重一拍面前的大案，朗声大笑："哈哈哈哈……好！你说得没错，难得你有这份觉悟，既如此，君无戏言，寡人便准你所求！"

项经义看着林挽月，苦笑暗道：这小子真不简单，根本用不上我帮忙啊！

百官也识趣地恭贺道："陛下圣明！"

林挽月重重地呼出一口气，转过头，对上了李婳含笑的眼。

林挽月也笑了，露出一排洁白的牙齿。

奉天承运皇帝，诏曰：

三色为霄，鸿禧云集。今有平东将军义弟林飞星年十八，性温知礼，笠军四载，未尝败绩，节操素励，忠正廉隅，恪尽职守，少年英才，寡人之长公主淑慎性成，勤勉柔顺，雍和粹纯，性行温良，克娴内则，淑德含章。寡人观之已久，此二人实乃佳偶天成，今特许二人结为连理，大婚之期定于元鼎三十一年，上元节。

特此昭告四海，钦此。

诏书一下，从京城快马加鞭出动三十六路传诏使，将李钊的诏书传至各地。

京城百姓纷纷议论这林飞星究竟是何许人也。

林飞星在北境有一定的声望，但他在北境的声望似乎还不足以传到京城，百姓只能从诏书上推断出林飞星是平东将军项经义的义弟，参军四年，未尝败绩……

林挽月本以为大婚是一件快乐的事情，却没想到等待她的简直可以称为噩梦。做皇家驸马不是那么容易的，特别李娴还是备受宠爱的皇上的嫡长女。

在圣旨下达的第二天，四位教习姑姑便来到了驿馆，天还未亮就将林挽月从床上拽了起来，林挽月只穿了一件中衣，一脸惊恐地看着床前的四位妇人，弯着身子抱着胳膊，一副被侵犯了的模样。

四位教习姑姑一副司空见惯的模样，对着林挽月打了一个非常标准的万福礼，无视林挽月一切反抗，拉开她的双手，另外两位量了林挽月的身量，记录下来让宫婢拿去上报内廷织造司。

林挽月的噩梦开始了……先从说话开始学习，对陛下如何说话，对太子如何说话，对其他皇亲如何说话，在外人面前对长公主殿下如何说话，二人独处如何说话。

行路，何为风流之姿？

还有用餐，通通都要学……

项经义去找林挽月的时候，看到林挽月正站在院子里，头顶一个水碗，驿馆里那些北境来的士兵与林挽月都是熟识的，有的躲在房中偷看，有的甚至直接就搬了凳子坐到一旁嬉笑着看戏。

可苦了林挽月，又要完成教习姑姑的要求，又要厚着脸皮承受众人的目光。

项经义远远地就看到了林挽月那滑稽的姿态，忍不住哈哈大笑了起来。

林挽月听到笑声身子一抖，头顶装满了水的水碗一偏，"哗"的一声水浇了林挽月一脸。

林挽月不敢动了，挺直了身子，目视前方，可是这水滴还顺着下巴滴滴答答地往下淌，显得她十分狼狈。

教习姑姑冷着脸来到了林挽月的身边，林挽月尴尬地笑了笑，拿下头顶的碗，教习姑姑提起水壶"哗啦啦"地将水倒得满满的，林挽月缓缓地将碗重新顶到头顶。

二人配合非常默契，想来林挽月是已经经历过很多次了。

"几位姑姑。"

"见过平东将军。"

项经义看着林挽月苦着一张脸，一副饱受摧残模样，忍不住勾了勾嘴角，缓了好一会儿才将笑意压了下去，对教习姑姑说道："几位姑姑，本将军奉旨接准驸马，陛下有旨，大婚之前林飞星暂时住在平东将军府。"

"遵旨。"

项经义点了点头，朝着林挽月走来，终忍不住笑了起来："星弟，陛下有旨，大婚之前你暂时住在我的府上，咱们走吧，马车就在外面。"

"谢谢大哥。"

林挽月如释重负地拿下了头顶的碗，动了动已经僵硬的脖子和肩膀，这学礼简直比操练一天还累人！

林挽月在北境众多士兵的笑声中带着包袱上了马车，到了平东将军府，项经义心知林飞星辛苦，与教习姑姑讨了林飞星半日的假期。

"项将军，今日奴婢们便放林将军半天的假，可大婚之期迫在眉睫，还望今后项将军全力配合才是。"

项经义一脸赔笑，教习姑姑均是出了名的老顽固，虽然身份不高，项经义也不敢轻易得罪。

"四位姑姑放心，本将军只是怕几位姑姑车马劳顿，况且今日也过了午时，稍后传饭，我二弟愚钝，往后还要几位姑姑费心了。"

"那奴婢们就告退了。"

四位教习姑姑排成一排，在项林二人的注视下，以极其端庄的姿态走了出去。

人一走，林挽月立刻瘫在座位上，项经义看着她哈哈大笑。

林挽月的屁股还没坐热，宫中又来人了，观天司的小童讨了林挽月的生辰八字去了。

纳采、问名、纳吉、纳征、请日、迎亲。

由于婚期紧迫，尚未纳采先来问名，在离国一般都是男方问了女方的八字，到林挽月这边反了过来。

观天司将林飞星和李娴的八字合过之后，竟然发现二人的八字呈六合大吉之数，而且林飞星的命格助旺李娴，观天司立刻将消息呈报给了李钊，李钊看过后心情算是好了一些。

纳采与"六礼"不大一样，只是送一点儿小礼物，礼物的大小视男方的家庭经济情况而定。

但这一点却在这段婚姻中不适用，项经义也明白，林飞星无父无母，一穷二白。长兄如父，三天的时间，项经义动用了平东将军府在京城的人脉，为林飞星准备了玄纁、羊、雁、清酒、白酒、粳、稷米、蒲苇、卷柏、嘉禾、长命缕、胶漆、五色丝、合欢铃、九子墨、五帝钱、禄得香草、凤凰、猞猁兽、鸳鸯、受福兽、鱼、鹿、乌、九子妇和阳燧等三十多种纳采礼，礼单呈报上来后，先被东宫压了下来，李珠看过礼单，一撇嘴，觉得实在太寒酸，实在是太委屈自己的长姐了，又命人连夜搜罗，生生凑够了八十一样，九九之数。

过了纳吉这道程序后是纳征，纳征就是男方给女方家聘金，这是在成亲之前最重要的一个环节，礼金的多少直接体现了男方对女方的重视程度。林挽月参军这四年，算上食邑收入、李沐赏的，加起来一共有几百金的家底，这些钱已经足够普通人家生活好几辈子了！可是当林挽月报出家底之后，项经义气得直摇头。

"我说星弟啊，你难道想用你这几百金给长公主殿下下聘？"

林挽月听完，也发愁了。

"你这个臭小子！"

项经义知林飞星为人清廉，性子单纯直率，不懂那些弯弯绕，而且他食邑又少，年龄也小，布衣出身的，没有家底实属正常，再没多说什么，借了三千金给林飞星。

宫中的人将这三千金报上去后，李珠又从东宫库内拨出三千金加入了聘金中，有趣的是齐王、雍王、楚王竟也各出一千金，将聘礼叠加到了九千金，纳采的礼单与聘礼的礼金最终被人呈报给了李钊，李钊看着数字点了点头，从国库中拨出一千金填到聘礼里，将这万金加到了已经长到不能再长的嫁妆单子里。

长公主之尊贵，由此可见一斑。

剩下的事情就基本不用林挽月操持了，她只要好好学习宫礼，等待良辰吉日即可。

从李娴出生开始就有内廷织造司在准备她嫁衣了，布匹、秀样、佩饰都是最好的。

如今这场婚礼饶是集八方之力，也依旧存在诸多问题。

之前是从一年多以前圣旨下过后内廷织造司就开始准备了李忠的礼服，到了林飞星这里时间已经很赶了，内廷织造司几百位绣娘不眠不休地赶制礼服。

礼服倒是小事，最大的问题就是驸马府，李忠的驸马府由平阳侯府出资建了一年多，只差匾额就完工了，可是总不能让林飞星去住李忠的府邸，传出去要叫百姓觉得天家欺人，礼服可以命人赶制，驸马府可不是匠人们几日内就能建完的。

怎么办呢？李钊大袖一挥，命驸马住在公主府中，待新的驸马府修建完毕两人再乔迁。

接到这个圣旨后，项经义直乐，打趣林挽月艳福不浅，就连陛下都为她制造机会。

在离国，公主和驸马大婚之后也是各有府邸的，一般来说驸马可以主动去拜入公主府，大多是公主传诏将驸马招来，但即使驸马在公主府内留宿，夫妻二人也不一定同寝，要由公主命人在寝殿前点灯，驸马见灯方能入内。

当然也不乏有琴瑟和谐的伉俪终日黏在一起，但大体上也要遵循这套礼法。

婚后皇帝会从内廷调配一名司记姑娘到公主府，专门负责记录驸马拜入、公主传诏，以及公主点灯的次数，然后呈报圣上，圣上以此来判断公主和驸马的感情如何。

李钊下的这道圣旨，在外人看来确实是给林挽月省了不少事。

当然，这些事情林挽月之前是不知道的，直到被教习姑姑恶补了宫廷礼仪之后方才知晓。

日子一日一日地过去，林挽月这段时间一直处在挣扎与期待之中。

她想了很久，觉得还是找机会见李娴一面，坦白自己的性别。她要告诉李娴，她不得已扮作男儿，如果李娴需要，自己从今以后就是她最结实的挡箭牌，若是今后李娴有了意中人，自己随时可以离开，要是李娴的心里其实也不想随便嫁给一个陌生人共度余生的话，她们可以对外扮作夫妻，对内以姐妹的方式守望过活。

林挽月觉得她应该知悉实情，她亦愿意将自己的身家性命交到李娴的手上。

可是，礼法又有规定，大婚之前一个月男女双方不得见面。

在林挽月既纠结又期待地度过了一个月后，元鼎三十一年的上元节终于来了。

大婚当日，林挽月穿着礼服立在长公主府门口，红毯铺了十里，一直从长公主府的门口铺到皇宫内院。

在离国，大婚当日多为女方家的男子将新娘送到男方家来。

李珠穿着储君朝服，骑着高头大马，行在前头，穿着嫁衣的李娴端坐在二十四人抬着的凰驾轿辇中。

李娴的嫁妆都跟在轿辇后面，头一辆车跟着李娴出了宫门，尾一辆居然还在未明宫中停着。

街上只有送亲的队伍，沿途的所有店铺全部爆满，有些位置好的酒楼东家头脑活络，竟然卖起了座位，即便这样仍然有人花了大价钱买了靠窗的位置，就为了一睹这天家嫁女之盛况！

天都城终年无雪，但现在已经算是最冷的时候，林挽月立在长公主府门前，手心冒汗。

项经义笑着拍了拍林挽月的肩膀："怎么样，紧张吧？"

"嗯！"林挽月点了点头，口中发干，心头直跳。自己以女子的身份迎娶女子，即便是做戏的，依旧令人紧张！

终于，送亲的队伍远远地来了！

车马停住，在十里红妆的尽头，穿着一袭礼服的林挽月在等待着送亲的队伍。

自有宫女掀开了大轿的帷幔，随着帷幔被缓缓地拉开，端坐在里面的身影也现了出来。

李娴坐在大轿中与林挽月遥遥一望，嫣然一笑，倾国倾城。

"傻小子！还愣着做什么！"项经义的大手重重地拍在林挽月的背上，将林挽月拍了一个趔趄，很痛。

四周的宾客见到新郎官这副模样，都露出了会心的笑容。

林挽月一直注视着李娴，走到大轿前，抬起手，温柔地唤道："公主。"

李娴亦笑着，将白皙的纤纤玉手轻轻地搭在林挽月粗糙梆硬的手心里。

这不是李娴第一次触碰林挽月的这双手，可不知怎的，在今日这样的场合中，感受到从林挽月手心里传来的粗糙触感，李娴竟疼惜了起来。

林挽月的目光一刻也舍不得离开李娴，她将李娴从马车上扶下来，依旧站在原地，呆愣愣地看着身侧的佳人。

宾客们都笑了，跟着李娴一同出宫的以小慈为首的八位贴身宫婢看到驸马爷如此神态，都露出了少女情怀的笑意。

李娴的双颊粉红，唇边显出梨涡的轮廓，轻轻捏了捏林挽月那硬邦邦的手，低声唤道："驸马，父皇还在等着，我们进去吧。"

"哦好！"林挽月回过神，冲着李娴开心地笑着。

林挽月牵着李娴的手，往长公主府中走。

看到林挽月如此，其他人又笑了起来，早有宫婢准备好了红绸，这一看也是用不上了。

在看到李娴的那一刻，林挽月尽数忘却辛辛苦苦学习的宫规，在离国新郎官将新妇牵进宅子是要佐以红绸为媒的，结果林挽月紧紧地抓着李娴的手不放，宫婢也识趣地将红绸收了起来。

李娴深谙宫规，见林挽月如此忘情，双靥更加娇艳欲滴。

李娴自是不会在这样的场合苛责林挽月，任凭那只粗糙梆硬的手包裹着自己的手，拉着自己走进了公主府。

李娴的礼服后摆很长，由八位宫婢左右两边托着礼服后摆，上面绣着栩栩如生的百鸟朝鸾的图纹。

林挽月走在前面，每走几步就会回头看着李娴，带着愧疚的笑容，一众宾客皆被林挽月视若无物。

八位跟在李娴后面的宫婢看得最真，均露出笑意，没想到这驸马看上去一副不解风情的样子，竟是这般痴缠呢，长公主殿下有福了……

众人来到正殿，李钊已经端坐在首位，后宫无主，故主位上只有李钊一人。

李钊自打二人一进门起，就看到了那双紧紧相牵的手，意外之余一阵恍惚，他也曾有青春年少时。

林挽月和李娴双双跪在李钊面前，项经义将铜雁交给林挽月，林挽月将铜雁高高举过头顶："陛下，以此铜雁为誓，林飞星今生今世唯长公主殿下一人，相敬如宾，永不相负。"

"嗯。"李钊伸手接过铜雁，顺喜立刻用托盘接了过去，收了这份贽礼，才算是娘家彻底地对林飞星认可了。

李钊转头看了看李娴，只是张了张嘴，什么都没有说。

李钊象征性地给了新人一些赏赐，赐下醮子酒，看着二人饮下，便让二人起身。

司仪唱和道："敬谢天地！"

李娴与林挽月二人转过身，双双跪地，叩拜皇天后土。

"叩拜陛下！"

二人又朝着李钊行过跪拜礼。

宫婢端来两个酒樽，林挽月与李娴相对而立，夫妻二人对饮此杯。

"礼成！"宫婢搀扶着李娴率先回到新房，林挽月还要留下来答谢宾客。

李钊象征性地喝了一杯，交代太子代为坐镇，便带人回宫了。

李钊一走，李珠大袖一挥："开宴！"气氛立刻热闹了起来！

项经义与林挽月二人先来到齐王案前："末将林飞星，敬齐王殿下一杯。"

齐王李琪站起来，笑着回道："大礼已成，你我便是一家人，妹夫这句'殿下'可是疏远了。"

"齐王兄，飞星敬您一杯。"所有藩王中，林挽月对齐王的印象最好。

"好好待我皇妹。"李琪说完，将酒樽中的美酒一饮而尽。

"齐王兄放心。"

林挽月与项经义来到楚王案前。

楚王正与二公主李嫣并坐，见林挽月来了，双双起身，楚王李玹手持酒樽，皮笑肉不笑地看着林挽月，林挽月与之淡然对视："飞星敬楚王兄一杯。"

"呵，妹夫和妹妹可要好好为我们皇家开枝散叶才行啊。"

林挽月听着楚王带刺的话，淡然一笑，一仰头潇洒地饮尽樽中酒。

"姐夫，嫣儿敬你一杯。"

林挽月转过头，看到李嫣，回忆起两年前似乎与这位公主在宫宴上有过一面之缘，便笑着和李嫣喝了一杯。

李嫣此时正是二八年华，容貌虽不及李娴，但也是极美，却没想到林飞星与她喝过酒之后，竟再也不看她一眼，转身离开了。

李嫣看着林挽月的背影，回忆起两年前的宫宴上的场景。彼时的林飞星不过是一名小小的营长，坐在自己身边的位置，一副没有见过世面的样子，食量甚大，她从小到大从没有见过食量这般大的人！

前一段时间，自己的兄长突然提起这人，问自己是否愿意嫁他为妻。

兄长为了让自己答应他，将此人夸得天花乱坠，却不想，再相见时，他已经娶了自己的皇姐。

两年未见，这人长高了，身上的卑鄙粗陋之气全然不见，双目炯炯举止风流……

楚王的心情非常不好，看到自己的胞妹一直盯着林飞星的背影，口不择言地呛道："看什么？思春了？"

李嫣毕竟是姑娘家，面皮薄，立刻红了眼眶："王兄怎能口出这般污言秽语，嫣儿要告诉父皇。"

"好妹妹……王兄失言，自罚一杯。"

敬完了雍王，项经义拉住林挽月低语道："星弟，你是长公主驸马，剩下的人我帮你应付即可，你与太子殿下言语一声回去吧，春宵一刻值千金。"

许是喝得有些急，脸上那抹红色竟然透过了林挽月黝黑的皮肤，显了出来。

林挽月只觉周身发烫，将酒樽递给宫婢，来到了李珠面前。

李珠早已准备好了两樽酒，将一杯递给林挽月，笑道："姐夫，珠儿敬你一杯，好好待我皇姐。"

"太子殿下放心。"

林挽月辞别李珠，将接下来的事情交给项经义，来到了寝殿门前。

"咚咚咚咚……"林挽月可以清楚地听到自己的心跳声，举在门上的拳头紧了又紧，就是敲不下去。

"吱嘎"一声，小慈推门，看到林挽月举着手站在门外："驸马爷您回来啦，殿下在里面等您呢。"

"哦哦……"林挽月只觉头脑发涨，周围的一切都变大了，所有的声音无比清晰，她的气息紊乱，紧张到不行。

小慈看着林挽月，喜庆地一笑，将她请入房中。

李娴正端坐在大红的新床上，林挽月站在五步之外，呆呆地看着李娴，又不会动了。

此时的李娴虽然仍穿礼服，却已经洗去铅华，长长的头发如瀑般披散在身后。

平时的李娴虽然总是面带笑意，可是林挽月却觉得那仅仅是出于礼节，笑容中透着疏离的感觉，而此时的李娴，唇边梨涡淡显，脸上带着三分娇羞之色，这张倾世的容颜上瞬间多了几分烟火气息，仿若九天仙子，坠下凡尘。

"驸马爷，请您与殿下喝下这杯合卺酒。"

"好。"林挽月坐到李娴的身边，小慈跪在地上，将呈有两个酒樽的托盘高高举过头顶。

李娴与林挽月各执一杯，对饮。

小慈收好酒樽，说了些许祝福话儿，便带着一屋子的宫婢退了出去。

转瞬之间，整个房中就只剩下了李娴和林挽月两人。

"公主……"林挽月支支吾吾地唤道。

李娴看着眼前的人，见他半低着头，一副无所适从的样子，自己心头那份紧张的感觉竟消散得无影无踪。

"如今你我二人已结连理，驸马唤我名字便是。"

"哦……娴……娴儿。"

"驸马似有话要说？"

"嗯，娴儿……其实我……早就想告诉你，可是她们不让我见你……我想对你说，贸然求娶，我……是我对不住你。"

李娴听着林挽月磕磕绊绊的话语，心头滋味难明。傻人，明明就是我一步步设计引导你做出的事情，你又何须道歉？

"李忠……不堪，婚期将至，我……不想看到娴儿嫁给陌生男子，赌上终身的幸福……我便想，不若我娶，事先未与你相商，娴儿会怪我吗？"

"驸马，你我已是夫妻，夫妻同心同体，我怎会怪你。"

听到李娴温柔的声音，林挽月抬起头，目若繁星。

李娴目不转睛地打量着林挽月，看到她这般模样，亦跟着欢喜起来。

林挽月忽又想到自己的身份，心中恍若压下千斤，明亮的眸子一下子便暗了下来，她看着李娴，心中犹豫，面带不舍："可是……我还有一件很重要的事情，要和娴儿说。"

李娴看着林挽月黯然的双眼，心中划过不忍，仍耐心地问道："是何事？"

林挽月沉吟片刻，这须臾的工夫她想了许多，却发现原本想要坦白的勇气竟然在缓缓地瓦解，这是她下了好大决心才决定的事情！

在改变心意之前，林挽月开口道："娴儿，其实……我，其实……其实是……"

"驸马想告诉我，你有隐疾，对吗？"

林挽月看着李娴，再也说不出口坦白身份的话，到底是欺君之罪啊！算起来她和公主不过只有几面之缘，不如等时机成熟再……

林挽月点了点头。

"我适才说过，你我已是夫妻，夫妻同心，况且这件事我早就知道了，林宇在大帐中与舅舅袒露时，我正好在。"

听到林宇，林挽月一阵恍惚。

李娴也知自己不小心触碰到了林飞星的伤心事，话锋一转："驸马，红烛过半，夜已深沉，寝吧。"

"好！"林挽月从床上站起，三下五除二地便脱掉了自己身上的礼服，只着一件中衣。

林挽月脱好衣服，见李娴坐在床上一动不动，侧过脸，脸上带着嫣红。

林挽月未及深想，只以为李娴是不习惯没人服侍，脱不下这繁冗的宫装，便坐到李娴的身边，柔声道："娴儿，我来服侍你宽衣吧。"

第十五章 天意难违将星落

"你……"

听到林挽月的话，刚刚褪去的绯红再次漫上李娴的脸庞。

林挽月自觉失言，慌忙地从床上起身，向后退了两步，一边摆手解释道："公主……我不是那个意思，我只是……"。

李娴看着林挽月，镇定心绪："驸马可否转过身去？"

"哦，好。"林挽月见李娴没有因自己的莽撞生气，心头一松将身体转了过去，背对着李娴站得笔直。

"驸马，可以了。"

林挽月转过身来，看到只着一件中衣的李娴愣住了，褪去宫装之后的李娴穿着一身大红中衣，长长的青丝披散，曼妙的身姿若隐若现。

明明两人都是女子，自己与公主一比真是天上地下啊。

李娴虽知林飞星无法对自己做什么，可是十九年来还是第一次有男子这般打量自己，一向淡定的她也紧张了起来。

"驸马，寝吧。"

"是，公主。"

李娴说完，率先躺在内侧，床很大，留出了大片的空余的地方。

新婚之夜的红烛须得彻夜燃烧，林挽月便挪到床边，小心翼翼地上了床，贴在床沿躺下。

林挽月十四岁参军，前两年多的时间都是与北境的士兵睡通铺，那股难言的气味给了林挽月深刻的记忆，后来自己有了独立的帐篷甚至立府出来后，林挽月也只觉得周围的空气清新了许多。

林挽月这几天都没有睡好，此刻闻着这样令人放松的香气，很快便进入了梦乡。

李娴听着从背后传来的均匀的呼吸声，小心翼翼地转过身，打量林挽月熟睡的侧脸。只见这人贴着床沿，仰面朝上，内侧的手置放在胸前，一派坦荡。

李娴从未如此近距离地看过林飞星，她发现林飞星的侧脸很好看，高挺的鼻梁，深邃的五官被摇曳的烛火远远地映衬，睡着的林飞星眉宇间的锐气尽数散去，气息变得柔和，更像是一位书生。

看着燃烧过半的红烛，李娴心中感慨，自己只是在一场偶然的情形下认识的林飞星，舅舅拒绝参与宫中之事，自己无奈之下只好另做打算，只是林飞星那双黑白分明的眼睛给了自己很深的印象，特别是他看向自己的时候，眼神很干净。

在大帐里，听到林宇汇报林飞星有隐疾不能人道的时候，自己突然生出了妙计，自己终会嫁人，女子出嫁从夫，若是驸马人选选得不称心，婚后必会被处处掣肘，那珠儿怎么办？他还那么小，东宫不能缺了自己，从那时起，自己便有了一个后备计划。

那时候的林飞星还太过渺小，自己也没太认真地想过。

后来，他护送自己回宫，一路上经历了许多事情，自己意外地发现林飞星虽然底子差了些，但是悟性颇高，性子沉稳不骄不躁，又虚心好学，遂起了爱才之心，自己有足够的时间将林飞星培养成下一代帝王手中的利剑，于是自己不惜在回宫的路线上绕了一个大圈子，就是为了有足够的时间在林飞星的心中埋下一颗种子。

宫宴上，林飞星颇受父皇赏识，李娴便知道自己押对宝了，父皇最喜欢的便是这种有能力的布衣少年。于是，她便将玉佩送给林飞星。

这傻人与自己分别的两年竟常常睹物思人，可是他却不知，玉佩也是她的一手棋。

李娴知道，其实李忠也不错，即便是楚王府的人，但他会听她的，届时离间楚王府与平阳侯府，让两边互相猜忌，让东宫从中获益，也是不错的计划。

可是，李娴却万万没有想到，自己的亲弟弟竟对她生出了疑窦。自婚约达成，李珠连番猜忌她，起初李娴以为是太傅从中作祟，没想到换了太傅，依旧如故。

李珠一天天长大，帝王心术学了个十足，她欣慰，却也难受。

她已经到了必须要嫁人的年纪，诸多世家子弟唯独李忠于东宫无害，为了不让兄妹二人心生间隙，她已做好了守寡的打算，可是楚王府声势日隆，蛰伏的李环也露出爪牙，两者之中她必须捏住其中一府的命门，才能辅佐东宫立于不败。

她本想让林飞星迎娶嫣儿，借助楚王的力量扶持林飞星上位，只需等到时机成熟便将楚王勾结匈奴人的证据透给林飞星，按照这人的身世和性子，必定会与楚王决裂，甚至做出更加惊人的举动来，到时楚王府后院起火，她便可以腾出手来好好对付这个韬光养晦了多年的李环。

可是这人竟无论如何也不答应，林飞星的答案早就在她的意料之中，她也准备了第二套计划，可是当她开始部署第二套计划时，却心生不忍。

她想开口告诉林飞星，你可知，这条路有多苦多难？

她从未怜悯过任何棋子，可是到了林飞星这里，她却……

李娴想，也许小慈说得对，这人真的是特别的。

与这人分别了两年多，她每隔半月便能收到一份他的消息，二人虽未曾相见，可她却时时注视着此人的成长。李娴自认深谙人心，而林飞星又从不曾对她防备，她一步步设计林飞星，让他主动到殿前求娶……

傻人，你何必道歉。嫁给你，我不必委身，也不必背上寡妇的名头，父皇了却一桩心事，珠儿高枕无忧，一举数得。只是你，你可知？我将你推到了风口浪尖？

你可知？单大婚前想要暗杀你的刺客就被影子截下了数批？

你可知？我机关算尽，蛇蝎心肠，只是空有一副皮囊？

想着想着，李娴的心中涌起难言的滋味，竟忘情地伸出手来，朝着林挽月伸了过去，却没想到熟睡的林挽月一个转身，正好面对李娴。

李娴看着林挽月恬静的睡颜，缓缓地收回了手，淡淡地笑了。

这一夜，长公主府宾客尽欢，李钊去了李倾城生前的宫殿停留许久，而与长公主府不远的平阳侯府却是哀声一片，昏迷了月余的李忠最终没有熬过这个冬天，在李娴大婚的晚上含恨离世。

可怜平阳侯白发人送黑发人，悲伤得不能自已，可平阳侯府被李钊勒令闭府，今日又是上元节兼长公主出嫁的大好日子，李忠身后事不仅从简而且办得十分低调。

林挽月这一觉睡得十分舒服，一睁眼红烛燃尽，天已大亮。

转头见李娴还未醒，林挽月心头怦怦直跳。

林挽月坐在床上，打量李娴良久，心头既幸福又满足，这是自五年前婵娟村事件之后，未曾有过的幸福感受，林挽月由衷地笑了起来。

林挽月怕惊动李娴，轻轻地掀开被子，蹑手蹑脚地到屏风后面浣洗更衣。

殊不知李娴早就醒了，见林挽月睡得香甜，她若是起身不仅会吵醒林挽月，宫婢也会进来伺候，两人有件事还没有做……

李娴便安静地看着林挽月，等待她醒来。

直到林挽月撇了撇嘴，墨色的眉毛也跟着动了动。

知林挽月快要醒来，李娴竟有些紧张，只好闭眼装睡。

林挽月神清气爽地从屏风后面出来的时候，李娴已经端坐在床上，仍旧穿着大红的中衣，青丝稍显凌乱。

"娴儿，你醒啦！"林挽月露出了大大的笑脸。

"嗯。"李娴点了点头，在林挽月的注视下起身，从梳妆台里拿过一把小刀，回到床前，掀起袖子，露出雪白纤细的小臂，另一只手举着小刀就准备往自己的胳膊上划。

林挽月吓得魂飞魄散，一个箭步蹿到李娴身边，紧紧地攥住李娴持刀的手。

"你这是做什么！"

李娴只感觉被林挽月攥住的手仿佛要被捏碎一般，蹙眉转头，却看到林挽月的表情是她从未见过的严肃，眼神中透着浓浓的担忧和心疼。

李娴轻叹一声，忍着痛回道："这白绢布司记姑姑是要来收的，我只是……"

林挽月低头，见床上摆着一方干干净净的白绢布，林挽月以前生活在军营里，也知道了不少粗俗事。

林挽月松开李娴的手，从她手中拿过小刀，柔声道："还是我来吧。"

不等李娴反应过来，就干净利落地在自己的手心割开一道口子，鲜血溢出，林挽月将手举在绢布上，落红点点，煞是醒目。

"你！"李娴眼看着鲜血从林挽月的手心中溢出，转身找到一方帕子，一把抓过林挽月的手，擦去他手掌中的鲜血，看到林挽月手心里拇指长的口子，秀眉蹙起："怎么划得这样深！"转身又去找药膏去了。

"带兵打仗习惯了，下手没个分寸，娴儿别担心。"

李娴将止血散均匀地撒在林挽月手心的伤口上："疼吗？"

"在军营里这算是最小的伤口了，叫军医来看，他老人家都不会来呢！"

李娴没有再说话，只是小心翼翼地用帕子把伤口包扎了起来。

李娴将落红的绢帕放进一方盒子中，唤宫婢进来服侍。

宫婢鱼贯而入，服侍李娴梳洗，林挽月帮不上忙，只好将被包好的手藏在身后，立在门边看着。

李娴坐在梳妆台前，小慈在为李娴梳头。

林挽月一直安静地看着李娴的背影，眼中带着她自己都没有察觉的愧疚。

宫婢们见到这一幕都带着会心的笑意。

看到自家公主与驸马这般恩爱，她们也替主子高兴。

李娴的三千青丝被高高地盘到头顶，露出雪白优雅的颈子。

林挽月看着李娴梳起出嫁女子特有的发式，方才后知后觉……自己好像没有退路了。

可是不如此，又能如何呢？

李娴透过眼前的铜镜看到小慈笑得可疑，定睛一瞧，便从铜镜中找到了林挽月的身影，即便铜镜朦胧，李娴仍旧隐约地看到那人深沉的眼眸，便心中一窘，脸上显出粉红来。

李娴将装有落红的盒子交给小慈，与林挽月一同来到了饭厅。

桌上摆了清粥馒头，还有几样精致的清爽小菜。李娴与林挽月对坐，宫婢为二人盛了粥后便安静地退到一旁。

长公主府的庖丁是从宫中出来的，她们能够将最简单的食材做出最美味的佳肴，这碗白粥米香四溢，林挽月舀起一口吃到口中，味道口感极佳。

她眯了眯眼，脸上皆是满足的神情，李娴不过刚吃了两口，林挽月便吃完了一碗，也不吩咐宫婢添饭，而是自己动手去添。

李娴看到林挽月执汤勺盛粥的手蹙了蹙眉，放下手中的勺子，吩咐道："你们先下去吧。"

"是。"宫婢们很快便退了出去，林挽月放下咬了一半的馒头，看着李娴问道："怎么了娴儿？"

李娴盯着林挽月的眼睛，轻声地问道："帕子呢？"

林挽月抬起受伤的手，看了看手心的伤口，将手藏在桌下，笑着解释道："我见血已经止住了，就扔掉了帕子，而且这种小伤口其实不包扎愈合得更快。"

"驸马，在这长公主府中你不必如此小心。"

林挽月见自己被李娴看穿了心思，也不遮掩："怪我适才太急，应该划在胳膊上好些，帕子太显眼，若是被司记姑姑瞧了去，怕是要给娴儿惹麻烦的。"

李娴看着林挽月，见她双目澄澈，竟什么话也说不出来了。

吃过饭，李娴邀林挽月下棋，又是在湖心亭，婢女给添了两杯热茶。

过了三十手，林挽月落子的速度明显慢了下来。

"稍后我便吩咐下去，派几个得力的人手，将白水接到公主府，驸马以为如何？"

林挽月感激地看了看李娴："谢公主。"

李娴淡淡一笑，随手落下一子继续说道："三朝回门时我会将此事禀报父皇，请父皇赐下玉牒金册，正式收白水为义女。"

"谢谢公主，我替阿宇夫妇谢谢公主！"

"驸马不必如此，你我已是夫妻，白水自然就是我的女儿，况且林宇为国捐躯，阿纨服侍了我多年，他们的后人我自当照顾一二。"

李娴扫过棋盘，见林挽月行了一招妙手，有些欣慰，落下一手，继续说道："驸马可有打算？"

林挽月捏着白子苦思冥想，听到李娴的问题毫不犹豫地回道："自然是回北境去。"说完又猛然想起，此时自己的身份已不同往昔，便抬起头看着李娴轻声问道，"行吗？"

李娴嫣然一笑，回道："我知道驸马心存高远，况且驸马不慕京中富贵安逸，让人钦佩，驸马无须忧心，过些日子我自会进宫去求父皇。"

听到自己还能回北境，林挽月一喜，又想到李娴身份如此尊贵定要留在京中，今后二人必会聚少离多，又是一忧。

李娴一直看着林挽月，见她面上先是一喜，后又沉默，只是呆呆地看着自己，知这人是不舍自己，便柔声安慰道："大丈夫先国后家，况且驸马有安邦大才，理当先于社稷，我与白水在京中等你。"

听到李娴的话语，林挽月茅塞顿开，又想到自己的秘密，自己确实是应该远离京城，便也释然了。

两人边说边下棋，竟下了一个时辰。

纵然李娴有心相让，林挽月仍旧输得很惨。

在棋局结束的时候，驸马不小心打翻了茶盏，划伤了手……

李娴与林挽月回到房中，李娴捧着她的手，粗糙的手心里有一道拇指长的伤疤，李娴将药膏轻轻抹在林挽月的伤口处，拿过干净的绷带细心地包扎着伤口。

"这下驸马不必遮掩了，但还是要仔细些，莫要沾水，有什么事情叫下人去做便是了。"

"娴儿真是心细如发，这下便没人怀疑了！"

李娴唇边堆笑，没有说话，这只不过是宫廷中最微不足道的手段而已。

林挽月低头看着李娴灵巧地将绷带系在一起，脱口而出："娴儿，你的手真好看。"

林挽月本是女子，即便隐藏得再深，还是会存有女子爱美的心态，她的这双手因为五年的军旅生涯，指节变得粗大，手上布满老茧，早就毫无美感可言，甚至可以说是丑陋。

每每看着自己的这双手她还是在意的，如今看着李娴这双白皙又纤细的手，不免会有些羡慕。

两人就这样平静地度过了大婚后的第一日，不过当天晚上出了一些小插曲。

"驸马，司记姑姑有请。"

吃过晚饭后，李娴去书房里看书，林挽月自己一个人待在房中，司记姑姑突然派人来请自己，李娴又不在身边，无人可商量，林挽月有些紧张。司记姑姑是很特殊的存在，由帝王指派到各皇亲府中，只负责记录，不受各府管制，相当于言官。

她想先找李娴商议，又怕徒惹疑窦，只好硬着头皮跟着宫婢来到了司记姑姑的院子里。

司记姑姑头发花白，不苟言笑，穿着一袭宫装，十分规整。

"姑姑。"林挽月先打了招呼。

"老奴见过驸马。"

"不知姑姑找我来，所为何事？"

司记姑姑对宫婢说："你先下去吧。"

"是！"

宫婢走后，这小院里只剩下林挽月与司记姑姑两人，暮色四合，林挽月负手而立，尽量让自己的表情淡定从容。

"驸马与公主殿下恩爱是好事。"

"是。"

"怪老奴多一句嘴，老奴曾经服侍过惠温端皇后娘娘，自然对长公主殿下也心怀敬重……"

林挽月尚不知司记姑姑要说什么，只好应承道："是。"

"公主殿下初经人事，驸马要多多疼惜才是！"

林挽月一头雾水，无法领悟教习姑姑话中的含义，便闭口不言。

司记姑姑见林挽月没有给她一个明确的表态，皱了皱眉，继续说道："老奴观落红绢帕血迹斑斑，长公主殿下千金玉体，驸马怎的这般不懂怜惜？若是伤了内里，该如何是好？"

好在天色已晚，林挽月面皮又黑，才没露出端倪。

林挽月无措地站在原地，一阵晚风吹过，感觉自己的脊背冰凉。

司记姑姑老眼昏花看不真切，便以为这驸马爷是在无声地抵抗，于是颤抖着继续说道："想是驸马爷军伍出身，不懂得怜香惜玉，老奴是过来人，驸马爷若是再这样下去，长此以往恐怕有碍子嗣！"

林挽月额头冒出细密的汗珠，慌忙摆手表态："姑姑……您误会，不，我知道了，我以后会注意的！"

得到满意的答复，司记姑姑紧绷的脸上一松，皱纹松弛开来。

"如此，老奴恭送驸马。"

"姑姑留步。"

林挽月飞也似的离开了司记姑姑的院子，迎着风，感觉自己汗涔涔的。

林挽月以为房中无人，便径直推开了房门，却不想李娴正端坐在房内，似乎在等她回来一般。

早在林挽月被司记姑姑叫走的时候，便有宫人禀报了李娴，李娴想了想收尾了手中的事情，回到了寝殿。

"驸马打哪儿回来？怎么一头的汗？"

林挽月闻言，伸出袖子擦掉额头上的汗，动作粗鲁，辛辛苦苦学的宫礼，短短两日就尽数还了回去。

李娴莞尔一笑，她从不会在礼仪方面刻意要求林挽月什么："驸马，汤池已经备好了，驸马可自去沐浴。"

"谢公主，我去沐浴。"

林挽月慌乱地离开寝殿，小慈打外面走进来，伏在李娴耳边将适才发生的一切尽数上报。

李娴安静地听完，又回想起刚才林飞星那无所适从的慌乱模样，忍俊不禁。

要怪只能怪这人下手太重，滴下那么多血……

一向端庄克制的李娴竟然生出几许捉弄的心思，转头对小慈说道："小慈。"

"奴婢在。"

"点灯。"

小慈也笑了起来，躬身去了。

林挽月浣洗完毕，神清气爽地往寝殿走，想着把刚才的事情和李娴说一下，寻个名头分房睡，却没想到走到寝殿门口，一盏红灯已经高高挂起。

公主点灯，便是召驸马同寝。

守在门口的小慈对林挽月打了一个万福："驸马，公主在里面等您呢。"

大婚三日，长公主寝殿门前夜夜红灯高挂，公主驸马如此鹣鲽情深，整个长公主府上一众下人的脸上也洋溢着幸福的笑容。

唯独司记姑姑脸色阴郁难看。

这驸马不愧是军伍出身，如此精力旺盛，不知节制，可是要伤到长公主殿下身子的！

三朝回门。

清晨起来，林挽月与李娴双双换好宫装，坐上马车向皇宫出发。

随行的除了一众服侍的宫婢之外，还有司记姑姑，三朝回门是大日子，司记姑姑需将这三日的事情记录成册上报内廷司。

二人来到大殿，对坐在高位上的李钊行跪拜大礼："儿臣参见父皇。"

"免礼平身。"

"谢父皇。"

"顺喜，给公主和驸马看座。"

"是。"

李钊坐在高位上打量自己的女儿，大婚三日已过，听说二人感情和睦，看着自己的女儿神色不错，一颗悬着的心也放了下来。

这几日李钊也想了很多，虽然这林飞星的身份低微，但他有一句话说得不错：这普天之下没有人配得起他的嫡长女。既然如此，不如让自己的女儿挑。娴儿的性子他是知道的，看上去温柔似水，骨子里却自成一股倔强和坚持的性格，像极了她的母亲，若是娴儿不是真的中意这林飞星，也不会夜夜红灯高挂……

李钊与新婚夫妻说了些许体己的话，多是李娴回答，林挽月默默地听着，每当李钊出言嘱咐，林挽月便谦逊称是。

李钊看到林飞星事事以自己女儿为先的样子，便也满意了。

"今夜寡人为你们二人设宫宴。"

"谢父皇。"

"父皇老了，多看看你们兄弟姊妹，也是一件乐事。"

林挽月悄悄抬眼望去，见李钊双鬓发白，胡须中也见了霜意，确实是老了。

李娴却回道："父皇正值春秋鼎盛，离国在父皇的福泽下四海升平，父皇怎么会老。"

"哈哈哈哈哈，还是娴儿贴心。"本来有些伤怀的李钊被李娴安慰得开怀大笑。

李钊捋着胡子说道："说起来珠儿也十一了，是时候着手物色太子妃的人选了，娴儿以为如何？"

林挽月看向李娴，只见她嘴角轻轻向上一挑，脸上一派风轻云淡的样子，沉吟了片刻方朱唇轻启，回道："儿臣以为东宫为储，太子妃人选事关国本，珠儿尚不及舞夕之数，性子未定，父皇莫不如在世家女子中先挑选几位良娣，也好先磨磨珠儿的性子。"

"嗯，娴儿所言有理，如此便这般吧，你母后仙逝，长姐如母，良娣的事情你要多多留心。"

"是，父皇，经父皇这么一提，儿臣突然想起环儿似乎尚未娶妻。"

"嗯……环儿也十九了，这些年寡人一直疏忽了他，确实不早了。"

"还请父皇定夺。"

"不过……按照古礼，皇子成亲就要立府，环儿的封地寡人虽然已经选好，但王府尚未动工，环儿这孩子从小沉默寡言，好不容易开了窍倒是异常地乖巧孝顺，寡人疏忽了他这么多年，想把他留在身边几年，好好弥补。"

"父皇疼惜环儿，欲留环儿承欢膝下，儿臣又何尝不想姐弟和乐呢？环儿这几年的变化也着实让儿臣欣喜，不过这王府建制绝非朝夕可成，儿臣知父皇之心，可工期若紧，难免会有所疏漏，环儿年少，若有误会反而不美。"

"嗯，吾儿言之有理，好啦，父皇要好好考虑考虑，难得你作为长姐能有如此胸怀心思，你带着驸马去看看……你母后。"

"是，女儿告退。"

"儿臣告退。"

"去吧。"

临别前，李娴将为林白水请皇家宗嗣金册玉牒的奏折递了上去。

出了大殿，林挽月只觉一头雾水，她总觉得李钊和李娴父女二人虽然说的都是一些家常话，但暗藏玄机。

可是究竟是什么，她又抓不住头绪，仿佛飘扬在空中的柳絮，一伸手就飘远了。

此时的林挽月再次切身感受到了她和李娴之间存在的差距，这两年多来她时常彻夜苦读，在李沐的培养下进步明显，但如今和李娴一比立刻显出差距来。

林挽月迫切地希望与李娴站在一起，如今她已经迎娶李娴为妻，纵然她在身份上有所欺瞒，可是自成亲的那日起，林挽月便生出了一股要给公主遮风挡雨的心思。可是如今林挽月却发现，别说是如此豪言壮志了，此时的她就连与李娴并肩都是妄想，思及此处林挽月的心中生出一股难言的失落和惆怅的情绪。

"驸马因何闷闷不乐？"

"有吗？"

林挽月回过神，好奇地看着李娴，即便两人朝夕相处的时间不过短短三日，林挽月却知李娴绝不会无的放矢，自己隐藏得很好，李娴究竟是如何看出？

李娴露出笑颜，轻声回道："你这人，心中所想尽数挂在脸上。"

起风了，阴寒的风吹得人睁不开眼。

思绪未起，身体先行，林挽月一个箭步挡在了李娴的身前，任大风打透她的脊背，自岿然不动，腰杆挺得笔直。

李娴只觉刮得脸颊发疼的风倏尔平缓，睁开眯起的眼，便看到一人立于身前，微微仰头，对上了林挽月干净的笑脸。

后有宫婢抱着李娴的斗篷跑了过来，林挽月看见，笑着接过，柔声道："娴儿，起风了，我来为你披上。"说着已经利落地抖开猩红的披风轻轻搭在了李娴的身上。

李娴的周身一暖，令人不适的寒意被尽数驱散。

身后的两排宫婢立在原地，偷偷抬眼看着驸马笑着为长公主殿下系好了斗篷的带子，心头生出了美好的憧憬。

林挽月又接过宫婢手中的暖炉，用手试了试温度才放到李娴的手中："娴儿，我们走吧。"

"好。"

李娴穿着斗篷捧着手炉，与林挽月一路无言，行至凤藻宫。

自李倾城西去，这凤藻宫便封了，遣散了之前的宫人分配到各处，只留下几位上了年岁的旧人负责日常的清扫。

朱红的大门开两侧，昔日的旧人迎了出来。

宫中的一切亦如往昔，丝毫未曾变过，李娴打量着眼前熟悉的景致，不禁觉得有些悲凉。

天生五感异于常人的林挽月，第一时间便捕捉到了身边人的异常，她转过头注视着身旁的李娴，见李娴的表情依旧如故，便生出了心疼。

"公主。"

李娴听到呼唤，淡淡一笑，但周身的那股哀伤的气息却一下子淡了许多。

"奴婢参见长公主殿下，见过驸马爷。"

林挽月转头一看，见地上跪了两排年迈的宫婢。

"都起来吧。"

"谢殿下。"

李娴熟络地向里走，林挽月行在李娴身旁。

凤藻宫的景致奇美，水榭楼台巧夺天工，奇山怪石一应俱全。走过曲折的长廊，一座春意盎然的花园便映入眼帘。此时天都城已经入冬，虽不见雪，外面却早已是落英缤纷一派萧索，为何单单这座花园里就连花瓣都未见凋零？

李娴出言解释道："母后在世时，最喜百花齐放之景色，父皇便找来全国各地的暖玉命人铺在了这花园的下面，是以别处的景致都败了，独独这小花园一片生机。"

林挽月恍然大悟地点了点头，原来天下竟有如此稀奇之物。

二人入殿，大殿内一尘不染，空气中弥漫着淡淡的香气，一点儿也看不出大殿空置已久的样子。

李娴带着林挽月绕到一处，墙上挂着一幅画像，画中女子拈花一笑，美丽不可方物，竟使得身后的百花黯然失色，待再走近，林挽月发现李娴与这画中女子酷肖，只是气质上略显不同。

"这是我的母后。"

林挽月点了点头，撩开衣襟下摆口呼"母后"，磕头便拜。

李娴安静地站在一旁，身后跟着进来的旧人见驸马如此，均露出欣慰又动容的表情。

按照离国的礼法，大婚后三个月驸马需到皇陵祭拜，此时林挽月无须跪拜画像，他们这次来只需要分别写了"告文"，交由宫人在特定的日子焚烧了即可。

但林挽月依旧拜了，只因她想这么做，便做了。

林挽月在心中默默地说道：母后，晚辈是娴儿的驸马，我有一件事情骗了她，希望您保佑，娴儿知道真相的一天，不要恨我。

宫婢已经将纸笔置于案上，林挽月与李娴净了手伏案开始写"告文"，李娴片刻便写完了，而林挽月不得法，写写停停。

李娴在一旁安静地看着，见林飞星竟将他的生平写了上去，颇像一封自荐书。

李娴先是笑笑，看着看着心中便流过一股暖流，林飞星活得既真诚又简单，根本不像是在写"告文"，反倒字字小心斟酌，生怕母后不同意他们的亲事一般。

林挽月终于写完了满满两页纸，放下笔偷偷看了看李娴写的，再看看自己的字，汗颜不已。

未等林挽月开口，李娴说道："驸马的字，倒是很奇特。"

李娴曾经听影子不止一次地抱怨"星字甚丑，难辨"。她还想象过一个人的字究竟能丑到什么程度，能够把训练有素的影子逼到这般田地，后听说林飞星手不释卷苦读了两年，本想这人的字应该是练好了，没想到……

林挽月看着李娴一勾一勾的嘴角，也顾不得墨迹未干，慌忙地将"告文"折叠，交给了宫婢。

李娴将林挽月的窘态尽收眼底，收敛了笑容："驸马若是想研习书法,我教你可好？"

李娴带林挽月在凤藻宫中转了转，二人便打道回府，各自沐浴更衣，换上另一套宫装，准备参加当夜的宫宴。

这次宫宴规模不大，邀请的皆是皇室宗亲，主要是为了迎接李娴的三朝回门。

李娴和林挽月来得不早不晚，到大殿的时候该来的都来了，唯独李钊尚未到场。

夫妻二人与其他人打过招呼，便来到了自己的位置上跽坐，今日李钊为李娴和林飞星准备了一方大案，夫妻二人共用。

齐王带着两名随从捧着一个长匣走了过来。

"皇妹，妹夫，我准备了一份礼物送给妹夫。"

闻言李娴林挽月双双起身，齐王侧过身向随从示意，长长的木匣被缓缓地拉开，一把寒气逼人的银枪现出了身形。

"这把枪名曰'孤胆'，是我多年前在齐地得到一块奇铁，征召能工巧匠历时数月造成的，如今将它送给妹夫也算物尽其用，还请妹夫收下。"

林挽月看到这把孤胆枪的时候眼睛便亮了起来，文人好墨，武将喜兵，北境苦寒贫瘠，资源短缺，想打造这样一把好枪很难。

这把孤胆通体银白，枪身枪杆成一体，菱形的枪头上有放血槽，林挽月情不自禁地绕过案子，来到长匣前，伸出手一摸，枪体入手冰凉手感极佳。

李娴看着林挽月的背影勾了勾嘴角，难得见到这人有这么喜欢的东西，李娴朝着齐王李琪打了一个万福："多谢齐王兄厚赠。"

"无妨，神兵赠英雄，妹夫虽然年轻，但我已经听过他的诸多事迹，这把孤胆赠予他也算物尽其用了。"

"谢谢齐王兄。"林挽月咧着嘴朝齐王李瑱拱手谢过。

自有服侍李娴的宫婢上前，合上木匣将孤胆接了过来。

"皇妹。"齐王上前一步，微笑着压低了声音说道，"这孤胆放置在木匣中倒是无妨，可别让妹夫在大殿上打开，莫犯忌讳。"

"多谢齐王兄提醒。"

齐王李瑱转身走了，林挽月又听了个一头雾水。

林挽月带着疑问看向李娴，李娴却并不打算解释，只是朝着林挽月笑了笑。

齐王刚走，楚王又至。

"妹妹，妹夫，本王也准备了薄礼送给你们。"

"楚王兄有心了。"

楚王对林挽月露出一抹诡异的笑，一挥手跟在身后的宫婢托着托盘走上前来，只见托盘上放着一条精致的璎珞，看着大小显然是给婴孩带的尺寸。

"哪，这条吉祥富贵璎珞是我送给妹妹和妹夫的新婚贺礼，听闻长公主府大婚三日，夜夜红灯高挂，想来皇妹很快就会有好消息，楚地路途遥远，这条璎珞就算日后薄礼吧。"

楚王的声音很大，大殿中每个人都听得清清楚楚，这本是长公主府内之事，楚王毫无避讳，也丝毫不惧别人怀疑他是如何知晓的。

林挽月皱了皱眉，长公主寝殿门前夜夜红灯高挂，本应该是公主驸马伉俪深情的佳话，可是被楚王这般高声喧嚷出来立刻就变了味道，倒是显得李娴喜淫纵色一般，而且她和李娴怎么可能有孩子呢？莫不是这楚王知道了些什么消息，故意出言羞辱李娴吗？

另一边，李娴的反应却比林挽月柔和得多，她淡淡地笑着，唇边露出一对浅浅的梨涡，仿佛丝毫没有听出楚王绵里藏针的意思。

"娴儿谢谢楚王兄。"一边示意宫婢将璎珞收了，李娴抬头看着楚王用恰到好处的声音说道，"多谢楚王兄关怀，娴儿出嫁从夫，就算他日诞下孩儿也要从夫姓，倒是楚王兄身系皇室血脉，可要为了离国李氏的繁茂费心了。"

尚未走远的齐王将李娴的话听了个清清楚楚，"噗"的一下，笑了起来。

林挽月环顾一周，见不远处的雍王、李环、李嫣、高位上的李珠，以及个别宫人的脸上都闪过了怪异的神色，林挽月心中不解。

"你！"楚王怒不可遏，瞪大了眼睛死死地盯着李娴，他两任王妃先后死了，前些日子刚娶了第三位继王妃，入府不久就病倒了，这早已不是什么秘密，整个离国都在传他克妻，侍妾也不争气只生出两个女儿来，他李玹眼高于顶，自命乃诸多皇子中的翘楚，偏偏在这子嗣一事上天不遂人愿。

好你个李娴，本王不过是说了几句事实，你倒戳我的痛处。

楚王李玹控制不住，向着李娴迈了一步，表情愤怒，李娴立于原地表情丝毫不变，一旁的林挽月向左迈了一步，挡在李娴的身前。

林挽月将李娴完完整整地挡在自己的身后，她虽然比楚王矮上半个头，但气势上却丝毫不输。

林挽月学起李娴的样子，对着楚王李玹露出笑容："飞星多谢楚王兄赠礼。"

林挽月脸上虽然笑着，袖中的拳头早已握紧，楚王若是再敢妄动一步，她才不管是什么亲王，若想伤害她身后的人，除非她死了！

高位上的李珠见气氛紧张，立刻从上面走了下来，齐王笑过之后不曾回头，继续向前走，远处坐着的几位依旧坐着。

楚王李玹胸口起伏，盯着林挽月面色不善，林挽月也缓缓地收敛了笑容，与之对视。

就在剑拔弩张时，一只柔软的手从后面伸出，轻轻地拉住了林挽月因握拳紧绷的小臂，身后传来温柔的声音："驸马。"

听到李娴的呼唤，林挽月的身体一松，也不再管楚王，径直转过身看着李娴，眼中尽是温柔与呵护之意："娴儿。"

李娴给了林挽月一个宽慰的笑容，楚王自觉失态，又瞥见李珠走了过来，身后那么多双眼睛注视着，他有些后悔，好在事情不大，他便顺着林挽月转过去的时候，反身回去了。

"姐姐，姐夫。"李珠来到了李娴的身旁，看了看楚王的背影。

"珠儿，无妨。你且回去坐。"

"是。"李珠转身走了，林挽月疼惜地看着李娴，眼中是她自己都没有察觉的化不开的温柔。

李娴看到这样的眼神，心中一叹，将这人拖到这泥潭中，到底是对是错？林飞星的心意自己知道，可是自己要如何回应她却不知道。

"姐姐，姐夫。"

李娴看到眼前的人，笑了。

终是按捺不住了吗？来得好。

"环儿。"

林挽月打量着眼前的人，只见他身量与自己相仿，却对他没有什么印象。

"驸马，环儿也是我的弟弟，德妃娘娘所出，年十九。"

林挽月点了点头，终于想起了这号人来，今日清晨还从李娴父女二人口中听过他的名字。

只见这李环身体单薄修长，生得红唇齿白，一双含笑丹凤眼，神情亲和，林挽月发现自己在大婚宴上居然没有看到他。

"环儿也备下了薄礼送给姐姐、姐夫。"

"环儿有心了。"

林挽月一直看着李环，见李环缓缓地从大袖中掏出一把匕首来。

鞘上镶嵌着数种宝石，炫目华丽，林挽月却觉得兵器不该如此，颇有金玉其外的感觉。李环微笑着拔出了匕首，只听"铮"的一声，林挽月有些意外地看着匕首散发出来的寒光，这把匕首的内里竟与外壳有着天壤之别，光听声音便知道它的锋利程度。

"唰"的一声，李环将匕首合上，递给了林挽月。

林挽月接过匕首，突然想起齐王的话来，不动声色地将匕首收到袖子里。

李环上前一步，距离李娴不过一臂远，用极小的声音说道："环儿还要谢谢皇姐操心环儿的终身大事，不过环儿还想陪在父皇母妃身边几年，承欢膝下，还望皇姐成全。"

"一切还要全凭父皇定夺。"

"这是自然。"

李环特意看了看林挽月，转过头依旧轻声问道："不知皇姐可认识洛伊？"

林挽月听到了一个完全陌生的名字，下意识地去看李娴，却发现认识这么久，她第一次从李娴的脸上看到了松动的表情，即便一闪而过，林挽月还是敏锐地捕捉到了李娴表情的变化。

这洛伊究竟是何许人也？直觉告诉林挽月，李娴是认识洛伊的。

李娴的表情平复了，她没有回答，微笑着与李环对视，想了想反问道："环儿可曾去过江南？"

"环儿从未出过京城。"

"哦，可惜了，江南烟雨楼的风景不错，若是日后有机会，环儿定要去看看。"

林挽月看到李环的表情也闪过了一丝不自然。

李环退后一步："环儿祝姐姐、姐夫百年欢好。"

"谢谢环儿。"

林挽月终于和李娴回到了自己的位置上，她此时心中有诸多疑问，这里却不是说话的地方。

"驸马。"

"娴儿？"

"将环儿送的匕首先交给我保管可好？"

"好。"林挽月从袖子中拿出匕首，交给了李娴。

李娴一招手，小慈来到了李娴的身边跪下。

"将这匕首和另外两位王兄送的礼物都先安置到马车上。"

"是。"

小慈带人刚走出大殿，李钊便来了。

宫宴开始，其乐融融。

林挽月与李娴共用一案，李娴竟亲自执刀为林挽月切肉，林挽月受宠若惊又幸福满满，便学着李娴的样子侍奉李娴用餐，二人你来我往。高位上的李钊见了，欣慰地点了点头。

在宴会接近尾声的时候，李钊突然提出惠温端皇后薨逝三载，后位悬空已久，欲册封德妃为继后。

大殿内众人都沉默了，楚王之母良妃在立后大典前夕薨逝，现在只剩下贤妃、德妃、淑妃有资格为继后。

贤妃乃齐王之母，德妃育有皇子环、珮，淑妃乃雍王之母。

这谁当上继后，里面大有讲究。

楚王李玹捏着酒樽一言不发，他恨，恨透了齐王，若不是齐王毒杀自己的母妃，此时他的身份早就不同了！

李环、李珮避嫌不语，雍王最不服，可是自己的母亲本就不得宠，直到自己成年之后才被封了四妃位的最末，况且此时孤掌难鸣，他纵然有天大的不甘也没蠢到公然顶撞天威。

"儿臣恭贺父皇。"

林挽月循声望去，见齐王李瑱端着酒樽从座位上站了起来，朝贺李钊。

齐王作为长子，带头庆贺合乎于礼，也打破了僵局。

各怀心思的皇亲纷纷起身端起酒樽祝贺李钊后宫有主。

宫宴结束时，李环还特意与林挽月大妇作别，旁人一看还以为姐弟二人感情甚笃。

在远处的李珠看到这一幕，立在原地想了一会儿，带着随从离开了。

李娴与李环别过，这次宫宴让她第一次感觉到了力不从心。

父皇册封德妃为后的消息在宫宴之前居然丝毫都没有透露出来。

东宫在明，乃众矢之的。李娴与楚王、雍王缠斗三载，又要提防着齐王，这三年来她殚精竭虑，也只能堪堪守住东宫不倒。

却没想到斗来斗去，让蛰伏的李环得了便宜。

如今德妃出任继后，环、珮兄弟的身份一下子便不同了，虽然尚不能与东宫平起平坐，但父皇对李环的特殊态度，让李娴忧心。

李娴没有想到，李环竟然挖到了洛伊，这意味着自己身边的影子出了问题；不过自己同样查出了烟雨楼，李环忍了十几年，如今双方各自掌握对方一个秘密，李娴相信李环是不会做傻事的。

此时的李娴心情很矛盾，李环是一个好对手，激发了李娴骨子里的斗志，只要东宫与她一心，李娴自是不怕的，然而李珠的变化让李娴颇为担忧……

李娴暗自长叹，自己的身份再怎么尊贵，不过是一名公主，只能背地里做些搅弄风云的手段，若是没有东宫的支撑一切便成了空中楼阁。

回府的马车中，两人异常地安静。

林挽月与李娴二人相对而坐，却一言不发。

李娴犹自沉浸在自己的思绪中，忽略了林挽月。

林挽月看着近在咫尺的李娴，突然发现她们之间仿佛隔着千山万水。

洛伊是谁？楚王又知道什么内幕？齐王在提示什么？

无数的疑问在林挽月的脑海中回荡，而这知晓所有答案的人就在眼前，却看都不看自己一眼。

马车停稳，李娴回神，才恍然发现这一路她冷落了驸马，李娴有些意外，她从没有在外人面前思考的习惯，因为怕控制不好自己的表情，刚才怎么会？

林挽月率先跳下了马车，抬手将李娴扶了下来，二人走进公主府，林挽月缓缓停住了脚步。

"公主。"

"驸马？"

李娴与林挽月相对而立，夜色朦胧，缺了一块的月亮洒下柔和的白光，两排提着灯笼的宫婢安静地等待着。

"公主，今夜我去小院吧。"

李娴看不清楚林挽月的表情，周围的黑色与她的肤色融为一体。

"好，驸马既然提出，依你便是。小慈，你带几个人去收拾一下小院。"

"是。"小慈领命去了。

林挽月与李娴继续行进。

将李娴送到寝殿，林挽月拱手道："公主，那我便先回去了。"

李娴点了点头，依旧是平淡的调子："驸马慢走。"

长公主府内仆人众多，林挽月的小院早就收拾得一尘不染，小慈带了人过来，也不过是换了几床新被褥而已。

"谢谢小慈姐姐，夜了，你们先回去吧，我这边不用留人伺候。"

"那怎么行呢，驸马爷若是不喜欢人打扰，奴婢少留两人便是。百合，丁香，你们二人留在小院伺候驸马，其他人跟我回去。"

"是。"

林挽月遣退了百合与丁香，一人独自坐在小院寝殿门前的石凳上，这院子说是小院，其实要远比林挽月在阳关城南的新宅大。

夜凉如水，四下俱静。

林挽月看着天上时隐时现的月亮，心中觉得迷茫，沉默无言。

过了好久，将手伸入怀中，掏出那方冰凉的玉佩，自从李娴将玉佩赠予她那日起，这块玉佩便不曾离身，六百多个日日夜夜，每当思念李娴她便拿出这方玉佩睹物思人。

两年多来，林挽月以守护北境为目标，拼命地努力，而给她提供最直接进步动力的人是李娴。

两年前，李娴若一缕阳光，照亮了陷入仇恨泥潭、无助挣扎的林挽月的心中。从那以后，林挽月便有意无意地靠近李娴，只为了得到更多的温暖。

她们的关系是近了，可是离得近了，林挽月也发现她们的心隔得好远。

她看不懂李娴，也站不到李娴的高度上，她折服于李娴的智慧与手段，也发现了李娴的心太大了，大到装不下世间的情情爱爱。

林挽月一直在石凳上枯坐，直到身上的衣服被露水浸透才缓缓起身，回到了寝殿。

翌日一早，长公主派小慈来请林挽月一同用膳，林挽月来到正厅，清晨的膳食依旧简单，但分量却比第一日足足多了一倍，想来也是考虑到驸马惊人的食量。

过了这一夜，仿佛所有的事情都没有发生过一样，林挽月唇边带笑，李娴依旧端庄温婉。

用过早膳，林挽月回到小院，李娴派人将昨日宫宴上的两份礼物送了过来。

林挽月将匕首收了起来，想着他日换个净素一些的外壳，从木匣中拿出孤胆，入手有些分量。

好在这两年来林挽月的臂力提升不少，让她可以轻松驾驭这把神兵。

因为之前没有用过枪，林挽月最开始使用它的动作还有些迟缓，半个时辰后已经能使得熟练自如了，林挽月一口气练了一个时辰，最后以一招流畅的回马枪收势。

"叮！"的一声，枪尾立在地上，将石板砸出了一个白点。

林挽月一手捏着枪，抬起另一只手擦汗，果然将精神集中到别处要好过自己胡思乱想，出了这一身的汗，林挽月感觉自己的心情也好了不少。

她收起孤胆，到汤池舒舒服服地洗了个澡，换了一套衣服，走出了小院，寻李娴去了。

"奴婢见过驸马爷。"

"公主在里面吗？"

"回驸马爷，公主到书房去了……"宫婢看着林挽月一脸为难，长公主殿下读书时不喜人打扰，全府的奴婢都知道，而面前的人又是驸马。

林挽月察觉了宫婢的为难，笑了笑："无妨，我也没什么要紧事，先回小院了，晚点儿再来。"

"奴婢恭送驸马。"

林挽月回到小院也进了书房，长公主府的藏书很多，林挽月随便抽了一本便读了起来。

午膳林挽月便独自在小院吃了，暮色四合，林挽月合上书本，想去找李娴共用晚膳，刚出书房，却见小慈带着几名提着食盒的宫婢走了过来。

"奴婢见过驸马爷。"小慈打了一个万福。

"小慈姐姐这是……"

"回驸马爷，殿下命奴婢将晚膳给驸马爷送过来。"

林挽月愣了愣，才说道："有劳。"

宫婢将晚膳摆好，退了出去，林挽月看着一桌子的饭菜却没了胃口。

小慈回到正院，敲响了李娴书房的门。

"进来。"

小慈推门而入："殿下。"

李娴手中捏着毛笔，头也不抬地问道："送过去了？"

"是。"

"你先下去吧。"

"殿下可要用些？您大半天没吃东西了。"

"算了吧，本宫无甚胃口。"

"殿下……"

"你先下去吧。"

"是。"

小慈从书房退了出来，守在门口。

李娴叠好写的东西，放下手中的毛笔，拿起一方只写了几个字的绢布。

元鼎三十一年元月二日，李沐将军病重，北境军中蠢蠢欲动，望主人早做打算。

寥寥数字，不啻惊雷。

李娴心中清楚，温柔乡阴狠无解，李沐凭着自身过硬的底子和无数珍稀药材挺过年关已属不易，可是那毕竟是她的亲舅舅，看到这封绢报的时候，李娴险些不能自持。

李娴知道，影子能传来这样一封绢报，怕是再过不久自己舅舅的丧讯就会传到京中。

疼爱自己的亲人又少了一位，李娴又怎能吃得下饭？

另一方面，北境军中蠢蠢欲动，却是天赐良机，李娴用了大半天的时间拟了数封命令传给潜伏在各处的十二旗主，必须要趁着这次动乱，将军中派系摸个清楚，还有李环究竟是如何查到洛伊的，到底是自己身边的哪位出卖了自己，也务必要调查清楚才行。

半月后，林白水被护送进了长公主府。

林挽月接到了女儿十分开心，小孩子长得快，几天一个模样，如今的小白水的眉眼间已经有了一些林宇的影子，而嘴巴和脸型则像余纨。

离国的男人，特别是位高权重者几乎从不抱孩子，最多只是让奶娘抱着，男人站在一旁逗一逗便已是宠爱了。

林挽月却丝毫没有这个觉悟，当她在李娴及府中下人们的众目睽睽之下，从奶娘手中接过林白水的时候，周围的人都安静了下来。

所有人都瞪大了眼睛，看着这位主动抱孩子的驸马爷。

林挽月已经和林白水两个月未曾见过了，小家伙看着自己最亲的人竟有些认生。

林挽月很受伤，抱着自己的女儿，看着她继承了故人样貌的小脸，心中一阵恍惚。

林宇是她以林飞星身份立于世间最好的兄弟，余纨是林挽月唯一的朋友，如今二人都不在了，林挽月抱着小白水，突然感觉自己很孤独。

李娴一直远远地看着林挽月的背影，皇室礼法严格，她还是第一次见男人抱孩子，又见林挽月动作熟练，心中闪过一丝异样的感觉。

李娴看到林挽月突然回头看了自己一眼，又很快地转了回去，便迈开步子，来到了林挽月的身旁，见小白水睁着圆溜溜水汪汪的大眼睛，一眨不眨地看着林挽月，便轻声说道："白水与驸马许久未曾相见，怕是有些认生了。"

一句话击中了要害，林挽月对不能全程见证小白水的成长感到些许遗憾，或许这便是为人父母的心思吧。

小白水不配合地扭了扭身子，奶娘见了忙走上前："老爷……驸马爷，将小姐交给奴婢吧。"

林挽月依依不舍地将小白水交给奶妈，不开心了。

小白水在奶妈的怀中拱了拱，露出半边脸小心翼翼地打量林挽月。

李娴看着一脸沮丧的林挽月，数日都未曾笑过的她，勾起了嘴角。

"林将军。"粗犷的喊声传来。

林挽月循声望去，竟是李沐大帅的亲兵萧子文。

"萧大哥，你怎么来了。"

萧子文看了一眼跟过来的李娴，拱手道："末将萧子文参见长公主殿下。"

"萧将军不必多礼。"

萧子文继续对林挽月说："大帅不放心，特别调拨了一队人护送小白水进京，还有大帅有一封信让我交给你，你看了就明白了。"说完，萧子文从怀中掏出一封由红蜡密封好的信。

林挽月郑重地接过信，一旁的李娴一脸的了然。

将众人安顿好，林挽月发现李沐居然派了两千人护送小白水，心中一沉。

这两千人可不是普通的士兵，都是李沐的亲卫，有很多人林挽月都见过。

林挽月心中之不祥预感愈发浓烈，匆忙辞别众人回到了小院的书房。

用匕首剥开蜡封，拿出里面的信，只见上面写道：

飞星，汝观此信之时，恐怕不日就将收到老夫离世的消息。这两千人皆为忠实可靠之士，依离国礼法长公主府可自配府兵两千，老夫身中无解剧毒，能听到你与娴儿大婚的消息已可含笑九泉。临行前老夫交给汝的那块令牌，乃兵符也，千万妥善保管。

北境大军对外号称二十五万，实则远远不止。先父乃先帝异姓兄弟，先帝特许李家秘密筹备私军，此私军归帝王调配，由李家世代统领，于危急时刻做特别之用，这是李家子孙世代守护、代代相传的秘密，先帝密旨就藏在大将军府正殿匾额之后。我若身死，恐大将军府不保，汝速速取回密旨妥善保管。

李家私军隐于北境大营之中，平日与匈奴人作战与普通士兵别无二致，然则身系勤王护国之重任，唯尊此兵符调遣，我若身死，北境必乱，切记，保持常态，绝不可妄启私军定乱。汝只需随波逐流，自有人拨乱反正。他日若汝接管北境帅印，老夫有八字相赠：以战养战，点到为止。

写信的人最后已经是笔力漂浮，写出的字迹凌乱。李沐有太多想要嘱咐的话，可惜天不遂人愿，油尽灯枯的李沐能亲笔写出这么多，已是奇迹。

身中温柔乡的人，最后会丧失五感，脏器衰竭而死，极其痛苦。

对于中毒之因，李沐在信中只字未提。

林挽月红着眼眶将信看了一遍又一遍，带着深深的不舍，将信丢到了火盆里，眼看着信彻底化为灰烬。

若是曾经的林挽月，定会将信小心保存，决计舍不得销毁，与李娴成亲不过十几日，即便李娴什么都没有教过她，她却学会了如何处理这种信件。

林挽月打开进京时带的包袱，只见一块已经划了一百一十七道的木板，木板下面便是一块黑铁令牌，令牌上无字无图平淡无奇，说是令牌，更像一块废铁。

在离开北境之前，林挽月曾想送给李娴一份新婚贺礼，便使用雷霆手段审讯了那批匈奴俘虏，不过最后以所有涉事人员全部被杀而告终。

事情不知怎么被李沐知道，李沐拖着病躯召见了林挽月，先是斥责她不知轻重，最后沉默良久甩出了这块令牌，告诉林挽月妥善保管。

那日林挽月还问过李沐这是何物，李沐只说他日自然会知晓。

林挽月坐在床上，手中紧紧地捏着令牌。或许大帅是想坚持到自己回到北境亲口告诉自己吧，却没想到自己娶了公主，没能回去便差人带了信来。

萧子文对李沐的忠诚林挽月是知道的，无须怀疑。

有了这支"勤王之师"，林挽月突然觉得自己踏实了，她不再是飘摇的浮萍。

林挽月独自思考很久，决定听从李沐的嘱咐，私军一事她不打算告诉李娴。

"笃笃笃。"

"驸马爷，殿下有请。"

"这就来！"林挽月想了想，将黑铁令牌依旧放在包袱里，将包袱放回原处，一切保持常态。

林挽月来到正殿："公主，你找我？"

"驸马，父皇已经派人送来了金册玉牒，认可了小白水的皇嗣身份，册封郡主的圣旨不日就会下了。"

"谢谢公主。"

"驸马何须如此，我也很喜欢小白水，不知舅舅派来的这两千军士驸马打算如何处理？"

"大帅信中吩咐，命我将这两千军士交由公主定夺。"林挽月说完，安静地看着李娴。

李娴在林挽月的注视下缓缓地眨了两次眼，方回道："长公主府初建，按照离国礼法，我可自拥府兵两千，将这些军士留在京中，驸马以为何如？"

林挽月听着这几乎和李沐信中一模一样的话，笑了起来，回道："飞星不懂，一切全由公主定夺。"

李娴也笑了，表情依旧一派风轻云淡，没人能从她的脸上读到她的心思。

"公主，我有事情想去找大哥商议，可否出府去？"

"驸马何须多问？这长公主府自是任驸马来去自由的。"

"多谢公主，如此我便去了。"

"驸马慢走。"

林挽月大步流星地走出正殿，唇边带着好看的弧度，她觉得自己离李娴所在的高度似乎近了一点儿。

李娴目送林挽月，直到她的背影彻底消失。

小慈打外面走了进来。

"找到了吗？"李娴淡淡地问。

小慈走到李娴身边，压低了声音回道："回殿下，奴婢在火盆里找到了些灰烬，信恐怕是烧了。"

"房中可少了什么东西？"

"回陛下，奴婢已经仔细检查过了，一样未少。"

"本宫知道了。"

小慈纳闷地看着李娴，问道："殿下在笑什么？"

"知道得太多，活不长。"

小慈听完李娴的话，愣了愣，笑着说道："殿下倒是好久没和奴婢开这个玩笑了。"

主仆二人相视一笑，曾经的李娴经常会与小慈说这句话，大多是在李娴不想回答什么问题的时候，便会用这句话来搪塞。

后来李娴的心智慢慢成熟，已经没有什么她应付不来的东西，便很少再说这种话了。

旁人若是听到李娴突然说出这句话来，恐怕是要吓得跪地求饶。

小慈与李娴自幼一同长大，这句话在小慈看来，更像是李娴赏的一句玩笑话。

林挽月来到平东将军府，项经义热情招待。

"你这小子今日怎么有空来？"

林挽月正色道："大哥，我有话想对你说。"

项经义收敛了笑容，一挥手："你们都下去。"

"是。"一众奴仆尽数离开。

"大哥，我问你一句话，你可要如实相告。"

"何事？"

"大帅究竟是怎么病倒的？"

项经义的脸上闪过一丝悲伤神色，重重地叹了一口气："你都知道了？"

"是！"

"那你何必再来问我？"

林挽月盯着项经义的眼睛，坚定地说道："我要一句明白话。"

"岳父大人……其实是中了毒。"

林挽月的手紧紧地握住了椅子的扶手，手背上青筋暴起。

项经义继续说道："其实这也不是什么秘密，你以为为何长公主殿下与曾经的准驸马李忠会亲自到北境去慰军？又为何我与你大嫂要到北境去？刺杀岳父的有两批人，其中一批人的匕首上淬了毒，此毒名叫'温柔乡'，是非常阴狠的毒药，由数种毒药炼制，每一次的配方都不一样，只有下毒的人有解药，中毒之人会日渐衰弱最后死去。"

林挽月鼻子一酸，闭上了眼睛，心中自责不已：自己实在是太笨、太蠢，以为只有刀剑可以杀人，却忽略了毒药。大帅如此壮硕的身体，怎么会因旧疾复发卧病那么长时间……

"星弟,你也不必太过介怀,此事就算你当时知道了,也于事无补,那么多名医都束手无策,你能有什么办法?况且岳父大人为了稳定军心有意欺瞒你们,对我们也下了封口令,大家都不是有意欺瞒你的。"

项经义说完,拍了拍林挽月的肩膀,不再言语。

过了好一会儿,林挽月才调整好自己的情绪,开口说道:"大哥,我有一事相求。"

"你说。"

"若是大帅……不知大哥可否保住京城的大将军府?"

"星弟可是想留作自用?"

"不,只需保住便可,或者干脆存封起来,大哥,你有办法吗?"

"此事说来倒也不难,交给我吧。"

"多谢大哥。"

林挽月又特别拜见过李莘后才告辞出来,走在回府的路上,林挽月看着京城街道上攒动的人流,心中悲伤难抑。

她突然发现,自己身边的人总是在离她而去。

先是最爱的家人和整个村子没了,她的根被一朝斩断,从那时天大地大,却再也没有了她的家。

后来自己历尽磨难只身来到北境,背负秘密女扮男装从军,她小心翼翼地活着,拒绝与人交往,只结识了林宇这个兄弟,再后来得到李沐大帅的青眼,日子久了林宇就像是自己的弟弟,而李沐在她的心中就像父亲一般的存在。

后来她也有了自己的家,日子似乎在朝好的方向发展,那段日子林挽月活得很踏实很快乐,虽然战事频繁,但却找到了心灵上的依托,她又有了根,又有了家人。

可是林宇死了,以林挽月这个身份交到的唯一的朋友余纨也死了,大帅亦朝不保夕,重要的人再一次离她而去。

林挽月弓着背,骑在马背上,手中捏着缰绳,眼中带着深深的迷茫,喃喃道:"难道我是不祥之人吗?"

林挽月陷入了茫然,她失魂落魄地回到长公主府时,天已经黑了。

府中下人见驸马回府,掌灯跟在林挽月的两侧。

早有下人将驸马回府的消息禀报给了李娴。

林挽月借着灯笼的光沉默地走在鹅卵石铺成的路上,四下寂静。

突然,林挽月感觉到周围一下子亮了许多,她抬起头,看到李娴正站在她面前的不远处,身旁跟着两排提灯的宫婢,照亮了脚下的路。

林挽月看着面前的李娴，依旧沉默着，李娴信步走到距离林挽月一步之遥停下，唤道："驸马。"

黑夜有一种特殊的魔力，它可以使悲伤的人更加脆弱，也可以让怯懦的人变得勇敢。

林挽月缓缓地抬起手，搭在李娴叠于身前的手上，把李娴拉到自己的身前，闷闷地叫道："公主。"

训练有素的宫婢见到这一幕，纷纷提着灯转过身去，周围暗了下来。

李娴静静地站在林挽月的身前，任凭林挽月粗糙火热的手握着自己的手。

李娴的手柔若无骨，细腻冰凉，林挽月将其握在手中丝毫都不敢用力，生怕弄痛了李娴。

"公主，你的手怎么又是这样凉？"

说着林挽月抬起另一只手，将李娴的另外一只手也握在手中，李娴不得不向前迈了一小步。

林挽月握着李娴的双手，心中的悲伤驱散了不少，看着李娴她才反应过来，如今她并不是孑然一人，至少自己还有公主这个朋友，即便现在还称不上朋友，但两人总有坦诚相待的一日。

李娴知道林飞星此时心中不好受，又想到这人日后将要承担的事情，想将手抽回的念头便止住了，她本不喜男子触碰自己，又想到林飞星似乎算不上真正的男子，心中的不适少了许多。

"驸马这么晚才回来，可用过晚膳了？"

林挽月摇了摇头。

"那我命人传膳可好？"

"无甚胃口。"

没等李娴再说话，林挽月带着商量口吻继续说道："公主陪我走走可好？"

"好。"李娴回以微笑，欣然应允。

新月如钩，繁星点点。

长公主与驸马执手夜游府内，林挽月从宫婢手中要来一盏灯，右手提灯，左手牵着李娴。

宫婢不远不近地跟在后头，安静地行进。

林挽月和李娴特意绕道去看林白水，被奶娘告知小郡主已经睡下。

林挽月没有进去，牵着李娴往寝殿走。

"我……今夜便不回小院了吧。"林挽月的声音很低，依旧带着商量的语气。

"好。"

林挽月与李娴回到寝殿后便自请沐浴，当她清清爽爽地走到寝殿门前时，红灯已经高悬。

林挽月看着红灯笑了，伸手推开了寝殿的门。

寝殿内李娴穿着一身雪白的中衣坐在梳妆台前，如瀑的长长黑丝披散在脑后，小慈正拿着干布在为李娴擦拭半干的头发。

见到林挽月进来，小慈打了一个万福："驸马爷。"

林挽月走到李娴的身后，看着李娴的青丝心中痒痒的。

李娴的头发很美，根根饱满乌黑，不像她的枯黄而弯曲。

林挽月因为担心披散头发而不小心露出女儿姿态，所以她早早就将头发束成发髻，一丝不苟地盘在头顶。且军中发式本就与外面不同，即使未及弱冠，为了打仗方便，绝大多数人都梳着和林挽月一样利落的发式。

林挽月羡慕地看着李娴的头发，鬼使神差地对小慈说道："小慈姐姐交给我吧。"

听到林挽月如是说，小慈吓了一跳，即便长公主的身份尊贵，离国自古以来也是男尊女卑，从来没有男子伺候女子的道理啊！

"驸马爷，这……"

李娴也抬起了眼，透过铜镜看着林挽月，白日里那种异样的感觉又涌现了出来。

林挽月不以为意地对着小慈笑了笑，坚持道："就交给我吧，小慈姐姐早点儿去休息。"

小慈看着林挽月，见驸马爷竟如此坚持，一时间犯了难："这……"

小慈将目光转向了李娴，见自家殿下似乎没有不悦的神色，便将净布交给了林挽月。

"驸马爷……"

"小慈姐姐，你去休息吧。"

林挽月拿到干布很高兴，站到了小慈之前的位置，低头打量李娴的头发。

"小慈，听驸马的便是。"

李娴发话，小慈莫敢不从，朝着这二位打了一个万福，退了出去。

林挽月挑起李娴的一缕秀发，如丝般的触感，果然和自己想象中的一模一样。

林挽月笑了起来，用净布把头发包了慢慢地搓动吸水。

"公主，若是我不小心弄痛你，你立刻告诉我。"

"嗯。"李娴应了一声，眼睛却一眨不眨地看着铜镜，透过铜镜可以看到林挽月的身影，此时驸马正笑着，低头看着自己的头发，手脚麻利地为头发吸水，一举一动虽不是很熟练，但看这人的神情，确是真情流露。

李娴看着铜镜中的林挽月，开始慢慢明白那份异样的感觉究竟从何而来。

伴随着李娴的成长，她的身边从不缺乏男性的存在，内有自己的父皇、兄弟，外有各世家子弟，如李忠之流。可是在李娴的记忆中，没有一个男子如林飞星这般特殊。他会为了余纨难产而哭泣，据余闲说，那哭声压抑揪心，她们站在门外的人听了都忍不住跟着心酸落泪。

他会抱孩子，结合以往的密报来看，这人极其宠爱林白水。

即便是亲子，也很少有男子会做到如此程度，难道是因为这人无法拥有自己的后代，所以才会这样吗？

还有此时，他主动要求为自己擦头发……

这些，似乎都不是男子该有的心思和行动。

这个想法一出，李娴自己也吓了一跳。

怎么可能？军营是什么地方李娴亲眼见过，一个女子怎么可能在军营中一待就是五年？

再看他对付山贼和匈奴人的雷霆手段，没有经过特殊训练，李娴不相信有女子可以做到那般残忍。

还有……自己亲眼见她徒手拉开三石弓，百步之外取带队匈奴人的性命，能拉开三石弓的人，纵观整个离国也寥寥无几，她知道的只有自己的外公、舅舅、齐王兄、无双侯、平阳侯年轻的时候，还有几位赫赫有名的将军而已。

而且这人的饭量……

李娴分析后，暗笑自己荒唐，居然会将林飞星想作女子……

"公主，你在笑什么？"

"没什么，不过一些小事罢了。"

"哦，公主，擦好了，你看看这样可以吗？"

"多谢驸马。"

林挽月将净布放在一边："公主，夜了，我们睡吧。"

吹灭了寝殿的灯，殿内陷入一片黑暗。

林挽月摸索着爬上了大床，掀开被子躺了下去。

黑暗剥夺了人的视觉，却令其余的感官愈发地敏锐起来。

林挽月仰面躺在床上。

黑暗同样激发了李娴的感官，她听到林挽月的呼吸突然加重，心头一紧，搭在身上的手抓住了身上的锦被，心跳加速。

突然，她感觉到一向只贴着床沿的林挽月朝着自己这边挪了挪，李娴立刻绷紧了身子，虽然依旧闭着眼睛，但身体已经呈现出了防备之态。

李娴控制自己的呼吸节奏不变，一边安慰自己林飞星不能人道，但是所有的注意力都集中在了身旁躺着的"林飞星"的身上。

还好，林挽月只是向里面挪了一点儿便不再动了，随着时间一点一滴地推移，林挽月再也没有过分的举动，李娴暗自松了一口气，缓缓放松紧绷的身体，悬着的心也放了下来。

李娴听到林挽月的呼吸变得均匀，似乎是准备睡了。

李娴又闭着眼睛等了好长时间，见对方确实没有其他的动作，彻底放下心来。

此时夜已深沉，李娴这几日很伤神，意识很快朦胧起来。

就在此时，林挽月突然动了。

李娴警觉地睁开了眼睛，睡意全无。

感受到林挽月的头已经离开了玉枕，李娴闭上了眼睛佯装已经入睡。

林挽月支着身子侧卧在李娴的身旁，注视着李娴的睡颜，从李娴均匀的呼吸上来判断，她已经睡着了。

此时，林挽月好想偷偷告诉李娴，其实自己是女子……可话到了嘴边，却只能化作无声的叹息，这欺君罔上的罪过，谁敢轻易担下呢？

李娴闭着眼睛，放在身侧的那只手握紧成拳，她可以感觉到林挽月呼出的气，一下一下地打在自己的脸上。

十九年来，从未有男子敢这般僭越，李娴有些恼火，又想到自己已经成了这人的妻子，就连殿门口的红灯也是自己命人挂起来的，感到一阵无力。

林挽月悄悄地将身子下倾，有那么一刻……林挽月被内疚驱使着，想要贴到李娴的耳畔告诉她自己身份的秘密。

可除了叹息，什么都能留下。

李娴自然听到了林挽月的这声叹息，也感受到了林挽月的远离。

虽然不知道"林飞星"为何在最后关头收住了，但李娴只觉无比庆幸，握紧的拳头慢慢松开，紧绷的身体也随着心头的松懈而放松了下来。

突然，李娴感觉到一阵猝不及防的扯痛，毫无防备的她惊叫出声。

"啊！"

林挽月听到李娴的声音吓了一跳，既心虚又惊恐，用力一按身下的床板向后猛地一蹿。

"咚"的一声，林挽月滚到了地上。

这一下将林挽月摔得头昏眼花，也把李娴吓了一跳。

潜伏在暗处的影子无声无息地现出身形，蹲在窗外。

林挽月从地上爬了起来，站在床边扶着自己的腰，问道："公主，你怎么了？"

李娴听到林挽月的声音，心中升起一股暗火，干脆也不装睡了，坐起身子，不悦地答道："本宫无事，只是驸马你压到本宫的头发了。"

林挽月听完，一阵心虚，讪讪地回道："对不起公主，我不是有心的。"

"无妨，驸马快睡吧。"

"是，公主。"

李娴重新躺了下来，但这次她干脆背对林挽月，抱着自己的双臂，做出一副戒备的姿态。

寝殿中很黑，林挽月没有看到这一切，揉了揉鼻子，在地上又站了一会儿，又揉了揉腰才蹑手蹑脚地爬上了床，不过这次林挽月丝毫不敢造次，规规矩矩地贴着床沿，不一会儿就睡着了。

窗外的影子无声无息地消失。

李娴却一夜都没有睡着。

翌日，神清气爽的林挽月与面容憔悴的李娴共同出现在饭厅，早膳呈上，司记姑姑记录公主驸马的膳食，瞧见李娴一脸的憔悴心下了然，狠狠地剜了林挽月一眼转身走了。

林挽月惴惴不安地坐在那里，整个长公主府她最怕的就是这位司记姑姑。

司记姑姑走出殿门，提笔写道：元鼎三十一年二月初六，长公主殿下点灯召幸驸马。次日，长公主殿下精神萎靡不振，形容憔悴。

林挽月用过早膳便去看林白水，如今已经是郡主的林白水彻底过上了锦衣玉食的生活，服侍她的人比以前多了一倍。

林挽月很感激李娴的安排，毕竟林白水与李娴是没有任何血缘关系的，李娴能对林白水的事情这般上心，让林挽月再次感叹李娴的善良。

如此又过了五日光景，林挽月每日都要练习枪法，拿出两个时辰来看书，剩下的时间就去陪伴林白水，倒是再不去打扰李娴了，主要是因为心虚。

这驸马疼爱郡主的名声，彻底在府中传开。

经过五日的相处，小白水终于记起了自己的爹爹，当林挽月将小白水举高高的时候，听到了小白水阔别重逢的清脆笑声，小姑娘还特别给面子地喊了一声爹爹，这让林挽月激动不已！

"驸马爷，殿下有请。"

林挽月听到宫婢的话，不舍地将小白水交给了奶娘，从秀阁出来。

"公主可有说是何事？"

"奴婢不知，据说是宫里来人了。"

林挽月的心头一沉，迈开步子朝着正殿去了。

到了正殿，李娴已经换好一身净素的宫装在等林挽月了。

林挽月看到李娴的妆容，更加确认心中的猜想，快步来到李娴身前张了张嘴，要问的话却卡在喉咙里一个字都吐不出来。

"驸马，父皇传旨，命我二人即刻进宫。"

"好。"

四乘马车"轰隆隆"地朝着皇宫疾驰，马车中林挽月安静地坐在李娴的对面，一言不发。

李娴看到林挽月抓着宫装下摆的手背青筋暴起，却只能跟着沉默。

二人来到大殿的时候，太子李珠、项经义夫妇、几位尚未离京的王爷、尚未册封的德妃，环、珮皇子，以及几位林挽月不认识的文官武将已经在等候。

看到这个阵容，林挽月脚下一个趔趄，好在李娴眼疾手快一把扶住了她的胳膊。

"驸马小心些。"

"多谢公主。"林挽月缓缓地直起身子，与李娴对视了一眼。

李娴看到林挽月通红的眼眶，纵然早就有所准备，心中也跟着一酸。

李娴与林挽月走到了自己的位置上站定。

李钊将林挽月适才的失态尽收眼底："都到齐了？"

"回陛下，齐了。"

"嗯。"李钊应了一声，便沉默了下去，偌大的大殿，落针可闻。

李莘由项经义搀扶着，眼泪往下淌，用帕子死死地捂住嘴巴，克制自己的哭声，以免殿前失仪。

李钊环顾一周，脸上的皱纹一夕之间深刻了许多，只听他缓慢地说道："适才寡人收到北境八百里急报……国舅李沐大元帅，于五日前……薨逝。"

李莘压抑的哭声终于释放了出来，项经义将李莘半搂在怀中，脸上的神色悲怆。

"陛下节哀……"

林挽月的身体一晃，紧咬的下唇渗出血丝，一旁的李娴听着李莘的哭声眼泪也跟着流了下来。

她抬起手，搀扶着林挽月，低声唤道："驸马……"

林挽月缓缓转过头，一颗饱满的泪珠溢出了眼眶。

场中之人均露出了悲伤的神色，但落泪的却只有三人。

林挽月到底不是男子，即使伪装得再好，她的心中依旧藏着女子特有的天性。

世人都道男儿有泪不轻弹，纵使再悲伤也要将眼泪咽回肚子里。

可是"林飞星"却在众人的注视下泪流如注，无声地哭泣。

122

堂堂儿郎，在众目睽睽之下露出惺惺女儿态，难免让有些人不能接受，但也有人不这样认为。

项经义看到了落泪的"林飞星"，心下安慰，他丝毫不觉得林飞星哭泣有什么不妥，反倒觉得林飞星重情重义，不枉李沐对他的细心栽培。

高位上的李钊亦心有所感，这几年李钊上了岁数，人的年纪大了，心性和想法难免会与年轻的时候有所不同。

当李钊看到"林飞星"这个少年人当庭为李沐落泪的时候，欣慰不已，他第一次觉得自己的女儿没有选错人。

第十六章 三英大战匈奴人

"传旨，封李沐大元帅为大将军王，赐葬于皇陵西侧，举国哀悼，念李沐将军无子，着项经义赴北境接大将军王灵柩回京。另，回京当日太子出城百里为大将军王扶灵，京中文武百官于大将军王进京当日与太子一同出城迎接，三品以下官员行跪迎礼，内廷司撰写大将军王列传，传于后世。"

"陛下圣明！"

"项经义携内子，谢陛下恩典。"

"起来吧。"

"陛下，微臣还有一事启奏，望陛下恩准。"

"你讲。"

"是，微臣恳请陛下，封存京城大将军府，不做他用。来日微臣犬子长大成人，故地重游，缅怀泰山大人昔日风骨。"

"准奏！"

"谢陛下！"

"太子、平东将军夫妇、长公主及驸马留下，其他人都退下吧。"

"是！"

待其他人都尽数离去，李钊重重地叹了一口气，说道："天不假年，大将军王薨逝，寡人哀矣。"

"父皇节哀。"

"陛下节哀。"

"大将军王一家世代有功于离国，他的身后事理应寡人亲自督办，可寡人老啦，见不得这些，太子……"

"儿臣在！"李珠走到李钊身前，一撩袍跪了下去。

"大将军王是你与娴儿的亲娘舅，你今年也有十一，寡人命你全权督办大将军王的身后事。"

"儿臣谢父皇体恤。"

"嗯。

"驸马。"

"儿臣在。"林挽月已经调整好自己的情绪，除了眼眶稍微有些红之外，再无异样。

"如今大将军王薨逝，你又与娴儿新婚宴尔，寡人便封你为正三品中领军，掌管禁卫军，司宫廷防卫，你就留在京中如何？"

李钊说完，场中之人各怀心思。

中领军是正三品官职，手握两万禁卫军，官阶虽然不高，权力却相当地大，历朝历代的中领军一直都由皇室宗亲或者皇帝的心腹担任，但自先帝当政后，离国已经有数十年没有设中领军的职位，只有四路中护军分管部分禁卫军，四方制衡。

平心而论，李钊能将林飞星放在中领军的位置上，既是对林飞星的认可，也是对林飞星的信任，毕竟中领军一职已经将近五十年一直空悬着。

项经义看着林挽月的背影，他既觉得中领军的职位不错，又忍不住在心底替林飞星感到可惜。

在项经义的眼中，林飞星还年轻，他的人生有很多的可能性，他就像一只苍鹰，西北才是他翱翔的地方。可是以林飞星目前的情况来看，尚且不足以接掌北境帅印，如今李沐已经不在，北境之势变幻莫测，林飞星不回北境其实……也是不错的选择。

同为女子，李莘的眼界城府都不及李娴，她倒是觉得林飞星新婚宴尔，留在京城很好。

李娴垂着眸子，脸上的表情很平静。

项经义偷偷打量了高位上的李钊一眼，品味李钊适才的话又觉得不是在下旨，反而是在同林飞星商量一般，心下疑惑。

一直跪在殿前的林挽月终于有所反应，只见她恭敬地对李钊行了一拜，才直起身子朗声说道："儿臣谢父皇体恤，但儿臣想回到北境去。"

"你可知如今你的身份已经不同，寡人已招你为婿，为何不留在京中，可是对北境有何贪恋吗？"

李钊的声音低沉而平缓，却让整个大殿变得压抑了起来。帝王之威，重于泰山。

"回父皇，北境苦寒，儿臣并无任何贪恋。"

"哦？这倒是奇了，说说吧，你为何三次拒官不受，偏偏要回北境去。"

所有人的目光都集中在了林挽月的身上，帝王喜怒难以琢磨，稍有不慎，灭顶之灾顷刻便至。

林挽月跪在地上，也感觉身上犹如千斤重，她想了很多答案，都觉得太过冠冕堂皇，弄不好会遭到李钊的厌恶。她咬了咬牙决定兵行险招。

"为军功拜爵。"

话音落，除了高位上的李钊和林挽月身后的李娴之外，所有人都露出了惊愕的神色，项经义更是大急，他这样回答是要犯忌讳的！

没想到李钊听完后反而笑了，林挽月此说法虽然有些冒犯，但在李钊看来倒算坦诚，若是适才他说出一些冠冕堂皇的话来，李钊定会当庭驳斥，直接下旨将他留在京中。

李钊笑道："看来驸马眼界颇高，嫌寡人封的官职小了。"

"儿臣不敢。"林挽月感觉到自己的后背汗涔涔的，面上却维持着从容。

"大将军王生前曾数次推举过你，既然你执意要回去，寡人便准你所求。"

"谢父皇。"

"林飞星听旨，寡人封你为正四品卫将军，即日与平东将军共赴北境。"

"谢父皇。"

李沐又说了几句嘱咐便将太子单独留下，命其他人离开。

四人走出大殿百步，项经义才拍了拍林飞星的肩膀，心有余悸地说："星弟，你刚才也太冒险了！"

林挽月笑而不语。

项经义继续说道："不过也不错，大哥没有看错人，好男儿应当如此，贤弟不过十九岁就已是四品卫将军，前途不可限量。"

"谢大哥。"

"星弟，我们各自回府收拾细软，一个时辰后城门口见。"

"好。"

"殿下，告辞了。"

"莘姐姐，姐夫慢走。"

林挽月与李娴回到长公主府，林挽月回了小院，拿出进京时背的包裹，里面有几套干净的衣服，木板和令牌也都在，她包了李环送的匕首，拿起齐王送的孤胆银枪，先来到秀阁，却被奶娘告知郡主正在午睡，林挽月便站在床前打量女儿良久，转身离开。

她又来到正殿，向李娴辞行。

李婳早就等在那里，见林挽月脱下宫装换上一身短打，背着包裹，手持银枪，突然觉得这才是他应该有的样子。

林挽月走到李婳的面前，双目含笑注视着李婳，轻声说道："公主，我走了。"

"我送驸马出府。"

林挽月绽放出大大的笑脸："好。"

李婳别过眼去："走吧。"

一路默默无言，林挽月却时不时转过头看看李婳。

来到府门前，早有下人牵了龙冉宝驹等在那里。

"公主，别送了，天冷，回吧。"

李婳颔首，站在原地没有动，林挽月笑了笑翻身上马。

李婳站在门口，注视着林挽月潇洒地跨上马背，见她身后背着银枪，一手拉着缰绳，突然回过头来，深深地看了自己一眼，看到这样的目光，李婳竟回忆起昨晚的事情来。

"驾！"

当李婳再抬起头时，龙冉已经驮着林挽月跑出很远，李婳注视着背着银枪的孤影越来越小，最后消失在街道的尽头。

林挽月与项经义于城门口会合，二人即刻出发，日夜兼程地赶到北境，已是五日之后。

项经义入城时已是胡子拉茬，林挽月也一脸倦容，整个人都瘦了一圈。她的身材本就瘦削，这一下显得更加瘦高。

李沐的灵柩已经停了十天，好在北境正是冷的时候，是以没有发出什么气味。

项经义与林挽月各自沐浴更衣，才去叩拜李沐。

到了灵堂上不免伤怀了一番，项经义宣读了圣旨，匠人将棺木钉上棺钉，装入早已准备好的灵车里。

项经义片刻不敢耽误，点了一队人马出发返京。

林挽月出城十里相送，与项经义道别，拉着缰绳站在山拢上目送队伍走远。

独自回到军营，张三宝、蒙倪大、卞凯以及林挽月的另外几位亲兵立刻迎了上来。

林挽月看到他们，沉重的心情也舒缓了些。

张三宝看着林挽月："将军，您回来了！"

卞凯抢白道："应该叫驸马爷！"

蒙倪大纠正道："这里是军营，将军刚擢升了四品卫将军，我们应该叫将军。"

这几位倒也守规矩，没有对林挽月说出什么恭喜的话来。

林挽月心中满意，淡淡一笑："倪大说得对，在军营里还是按照军中的称呼。"

"是。"三人应了下来。

林挽月又问了亲兵一些军中事宜，亲兵有条不紊地答了。林挽月点了点头："你们几个先下去吧。"

"是！"

"你们三个跟我来。"

"是。"

经过公伯玉的事件之后，林挽月已经不再信任所谓的亲兵了，张、蒙二人与她有过过命的情义，卞凯是她带来的，这三位可以视作自己人。

四人来到林挽月的军帐前，依次落座，三人看着林挽月，眼中均带着期盼与兴奋的光芒。李沐大帅薨逝了他们也很悲伤，可眼下北境群龙无首，帅印空悬！如今"林飞星"不仅成了长公主驸马，还被封了四品的卫将军，他们三个都觉得眼下是天赐的良机！

林挽月环顾一周，将三人的神态尽收眼底，也不绕弯子，冷冷地说道："我知道你们三个在想什么，眼下最好把这个心思收起来。"

三人微微一怔，张三宝直接反问道："将军，我不明白！"

"三胖子！你听将军说完！"

林挽月微微一笑，身体前倾，用一只手支着案子，伸出两个手指比画了一个"靠拢"的手势。

三人见状皆用胳膊支着案子，将身体前倾，郑重地看着林挽月。

四个人的脑袋围成了一个圈，林挽月用极小的声音说道："帅印，我志在必得。"说完用中指和食指的关节敲了一下木案，"咚"的一声脆响，仿佛一锤定音。

林挽月向后一仰，靠在椅背上，这五天她累坏了。

三人脸上露出喜色。

没等三人开口，林挽月竖起了食指贴在唇边，二人立刻噤声！

他们看着目光坚定、歪歪扭扭靠在椅背上的林挽月，感觉这位林将军与从前不同了！

从前的林将军十分规整，无论何时都将头发梳得一丝不苟，正襟危坐，但总觉得他身上少了点儿什么，再看此时的林飞星，坐得歪歪扭扭很随意，但却比从前多了一种……威势。

是了！就是这种感觉，从前的林飞星如一匹孤狼，周身透着危险的气息，让人不敢亲近。

而此时的林飞星仿佛下山的猛虎，言行举止虽然比从前随意很多，但是却无形地散发出一股慑人的气场。

这种气场，他们曾在李沐大帅那里感受过，这也是每次他们到帅营里都抬不起头来的原因！

林挽月环视一周，见三人的神情与自己意料中的一样，继续说道："大帅薨逝，匈奴人不日就会得到消息，必定会蠢蠢欲动试试我们北境的水，此时共同抵御外敌才是最重要的。"

"将军说的是。"三人齐齐点头。

"所以我对你们目前只有一个要求，四个字：保持常态。"

三人对视一眼，齐齐点头。他们看林挽月的眼神已经彻底不同了。

林挽月点了点头，问道："我离开的这阵子，军中的形势如何？"

三人互相看了看，最后由蒙倪大来回答："回将军，将军离开北境之后，最初的几日由大帅操持军务，但没过几日，大帅的身子愈发不好，就由高德义、仲梁俊两位副将共同操持。"

蒙倪大说到这里顿了顿，身子前倾，压低了声音继续说道："这两位副将，将军您是知道的，平时尚且面上关系过得去，其实二人私底下的关系闹得很僵，这高德义追随大帅年头久，仲梁俊今年不过三十，二人相差了十二岁，却在大帅面前平起平坐，高德义早就看不惯仲梁俊，之后大帅整日地昏迷，高德义竟然明目张胆地架空了仲梁俊。前后左右四路将军，只有右将军保持了中立态度，剩下三位都站到了高德义那边。"

"哦……"林挽月点了点头，放在案上右手"嗒嗒嗒"地敲击着案面，发出清脆均匀的声响。

张三宝又接过了话头继续说道："大帅去世之后，这个高德义更加明目张胆，先将这位保持中立的右将军麾下两位得力的校尉调走，还将他麾下重要的几个营都调到了城外一线布防，更过分的是两年前的那场大战，先锋郎将损失严重，有一个叫侯野的郎将被砍掉了一条胳膊，大帅体恤仍旧让侯野带一路先锋，可是前几日高德义竟然将侯野贬去养马，把一个叫王大力的破格提到了先锋郎将的位置上。"

林挽月稍加回忆，笑了起来。王大力这个名字她记得的，三年前拔营行军，路上遇到了匈奴人，双方短兵相接，将士们浴血奋战，战后这位王大力的衣服干干净净，三年间没再听说过这人，没想到如今摇身一变成郎将了！

卞凯见没人说话，开口说道："不过将军您回来就好了，陛下册封您为卫将军，军阶在前后左右四位将军之上，高德义也不敢轻易动您。"

林挽月摆了摆手，回道："我说过了，保持常态即可，他们要怎么闹就怎么闹吧，你们三个也管好自己手底下的人，避一避锋芒。"

"是。"三人应了。

林挽月复又问道："小凯，从明天起，你就不用做我的亲兵了，我调你到斥候营去，发挥你的长处做出个成绩来。"

"是。"

"三宝、倪大，我交给你二人一个任务，要秘密进行。"

"但凭将军差遣。"

"你二人参军多年，认识的人比我多，人脉也比我广，日后若想成事，单靠我们四个是不够的，我临进京前出了公伯玉那件事，如今我已经不信任这些所谓的亲兵了，你们二人自不必说，与我有过过命的情义，小凯是我从外面带进来的，我也信。不过仅凭我们几个力量还是太小了，单丝不成线，孤木不成林，我要你们二人在保持常态的同时，去物色一些人选，优先考虑知根知底、秉性纯良者，最重要的是要在没有派系的人里面挑。"

蒙倪大眼中露出钦佩的目光，点了点头。

张三宝看了看蒙倪大，问道："将军，这要如何甄别？"

林挽月笑笑，回道："三宝，光有一身腱子肉可不行，为将者无须身先士卒，要运筹帷幄决胜千里，你该多读读书了。"

张三宝惭愧地挠了挠头："我从小就不爱读书，认识的那几个字总共也装不满一斗，将军您指点指点我。"

"我看这个侯野就不错，那场大战我们都经历过，阿宇……阿宇差点儿折在里面，你们也是知道的，那次匈奴人有意针对先锋郎将，侯野能活下来，必定有一身真本事，这样的人养马简直浪费人才了，你只需多留意莫名被排挤的、官阶不高的人就行了。"

"哦……我明白了。"

"至于这个侯野，暂时先不要动，仍旧让他养马，三宝，你派几个得力的人手去查查侯野家里还有些什么人，在新城里给侯野划出一个小院，若是他还有家人，把他的家人秘密接过来。"

"是。"

"你们二人谨记，不管你们看中了谁，只需把名单给我，先不要盲目拉拢，观察一阵子再说，先调查清楚背景，一切保持常态。"

"是！"

"行了，你们三个先回去吧，该做什么便做什么，我乏了，回府休息。"

"是将军，属下告退。"

交代完这些事，林挽月又到军营中转了转，然后骑着马回到了城南林府。

"老爷，您回来了！"林子途高兴地说道。

"嗯，我不在的这些日子府中一切可好？"

"托老爷的福，府中一切如故。不过，前些日子余闲姑娘托人找到了另一位远方的亲戚，向我辞行，小的考虑到余闲姑娘只是老爷您偶然救起的人，也未曾与府中签过

130

卖身契，便斗胆允了，还给了余闲姑娘一贯钱作为盘缠。"

"嗯，做得好。"

"谢老爷。"

"传令下去，林府自即日起不见客，就说我病了。"

"是。"

林挽月推开卧房的门迈进去，感觉自己的卧房似乎变小了，打量一周见陈设如故，没有任何变化。

来到床上躺下，皱了皱眉，这床怎么也这般不舒服？

林挽月动了动身子，恍然大悟，自己此时已经回到了北境，身下躺着的也不是长公主府的大床，而是自己的木板床。

想到这里林挽月笑了起来，心中感叹，真是由俭入奢易，由奢入俭难，成亲不过月余的工夫，自己竟变得金贵了起来。

林挽月伸手从怀中掏出李娴送的玉佩，提着红色的绳子，剔透的玉佩在眼前摇摆。

看着玉佩上的那个小小的"娴"字，林挽月回顾起这段日子，就好像做梦一样。

自己竟然以女子之躯，娶了妻子！而且妻子还是当今陛下的嫡长女，离国最尊贵的公主殿下。

阿宇死了，自己也暴露了身份，再后来……余纨也去了。

"哎。"林挽月重重地叹了一口气，把玉佩捏在手里，将拳头贴在胸口。

林挽月自己也不知道她最近是怎么了，总是会回忆起从前的事情。

林挽月安静地躺在床上，眼前闪过很多人的影子，有爹娘的、飞星的、林宇的、余纨的、大帅的……

最后变成林白水的，最终定格的是李娴的。

林挽月的眼皮越来越沉，不一会儿，便攥着玉佩睡着了。

整整五日，为了赶行程，所有人几乎都是在披星戴月地赶路，林挽月确实累坏了。

这一觉她睡得很安稳，下人们也不去打扰她，是以连晚饭都不曾用。

当天夜里，阳关城外的阴山上，一只海东青钻天而起，趁着夜色，朝着南边飞去……

林挽月的时间倒是掐得正好，他前脚刚离开军营，后脚高德义就带着两名亲兵来到了林挽月的军帐前，却被卫兵告知林卫将军回府了。

高德义只好带人离开，回去之后想了想，认为还是及早见到林飞星试探清楚比较好，就算得不到林飞星的支持，探听探听陛下的心思也是不错的。然而他又自恃年高位重，不愿亲自到林府去，免得给林飞星抬了身份，便打发了手下的两名亲兵请林飞星到军中一叙。

亲兵到了林府，被八面玲珑的林子途几句话给挡了回去，这二人是高德义面前的红人，自高德义把持军政以来，这二人虽军衔不高，却在军中横行霸道，如今被一名小小的家奴拒之门外，面上有些挂不住。可是林飞星不仅有四品的军衔傍身，还是长公主的驸马，这二人暗自掂量，未敢放肆，只得悻悻离去。不过，他们回到军中不免在高德义面前鼓动了一番，将高德义气得面沉似水。

林挽月清晨起床，周身的疲倦感全消，洗漱过后，用了早饭便一头钻进了书房。

三日后，京郊的一处破败的小院里，一位佝偻的老叟正拿着扫帚步履蹒跚地扫着院子，这院子中有两口大缸，一棵枯树架子。

"扑棱棱……"老叟听到声音拄着扫帚，艰难地直起腰身，见枯树架子上落了一只海东青。

自打回到北境，林挽月便拿出了一副两耳不闻窗外事、一心只读圣贤书的架势。

林挽月每日正常作息，清晨用过饭后，拿出两个时辰来练习枪法，沐浴过后便一头扎进书房，直到三更方出。她拒不见客，也不去军营，更没有与张三宝等人有任何联络，一晃十日过去。

这天林挽月坐在书房中，看着眼前的两个书架，这个书房的藏书是无法与长公主府相比的，李娴的书房她没去过，但是自己的小院里有间书房，藏书规模已是这间书房的数倍。

在离国书籍异常珍贵，林挽月的书有些是她自己淘来的，有些则是别人送的，是以种类很杂。

林挽月的心头一跳，她想起自己在长公主府小院里的那间书房来，那间书房中有数百册藏书，其中有不少孤本和年代久远的竹简，她曾经通览过书目，几乎每一本她都很喜欢，没有一本书的存在是滥竽充数……

想来自己书房里面的每一本书都是李娴亲自过目挑选的吧。

林挽月没有想到，李娴竟然默默地为自己做了这些……

李娴端坐在书房里，手中握着一份从北境传来的绢报，上面详细地记录了北境军中的形势，以及林飞星的情况。

当李娴看到林飞星称病不出时，勾起了嘴角。

绢报下面还附上了一份名单，记录了十几个人名，是张三宝和蒙倪大奉林飞星的命令这几日秘密关注的人。

李娴仔细地看过这份名单，发现里面竟然一个自己的人都没有，又看到绢报中说，林飞星将侯野的家眷秘密接到了阳关城内，有些意外。

她没有想到林飞星竟然成长得这么快，进京的这一趟，自己什么都没教，他居然自己领悟了这一套手段，想来是公伯玉的事情给了他很大的触动。

李娴拿过一方绢布，上书道：暗中相助。

"小慈。"

"奴婢在。"小慈推开书房的门走了进来。

"将这份绢报送出去。"

"是。"

李娴叠起最新收到的绢报，从暗格中拿出一方锦盒，打开将绢布放了进去。

李娴看到盒子里已经快装满的绢布，愣了愣，李娴以往看完绢布后，都是第一时间销毁，可是不知从何时起，她竟然悄悄地将从北境来的绢布都留了下来。

看着这一盒子的绢布，里面记录的是三年来林飞星的点点滴滴。李娴有些错愕，轻抚锦盒，片刻后李娴将锦盒推给小慈说道："将这个盒子处理了。"

"是。"小慈拿着锦盒领命去了。

林挽月自打回到北境，对外称病，在府中整整将养了十五日。

这日，晴空万里，林府的大门开了。

林挽月骑着龙冉宝驹向军营出发！

到了军营，林挽月先去拜见了副将高德义。

"末将林飞星，见过高副帅。"

高德义抬眼扫了林挽月一眼，回道："听说林将军病了，可大好了？"

"回副帅，末将已经大好。"

"老夫有一句话，要送给林将军。"

"末将洗耳恭听。"

"军营就是军营，老夫知道你如今身份不同，也不要失了分寸。"

"副帅教训的是，末将谨记于心。"

高德义见林挽月一副谦卑的样子，心中的不满消了些，说道："你去吧。"

"是。"

林挽月从高德义的军帐中退了出来，又到仲梁俊处拜会，仲梁俊倒是和气，还说了几句关心她身体的话，才让林挽月下去。

走了这一趟，林挽月对两位副将也有了个大致的判断，来到了飞羽营见张三宝。

张三宝用仅两人能听见的声音说道："将军，这几日我已经和倪大物色了几个可靠的人选，侯野的小院已经收拾好了，他家中的老娘和夫人我们也接过来了，在小院住下了。倪大说侯野是聪明人应该明白的。"

"嗯。"

林挽月点了点头，当天晚上卞凯将名单送到了林府，名单很详细，不仅有每个人的大致生平，连家中之事也有。

林挽月将名单熟记于心，丢到火盆里烧了。

看着案头悬着的毛笔，突然生出写封家书的念头来。

"家"，一个遥远而又陌生的字眼，自五年前参军时，林挽月早就做好了马革裹尸或者孤独终老的准备，天意无常，如今她也有家了。

林挽月提起笔，看着平铺的宣纸，思来想去提笔写道：诸事安好，勿念。

写完后，林挽月看着自己歪斜扭曲的字，脸上一热，再次将宣纸揉成一团。

林挽月犯了倔脾气，一连写了十几张，终于从里面挑出一封写得还算不错的来。待墨迹自然风干，林挽月将这封家书装好，差人送了出去。

林挽月开始想象李娴看到这封家书的表情，也开始期待李娴会不会给自己回信。

可惜没有等到家书，战事却来了。

厚重低沉的牛角号响彻整个北境的上空，军中的队伍快速集结，林挽月第一个冲上了城墙。

高德义和仲梁俊也来了，林挽月默默地退到一边，风尘仆仆的斥候跪在两位副帅的面前，报告道："禀告二位副帅，匈奴大军来势汹汹，人数众多，已至阳关城百里外！"

"命令城外——"仲梁俊的话说了一半，被高德义打断："命令城外防卫营，全力阻击，援军稍后便到。"

"是！"斥候跑着离开，军令如山，高德义先下了命令，仲梁俊也不好说什么。

林挽月安静地立在二人身后皱了皱眉。据她所知，城外的防卫军只有两个营，区区六千人是绝对抵挡不住大批匈奴大军的。

"高副帅，匈奴人此次定是集中兵力，趁着我军多事之秋，来一探深浅的，在下的意见是立刻调拨六路先锋军与匈奴人正面交锋赢取时间，骑兵营与弓箭手掩护城外防卫的部队先撤回来，打探清楚匈奴大军这次的规模再做应对。"

林挽月听完仲梁俊的话，心中暗道，这个仲梁俊的意见倒是和她基本一致。

不过按照林挽月的想法，不应该配备弓箭手，一则配备弓箭手的作用不大，二则若是以撤退为最终目的，弓箭手为步兵，虽然可以起到扰乱匈奴人队伍的作用，但是也影响了整个队伍的速度，若是弓箭手不小心落到了最后，怕是要损失惨重，飞羽营可是她的直系部队，她心疼自己的兵呢！

林挽月刚想出言献策，却见高德义摆了摆手："你急什么？先让城外的两个防卫营挡一挡，看看情况再说。"

听到高德义的话，仲梁俊为之气结："高副帅这是何意？"

林挽月垂着眸子，稍加思考便想通了关键所在，她不着痕迹地扫了高德义一眼，将目光投向远方。

这个高德义真是好手段，为了排除异己不惜削弱北境的战斗力！城外防卫的两个营皆是右将军麾下的部队，想来是这右将军没有及时表明立场，高德义便将他最精锐的部队派到了最前线，任凭消耗殆尽。

自己不过走了短短两个月，这争权夺利的肮脏手段竟然蔓到北境来了！

林挽月握紧了拳头，心中闪过李沐最后一封信的内容：汝只需随波逐流，自有人拨乱反正……

身边的高德义竟然与仲梁俊公然争吵起来，两位副帅平起平坐，一时间大伙也不知道听谁的，但高德义的目的确实是达到了。

林挽月感觉自己仿佛置身在油锅中，她若是在这样的场合出头，那么自己之前的布局和谋划就将成为泡影，若是她真的随波逐流，这六千人恐怕就回不来了……

她明白李沐的意思，让她韬光养晦，积蓄实力，李沐说的"拨乱反正"的人必定与腌臜的势力斗得两败俱伤，到时候自己一家独大坐收渔翁之利……

林挽月本以为很简单，只要自己放低姿态，安心做个闲散人员即可，却没想要面对的竟是这些！

随着时间的推移，林挽月备受煎熬，打了这么多年仗，她知道匈奴人的速度，恐怕这会儿两边已经短兵相接，再不出兵支援，就来不及了！

"两位副帅！可否听末将说几句？"当林挽月朗声说出这句话的时候，她感觉自己从油锅里跳了出来，得到了良心的救赎！

吵得不可开交的高德义与仲梁俊停了下来，看着林挽月。

"两位副帅，末将愿率两路先锋亲赴前线，一则掩护防卫营后撤，二则探探匈奴大军虚实。"

高德义脸色阴晴不定，看着林挽月："哦？林卫将军要亲自去？"

"是！请副帅成全。"

"老夫本就是要支援的，只是仲副帅一直和老夫争吵，延误了战机，既然林卫将军都开口了，老夫便准你所请。"

仲梁俊在旁边气得直哆嗦，他从未见过如此厚颜无耻之人，明明是他自己迟迟不下军令，如今却把延误战机的帽子扣到了别人的头上，将他自己摘了个干净！

"多谢副帅成全！"林挽月转身欲走，却不想被仲梁俊一把拉住。

"仲副帅有何指教？"

"两路先锋军太少，你点四路去。"

林挽月看了高德义一眼。

仲梁俊呛道："高副帅最好自己掂量掂量！"

高德义经仲梁俊这么一提醒才想起林飞星已是长公主驸马，点头应允。

林挽月下了城墙，亲兵双手奉上孤胆银枪，林挽月接过枪来脑海中闪过一个念头。

十六路先锋郎将中有一多半的人昂首挺胸、满眼期盼地看着林挽月，希望她点中自己。

在剩下的那几个人中，林挽月一眼就发现了王大力。

林挽月骑在龙冉宝驹的背上，身穿卫将铠甲，后背硬弓，手持银枪，威风凛凛。

"嚯"的一声，是枪头划破空气的声音，顺着枪头一看，点中了王大力！

"你！"

王大力只觉眼前一黑，硬着头皮高声称是。

林挽月又在那些"畏首畏尾"的郎将中点了三位，整合好队伍，城门大开。

"将军！我们也去！"林挽月一看是张三宝与蒙倪大二人。

林挽月本不想将二人是自己亲信的事情暴露出来，又一想自己一腔热血尚不能自持，又如何要求别人？况且高德义若是有心调查，也瞒不住，多两个得力的人跟在自己身边多少方便些，遂点头应允。

林挽月第一个冲出了阳关城！张三宝与蒙倪大分行左右，身后四路先锋骑兵井然有序跟着。

马蹄声震耳欲聋，所到之处，尘土飞扬。

此时的林挽月早已将"随波逐流"的念头抛在脑后，她此时满心想的都是如何将城外的两个营救回来。

"驾！"林挽月将孤胆银枪的枪身拍在龙冉宝驹的身上，随着一阵嘶鸣声，龙冉再次加快了速度。

小半个时辰后，林挽月终于看到了匈奴人的影子，果然不出她的预料，防卫营已经岌岌可危！

匈奴人此次集结了大量兵力，放眼望去几乎都是匈奴的士兵，而防卫营已经被匈奴人的骑兵包围在中间，林挽月远远地看过去，松了一口气。八卦阵形防御力最高，可以将损伤降至最低，唯一的缺点是被八卦阵形包围的队伍绝无冲出去的可能，是以被困在此阵中人必要有外围的救援！

林挽月无比庆幸！还好她来了！不然最多一个时辰这些将士将全部被杀光！好狠毒的高德义！

队伍距离匈奴士兵还有一段距离，林挽月却等不及了！

高声喊道："倪大！"

随着"呼"的一声，白光一闪，林挽月将孤胆银枪横在身侧。

蒙倪大见状猛地一夹马肚，将孤胆银枪接在手里。

林挽月夹紧龙冉宝驹，伸手拿下背后的硬弓，另一只手从马鞍旁的箭壶中摸出三支箭！

只见林挽月四指成鹰爪状，每一个指缝中夹着一支箭，搭弓拉线瞄准，行云流水一气呵成！

随着"嗖"的一声，三支箭羽破空而去，远处三名匈奴人掉下马背。

跟在林挽月身后第一排的骑兵们见到她如此箭法，无不高声喝彩，战意也被林挽月此举提到了最高！

林挽月却没有停，只见她稳稳地坐在马背上，重复刚才的动作。

每次都是三箭齐发，每次都是箭箭皆中，倒不是林挽月百发百中，而是前方一马平川，匈奴骑兵的队伍又密，所以这种无差别攻击反而最奏效！

须臾间，林挽月已经连开十弓，匈奴人也已经分出一部分的骑兵朝着救援的队伍冲了过来，林挽月将弓背好，蒙倪大默契地抓着孤胆的前段将枪柄向前伸了出去，林挽月向旁边一抓，熟练地抖了一个枪花便将孤胆握牢。

"呼"的一声，林挽月银枪直指，大吼道："列矢形阵！"

随着马蹄声的变奏，四路先锋骑兵在行进中快速集结成阵，几个呼吸的工夫，矢形阵已成！

整支队伍就像一支离弦的箭头，朝着匈奴人的队伍插了过去，而这支箭头最锋利的部位，就是一骑当先、手持银枪的林挽月！

喊杀声震天响，两军交锋！

"招！"林挽月大吼一声，白光一闪，孤胆已经刺入迎面而来的匈奴骑兵的喉咙里。

林挽月手腕一抖，拔出孤胆，真真是一把神兵利器，只见孤胆泛着白光，枪头上不沾一滴血！

林挽月腰上用力，挥出一记"横扫千军"去，只见银枪的残影在半空中形成一把半月弯刀，又是一记无差别攻击，不少匈奴人都没有躲过。

一旁的张三宝更是勇猛无比！一杆长矛朝着林挽月刺了过去，张三宝眼疾手快一把抓住木杆，暴喝一声，竟然只凭单手，以长矛为媒将马上的匈奴人高高挑起！

这匈奴人被张三宝丢在了匈奴人堆里，铁蹄无眼无情，顷刻之间死于战马铁蹄之下。

匈奴人蛮夷，逞凶斗狠是天性，是以在冲杀之时多用"一字长蛇阵"不管不顾地向前猛冲！

而林挽月列的这"矢形阵"正是这"一字长蛇阵"的克星。

林挽月手持孤胆，跨坐龙冉，身披战甲，勇往直前。

又因左右有张三宝、蒙倪大两位忠心耿耿的猛将相助，更是如虎添翼，片刻的工夫，硬生生地带领四路先锋军撕开了拦截救援的匈奴骑兵。

林挽月见火候差不多，又高喊一句"大雁归来"！

后头的骑兵听到主将军令，纷纷高声重复，于是队伍且战且变，左右两路先锋骑兵向两翼散去，中间二路先锋并拢随着林挽月继续冲锋。

若是此时有人站在高处俯瞰下去，便会发现适才的箭矢已经散开，左右两翼散开的先锋骑兵犹如一对展开的翅膀，而带着中二路先锋军冲出去的林挽月则好似雁身雁首，好一只展翅高飞的大雁！好一句"大雁归来"！

两翼的先锋军犹如一对展开的翅膀挡住了匈奴骑兵的去路，也保护了中二路冲锋的"雁身和雁首"不受侧翼侵扰，毫无后顾之忧地冲锋！

反观匈奴人这边的队伍，当"一字长蛇阵"被撕开之后，就像那凋零的树叶一般，被大雁的翅膀一挡更是首尾不能相顾，杂乱无章，与这高贵的大雁一比，仿佛卑微的尘土！

林挽月堪为雁首，呼啸着直冲被包围的防卫营！

"散开！"中二路先锋骑兵一边行进一边将队伍疏散，很快变成两只手掌的形状，而林挽月及其左右的张三宝、蒙倪大三人，就好像这双手中间托着的一颗明珠。

匈奴人的队伍被打成两半，没了身后的掩护，包围防卫营的这批匈奴人立刻主客易位，变成了腹背受敌之势。

林挽月撕开了匈奴人的包围圈，看到里面的情况，心头一酸，无比庆幸自己遵循了自己的良心！

只见这"八卦阵"之中外围的士兵已经伤痕累累，地上躺了无数尸体，有匈奴人的，但大多是离国士兵的尸体，而在"八卦阵"的中心，是一些已经不能作战的伤兵。

所有能作战的人在外围围了一圈，用自己的血肉之躯，筑起了一道屏障，若是丢下这些伤兵，是可以冲出去的，但是没有人离开，鲜血染红了大地，马蹄声都变得沉闷了起来。

林挽月心头一酸，若是自己再晚来一点儿，怕是无人生还。

"兄弟们，援军来了！"

听到喊声，里面早已疲惫不堪的士兵突然迸发出了力量，大吼着挥舞着手中的兵器，再加上林挽月等人在外面的攻击，很快众人就将包围圈撕开了一道口子！

林挽月勒着缰绳向"八卦阵"里头一看，看到被人围在中间的人是一个身穿铠甲的青年男子，此时他垂着一条胳膊，显然是受伤了。

林挽月明白过来，难怪无人突围，原来是主将受伤了。

这人应该就是那位右将军了。

能得士兵如此爱戴，看来这位右将军威望颇高。

林挽月看着防卫营的这些人，心头一沉。

他们的战马已经死得差不多了，伤兵也不少，匈奴人人多势众，自己不过是打了一手漂亮的突袭才会营救得这么顺利，可是解开包围圈不过是完成了一半救援行动，如今这里有这么多步兵和伤兵，自己要怎么将他们带出去呢？

不把匈奴人打退恐怕是不行了，敌众我寡，将是一场恶战，一个不好怕是要都折在里面的……

林挽月心情沉重，这些伤兵恐怕是带不走了，不过这已经是最好的结局，好在伤兵也不是很多，不过三分之数……

"先撤出来！"林挽月的喊声刚落，被包围的队伍已经训练有素地顺着缺口撤了出来。

林挽月看到眼前的一幕又是一阵庆幸：这样好的一支队伍，若是让他们这么憋屈地折在这里，真是太可惜了！

自有一路先锋在前面形成了一个拱形，掩护队伍后撤，林挽月看到那位右将军捂着胳膊自己走了出来，还好没有伤到腿，这便轻松多了！

"在下白锐达，感谢林将军营救之恩！"

林挽月点了点头："倪大，你与白将军共乘一骑，稍后我们杀出去！"

"是！"蒙倪大将白锐达拉上了战马，不小心碰到了白锐达无力下垂的胳膊，白锐达疼得直咧嘴，却一声不吭，是条汉子！

林挽月向白锐达的伤臂看去，见胳膊软绵绵地无力下垂，可是上面却没有一点儿血迹，不由得心下疑惑，问道："白将军这伤……"

"我这伤……林将军你可要小心了，这次匈奴人带队的人不可小觑，我这伤就是拜他所赐，还好我顺势翻身下马卸去了些许力道，不然恐怕那一鞭会震碎我的内脏！"

听完白锐达的话，林挽月丝毫不敢大意，能一击将白锐达的胳膊打成这样的人必定是孔武之士。

自己不过是仗着匆匆而来，打了匈奴人一个措手不及，如今敌众我寡，周围的地形一马平川，倚仗不了地形，阵法的变化也只能起到一时之功，没有地利为佐，再多的计策也黯然失色，在绝对的兵力优势面前，所谓的"兵者诡道"不过是纸上谈兵的笑谈罢了。

如今匈奴大军之中还有一员猛将，林挽月更加担心，环顾一周，匈奴人的队形虽然被自己冲散，但是由于人数众多再加上匈奴人的单兵作战能力彪悍，现在两方已经战作一团，适才的优势已经随着匈奴人从措手不及中回神而变得不明显。

"三宝、倪大，我们带人冲出去！"

善战者，因其势而利导之，眼前之势，只有且战且退！

赌一把，希望匈奴人对阳关城的大军有所忌惮而不会穷追猛打！

白锐达听到林挽月的军令，嘴唇翕动，神情痛苦，他回头看了看身后的伤兵，心中酸涩，这两营是他最精锐的嫡系部队，他当然舍不得，不过他亦明白，这已经是最好的结果！

"是！"张三宝与蒙倪大二人高声回答，拢了马，朝着龙冉宝驹靠拢，蒙倪大更是为林挽月是从，竟然将自己的腰带解下来，把他自己和白锐达绑在了一起。

白锐达感激不已，一边是高德义的排挤，一边是这位林卫将军的拼死救援，孰优孰劣早已一目了然。

"全军听令，且战且退，随我一同冲出去！"

林挽月大吼一声，自有周围听到的士兵一层层地高声重复，这是北境军士在没有旗语指挥下，早就形成的默契。

"驾！"林挽月手持孤胆银枪，一手勒着缰绳，冲了出去！

张三宝、蒙倪大护在林挽月的左右，其余的先锋骑兵也朝着主将的方向靠拢，身后有大批的匈奴人在打马追赶，前面有小股匈奴人在阻挡。

林挽月勒紧缰绳，夹紧马肚，银枪直指，在匈奴大军成合围之势之前，务必要杀出一条血路，方有些许生机！

林挽月的枪大开大合，所到之处，不断有匈奴骑兵落马。

蒙倪大和张三宝也是当仁不让，特别是张三宝，竟然用牙齿咬着缰绳双手各持一杆长矛，所到之处鲜血飞扬。

眼看着即将冲出匈奴人的阻挡，林挽月心头一松！

说时迟那时快！就在这眨眼的工夫，林挽月听到白锐达的焦急喊声："小心！"

林挽月敏锐的五感也第一时间捕捉到了危险的降临，参军五年来！林挽月第一次觉得死亡是如此之近！

林挽月下意识地抬起孤胆，朝着危险来临的方向格挡过去的时候，已经来不及了！

只见一个黑色的影子，急速地朝着自己的方向飞过来，犹如泰山压顶之势，压得人喘不过气！

林挽月自知躲闪不开，在这须臾的工夫，她突然觉得时间慢了下来，脑海中闪过很多杂乱破碎的画面，有熊熊大火的婵娟村，林宇的死，余纨的死……

就在这千钧一发之际，在林挽月的视线里，突然出现两柄交叉的长矛！

只听"叮"的一声，震得人双耳嗡嗡作响，紧接着就是"咔吧"一声，是木头断裂的声音！

原来，在紧要关头，护在林挽月身侧的张三宝及时赶到，仗着他的先天优势，再加上手持两杆长兵器，生生地挡住了这致命一击！

不过挡住是挡住了，张三宝的情况却不容乐观，身长九尺的张三宝竟然被震了一个趔趄，座下的战马更是四蹄颤抖，晃了一下才站稳。

两杆长矛有一杆当场断裂，另一杆也是震颤不已，张三宝只觉内里五脏翻腾，气血上涌。

见林挽月无事，张三宝松下一口气的同时，恶狠狠地转过头，朝着始作俑者的方向痛骂一句："直娘贼，放暗器，好生阴险！"

"就是他！林将军，伤我的匈奴人就是他，你要小心啊！"

劫后余生的林挽月，惊出一身冷汗，向右望去，瞳孔一缩。

耳边听着金属拖地的声音，映入眼帘的是一位相貌怪异的匈奴人！

只见此人竟可与身长九尺的张三宝比肩，头戴一方牛骨，森白的牛头骨和两只冲天的白角充满了野兽的气息，脸上抹着油彩，光着上身，穿着虎皮裙，暴露的上身肌肉虬扎，充满爆炸性的力量，身上有几处狰狞的伤疤，林挽月定睛看去，皆是野兽利爪所致。胯下一匹战马，看这马的四肢、体态可以与龙冉宝驹一较长短，最令林挽月震撼的还要数这人的兵器！

这匈奴人手持两把通体乌黑的钢鞭，这钢鞭的尺寸就和他的主人一样，长度要在普通钢鞭的一倍以上，成人大腿的粗细，一眼就能看出重量不轻，可是这匈奴人却举重若轻。

这对钢鞭也有些机巧，尾部由铁链连在一起，而这铁链就像一条披肩龙一样缠在这匈奴人的双臂上。

刚才的那一下正是这人解开铁链，将钢鞭朝着自己甩了过来，若不是张三宝救下自己，恐怕这一下足以将自己的脑袋砸碎。也多亏了救她的人是身长九尺的张三宝，换一个人恐怕也接不住！

迟疑的这片刻的工夫，好不容易撕开的缺口被填满，林挽月却无可奈何……

匈奴人不疾不徐地缠好铁链之后，将钢鞭掂在手里，大吼了一串林挽月听不懂的话。

这人声若洪钟，传出好远，听到这人的命令匈奴骑兵纷纷停下了手中的动作。

有能听懂匈奴语的士兵打马来到林挽月的身边，解释道："将军，这匈奴人怕是他们的将军，他让所有人住手。"

林挽月挑了挑眉，压低了声音问道："传令官冲出去了吗？"

士兵同样低声回道："趁乱冲出去了，援兵应该很快就到。"

林挽月正想着如何拖延时间，那匈奴人倒是给她制造了一个绝佳的机会。

士兵翻译道："将军，那人说他是冒顿部的勇士图图尔巴，他见你枪法不错，问你叫什么名字。"

"冒顿"这句匈奴语，林挽月是知道的，她曾经听李沐多次提及，可以说整个北境军士对"冒顿"都不陌生。

"冒顿"在匈奴语中有"始"的意思，是"一"也是"根源"，同样"冒顿"也是草原上最强大的匈奴部落，其他部落的人听到"冒顿"的名字，都是退避绕走的。

听李沐说"冒顿"部在草原的深处，掌握着水草最肥美的土地，无数匈奴人勇士在这里聚集，图克图部这种几万人的部落在"冒顿"的眼中，不过是蝼蚁一般的存在。

林挽月心中愈发沉重，无数个疑惑闪过心头，照理说"冒顿"部水草肥美，牛羊无数，怎么会贸然与离国交恶？难道真的是因为大帅薨逝，奔袭试水不成？

不过林挽月的脸上却丝毫没有显现出异样来，她真是越来越像李娴了。

"离国卫将军，林飞星！"

听到"林飞星"三个字，图图尔巴迟疑了片刻，随后爆发出洪钟般的笑声，大声说道："原来你就是那个无耻的盗贼！"

匈奴的士兵们也笑了，看着林挽月露出了一脸的鄙夷和嘲弄的神情，士兵战战兢兢地翻译完，张三宝直接爆了粗口，倒是林挽月丝毫不以为意，一边示意张三宝少安毋躁，一边笑着回道："没想到我林飞星的大名已经传到了草原的最深处，真是光宗耀祖。"

林挽月的声音不大，但此时周围已经安静下来了，是以很多人都听到了这句话，见自家将军临危不惧，立于强敌面前谈笑自若，更是丝毫没有失了离国的气节，无不折服于林挽月的风采。

士兵挺着腰杆翻译完毕，匈奴人那边却乱了，都是在骂林飞星的。

没等图图尔巴再说话，林挽月又说道："久闻'冒顿'乃草原上的第一大部，如今看来也不过如此。"

"你说什么？"图图尔巴一声暴喝，匈奴的士兵也纷纷提起了兵器，双方的冲突眼看着就要再次爆发。

林挽月又不疾不徐地继续说道："你们匈奴人自诩为天上的雄鹰、草原中的猛兽，说我们离国的军士是懦弱的羔羊，如今草原第一大部以数倍之众以多欺少，还自诩英雄，真是笑话。"

林挽月的这句话其实说得不对，战争就是这么残酷，以优势兵力全歼对方，换作谁都会这么做。

可图图尔巴却上当了，只见他面红耳赤，梗着脖子吭哧了半天没有出声。

好战尚武，公平决斗，是匈奴人早就流淌在骨血里面的东西，特别是图图尔巴这种部落的人更是将其视为定律。

在他们匈奴部落里，在双方兵力悬殊时，光靠双方的"第一勇士"进行决斗，以此来做决定的事情时有发生。

见激将法奏效，林挽月看了看天上的日头，继续说道："我乃离国正四品卫将军，向你'冒顿'勇士图图尔巴挑战，若是今日我赢了，放我们径自离去，如何？"

"将军！"张三宝和蒙倪大齐齐露出紧张的神情，就连白锐达也不赞成林挽月如此冒险，这图图尔巴的勇武他们早就看在眼里。

翻译的士兵一脸为难，不是他不看好林挽月，这二人的体格就相差甚远，离国有军法，主将若被俘，全军皆获罪，而且他对这位少年将军是真心敬佩。

林挽月示意士兵照实翻译，既然传令官已经突出去，援军应该很快就到了。

其实她也没有战胜图图尔巴的把握，但是拖一阵子的能力林挽月自问尚且具备，她不在乎输赢的名声，哪怕多拖延一刻，己方的伤亡也会少很多，与之相比虚名又算什么呢？

士兵翻译完，图图尔巴大吼一声，兴奋不已，图图尔巴在整个冒顿部落里也是数一数二的勇士，能受他三招的人屈指可数。

匈奴士兵有序地让出一大块空地，挥舞着手中的弯刀长矛，口中发出整齐划一的怪叫，似乎在为图图尔巴助威。

林挽月一打缰绳，手持孤胆，来到空地中间。

林挽月与图图尔巴隔空对峙，二人胯下的战马鼻子里冒着白烟，打着低沉的响鼻，蹬着前蹄，一副跃跃欲试的样子。

如此充满战意的龙冉，林挽月还是第一次见。

图图尔巴大吼一声，挥舞着双鞭朝着林挽月冲了过来，而龙冉根本不用林挽月操控，犹如离弦之箭朝着图图尔巴冲了过去。

匈奴骑兵越发兴奋，口中不住地怪叫，反观离国这边异常安静，每个人都紧张地盯着场中的局势，为主将林挽月悬着一颗心。

刚才的那一下林挽月还记忆犹新，此时与图图尔巴正面交锋，林挽月丝毫不敢大意，他知道正面的第一击图图尔巴必定倾注全力，与之硬拼不智。

于是，在即将对上的时候，林挽月做了一个大胆的决定！

"哦！"所有离国的士兵齐齐发出一声惊呼，而匈奴人那边则热闹非凡。

两人第一招的碰撞，林飞星居然被打下马背？

下一刻，林挽月在众目睽睽之下翻身重新上了马背，气息不喘，面色如常，丝毫没有受伤的样子。

这是林挽月故意为之，两军主将对垒，第一招多是对冲相击一手，但在千钧一发之际，林挽月抓紧缰绳踩着马镫，硬生生地从马背上翻了过去，贴在龙冉的身侧，躲过了这一击。

见林挽月毫发无伤，离国的士兵重新振奋了起来。林挽月也不与图图尔巴废话，勒着缰绳朝着图图尔巴冲了过去。

孤胆银枪直指图图尔巴面门，"叮"的一声，图图尔巴挥舞着手中的钢鞭将枪头格开。

林挽月也不气馁，手腕一翻，只见半空中数道银光残影，顷刻间，林挽月已经连续抖出十几个枪花，招招直逼图图尔巴要害！

"好！"士兵们见林挽月的枪法使用得如此出神入化，齐齐为她喝彩。

枪长鞭短，林挽月又看这图图尔巴生得如此笨重，便利用兵器上的优势来了个先发制人。

没想到这图图尔巴竟异常灵活，一对钢鞭挥得滴水不漏，只听兵器的碰撞声不绝于耳，林挽月刺过去的每一招都被图图尔巴一一格开。

林挽月心下大骇，在图图尔巴的胸前虚晃一招，随后快速抽回银枪，气沉丹田，腰上用力，找准这个空当双手紧紧握着孤胆，使出一记"力劈华山"朝着图图尔巴的百会穴点了过去！

这一击若中，图图尔巴不死也伤！

然而，图图尔巴将双鞭交叉举过头顶，只听"叮"的一声，震得人耳朵发痛！

孤胆的枪头点在了双鞭的交叉处，再不能进一分！

林挽月虎口发麻，她的全力一击竟然没有丝毫作用！

"嘿嘿！"图图尔巴伸出舌头舔了舔发白的嘴唇，一脸的兴奋。

林挽月收回孤胆，一拉缰绳，拉开了距离，二人再次对峙了起来。

"林将军……果然一身是胆，竟然能与这匈奴人战这么多个回合……"白锐达喃喃地说道。

蒙倪大和张三宝脸色却很难看，特别是张三宝，他刚才接了图图尔巴一招，知道图图尔巴的力道，刚才那几个回合图图尔巴是守势，看不出什么，但下一个回合攻守便会易位！

图图尔巴骑在马背，举起钢鞭指着林挽月，瓮声瓮气地说道："你很好，值得我全力一战！"

四周的匈奴人已经沸腾了，挥舞着手中的兵器高声吼叫。

"那匈奴人说什么？"蒙倪大问道。

士兵翻译完毕，周围的人更加担心林挽月了。

蒙倪大低吼道："援兵还有多久才能到！"

"估摸着，最快也要几刻钟……"

"三胖子，你准备好，将军若是有危险，你就上去，大不了就干好了！我们这么多人怎么也能坚持到援军来！"

"我晓得！"张三宝捏紧了手中的长矛，勒着缰绳，全神贯注地看着场中的形势。

林挽月见势不好，提着气一连又攻了几个回合，结果依旧如故，伤不到图图尔巴分毫。

图图尔巴已经不再是单纯地格挡了，不仅在每一次格挡中加了不少力道，还会时不时地还手攻击，虽然每一次都被林挽月挡住或者躲开，但林挽月已经感觉到自己渐渐处在下风。

每一次硬接图图尔巴的攻击，她都能感到虎口刺痛，双臂发麻，五脏六腑一阵躁动。

"嘿嘿！"图图尔巴却愈战愈勇，随着这阵笑声，图图尔巴找准一个空当，抡圆了钢鞭，竟然还林挽月一记"力劈华山"！

林挽月早已是退无可退，避无可避，无可奈何之下，只好使出一记"二郎扛山"硬碰硬去接这一手！

"将军！"张三宝一夹马肚，冲了出去！

在张三宝之前，早有一个人骑着马冲了出去！

"叮"的一声，孤胆银枪的枪身被砸了一个弯，不过林挽月很快地便颤抖着弹了回去，将钢鞭弹开！

孤胆的枪身受到重击，发出"嗡嗡"声，仿佛枪鸣！

林挽月感觉自己的喉头一甜，她及时咬紧了牙关，将口中的腥甜之物又咽了回去！

虽然挡住了这一招，林挽月却付出了内伤的代价！

"呼"的一声，图图尔巴丝毫不给林挽月任何喘息的机会，抬起另一条钢鞭，朝着林挽月扫了过来。

林挽月无奈，只好拼着内伤，提枪再挡！就在这千钧一发之际，一把长矛从一旁刺出，"叮"的一声，图图尔巴撤走了扫向林挽月的钢鞭。

林挽月离得近，看得清楚，这只长矛刺得极巧，瞄准的竟然是图图尔巴的手腕！只是图图尔巴手腕上和胳膊上都缠了铁链，不然这一下准能废掉图图尔巴的一只手！

林挽月转头一看，来人竟不是张三宝！

是一位她从来没有见过的男子，正常肤色，其貌不扬，身量不高，林挽月仔细地打量他，发现竟记不住这人脸上的任何特征。

未等林挽月开口询问，那人主动说道："小人杜玉树，先锋营骑兵！斗胆助将军一臂之力！"

林挽月不敢托大，有一个帮手也是好的。

张三宝也到了："将军，属下来晚了，您没事吧。"

林挽月咬着牙关，忍着内里的翻涌和喉头的腥甜，摇了摇头。

三人并立，图图尔巴却是一脸兴奋："你们一起上！"

"他让我们三个一起上！"林挽月挑了挑眉，这杜玉树竟然懂匈奴语。

杜玉树一脸坦荡，似乎没有察觉林挽月探寻的目光一般，一夹马肚，提着长矛先上了！

林挽月有内伤，不敢再逞强，提着孤胆立在原地，张三宝也加入了战斗。

林挽月着重观察杜玉树，发现这人一招一式乍一看毫无章法，甚至有些门外汉的感觉，但若是仔细观察就会发现杜玉树一点儿都没吃亏，他不与图图尔巴硬拼，每一招都挑图图尔巴不方便防守的部位攻击，比如手腕、手肘、肩膀，甚至小腿……

图图尔巴一双钢鞭挥舞得滴水不漏，张三宝和杜玉树堪堪与之战个平手！

林挽月眯了眯眼，她感觉这杜玉树似乎是在藏拙，但是仔细一看他的每一下都倾注了全力，甚至露出了疲于应对的姿态来。

林挽月的脑海中蓦地闪过了李娴的笑脸，闪过了一个猜想。

她调整好内息，也参与到了战斗中，有了林挽月的加入，形势立刻发生了转变，三十个回合过后，图图尔巴终于露出了凌乱的打法！

观战的匈奴人不叫了，离国的将士则开始欢呼。

蒙倪大朝着旁边的士兵示意，后者立刻会意，翻身下马，趴在地面上侧耳倾听。

蒙倪大一边关注战局，一边焦急地等待，过了好一会儿，士兵从地面上弹起来，一脸的兴奋："来了！"

蒙倪大露出笑意，见周围的士兵疲态略消，战意十足，他举起长矛大声吼道："兄弟们，援军就要到了，我们杀出去！"

"杀！"喊声震耳欲聋，双方再次战到一处。

终于等来了二次援军！林挽月露出笑容，却没想到鲜血竟顺着林挽月的嘴角淌了出来！

"将军！"

林挽月快速地擦去了嘴角的几滴鲜血，安慰道："不要声张，刚才我不小心咬破了内腮，不碍事！"

震耳欲聋的马蹄声远远地传来，图图尔巴这才知道自己上当，怒吼着对林挽月怒目而视，可惜林挽月根本听不懂他说的是什么。

且说这高德义在接到求救之后，立刻点了十二路先锋骑兵，还领了半数的骑兵营来援救林飞星。

若是林飞星只是四品卫将军，他还敢拖上一拖，但仲梁俊提醒了他林飞星还有长公主驸马的另一重身份，他纵然有再多不满，却是万万不敢耽搁的。

高德义、仲梁俊两位副帅，亲率大军出城！

绝对的兵力加入战斗后，局势立刻逆转，图图尔巴愤怒地大吼，抡圆了双鞭，将缠斗的三人尽数隔开，回头看了一眼场中的局势，大吼："撤退！"

匈奴骑兵快速地退出了战斗，高德义也没有追击的意思，于是匈奴人的撤退没有受到太多的阻拦。

由于林挽月的营救及时，高德义的阴谋没能得逞，白锐达的两个营虽有损伤但并未伤到元气。而且，因为林挽月舍命与图图尔巴大战，拖延了好些时间，跟着林挽月出城的这四路先锋骑兵的损伤亦不大。

回到城中，林挽月悄悄对张三宝和蒙倪大交代了几句，就与高德义请辞回家了。

林府的大门再次关闭，对外宣称养伤。

不过上次是装的，这次是真的。

高德义倒是有些摸不清这位林将军的意思了，他本以为林飞星执意营救白锐达，是想在北境军中横插一脚，分一杯羹，却没想到打完了这一仗，威望高涨的林飞星再次闭府不出……

自己生病受伤不能就医，余纨去了后，给自己号脉开方子的人都没有了。

她强撑着回到府中，命林子途去药铺开一服活血化瘀止血的方子回来，林子途要找郎中，却被林挽月制止："子途，我没事，就是感觉内里不通畅，你只管去便是了，开一服温补的方子。"

"可是老爷，怎么也得找郎中来瞧一瞧才能放心。"

"你就听我的，快去吧！"

"这……是！"

林子途一路小跑，亲自到药铺去，按照林挽月的要求抓回了一服方子，也不知道自家老爷到底什么症状，特别嘱咐掌柜选几位温和的药材，另开了一服温补的方子。

林挽月蹒跚着脚步来到桌前坐定，当危机解除，周身的痛楚也涌了出来，这图图尔巴真是天赐神力，林挽月只感觉自己的身体要散了。

林挽月咬着牙，忍着胳膊上传来的刺痛，翻过水杯为自己倒水，却感觉胸口一阵翻涌，喉头一甜，"噗"的一声喷出一口血来。

吐完了这口血，林挽月的脸色以肉眼可见的速度变得枯黄而苍白，血喷了半张桌子，林挽月不曾躲开的手上及水杯里，都染了血。

林挽月缓缓地抬起一只手，按在胸口。这里有厚厚的裹胸布包裹的女性的胸膛，也有刺痛的心脏。

林挽月大口地喘着粗气，复杂的滋味萦绕心头，看着桌上的血迹，怔怔出神。

过了一会儿，林挽月缓慢地起身，迈着沉重的步子，绕到屏风后面，在水盆里洗去了手上的血迹，浸湿净布，回到桌前，默默擦干了杯子上和桌上的血。

她将净布洗干净，重新搭在架子上，看着铜盆里泛着红色的水，水中有自己的倒影，水中的人脸色枯黄又苍白，表情摇晃不清。

这便是自己女扮男装从军必须要承受的事情，林挽月一早就知道的。

林子途端着煎好的汤药过来的时候，看到林挽月的脸色吓了一跳："老爷！您……我还是去请郎中来吧！"

林挽月无力地摆了摆手，接过汤药来，试了试温度，一饮而尽。

"老爷，您想吃点儿什么，我这就去命厨房做？"

"无甚胃口，你下去吧，我休息休息，别来打扰我。"

"是。"

林子途退了出去，林挽月脱下战袍，躺在床上，抱着双臂蜷缩着身体，抱紧自己，只有这样才能找到些许的安全感。

这世上，不是所有人都可以将生死置之度外，谈笑赴死的。

林挽月伪装得再像，说到底依旧是名女子，她果断、勇敢、坚毅，可是她依旧会痛、会怕、会脆弱。

今日这一战，林挽月数次与死亡擦肩而过，堪称参军五年最危险的一战。

林挽月从怀中掏出李娴的玉佩，看着上面的"娴"字，自余纨和林宇死后，公主算是林挽月心中最亲近的朋友了，她攥着玉佩寻求心灵上的慰藉和依托。

林挽月这一觉睡得极不踏实，许是受到了惊吓的缘故，许久未曾出现的梦魇再次降临！

梦里，是滔天的大火，刺鼻的尸臭，放眼望去，入眼皆是一具具熟悉的尸体，她又变回了十四岁的模样，孤零零地立在断壁残垣的婵娟村，守着这一地的尸体，悲伤又无助。

"阿爹，阿娘，飞星……"

林挽月在梦中再次将至亲埋葬，不过不同于五年前的现实，梦中的林挽月在黄土堆前，哭得肝肠寸断。

在梦里，林挽月忘记了现在的自己，忘记了时间已经过去五年了，忘记了她早就报了仇，也忘记了已经成了将军。

梦里的她，只有十四岁，失去了所有的亲人，失去了整个村子，她什么都没了。

她感觉到梦中的自己不知为什么，除了无尽的悲伤之外还有浓浓的委屈和无助的情绪，她说不上来这些负面的情绪从何而来，这些情绪交织在一起，在内里不断地撕扯着自己，自己却找不到任何宣泄口，她只能跪在黄土包前，大哭。

"啊！"林挽月的身子一抖，猛地睁开了眼睛，沉重地喘着粗气，身上的衣服已经被汗水浸透，枕头上是残存温度的湿意。

林挽月突然"噢"的一下，坐起了身子，由于起得太猛，感觉一阵天旋地转。

"噗"的一声，林挽月坐在床上喷出一口血去！

"喀喀喀……"

窗外东方已经泛白，自己竟睡了一夜吗？

"老爷！您不要紧吧？！需要小的进去服侍您吗？"虎子的声音从外面传来。

林挽月不喜人服侍，所以门外基本不留人，想来是林子途怕林挽月需要人手，特意派了守夜的家丁。

"无事，你去厨房煎一碗药来。"

"是！"

虎子一溜烟地跑了，林挽月扶着栏杆，摇晃着起身。

她再次走到屏风后面，弄湿了干布，来到床前蹲了下去，艰难地将自己吐出的鲜血擦掉。

做完这些，林挽月捏着脏布坐在床上，好一会儿才喘匀了气，这次她也顾不上许多，直接将脏布丢到地上，坐在床上等虎子。

虎子也和林子途一样，被林挽月的脸色吓了一跳，嚷嚷着要叫郎中，林挽月将虎子打发了，复又睡下。

就这样，林挽月卧床将养了近十日，才勉强止住吐血的情况。

中途有几日，林挽月断断续续地发热，她却不敢告诉别人，怕府中下人担心自己偷偷叫来郎中，而自己又不能让郎中把脉，徒惹人怀疑。

于是林挽月只能凭借自己的意志力挺着，甚至连熟睡都不敢，她怕自己昏过去，在睡梦中暴露了身份，掉了脑袋。

她绝对不能暴露，如今她已经不再是一个人，若是她的欺君之罪坐实，不仅过世的李沐、平东将军府一家，以及李娴都要遭殃！

重伤吐血加发热而不得医治，林挽月从阎王殿绕了数遭。

也不知是林挽月在五年来的军旅生涯里打下了好底子，还是天可怜见，十日后，林挽月吐血的症状基本止住，也不发热了，只是偶尔会咳出一些残留的血丝，也能进食了。

京城，长公主府。

李娴手持一份绢报，上面详细地记录了林飞星大战图图尔巴的全过程。

当李娴看到林飞星擦掉嘴角的血又谎称是咬破内腮的时候，心头一紧。

她断定林飞星受伤了，而且很重！以林飞星的体格来看他绝无患上痨病的可能，定是被那匈奴人震伤了内脏。

李娴打开另一份绢报，上面书道：林府紧闭，拒不见客，外称养伤，然未见郎中入府，林府管家亲赴药铺抓药，呈上方子。

李娴略懂医理，见方子中多为药性温和的活血化瘀、止血顺气的药材，皱起了眉头。

林飞星受伤了！这人怕看郎中，竟然让人乱开方子！

李娴看着绢布，喃喃说道："再等等，就快了……"

第十七章 我是人间惆怅客

林挽月将养了些许时日，总算是可以下地走走，但大多数时间还是躺在床上。

是日，林子途一路小跑地来告诉林挽月："老爷，京里头来人了。"

"哦，是些什么人？"

"回老爷的话，是长公主殿下从府里调拨来的专门伺候老爷的下人。"

听到林子途如是说，林挽月要掀被子的动作停了下来，林挽月重伤未愈，这几日虽然精神了一些，但是身体状况依旧不济。

林挽月最近非常怕冷，仿佛回到了刚刚服用完药王花的那些日子，体内时不时地会蹿出一股子阴冷的感觉来，再加上胸口郁结，呼吸不畅，总感觉提不起气力来。

北境苦寒，未受伤之前的林挽月房间中只需要摆放一个火盆，如今已经摆了四个。

林子途体贴，在火盆上装了架子，架子上放了盛水的铜盆，可是即便这样，林挽月还是觉得冷，整日里盖着厚厚的被子，恹恹地倚在床上。

这一场重伤让林挽月的元气大伤。

"既是一些下人，你安置了就是，我不见了。"

"是，老爷，眼看着快到午时了，您想吃点儿什么，我让厨房做了，给您端来？"

林挽月想了想，几不可闻地叹了一口气："无甚胃口。"

林子途欲言又止，担心地看着林挽月愈发消瘦的脸，最后还是退了出去。

一个时辰后，林子途又来了，进到卧房见林挽月正披着衣服坐在桌前，连忙放下手中的托盘，从柜子里拿出了前些日子赶制的大氅，披到林挽月的身上："老爷，您

151

这几日虽大好了，但外头的气候反复无常，您还是多穿些。"

林挽月也不说话，默默地紧了紧身上的大氅，看着托盘上的一碗清粥出神。

"老爷，长公主殿下从京城调拨了几位灵机的丫鬟专司伺候老爷，还特意调来了公主府的庖丁，我已经安顿好了，这碗粥是庖丁给您熬的，他说您在京城最喜欢他做的白粥，您已经好几日没有好好用膳了，多少尝尝吧。"林子途说着，弓着身子将白粥放到林挽月的面前。

林挽月看着面前这碗晶莹剔透的白粥，里面似乎还加了枸杞、百合等辅料，看上去倒是清爽。

"对了，老爷，这有一份长公主殿下给您的信。"林子途从怀中掏出信封，双手递给林挽月。

林挽月接过信封，上面是李娴龙飞凤舞的四个大字：驸马亲启。

"你先下去吧，我会用些的。"

"哎！"林子途喜笑颜开，从林挽月的卧房退了出去。

林挽月忙不迭地拆开信封，李娴的信映入眼帘。

谨启者

　　接获手书，具悉一切，府中诸事皆安，爱媛牙牙学语，君勿挂牵。

春寒料峭，善自珍重，兹遣晓事丫鬟、庖丁入府，以为所用。

敬颂冬绥

娴

短短的几行字，林挽月看了一遍又一遍，府中一切皆好，白水已经开始学语……

林挽月小心翼翼地将信叠好，放回信封中，心底里涌出一股淡淡的失落，这封信的内容就像它的主人一样，端庄又守礼，带着淡淡的疏离。

关于她自己的事情，只字未提。

收好信，林挽月舀起一口粥送到嘴里，果然和公主府中的味道一模一样。也不知是白粥的味道爽口，还是因为李娴的这封回信，好几日不曾好好进食的林挽月竟吃了一碗。

日子在不知不觉中溜走，转眼又过去了一个月。

这期间，林挽月的伤情虽时有复发，倒也是在缓缓地朝着好的方向发展。长公主府的庖丁被林子途安排专司林挽月的伙食，是以林挽月每日都能吃到既温补又合胃口的膳食，经过一个月的调理，终于缓了过来。

自己主子身体日渐康复，林府上上下下也终于松了一口气。

如今的林挽月虽然不能妄自动武，但日常生活已经不受影响，只是偶尔会觉得胸口郁结，倒也没有落下太大的毛病。

林挽月重新回到了军营，这一个月的时间，张三宝和蒙倪大可为林挽月做了不少事情，不仅将名单上的人进行了妥善安置，还接上了白锐达这位颇有重量的右将军。

双方虽未挑明，但若有一日林挽月需要支持，白锐达定会鼎力相助！

林挽月听着张三宝与蒙倪大兴致勃勃地汇报成果，脸上露出了久违的笑意。

"对了，上次我带出去的四路先锋骑兵损伤如何？"

张三宝回道："伤亡不大，二分之数。"

"哦，四位先锋郎将呢？"

蒙倪大摸中林挽月的心思，回道："死了一个，残了一个，王大力毫发无伤。"

"哦。"林挽月淡淡地应了，没想到这王大力倒有几分保命的本事。

"新的任命下了吗？"

"回将军，残的那个高副帅说先让他顶着，死的那个两位副帅各自推举了一人，双方僵起来了，吵得不可开交，还没任命。"

林挽月冷哼一声：这北境已经乱到他们连一个小小郎将都要安插的地步了。

"三宝，我稍后给你写封举荐信，飞羽营的营长你物色他人，以你的能力和军功，早该做个郎将。"

张三宝脸上一喜："谢将军！"

林挽月的手指又在有节奏地敲击着案面，了解她脾性的蒙、张二人安静地看着她。

右将军白锐达欠了我一条命，三宝和倪大各自坐上先锋郎将，飞羽营是自己的嫡系部队，就算高德义将营长换成他的人，自己也有办法架空他……

既然这个残废都能做郎将，高德义开了这个口子，日后侯野也能官复原职，身份背景干净的一共有十二人……

林挽月估测了一下自己的底子，有了这些人她的底气也足了。

"你们两个做得不错。"

蒙倪大和张三宝挺直了腰杆，齐声回道："谢将军。"

"对了，上次那个杜玉树，你们调查得怎么样了？"

"回将军，这杜玉树还真没有任何问题，土生土长的北境人，家中有个老娘，世代是军户，身家清清白白，不像是……"

"哦，既如此，倪大你等下去找他，问他愿不愿意来我帐下当个亲兵，若是愿意，按照老规矩办，在阳关城我预留出来的那块地给他也划出一个院子来。"

"是。"

"你们二人都去吧。"

"是！"

林挽月独坐帐中，发现竟回想不起这杜玉树的样子，自己身边的亲兵不干净，这

153

几日她正筹划着换一批亲兵，这个杜玉树给林挽月一种非常特殊的感觉。到底只是一位热血军士，还是有人派他来暗中保护自己的呢？

若杜玉树真的有背景，那这普天之下也只有一个人，有立场在暗中这样做了。

不过无论基于哪一点，林挽月都决定将杜玉树带在自己身边，哪怕……杜玉树会将自己的举动都汇报给那人，林挽月也心甘情愿。

至少，自己的身边有她的人在，她可以安心许多吧。

空缺的先锋郎将的任命没过几日便下了，新的郎将正是林挽月举荐的张三宝。

在林挽月养伤的这一个月来，高德义与仲梁俊斗得如火如荼，不知道仲梁俊用了什么手段，竟然和高德义拼了一个"二分天下"的势头，这下高德义急了，在人事任命上愈发小心，凡是仲梁俊举荐的人一概不用，而高德义自己举荐的人也被仲梁俊驳回，这二人都是李沐的副将，平起平坐，朝廷一日未下旨意，二人也只能这么僵着。

就在双方僵持不下、即将闹出笑话的时候，林挽月给他们提供了第三个选择。

举荐信一到，两位副帅皆同意了，白白便宜张三宝。

先锋郎将的军衔虽然不高，但手下也握着万把人，再加上林挽月原本自己手中握着的一路人马以及飞羽营，一下子林挽月手上的部队就有了将近三万人！

虽然尚不足与两位副帅分庭抗礼，但林挽月手中也有了一股不可小觑的力量！

按照林挽月的军衔，他可以拥有两百名亲兵，这两百人要全部换成自己足以信任的人，既不能让高德义起疑心，又要着重甄别身份，说起来是一个大工程。

转眼又过去了一个月，北境漫长的冬天终于结束了，冰消雪融，气候回暖，林挽月的身子大好。

传诏使来了。

听说圣旨到了，高德义正在写字的手一哆嗦，一滴墨汁滴了下去。

他连忙手下了毛笔，李沐大帅薨逝这么久，陛下终于决定好新帅的人选了吗？

片刻后，高德义、仲梁俊、林挽月、四方将军、高阶的校尉齐聚。

校场上跪了一地的人，传诏使正了正衣冠，清了清嗓子，打开圣旨高声宣道："奉天承运皇帝，召曰：大将军王身后事已毕，北境不可一日无帅，寡人第三子雍王李玑，孔武善战，有勇有谋，着即日起，掌管北境帅印，不日到任，钦此。"

听完了圣旨的内容，高德义眼前一黑，自己争了半天，算是白忙了！

陛下居然没有在北境军中挑选新帅，而是直接从京城调任，这人还是堂堂藩王，日后自己想做点儿小动作都办不到了。

有人欢喜有人愁，林挽月倒是无所谓的，此时此刻她才领悟李沐那句"自有人拨乱反正"的真正含义。

想来也是，陛下绝对不会放任北境几十万大军不管，如今军营里乌烟瘴气，陛下观望了一阵，果断出手了！也只有派来一位藩王才压得住像高德义这样的人，换了其他人恐怕要被他架空的！

不过林挽月并不认为陛下会让雍王常驻北境。

众人准备起身，却被传诏使叫住："诸位将军少安毋躁，陛下还有一道圣旨！"

还有一道？

众人带着狐疑的心思，端正跪好。

传诏官从锦盒里拿出了另一封圣旨，还特意看向林挽月，暧昧地笑了一下。

林挽月看到传诏使的眼神，心下疑惑，莫非这道圣旨与自己有关？

"奉天承运皇帝，诏曰：日前长公主闻喜脉，命驸马林飞星，见旨立刻启程返京，钦此。"

林挽月从地上爬起来，接过传诏使手中的圣旨，脑袋仍是一片混乱。

一般来说接到这种圣旨的人，都会给传诏使包一个大红包表示表示，但是林挽月不懂。

传诏使见林挽月并没有打赏的意思，犹如吞了只苍蝇，又碍于驸马身份尊贵，不敢说什么。

"恭喜恭喜啊，林将军！"

白锐达来到林挽月的身旁，一手打着固定的夹板，用未受伤的一只手拍了拍林挽月的肩膀，笑着说道："恭喜你啊林将军，预祝你一举得男！"

林挽月僵直地转过头，看着白锐达，不知道该摆出什么表情才算恰当。

粗线条的白锐达也只以为林飞星是第一次听到这种消息，惊喜得失态了，笑了笑没有再说什么。

有喜了？怎么可能？林挽月常年生活在军营，听得多了粗汉子的荤话，对男女之事也了解一点儿，这孩子莫非是李忠的遗腹子？

是李忠仗着婚期将近，逼迫着李娴与他私相授受？

不！不可能，这世上没有人能强迫她……

那……就是两情相悦？

林挽月一手握着圣旨，一手捂着胸口，众人围着她道喜。

一声声的恭喜萦绕在耳畔，林挽月低着头，撞开了一人的肩膀，从人群的围绕中挤了出去。

高德义被林挽月撞了一个趔趄，本就心情不好的他破口大骂："贼竖子！走路不长眼吗？！"

见副帅发火，其他人生怕殃及池鱼，一哄而散。

圣旨平摊在案上，雪白的绢布上，字字清楚，落款盖了印玺。

"喀喀喀……"林挽月一口气没有喘匀，剧烈地咳嗽了起来。

咳嗽声仿佛是从胸腔中发出的一样，带着鸣音。咳着咳着，咳着咳着，眼泪便流了出来。

林挽月忙抬起袖子擦去了眼泪，可是刚刚擦完眼泪，视线便再次模糊。眼泪如同开闸的洪水，无论怎样努力都止不住。

林挽月紧紧地咬住自己的手背，怕自己呜咽出声。手背很快渗出了血丝，可是她觉得这痛，尚不及她心痛的一分！哭过之后，林挽月心中的郁结稍缓，她冷静下来，试着去想想其他的可能性。

喜脉会是假的吗？

呵……她为什么要冒着欺君之罪撒这个谎？十月怀胎，一朝分娩，骗得了谁？

自己本就是女儿身，这辈子也不能让李娴生儿育女，孩子若真的是李忠的……

想到这里，林挽月又觉得心痛，本以为自己假意娶了公主便可暂缓身份暴露的危机，可如今看来……这危机越来越大了，一旦自己女子的身份暴露，后果不堪设想……

林挽月火速回到林府，收拾行装跨上龙冉，出城去了。

此时天色已晚，传诏使要明日才回京，林挽月便决定不与他同路。

五天的时间，林挽月日夜兼程地赶路，从北境回到了天都城。

其实按照林挽月目前的身体状况来说，她根本不适合远行，更何况是骑马？但她心中带着一丝侥幸，急切地想见到李娴，寻求答案，所以硬生生地提着一口气，马不停蹄地回到了京城。

她刚进城门，却被侍卫拦住："请问大人可是长公主驸马？"

林挽月勒住缰绳不悦地问道："正是，你是何人？"

"参见驸马爷，陛下有旨，命驸马回京先入宫面圣再回府。"

"我知道了，多谢。"

君命如山，纵使林挽月此时早已归心似箭，只能一扯缰绳，朝着皇宫方向赶去。

一路畅通无阻，林挽月被引到了御书房。

"儿臣参见父皇。"

李钊放下手中的奏折："起来吧，坐下说话。"

"谢父皇。"

李钊打量林挽月几眼，说道："驸马似乎清减了不少。"

"谢父皇体恤。"林挽月摸不准李钊为何单独召见自己，回府的心思越来越浓，她也只能耐着性子等待。

李钊看着林挽月，轻叹了一声，继续说道："日前……册后大典……"

"儿臣恭喜父皇。"

"欸，你听寡人把话说完。"

"是！"

李钊看出林挽月的急切，心中愈发愧疚，斟酌着字眼继续说道："日前册后大典上，环儿不小心……碰到娴儿，导致娴儿立足不稳，从台阶上摔了下去……"

林挽月一颗心立刻悬到了喉咙，身体前倾，双眼一眨不眨地看着李钊。

李钊也并未责怪林挽月的失仪，顿了顿才继续说道："孩子没保住。"

"嗡"的一声，林挽月的耳边犹如惊雷炸开，她蓦地想到了余纨，然后将余纨那副气若游丝的模样套在了李娴的身上。

林挽月"噢"的一声站起了身，才想起自己正在见驾，连忙坐下。

"父皇……公主她怎么样！"

"御医诊治了几日，怕是伤了身子，这几日在公主府养着，你一会儿，自己回府去看看吧。"

"是。"

"孩子没能保住……你可要善待娴儿。"

"父皇放心。"

"嗯。"李钊点了点头，对林挽月的反应很满意，继续说道，"这次环儿犯了大错，寡人也绝不姑息，本来想着这几年他愈发长进，想把他留在身边养几年，没想到竟然干出这般莽撞的事情，寡人昨日已经下旨，命他明日离宫赴湘地反省。"

林挽月垂着眸子没有说话，陛下这算是给他一个交代吗？

"好了，你回去吧，好好陪着娴儿。"

"是，儿臣告退。"

林挽月一路策马，回到长公主府，一进府门，便感觉到了府中的异样。

下人们轻手轻脚，府中异常安静，看到她归来，请过安便远远地躲开，一副诚惶诚恐的样子。

林挽月的心越来越沉，她快步来到寝殿，门前的丫鬟对她请安："驸马爷，您回来了。"

"嗯，公主在里面吗？"

"殿下……这几日身体不好，刚才吃过药睡下了。"

"哦，我进去看看。"

"是！"

丫鬟推开了寝殿的门，林挽月尚未踏进去，一股热浪扑面而来，空气中弥漫着艾草的气味。

经历过余纨的事情，林挽月知道李娴不能受风受寒，连忙关上了寝殿的门。

地上摆着两排火盆，铜炉里散发着艾草的味道，林挽月绕过屏风，小慈正立在李娴的床前。

林挽月朝着小慈摆了摆手，示意不用行礼，小慈会意，对林挽月打了一个万福退了出去。

房间中只剩下了两人，林挽月蹑手蹑脚地走到李娴的床边，在看到李娴的那一刻，林挽月心头一酸。

床上的李娴安静地睡着，身上盖着厚厚的被子。

不过三月不见，李娴整个人瘦了一圈，仿佛一朵黯然枯萎的花一样，她的脸上没有一丝血色，透着病态的苍白，这还是她记忆中那个顾盼生辉、高贵美丽的李娴吗？

林挽月不再怀疑，若不是滑胎了，一个好好的人怎么会被折腾成这般模样？

林挽月搬过凳子，缓缓地坐在上面，安静地守着李娴。

林挽月看着李娴的睡颜，心中愈发害怕，眼前的李娴竟然比当初的余纨看上去还要苍白几分。

此时此刻的林挽月心中只有一个念头：她要李娴活着！

失去了父母，失去了弟弟，失去了全村的人，失去了最好的兄弟林宇，失去了最好的朋友余纨，失去了对自己有再造之恩的大帅。五年以来，自己眼睁睁地看着身边的人，一个个地离自己而去。

为什么，身边的人要一个个地离自己而去？

为什么？

李娴的这一觉睡得极沉，外面的天已经黑了，她才睁开了眼睛。

"公主！"林挽月一直看着李娴，见她醒来，第一时间抓起了她搁在外面的手。

林挽月握到手中的是冰凉的手。

这一场重伤已经让林挽月的身体不复昔日的温热，很多时候林挽月的手心也泛着凉意，即便这样，李娴的手比她更凉。

李娴缓缓地转过头，看着床边的林挽月。

李娴似乎对于林挽月的归来非常意外，反应了好一会儿，才试探性地虚弱地唤道："驸马？"

林挽月用双手将李娴的手捧在手心，温柔地回道："是我，公主，我回来了，你感觉怎么样？"

四目相对，无语无言。

李娴无力地轻叹一声，问道："你……可怪我？"

旧事重提，林挽月犹如银针刺心，她这么说，这孩子……曾经是真的存在过了。

林挽月哪有什么立场责怪公主，只是一时间不知道该以怎样的立场、怎样的态度去面对这件事才是合适的。

毕竟公主不知道自己女子的身份，可这孩子的来历二人倒是心知肚明，自己若是表现得太过轻描淡写终究不妥，可……自己的确没有什么立场责怪公主，不是吗？

感觉到在手心捧着的冰凉的手欲抽走，林挽月回过神，看到李娴脸上倔强的表情。

林挽月连忙加大了手中的力气，紧紧攥住李娴的手，不让她抽走，柔声慢语地安慰道："我更心疼你。"

李娴欲抽走的手突然没了力道。纵观李娴十九年来的人生，她很少有过犹豫的时候，然而在这一刻，她犹豫了。

林挽月见李娴不再用力抽手，也放松了手上的力道，轻轻地将李娴的手捧在手心，克制自己身体上的不适露出了笑意。

李娴躺在床上，静静地注视林挽月，她的反应和包容超出了李娴的预计。

"公主，你饿不饿？我叫人传膳吧，你都睡了大半日了。"

李娴虚弱地回道："无甚胃口。"

林挽月又笑了起来，这句话真是莫名地熟悉，但这次她没有听李娴的，而是温柔地哄道："不吃饭怎么行呢？你要听我的，我这就命人传膳，多少用一些。"

不等李娴回答，林挽月放开李娴的手，为她拉了拉被子，转身出去。

过了一会儿，林挽月回来了，坐在李娴的床边，重新将李娴的手握在手心，见李娴神情倦怠，昏昏欲睡，心道这不是一个好现象。

"公主。"

"嗯。"李娴轻轻地给林挽月回应了一个鼻音，软软的，很悦耳。

"我这次回北境，经历了不少事，我给你讲讲好不好？咱们不睡了。"

"好。"

"那我扶你坐起来些，总是这样躺着，身体会酸痛的。"

"嗯。"

林挽月从柜子里拿出被褥卷好，将李娴扶起来，把卷好的被子放在李娴的玉枕上，让李娴靠了上去。

"公主，前些日子，草原上赫赫有名的冒顿部落居然奔袭阳关城！"

林挽月故意将表情做得很夸张，见李娴听到自己的话后果然打起了精神，继续说道："城外布防了两个营，我带着四路先锋骑兵增援，结果带队的人是一个叫图图尔巴的匈奴人，那人身高九尺，他的胳膊，恐怕要有——这么粗！"

林挽月一边说着一边用双手比画了一下，李娴看到林挽月比画出的尺度，露出一个苍白的笑容，极其缓慢地说道："驸马比画的可是水桶吗？"

林挽月也笑了起来，仍旧坚持道："真的，真的有这么粗！"说着又重新比画了一次。

突然，林挽月见李娴的脸上的笑意消失不见，眨了眨眼："好吧，其实没有那么粗……"

"驸马，你的手？"

听到李娴的话，林挽月低头一看，自己的手背上赫然一个已经结痂的清晰牙印。

林挽月沉默了，寝殿中再次安静了下来。

看着这样一个齿印，聪明如李娴，个中之事，自然不必细说。

林挽月看着李娴苍白的脸庞，强忍着心口的刺痛，深深吸了一口气，笑道："公主请听我讲完！"

李娴看着眼前的林挽月，三个月不见，这人瘦了整整一圈，脸色更是灰暗难看，可是他竟然装作无事，还要反过来迁就自己。

李娴的心情很复杂，林飞星的情意压得她喘不过气来，她不知道怎么回应。

见李娴不说话，林挽月自顾自地继续说道："那个图图尔巴，使一对钢鞭，他的那个鞭一只最少要有七八十斤重！有——这么粗！"林挽月又夸张地比画了一下。

"可是这人把鞭子捏在手里，一点儿也看不出吃重的样子，一手双鞭使得虎虎生风，挥得滴水不漏！我军中右将军白锐达，一招就被图图尔巴打断了胳膊！他那把兵器也是奇特，手柄的尾部由铁链连在一起，他将铁链缠在胳膊上，背在脖子后面……我一招回马枪——"

"驸马爷，粥来了。"小慈端着清粥走进来的时候，见驸马爷不知道在说什么，正是激动处，却被自己打断，一时间尴尬地立在原地。

李娴早就收到了详细的有关战事的绢报，这次又听林挽月绘声绘色的讲解，别有一番风味。李娴发现她的这位驸马爷夸大了不少，明明是疲于应对的一场对决，让这人说得竟成了和匈奴人打了个平手。

李娴也不点破，只是带着笑意，津津有味地听着。这些年她听了不少瞎话，唯独"林飞星"让她丝毫不反感。

林挽月见李娴听得开心，不知不觉中讲得越来越偏离事实，真实的情况是：她和图图尔巴有来有往的过手最多不过三十个回合；如今林挽月已经"大言不惭"地讲了近百个回合。

正说到根本不存在的"回马枪"时，小慈进来了……

林挽月立刻收声不语，揉了揉鼻子："公主，粥来了，先吃完咱们再讲。"

"好。"

林挽月从托盘上端过清粥，小慈忙说道："驸马爷，还是奴婢来吧。"

"无妨。"

林挽月一手端着粥碗，一手用勺子搅着清粥，她重新坐到凳子上，白粥晶莹剔

160

透，里面加了不少补血益气的食材，林挽月舀起一勺放在嘴边吹了吹，送到李娴的嘴边："啊。"

身后的小慈见到这一幕，忍俊不禁捂着嘴唇。

李娴见林挽月竟然拿出对付小孩子的手段来对自己，苍白的面颊上染上一抹淡淡的红晕。

她直了直身子，说道："我自己来……"

林挽月却不为所动，坚定地说道："我喂你，啊。"

小慈险些笑出声音，然而作为长公主府执事女官的她，自然明白什么叫非礼勿视，这个时候公主是不需要她服侍的，小慈也不请示，提着托盘悄悄离去。

李娴看到小慈离开，松了一口气，最终还是拗不过林挽月，朱唇轻启，含住了这口白粥。

林挽月心中感叹：她还没喂过林白水吃饭……

李娴勉强用了半碗，任林挽月如何"威逼利诱"、好话说尽，无论如何再也吃不下。

林挽月轻叹一声，看着剩下的粥，拿起勺子吃到自己的嘴里，林挽月确实是饿了，这一路吃的都是干粮，回府这大半日滴水未进呢。

李娴见林挽月竟然吃自己的剩饭，吃惊不小："你……"

林挽月丝毫不以为意，自顾自地往嘴里送，回道："我饿了。"

"驸马若是腹中饥饿，命下人传膳便是。"

林挽月被李娴这么一说，伤到了自尊，缓缓地放下勺子。

李娴自觉失言，解释道："我……只是怕驸马半碗粥不够。"

听到李娴给了自己一个台阶，林挽月心中安慰，这对于李娴来说已属难得，她也不再僵持，不说话，舀起白粥继续往嘴里送。

半碗白粥很快被林挽月吃完，唤来小慈拿走空碗，小慈还惊愕了片刻，欣喜地说道："殿下可是有日子没进这么多了呢！"

林挽月来到床边问道："公主可要我扶你起来走走？"

李娴想了想，摇了摇头。

林挽月也不坚持，说道："那就先这么坐一会儿，刚吃过饭若是马上睡下怕是要积食。"

"嗯。"

"汤药几时用？"

小慈接过话头答道："回驸马爷，汤药今日晌午已经用过了，御医说眼下殿下的身子，虚不胜补，是以每日用一次即可。"

"哦。"林挽月点了点头，"小慈姐姐稍后可为公主推拿四肢腰身，久卧于床，

161

身体会酸涩无力。"这些可是林挽月自己的亲身体会。

小慈打了一个万福："是。"

"公主，若是无事，我先回小院了，明日再来。"

"驸马慢走。"

林挽月转身离开，走出寝殿的大门，脸上的笑容立刻被浓浓的悲伤替代。

"驸马爷，奴婢为您掌灯。"

"不必了，你们留下来伺候公主，我自己回去就行了。"

"是。"

林挽月快步消失在黑夜里，走到四下无人处，她抬起一只手按住了自己的胸口。

寝殿内。

李娴倚在被卷上，问道："那边怎么样？"

"陛下已下旨，限湘王明日离京赴封地，今儿青芜殿那边已经收拾得差不多了，应该是掀不起什么风浪了。"

"嗯，一路上派人暗中保护他，一定要确保湘王殿下平安到达封地。"

"殿下……这是怕有其他人刺杀湘王殿下嫁祸给我们？"

"呵，本宫是怕这位湘王殿下自己编排一出戏来博得父皇同情，回京养病。"

"奴婢明白了。"

"交代影子，但凡发现刺客，不论是哪一路的人，就地格杀，留一个残废的活口。"

"是。"

李娴又情不自禁地想起"林飞星"差极的脸色，沉吟片刻吩咐道："明日将四位御医都请来。"

"是。"

火，滔天的大火，满眼皆是红色，林挽月又回到了十四岁时的模样。可是林挽月却丝毫都感觉不到火舌的热量，反而觉得有些冷。

天地茫茫，孑然一身，只有这满眼的大火相依相伴。

林挽月茫然地立在原地，看不到任何出路。

突然，穿着一袭宫装的女子出现在林挽月的身边，林挽月看不清楚她的容颜，但这人却给林挽月十分熟悉的感觉，让林挽月不由自主地去相信、去依靠。

女子对林挽月伸出手，轻声说："别怕，我带你出去。"

林挽月将自己的手递到她的手里，就这样女子牵着十四岁的林挽月向前走，视前方的火海若无物。

林挽月自己也感到很奇怪，她明明很怕那熊熊大火，可是被这人牵着就觉得好安全，而这火舌也仿佛有了生命一般，纷纷向两边避让，为她们让出了一条路。

十四岁的林挽月微微仰着头，却看不清楚牵着她的女子是什么模样。

画面猛地一转，四周的火海尽数消失，她们二人来到一处鸟语花香的所在之地。

"来，你看那儿。"女子拉着林挽月的手，带她走上了一处断崖。

林挽月顺着女子的手向前看去，她从未见过如此美好的景致。

悬崖下面是一望无际的水，浩浩汤汤，横无际涯。

碧波与夕阳交相辉映，落霞与孤鹜齐飞，秋水共长天一色。

林挽月转过身子，看着女子，她依旧看不清楚女子的脸，但林挽月笑了起来，她感觉对面的女子也笑了。

突然，周围的气场突变，看不清楚脸的女子似乎也露出了狰狞的表情，还没等林挽月反应过来，她已被女子狠心推下断崖。

"啊！"林挽月身体颤抖，坐直了身子，身上的衣服泛着湿意。

守在门外的丫鬟听到卧房中的声音询问道："驸马爷？"

林挽月暴喝一声："别进来！"

欲推门的丫鬟被林挽月吓得打了一个哆嗦，忙收回了推门的手。

林挽月大口大口地喘着粗气，自从上次梦魇卷土重来，就再也没有离开过，林挽月每一晚都要被各种各样的梦魇折磨，苦不堪言。

梦的内容也不再局限于婵娟村，而是愈发地光怪陆离，不过每一次梦魇，都以林挽月身死为告终。

林挽月用袖子擦去了额头上的汗珠，抱着双腿坐在床上，此时她的精神萎靡，神情疲惫，双眼空洞无神。

她已经记不清了梦的内容，但那种害怕的感觉却深深地烙印在了脑海中。

过了好一会儿，林挽月才缓过神，放开了抱着的双腿，准备穿鞋，却突然胸口发闷，爆发出了一连串重重的咳嗽，林挽月好不容易止住了咳嗽，一手按着发痛的胸口，喃喃地说道："莫不是……这些梦，是一种预示吗？"说完，林挽月又陷入了呆滞的状态中。

"驸马爷起了吗？殿下让我来请驸马爷用膳。"

"嘘，刚才驸马爷发了好大的火，再等等吧。"

"可是……"丫鬟正为难，卧房的门被推开了，林挽月简单地梳洗完毕，换了一身衣裳，走了出来。

两位丫鬟齐齐打了一个万福："奴婢参见驸马爷。"

"嗯。"林挽月点了点头。

"驸马爷，公主请您去共用早膳。"

从林挽月迈进殿内起，李娴就一直在注视着她，见她的脸色比昨天还要差，神色憔悴，一举一动都透着疲惫，不由得皱了皱眉。

林挽月来到桌旁，见李娴脸色虽然依旧苍白，但精神状态已经比昨日好了不少，虽然还带着些许病容，但已经能下地，这便是好现象。

李娴的长长的黑发如瀑般披散着，大抵是尚在病中，疏于打扮。

"公主，今日好些了吗？"

"多谢驸马挂怀，我已经好多了。"

林挽月点了点头，坐在李娴对面，宫婢为二人盛了粥，退到一旁。

"稍后四位御医会到府上为我诊脉。"

"嗯。"林挽月的兴致不高，应了一声，掰了一块馒头塞到嘴里，机械地咀嚼着。

"我见驸马似乎精神不济，不如一会儿也让御医看看，开一服对症的方子，就算身体无恙，调理一下也是好的。"

听到李娴要给自己宣御医，林挽月心头立刻绷紧，她没有立刻说话，而是咽下了口中的馒头才答道："公主有心了，我的身体我自己知道，就不劳烦御医了。"

"林飞星"的拒绝早在李娴的意料之中，她继续用商量的口吻说道："四位御医乃我离国的国医圣手，曾经师承药王谷，虽然只是药王他老人家的外围弟子，但这四位练就了一手本事，有两位御医更是自成大家，只需观其色，听其声，无需诊脉问询就可断出病症来，驸马只当是让我安心，让他们瞧一眼便可。"

"好。"林挽月点了点头，不再多言继续埋头吃饭。

李娴依旧用了半碗就不再吃了，她安静地看着"林飞星"，敏锐地捕捉到今日的"林飞星"似乎变得有些不同了，李娴实在想不明白，短短一夜的工夫，为何这人脸色会变得如此之差，而且整个人的气质也颓废了许多，仿佛被抽去了生机，这般模样的"林飞星"李娴从来没有见过，她还记得当初"林飞星"在她的营帐里，阿隐为他缝合伤口，他紧咬牙关一声不吭的样子。

想到这里李娴有些恍惚，那时的"林飞星"虽然伤得很重，衣服上血迹斑斑，可是却迸发着非常强烈的生命力，而不像现在死气沉沉。

吃过饭不久，四位御医入府，四人各带一名随行药童，背着大药箱。

李娴与林挽月双双端坐在正厅，林挽月一眼便认出其中打头的中年男子，这不正是那日李娴带到自己府中的御医吗？

"臣等，参见长公主殿下、驸马爷。"

"劳烦四位特意到府上来，赐座。"

164

"谢公主。"

林挽月发现上次跟着李娴入府的御医，自从一进门就盯着自己看，她面上不动声色，心中却思考出了很多种可能性。

"驸马，我来为你介绍一下，这四位按照顺序分别是望闻问切四位御医，周御医、吴御医，驸马这几日气色欠佳，还请二位费心了，郑御医和王御医稍后为本宫诊治。"

听完李娴的介绍，林挽月心头猛跳，上次李娴带入自己府中的就是四位御医中的"望"！

李娴为什么要带他入府？莫非是怀疑了什么？莫非自己的女儿身已经暴露？

林挽月紧了紧拳头，压下心头的紧张。不！老郎中曾经说过，只有摸了脉搏才能分辨出男女，况且她若知道自己是女人，怎会荒谬地嫁给自己，怎会……说自己有孕？

既如此她为何不带旁人，单单带一位"望"入府？

林挽月转头看了李娴一眼，心情很复杂，她突然发现自己似乎并不了解李娴，好像有很多自己不知道的事情！

李娴却并没有发现林挽月的异样，她一直看着"望御医"，见御医眉头紧锁，李娴的心也跟着紧张了起来。

"哎……"林挽月觉得胸中烦闷，轻轻地叹了一口气。

听到林挽月叹气的声音，"闻御医"也皱起了眉头。

李娴的心头一沉："四位御医留下，其他人先下去吧。"

"是！"李娴一声令下，只剩下贴身的小慈，剩下的包括提箱药童也放下了药箱退了出去，百步之内不留一人，皇家治病自有规矩。

"王御医，为本宫诊脉吧。"

"是。"

王御医从木匣中拿出一缕金丝，小慈接过丝线的一头系在李娴的手腕上，王御医拈着丝线的一头闭上了眼睛。

林挽月还是第一次见这般诊脉，这"切脉圣手"果然名不虚传。

"周御医、吴御医，驸马身体如何？"

听到李娴的声音，林挽月眨了眨眼：这两位御医真有如此本事，自己一句话都没说，就能看出病症来了？

望、闻两位御医对视一眼，交换目光后点了点头，四大御医之首的周御医沉吟片刻回道："驸马爷……面色枯黄，嘴唇苍白，双目无神内含血丝，印堂无光，双腮凹陷，含胸驼背而不挺，举止虚浮无力，已是内症外显之势……"

吴御医点了点头，接过话头说道："从我四人入殿开始，驸马爷长叹四次，短叹六次，深吸三次，且驸马爷呼吸长短不匀，时急时舒，时有以口鼻共同呼吸之态，微臣以为，此乃五脏瘀积，胸口郁结，气脉不畅所致，驸马爷不久前可是受过重伤，而且未得名医救治，方不对症……"

周御医又接过了吴御医的话继续说道："驸马爷是否伴随咳血、呕血之症，且四肢无力，周身疲惫，夜不能寐，梦魇常伴，身体发冷？"

一直捏着金丝线的王御医突然睁开了眼睛，看了看李娴，又看了看坐在一旁的驸马，一脸了然。

适才他突然感觉到长公主殿下的脉搏紊乱，心跳加速，看来这驸马公主真是伉俪情深，也难怪会将医术更好的两位师兄让给驸马。

王御医心头暗笑，这位长公主殿下端庄自持的名声由来已久，没想到如今也会为旁人乱了心弦，虽然她的面色如常，可是这脉象却是骗不了人的。

林挽月惊愕得半天合不拢嘴，李娴看到林挽月这般模样也知两位御医所断不差。

"还请两位御医费心了。"

"殿下请放心。"

林挽月看了看四位御医，又转头看了看李娴，李娴的表情虽依旧是淡淡的，但言语间不乏关切之意，轻叹一声。

御医给二人各开了一服方子，小慈拿下去煎药。

如此又过了些时日，李娴在御医的精心调理下气色愈发好转，林挽月看在眼里，喜在心上。

林挽月的状况却没有这么乐观，御医给开了药之后，林挽月用了几日，感觉胸口的郁结确实有所减轻，呼吸顺畅了不少，但每天夜里的梦魇依旧夜夜降临，身体时时发冷等症状却没有丝毫的缓解。

林白水已经能走了，并且开始吃一些辅食，林挽月每日陪李娴用过早膳就去看女儿，看着小家伙白里透红的皮肤，亮晶晶的眸子，还有愈发与故人相似的小脸，林挽月总会怔怔出神。

日子一天天过去，林挽月心中的伤痛也渐渐地随着时间弱化，心头的伤口缓慢结痂，若是不去触碰便不会太痛。

林挽月一直在等待李娴给自己一个解释，日子一天天过去，李娴的身体渐渐康复，她却丝毫没有旧事重提的意思。

最开始的几日，李娴身体虚弱，病情沉重，林挽月压下了心头的杂念，全心全意地陪伴李娴，看着李娴的身体情况一点点儿地好转，林挽月喜在心头。

李娴对林挽月说雍王已经赴北境接掌帅印。

林挽月点了点，未置一词。

李娴对林挽月说湘王已经平安进入封地府邸。

林挽月勾了勾嘴角，笑而不语。

李娴对林挽月说太子近日来愈发长进，将陛下布置的任务处理得井井有条。

林挽月只是静静地看着李娴，目光带着三分空洞，仿佛是透过李娴，看向了更远的地方。

夜深人静时，林挽月独坐小院石凳上，看着繁星点点的天空，一坐就是半宿。

在李娴的口中，人人各归各位，人人皆得其所，但自己呢？

梦魇夜夜降临，即使不曾停过汤药，林挽月却愈发地消瘦了。

自李娴康复后，林挽月每日除了去看林白水之外，已经很少踏出小院了，很多时候在院中枯坐一整天，谁也不知道他在想什么。

好在此时的天都城已是草长莺飞的时节，气候温和，坐在院子里一整天也不会觉得冷。

可慢慢地，许多下人都发现了驸马爷的异常，从前那个食量惊人的驸马爷不见了。

从前的驸马爷即使不出小院，要么就是在书房里，要么就是在院子里习武，可是如今的驸马爷每日只去郡主那里走一趟，若是殿下不主动传驸马，他便在院中枯坐发呆。

刚开始下人们只以为驸马爷痛失第一个孩子，受到了打击，也没有多想。

但是，这日子也太长了一些？驸马与公主夫妻恩爱，又都很年轻，孩子总会再有的。眼看着驸马爷日渐消瘦，负责专门伺候林挽月的丁香和百合坐不住了，若是驸马爷出了岔子，那可是大罪！

于是二人一商议，直接绕过了林挽月，偷偷将驸马爷的情况禀告给了执事女官小慈。

由于近日来林挽月足不出户，暂时撤掉了影子，听到丁香的禀报，小慈吃惊不小，不敢耽搁，直接到了李娴的书房。

李娴正端坐在案前习字，听完了小慈的汇报，手腕一抖，墨汁晕开，马上就要完成的作品毁了。

书房内陷入了寂静，李娴放下了手中的毛笔，盯着宣纸上那一滴醒目的黑渍，沉默了。

小慈见李娴迟迟不表态，咬了咬牙，跪了下去："殿下！"

李娴的秀眉微蹙，抬眼看着跪地的小慈，问道："你这是做什么？"

小慈沉吟片刻，把心一横，说道："殿下容奴婢多一句嘴。"

"你说。"

"奴婢觉得，殿下欠驸马爷一个解释，不如，不如……"

小慈没有将最后的话说出口，李娴轻叹一声，像对小慈又像对她自己喃喃地说道："本宫何止欠他一个解释……"

小慈一喜："殿下您是要……"

李娴再次轻叹出声，坚定地摇了摇头："你起来吧。"

"谢殿下。"

"小慈……你是不是也觉得本宫这次做得……过分了些？"

刚起身的小慈又跪在地上："奴婢不敢。"

"起来吧，我们有从小一起长大的情谊，这儿又没有外人，不要动不动就跪。"

"是。"

小慈打量李娴，见她的脸上并无不悦，斟酌着继续说道："奴婢与殿下这些年来朝夕相伴，自然知道殿下您承受的苦，您这么做自然有您的权衡，可是奴婢觉着……驸马爷，到底与别个是不同的，如今公主已经与他结为夫妻，等到他日尘埃落定，殿下还要与驸马爷相伴一生，若是这件事埋下龃龉……殿下日后，怕是要受苦。"

听完小慈的话，李娴一阵晃神，挑了挑嘴角说道："本宫想着，事成之后，便放他自由，一别两宽，各生欢喜，你说好不好？"

小慈大惊："殿下三思啊！殿下您的名声……"

李娴露出一抹讽刺的笑意："这世道对女子的桎梏很多，本宫贵为帝王之女，也要淹在这洪流里。"

"殿下？"

"走吧，随本宫去小院走一趟。"

"是。"

李娴屏退左右，只带了小慈来到了驸马的小院。

丁香和百合见长公主殿下驾到，迎了过来，李娴摆了摆手，后者立刻会意，打了一个万福连同小慈一起退了下去。

林挽月正坐仕院内的石凳上，背对着李娴，不知道公主驾临。

李娴远远地看着林挽月的背影，从背后看去，这人似乎又清减了不少。

想到小慈说的话，李娴的心中闪过一丝愧疚，但很快便重新坚定，如今是非常之时，多少双眼睛盯着长公主府，就连父皇的心中也尚存疑虑，这人心中所想皆应在脸上，便是最好的证明。

"驸马？"

林挽月身子颤抖了一下，缓缓地转过头，看到李娴连忙起身："公主。"

李娴看着眼前的"林飞星"，怎么也没想到不过短短的几日没见，他竟然憔悴成这般模样。

一想到这些都是自己带给他的，心头滋味难明，她这几日一直在想，自己将"林飞星"拖到这条路上到底是对是错？

"驸马可曾用过午膳？"

"尚未。"

"驸马可愿与我共进午膳？"

"是。"

正厅内，李娴与林挽月相对而坐，桌上摆着八盘玉盘珍馐，色香味俱全，几乎每一样都是林挽月爱吃的。

虽然李娴从未问过林挽月喜欢吃什么，但每日用餐林挽月特别偏爱哪一道菜她还是知道的。

林挽月看着桌子上的菜，目光闪了闪。

"你们先下去吧。"

"是。"

待丫鬟尽数离开，李娴从座位上站起，拿过一个玉碗，亲自执起汤勺盛了一碗汤，放在了林挽月的面前。

"我见驸马这几日又清减不少，若是没有胃口，喝些汤也是好的。"

林挽月瞪大了眼睛，想从座位上起身，却被李娴微笑制止。

林挽月受宠若惊，李娴是何等的身份，今天居然亲自为自己盛汤！

李娴一直看着"林飞星"，见他的脸上的表情动容，心中便愈发难受。她知道自己给林飞星带来了多大的伤害，不过是一碗汤，竟会让这人露出这样的表情来。

林飞星越是容易满足，她便越发觉得愧疚、难安。

她宁愿林飞星质问自己，哪怕是与自己大吵一架，或是对自己的病情不闻不问，李娴都能接受。可是这样的林飞星，让李娴第一次受到了良心上的谴责。自从他回府到今日已经过去半月有余，可是关于孩子的事情，他只字未提！

李娴知道他其实很在乎，若是真的不在乎，又怎么会将自己折磨成这般模样！

那日御医私下里对她说的话，这几日来时时萦绕耳畔：殿下，驸马爷忧思太甚，可以说他的病情严重至此，有一大半是心病的缘故，心病还须心药医，长此以往，就算日日服用汤药，也于事无补……

此时此刻，林挽月就这样安静地坐在李娴的面前，捧着汤碗，埋头喝汤，乖巧得就像几年前的珠儿。

自己负他至此，他却要诸多隐忍。

曾几何时，李娴看中的便是"林飞星"无欲无求的特质，这样的人简直就是凤毛麟角，这样的人，李娴觉得更可信，不怕旁人鼓动。

可是如今，李娴恨透了这一点，怨透了这一点，因为李娴不知道自己要怎么去补偿"林飞星"。

一顿饭静悄悄地结束了，林挽月的食量锐减。

此后，无论李娴有多忙，每日必定与林飞星共进三餐，且屏退左右亲自为林挽月添汤布菜，就连有一次太子李珠登门造访，三人共进晚膳，李娴仍旧毫不避讳。

渐渐地李娴感觉到弥漫在"林飞星"周围的那股消沉的气息淡了，他的脸色也稍有好转，林飞星如此容易满足，更加让李娴愧疚。

花开花落，一转眼又到了落英缤纷的时节。

林挽月这一入京竟然在京中待了整整三个月，长公主不曾点灯，林挽月也从未要求，安稳地生活在自己的小院里，林白水已经会叫人了，而且与自己非常亲昵。

这些日子林挽月与李娴日日相见，共用三餐，偶尔李娴还会邀她于湖心亭手谈一局。

德妃居后位，后宫一派祥和，太子李珠日益成熟，时常会拜访公主府，姐弟二人在书房中密谈。

李钊特许年仅十一岁的李珠参政，并下放给李珠一些权力，李珠虽年幼，却将朝中事务处理得井井有条，肱股大臣对李珠交口相赞，李钊心中宽慰，破例为李珠在宫外选址，欲修建太子府，称病数月的平阳侯上书自请将原驸马府献给李珠，李钊想了想点头应允，经过一些改制和扩建后，太子府很快就竣工了。

在离国，东宫立府就意味着可以广纳四方人才，供养客卿，是稳固根基的开始。陛下虽然将北境二十五万大军的军权许给了雍王李玥，但又给了东宫一系列的恩典，权衡得当，国本安定。

雍王掌管北境帅印以来，听说打了几场胜仗，也得到了李钊的褒奖。

齐王、楚王、湘王各安封地。

属于林挽月的驸马府就坐落在长公主府旁边，经过大半年的修缮，已经初具规模，相信再过不久就可以竣工。

一切似乎都在朝着好的方向发展着。

唯独林挽月依旧挂着四品卫将军的军衔，李钊没有让他回北境的意思，也没有京官的提名，就这样一直静静地等待着。

闲来无事，林挽月在小院中负手而立，看着天空中南归的大雁，估摸着秋收之战即将打响，几个月前冒顿部奔袭而至，绝非心血来潮，这背后一定在酝酿着更大的危机，林挽月觉得今年的秋收时期将会有一场硬仗要打，希望雍王可以守住阳关城，保护那里的百姓。

元鼎三十一年，八月。

太子李珠纳良娣入府。

良娣按照民间的说法就是妾，李钊听从李娴的建议，先选了两门世家女子为李珠

170

磨磨性子，过几年再娶太子妃。

李钊没有来，李珠自己在府中摆了几桌，按照规矩邀请了一些三品以下的官员和私交不错的世家子弟，李娴偕驸马林飞星到场。

距离开宴还有一段时间，林挽月在京中没有朋友，遂一个人在太子府中散步，李娴借此机会与闺中密友相会。

林挽月七拐八拐地绕到一处清幽的所在，突然一拨黑衣人从墙外跳了进来，林挽月心头大骇，第一个念头便是有人行刺东宫！

林挽月入府前解了兵器，如今黑衣人来势汹汹，林挽月只好退到假山后头。

突然，林挽月听到外面有兵器碰撞的声音，侧过身子一看，不知道从哪里又冒出一批黑衣人，两拨黑衣人似乎不是一路的，正厮杀在一起。

林挽月分不清状况，只好藏在假山后面，有一个黑衣人被砍了一刀，被一脚踹飞，重重地撞在假山上，兵器脱手。

林挽月捡起沾血的佩刀，握在手里。

"快走！"黑衣人中有一人对林挽月大喊。

林挽月握着佩刀，绕出假山，向后退去。

一黑衣人见林挽月欲走，借力高高跃起，从怀中掏出一物"嗖"的一声向林挽月投了过去。

林挽月用刀背一挡，"咣当"一声，硬物落地。

林挽月收刀一看，竟然是一方锦盒掉在地上。

"撤！"见锦盒送到，黑衣人大吼一声，纷纷撤退。

另外一拨黑衣人快速地聚在一起，回头看了林挽月一眼，带头人打了一个手势，带人追了出去。

一眨眼的工夫，这清幽的小院中只剩下林挽月一人，若不是地上还躺着几具尸体，林挽月的手中还捏着染血的佩刀，另一只手里还拿着那个盒子的话，林挽月还以为自己产生了幻觉。

她紧紧地捏着手中的锦盒，就近找到一个房间，一脚踢开，也顾不得刺客会不会卷土重来，她要看看这锦盒里到底是什么！

宴会即将开始，来寻找驸马的丫鬟看到院子中的尸体，惊叫出声，慌不择路地去禀报太子。

好在途中被东宫长史拦住，问清缘由后，长史权衡利弊命丫鬟封口，自己去亲自禀报太子。

"殿下……"东宫长史笑吟吟地走进大殿，伏在李珠的耳畔将适才丫鬟所见一一禀报。

李珠面色一变，将目光投向自己的姐姐李娴。

东宫长史则在旁人看不见的角度扯了扯李珠的袖子，李珠立刻露出笑意，大袖一挥说道："诸位少安毋躁，孤去去就来。"

李珠走到李娴身边，姐弟二人心意相通，没同李珠说一句话，李娴便跟了出来。

李珠钦点了四个心腹侍卫，往事发地赶去。

"子岸，你亲自去，将那个丫鬟处理了。"

"是，殿下。"东宫长史领命去了，李珠李娴带着四名侍卫继续前进。

"皇姐，姐夫遇刺。"

李娴听到李珠的话，心头一颤，死死地咬住下唇，口腔中发出牙齿碰撞的声音。

好在又听李珠继续说道："不过子岸说只看到刺客的尸体，并没有发现姐夫，相信姐夫吉人天相，不会有事的。"

李娴松开了下唇，唇瓣上渗出细密的血珠，却浑然不觉，周身的颤抖亦平缓了下来，李娴没有说话，只是点了点头，加快了脚步。

李娴看到地上的尸体时，眯起了眼睛。

李珠一挥手，侍卫熟练地将尸体快速地拖走。

"姐，今天的事情是压下来，还是禀报父皇？"

若是压下来，他日李钊万一得到消息怕是要多想，可若是报上去，刺客入太子府刺杀的却是林飞星……

"压下来。"

"我知道了。"

李娴姐弟两人是在一处厢房里发现林挽月的，此时天已经有些黑了，屋子里没点灯。

李娴一眼就认出林挽月的身影，欲跨步进去，却被李珠一把拦住："皇姐，少安毋躁，掌灯！"

侍卫提着灯笼冲进厢房，灯光照亮了房间，林挽月低着头坐在那里一动不动，手中紧紧地攥着一个锦盒。

李娴看到那个熟悉的锦盒，瞳孔一缩，转身对李珠说："珠儿，今天是你的日子，你离开太久宾客会怀疑的，你先回去，若是有人问起，你就说驸马身体抱恙，你前来探望，我们先行回府了。"

"好，那我将侍卫留下来保护姐姐姐夫。"

"不必了，你的安危更重要，都带回去吧，稍后我就与驸马回府。"

"那……珠儿告退。"

侍卫将厢房中的灯点亮，保护李珠先行离开，厢房里只剩下李娴和林挽月两人。

李娴轻唤道："驸马？"

林挽月没有动，只是紧了紧手中的锦盒，仍旧低着头。

李娴走到林挽月的身边，却听到林挽月斩钉截铁地说："别碰我。"

李娴的手指一抖，距离林挽月的肩膀不过咫尺的手停了下来，尴尬地停在半空中。

在李娴的注视下，林挽月缓缓地抬起头，当李娴与林挽月对视的那一刻，感觉林飞星的目光化成一把锐利的刀子，狠狠地插在自己的胸口。

只见林挽月的双目赤红，红得吓人，目光是那样陌生，里面带着深深的恨意。

看到这样的目光，淡定如李娴这样的人也被逼退了半步。

"林飞星"的凶残李娴是见过的，比如对付匈奴人的时候，但是在自己面前，他永远是温柔的、包容的、隐忍的，虽然偶尔有些沉默，但大多数是谦和而知礼的。

这样的"林飞星"，让李娴害怕。

林挽月缓缓地站起身，居高临下地盯着李娴，她想把这张脸看透，扒开她的心，看看到底是什么做的。

锦盒被林挽月捏得"嘎巴"作响，善于辞令的李娴第一次说不出话来。

好在林挽月这种迫人的气势没有持续多久，她重重地叹了一口气，卸下了周身的气势，双肩下垂，一脸疲态。

二人乘车回到长公主府，一路上林挽月一言不发，扭过头去，不看李娴一眼，手中紧紧地攥着那个锦盒。

回到正殿，林挽月冷冷地对着林立的丫鬟说道："你们都下去。"

"是。"丫鬟退了下去，林挽月抬眼死死盯着小慈："还有你！"

小慈被林挽月吓了一跳，看了一眼始终沉默不语的李娴，打了一个万福，慌忙地离开了正殿。

"啪嗒"一声，锦盒被林挽月重重地摔在李娴的脚下，盒子被摔成两半，里面团着的皱巴巴的绢布撒了一地。

李娴在林挽月的注视下弯身拾起地上被团得最皱的一份绢布，抖开。

只见上书道：

殿下台鉴，元鼎二十九年七月十日，林飞星昏厥于属下家中，属下为其处理背伤，伤口极长，由右肩至左腰处，所幸不深，现已无虞。

观林飞星之脉象，惊觉其体内有一股奇毒，属下惭愧，不知林飞星所中为何毒，此毒属寒，并不致命。

另，因林宇新丧，属下怀有身孕，林飞星邀属下迁至林宅，属下当如何答复？请殿下明示。

李娴深深地吸了一口气，将绢布放在身旁的小桌上，脑海中闪过无数个念头，她早已整理好思绪，是以面色如水，多年的磨炼已经使李娴在越紧张的关头越能自持镇定。

几步之遥的林挽月一直在死死地盯着李娴，见她平静地看完绢布，随手放在一旁，自始至终面色丝毫不曾变过，林挽月讽刺地笑了，她觉得自己蠢透了，傻透了！

现实狠狠地给了她一巴掌，打醒了她的痴，打醒了她的蠢，打醒了她的自以为是。

原来，一切的一切都是面前的这位高瞻远瞩的公主殿下的一场棋局。

自己不过是一枚棋子，可笑的是，身为棋子的自己竟然还痴傻地以为自己可以成为她的朋友、她的知己，甚至以为两人可以以姐妹的身份相互依靠，相互扶持地在这个乱世中走下去。

可笑，可悲，可叹！自己在对方心中居然连"人"都算不上，只是一枚棋子，身在局中而不自知。

林挽月一直都知道自己可能在李娴的保护下，可是她却没有想到自己的一举一动都处在监视下。

最让林挽月心痛的是：余纨竟是李娴为了全面监视自己而被派去林宇身边的棋子！

他日九泉之下，要她如何面对林宇！时至今日林挽月依旧能想起林宇提起余纨时候那温柔的神情，原来一切美好只不过是一场局。

余纨，这个世界上唯一知晓自己真实身份的人，曾几何时林挽月甚至觉得余纨是她林挽月还活在世上的唯一见证！

一切都是一场骗局，而这骗局的始作俑者，正端正地坐在那里，有恃无恐，一言不发。

事已至此，还需要再问什么呢，白纸黑字记录得清清楚楚，可林挽月却用颤抖的声音，不自觉地开口问道："这些都是真的吗？"

李娴沉默了片刻，慢悠悠地说道："驸马今日受惊了，回去休息吧。"

林挽月被李娴的话弄得胸口一堵，什么隐忍，什么风度，瞬间荡然无存，林挽月恨透了李娴的这副嘴脸！

她更恨自己的自作多情，自以为是！

看着那一份份绢报的内容，林挽月感觉自己被李娴玩弄在股掌之间，林挽月觉得自己就像是一个跳梁小丑！

李娴扒光了她所有的自尊，林挽月感到无比地屈辱！胸中仿佛燃烧着一团火！

林挽月终是顾忌尚存，无法对李娴做出什么过分的举动，只好一把抓过架子上的盆景，举过头顶，重重地摔在地上。

"哗啦"一声，盆景被林挽月摔了个稀碎，盆中的土撒了一地。

守在门口的小慈听到声音，忙出声询问道："殿下？"

"滚！"林挽月大吼一声，一脚踹倒了放盆景的架子。

发泄过后，林挽月重重地喘着粗气，身体不住地颤抖，当她抬起眼，对上李娴那双沉静如水的眸子时，犹如被人当头浇下一盆冷水，浑身凉透。

林挽月的鼻子一酸，迅速地低下了头，嘲笑自己不知天高地厚，她们从一开始就不是对等的朋友关系，从来都不是。

李娴之所以一言不发是因为事发突然，她要考量的事情比林飞星多得多，小小的一方锦盒，林飞星看到的是里面的内容，而李娴需要思考的是这之中的每一个环节，此时所有的证据直指小慈，李娴却觉得事情肯定不会如此简单，不过她也只看到一张绢报的内容，还不能妄下定论。

若林飞星看到的只是北境呈上来的绢报，李娴觉得也没什么，那些绢报李娴每一封都记得清清楚楚，根本没有太敏感的内容，自己又从不曾加害于他，待这人的火气过了，李娴准备开诚布公地和他谈一谈，事情总是会得到解决的。

而且，李娴觉得这样很好，总比林飞星一言不发就回去生闷气来得好，御医说这人忧思太甚，此时一股脑儿地让他发泄出来，对身体有好处，是以任凭林飞星在殿内发泄，不出言制止。

其实李娴此时心中也很乱，她在想该如何将今天这件事情彻底地压下来，若是传到父皇的耳朵里面去，刺客入太子府刺杀的却是林飞星，圣心难测，又事关国储，万一处理不好，林飞星将万劫不复。

林飞星可以孩子气，但是自己不能。

可是李娴却忽略了一件事，那就是林飞星作为一个"人"的真情实感，一份值得被尊重，应该被尊重的基本情感。

再怎么坚强的人，真心付出过后，都会变得敏感而脆弱。

"你回答我。"

李娴听到"林飞星"的声音，皱了皱眉：林飞星逼得太紧，让她难以招架。

从小到大还没有人敢在她面前这般放肆，今日的林飞星已经破例，又如此咄咄相逼，李娴觉得实在不适合和这样不冷静的林飞星说话，又觉得林飞星堂堂将军，扭扭捏捏得像个女子，一向冷静的李娴最后竟也破了功，冷冷地对林挽月说："知道得太多，活不长。"

李娴说完了也有些后悔，这句话是她从前拿来应付下人的，林飞星和她们可是不同的，自己怎么……

李娴轻叹一声，无力地抚住额头，后悔自己口不择言。

林挽月一直低着头，所以她没有看到李娴脸上闪过的懊悔神情。

她吸了吸鼻子，低着头，后退一步，脚下的地面变得模糊，林挽月咬紧牙关，她绝不能在这里掉眼泪！

林挽月对着李娴行了一个躬身大礼，道："飞星多谢公主殿下不杀之恩。"

说完也不等李娴再开口，便急匆匆地转身离开了大殿。

李娴看着"林飞星"的背影张了张嘴。

"殿下！"小慈从外面跑了进来，看到一地的狼藉吓了一跳。

李娴收起了脸上的失态神色，静静地看着小慈。

小慈为了顾全李娴的颜面，关了殿门，亲自将架子和盆景以及地上的土收拾好，李娴一直看着小慈，从她的动作中看不到一丝慌张。

最后，只剩下李娴脚下的锦盒没有收拾，小慈蹲下，狐疑地说道："这是……"

"你自己打开看看。"

"是。"

小慈抖开一份绢报，日期是元鼎三十年，从北境来的。

"这是……北境来的旧报？"

李娴听到小慈的话，眯了眯眼，小慈若是之前看过这些绢报，绝对不会下意识地这么说。

小慈猛然回神，又看到那方熟悉的盒子，"扑通"一声匍匐在李娴的脚下："殿下！您交给奴婢的盒子，奴婢是亲手销毁的，而且是亲眼看着彻底化成灰才离开的，殿下明鉴啊！"

"你把绢报装好。"

"是！"

小慈跪在地上颤抖着将绢报一一收到盒子里，将锦盒拼好，双手举过头顶。

李娴接过了锦盒，看着小慈说道："你先到暗房去吧，本宫自有定夺。"

小慈的眼泪一下子就流了下来，拜道："是。"

"多带几床被子，暗房里凉。"

听到李娴还关心自己，小慈感激涕零："谢殿下恩典，奴婢戴罪之身，不敢——"

"本宫可没有定你的罪，你只管去便是，旁的不要问。"

"奴婢明白了！"

"去吧，本宫乏了。"

"殿下！让奴婢服侍您睡下再去吧！"

"好吧。"

第二天一早，李娴便盛装出府，先到宫里拜见正宫娘娘德皇后。

二人密谈了两个时辰，李娴才如释重负地从后宫出来，又去给自己的父皇请安。

坐在去太子府的马车上，李娴一颗悬着的心也算落了地，关于刺客的事情，她先找德皇后报备，若终有一日瞒不住，也有皇后为她顶着，中宫知晓便不算欺瞒，父皇他日就算听到什么风声也能大事化小，自己算是把林飞星保住了。

李娴又马不停蹄地去了一趟太子府，先安抚李珠的情绪，再晓之以理，动之以情，让他明白林飞星的重要性，去心甘情愿地代他处理刺客事件，毕竟事情发生在太子府上，必须要太子和她一心才行。

忙完这些事情，已经将近午时，李娴谢绝了李珠的挽留，乘车回府。

忙了大半日，她滴水未进。

刚下马车，府中丫鬟仿佛看到救星一样朝着李娴冲了过来："殿下，您快去小院看看吧，出大事了，驸马爷今儿一早起来去找您，说是要辞行，见您不在也不等，收拾包裹就要回北境，小慈姐姐也不在府中，奴婢们不敢擅作主张，殿下您快去看看吧！"

李娴听完丫鬟的汇报，气得七窍生烟，强忍着腹中饥饿，向小院赶去。

李娴来到小院的时候，地上跪了一地的丫鬟和家丁，而林挽月手持银枪背着行囊被这些跪着的下人围在中间。

李娴见林挽月看见自己，立刻露出一脸的倔强神情，不禁有些头疼，林飞星何时变得如此难缠了？

李娴来到人群的外围，皱了皱眉，这要是传出去成什么样子？

"你们都下去吧，院子里不留人。"

一众下人听到李娴的话，如蒙大赦，从地上爬起来，行了礼有序地往外走。

待所有人都离开小院，李娴走到林挽月的面前，微微抬起头注视着她。

自然也就看到了林挽月那双红肿的双眼和眼中的血丝，李娴心中一软，原本准备好的说辞也软了下来，柔声说道："这里不是说话的地方，驸马可否先随我进来？"

林挽月低头看着李娴，二人对视良久，最终还是林挽月败下阵来。

李娴走在前面，林挽月提着孤胆跟在后面，二人一前一后走进了小院的正厅。

"驸马坐吧。"

林挽月默默地放下孤胆，坐在李娴的对面。

李娴看着林挽月，缓缓地开口说道："我知道你在为绢报的事情怪我，但是你要明白我从来不曾有过害你的念头。"

林挽月疲惫地闭上眼睛，靠在椅背上。

李娴也并不介意，继续自顾自地说道："我想让你明白，事情并不像你想的那么简单。你只看到了那一盒绢报，你可知在这盒小小的绢报后面蕴藏了多少事情？你有没有想过那些黑衣人究竟是谁派来的，他们给你绢报的目的是什么？你有没有想过，你在太子府遇到刺客，这件事情若是让父皇知道了，他会怎么想？"

林挽月缓缓地睁开了眼睛，李娴的话她句句入心，也知道自己之前一头撞进了死胡同里，李娴的话让她冷静了下来。

只是林挽月此时的情绪很微妙，她虽然披着男子的外衣，但毕竟是一个女孩子，亦有着女儿家的别捏心思。

她更想听到几句安慰。

林挽月闷闷地问："那些绢报是不是真的？"

李娴怔了怔，她不明白为什么林飞星非要抓住这些小问题不放，这几年林飞星的进步她是看在眼里的，在军中的为人处世李娴也是满意的，怎么一到自己这里，他就变得这样别扭？

李娴压下心中的不满，耐着性子回答道："绢报的内容我还没有细看，但是对方准备充分，即便不是原件，我想内容应该没错。"

"我想回北境去。"

听到林挽月说出如此欠考虑的话来，李娴重重地呼出一口气，心中失望，原本的说辞也不想再说了。

"不行！"

李娴起身想走，却听到林挽月继续说道："我以后会听从公主的安排的，我去哪里都会把杜玉树带在身边，我也知道三宝、倪大、卞凯三人之中肯定有一个……被你手收买……是你的人，我回去以后和他们好好配合还不行吗？"

李娴被林挽月的话气得哭笑不得，只好重新坐好。此时李娴的心中十分复杂，她欣赏林飞星的聪明和敏锐，又拿他这副别扭的样子没有办法，那股奇异的感觉又涌出来了。

"飞星，我知道你是聪明人，但是你要记住，无论我安排多少人在你的身边，他们存在的意义都是协助你，而不是你去配合他们，你……与他们是不同的。"

林挽月心中一酸，李娴是骗了自己，可自己何尝不是也欺骗了对方？自己以女子的身份迎娶了李娴，加上之前李娴有孕的事情，无形中已经把李娴和自己绑在了一起，欺君罔上的罪名一旦泄露出去，公主也难置身事外。

林挽月心中有愧，既然李娴也给出了解释，林挽月并不想在这件事上过多纠结，只是这京城……对于自己一个以女子之身军功拜爵的人来说，实在是太过危险，于公于私，林挽月一刻也不想多待。

"我想回北境去，京城不适合我。"

李娴听完林挽月的话，突然感到空前地无力，她活了十九年第一次遇到林飞星这么难缠的人，他简直软硬不吃、油盐不进，就是别扭的一根筋的性子，任凭自己如何晓以利害，他明明一点就通，但就是不改变自己的主意。

一个大男人，这般模样！真是，真是……

李娴无奈地说道："先吃饭吧。"

"你饿啦？"

李娴听到这话，目不斜视，连一个眼白都不愿意给林挽月了。

二人就在这小院中用过午膳，吃过饭，李娴命人将桌子撤了下去。

李娴看着林挽月，见他一点儿软化的意思都没有，问道："你说说为什么偏要回北境去？"

一句话戳在了林挽月的心窝里，林挽月沉默了，心中早有千言万语，却一句都不能对李娴说，林挽月在很早很早以前就想和李娴这样心平气和地谈谈了，可是李娴从来都没有给过她这样的机会，早在上次进宫陛下与李娴商讨太子大婚的时候，林挽月就看清楚了她和李娴之间存在的差距是多么遥远。她发现这几年她如何充实自己还是无法赶上李娴的脚步，她和李娴之间隔着那么遥远的距离，远到很多时候她居然听不懂李娴说的是什么，自卑的种子从那时候起就埋在了她的心头。从前林挽月还一无所有的时候，她百无禁忌，可是当她用了三年光阴不停地去努力，信心满满地回来的时候，却发现自己站的高度连李娴的衣摆都碰不到，这样的落差让那枚自卑的种子生根发芽。

林挽月一直都觉得自己是一个畸形又丑陋的存在，命运那无形的大手一步步把自己推到了这般境地，她是多么希望这世上能有一个人是林挽月的朋友，一个可以把自己当成女子并且能替自己守护住这份秘密然后与自己真心相交的朋友。

曾几何时，自己的身份暴露在余纨面前的时候，林挽月以为自己终于有了一位朋友，可惜余纨死了，而且余纨竟然是公主的一枚棋子……林挽月很感激余纨替自己保守住了这个秘密，只是随着余纨的离去，林挽月似乎也消失了，世人只知道军功拜爵的少年将军林飞星，而那个叫林挽月的山村女孩……不过是大泽郡下的一缕孤魂罢了。

可是这些话她要怎么和李娴说呢？她没有办法说出口。

一桩桩的事情压在林挽月的心头，早就讲不出是非对错了。

绢布的事情戳伤了林挽月最后的自尊，特别是她以林挽月身份活在这个世界上唯一的朋友竟然也是带着目的接近自己的，林挽月很受伤，可余纨不也为自己隐瞒了身份的秘密了吗？

逝者如斯，自己又纠结什么？两人立场不同，人性如此复杂，哪有那么多非黑即白？

不知道是不是林挽月这些年一直在失去的缘故，她特别擅于理解这样的事情。

林挽月扪心自问：北境才是属于她的地方，不是吗？

李娴安静地看着林挽月，见她的表情几经转变，心中暗叹：御医果然说得没错，这人忧思太甚。

李娴纵有千言万语，最终也只能哽在喉咙，咽回肚子里。

"那里才是属于我的地方，我在京城里，什么都做不了。"

李娴看着林挽月，柔声说道："我知道北境才是你一展才华的地方，但是现在还不是你回去的时候。"

李娴的拒绝在林挽月的意料之中，可是她不明白后半句，为什么现在还不是时候？那种落差感再次席卷了林挽月的心头，不过这次她收起了自己的那份骄傲，握紧拳头虚心地请教道："公主……你能告诉我，为什么现在不是我回去的时候吗？"

李娴意外地看着林挽月，不答反问道："那驸马先告诉我，你为什么一定要在这个时候回去好吗？"

"嗯。"林挽月点了点头，"再过一阵子就到秋收时期了，按照往年的惯例，秋收之战将是一场持久拉锯的恶战，今年大将军王新丧，匈奴人必定会集结力量一试新帅的深浅。前阵子就连匈奴最大的部落冒顿部也从草原的最深处出来了，大将军王从前说过冒顿部掌握草原上最肥沃的水草及无数的牛羊，根本不需要奔袭这么远来抢我们离国的粮食，所以这其中一定有问题，说不定是草原内部已达成了某种协议，若真的是那样就麻烦了。

"新阳关城是我监督修建的，在大将军王的支持下，号召二十万军士一齐上阵赶在北境冻土之前修好了外部城墙，公主也看到了，新城墙无比坚固，若是往年匈奴人再勇猛，我们只需在城内据守不出，也可以耗退他们。可是今年不同了，倘若匈奴人内部真的达成某种协议，有实力雄厚的冒顿部的支持，匈奴人有足够的粮草支撑，就可以奔袭到更远的地方，阳关城不过是一座孤城，再坚固也没用。

"匈奴人若是绕过阳关城，从其他的地方进攻，必定可以撕开离国的边防。所以为保险起见，今年我们必须正面击退匈奴人。雍王殿下没有带过北境的兵，也不熟悉匈奴人的战法，万一阳关城失守，或者放任匈奴人滋扰其他的村庄，后果不堪设想，所以我想回去，哪怕是提些意见也是好的。大将军王走了以后，北境已经不是从前的北境了，我怕雍王殿下相信了错误的进言。"

林挽月说完，脸上露出了深深的担忧。

李娴不得不承认，林飞星虽然不善于宫廷权谋，但是在军事方面，在没有任何情报帮助的前提下，能够预判到这种程度，以他十九岁的年龄来说，整个离国已经找不到同龄人可出其右了。李娴的爱才之心又起了，她有些后悔，若是早点儿和林飞星如此开诚布公地谈，彼此交换意见，这人的成就是不是要比此刻高得多？

说到底自己还是欠了些火候，自己应该早点儿听听林飞星的心声的。

好在，现在一切还不晚！

第十八章 智与勇珠联璧合

这个念头一出，李娴自己都没有察觉到她对林飞星的定位已经有了转变。

自从惠温端皇后去世后，李娴就养成了一切都要掌握、一切都要自己谋划的习惯，但是她听了林飞星的这一席话后，突然觉得仅仅把林飞星定位成"棋子"似乎有些屈才，若是自己把一些北境的情报分享给林飞星，说不定他可以成长得更加迅猛，或许还会给自己提一些宝贵的意见！

"锦盒"的事件一出，所有的证据直指小慈，这个一直跟在她身边一同长大的心腹。李娴虽然不相信，但她也明白，随着这盘棋越下越大，她身边的人也开始不干净了。

如今能帮自己的人真的是太少了，这个林飞星应该算一个。

李娴想了想，第一次以一个平等的心态去面对林飞星，说道："既然驸马开诚布公，我也说说我的想法，此时不是你回去的时候。就在昨日驸马在太子府遭遇刺客，刺客还丢给你一个锦盒，这件事经过我多方运作后暂时被压了下来。

"但是驸马不要忘了，离国是父皇的天下，普天之下莫非王土，率土之滨莫非王臣，父皇早晚都会知道的，这背后出计的人非常歹毒，可谓深谋远虑，他们断定了我不会外传这个锦盒绢布上的内容，所以这个亏我们只能吃下。

"好在我已经进宫禀报皇后娘娘，他日父皇知晓，也有中宫在其中斡旋，太子也可推说'有惊无险''不想让父皇担心'之类的说辞，可这背后的人用这锦盒离间你我，为的就是要逼你回北境，且不说你能不能平安回去，就说有一日，父皇知道了这件事，刺客给你丢了一个锦盒，第二日你就回北境去了，你猜父皇会怎么想？"

林挽月看着李娴，嘴唇微张：这些她从来没有想到过。

李娴吸了一口气继续说道："还有，如今雍王兄掌管北境帅印，他是皇室血脉，自然可以压住北境的浑水，可是你若是回去了，雍王兄会怎么想？你是驸马，也算皇亲，你还拥有他所没有的北境的人脉、军功和威望。雍王兄的性子我是最了解的，虽生得孔武有力，但是性格最是狭隘了，你忘了你在北境将雍王府的长史赶走的事情了？

"他可不是高德义那种胆小怕事的，若是他用高德义的方法把你支出城去，不派援兵救你，你觉得你还有命回来？就算你侥幸回来了，他依然可以套一个罪名让你万劫不复！你若是不幸战死，他自有说辞对付父皇，他是父皇的亲子，父皇最多斥责他几句，或者象征性地惩罚他一下，也就罢了，你就白死了。"

听完李娴的话，林挽月一时怔住："我……"

"驸马你可明白，自你我大婚那日起，我们便成了一体，即使你无心权谋，别人也会把你归到东宫一党，你可知道有多少人想要杀你？在另外几位眼中，雍王掌管北境帅印虽然也不是他们想看到的，但是也比你掌管帅印要好，两弊相衡择其轻。

"雍王兄的母妃不受宠，他自己也没有治国之才，父皇并不糊涂，旁人也明白，他就算拿到了北境的军权，最后也不过是盘踞一方的藩王而已。

"可是珠儿位居东宫名正言顺，一天天长大，你是我东宫一党，他们不可能眼睁睁地看着你掌握了兵权，让东宫坐大！"

李娴见"林飞星"有所明悟，心中宽慰不少："我不能将所有的事情都告诉你，但是希望他日再出这样的状况，驸马可以理解。"

"好！"

李娴点了点头，又说道："我知道，将你拖下这摊浑水，是我亏欠于你，过阵子驸马府就修建完成了，你可以搬过去，哪怕是你在府中养小，只要我不说，也没人会管，一切花销你都可以记在长公主府的账上。待到他日大事成了，我会还你自由的。"

李娴终于说出了憋在心里的话，心中暗道：等到珠儿登上了大宝，我也可以过属于自己的生活了。林飞星不过是自己强拉过来的驸马，自己与他既然没有感情，便不必耽误双方。

林挽月听到公主这么说，颇有劫后重生之感，心头豁然开朗。其实李娴的提议对是女子的林挽月来说是最好的结局，这就意味着她可以全身而退，保住自己的秘密，也完成了自己的心愿，退隐朝廷，卸下军权，离开宫廷，择一处风景秀丽的地方，安全地活下去，这不正是林挽月在最开始就憧憬的生活吗？

可是真的到了这一天，当这些话从李娴嘴里说出来的时候，林挽月的心里却是说不出的滋味，就像是……被榨干了最后一点儿利用价值，然后再被一脚踢开一样，难道她们之间就不能和平共处吗？

"不必了！"林挽月起身，抄起门边立着的孤胆，气冲冲地走出了正厅。

李娴看着林挽月离开的背影，心情复杂，李娴追到门口，看着林挽月进了自己的卧房，"吭"的一声关上了门。

李娴露出一抹苦笑，林飞星别扭起来……真是让她招架不住。

李娴走到小院门口，她还有许多事情要做，用了大半天的时间处理好了林飞星这边的事情后，她还要追查后续的事情。

"找人看着驸马，不许他踏出公主府一步。"

"是。"

天下没有不透风的墙，再加上李娴故意将风头放出去，让有心人知道了，当天晚上，不少信鸽、快马冲出天都城，他们都带着一个共同的情报：长公主府掌事女官小慈下落不明，驸马林飞星遭到软禁。

李娴仔仔细细地将所有的绢报从头到尾看了一遍，重新找到一方锦盒将绢布收好，放在书房的暗格里，这些绢报也算是失而复得。

她拿过一方最新的绢报，上面写着：殿下垂鉴，刺客已全部格杀，属下发现这批刺客皆没有舌头，与四年前暗中刺杀殿下而调查不出源头的刺客恐属同源。

刺客究竟是谁，影子没有查出来，李娴却心中有数了。

李娴又拿起另外一封绢报，这封绢报是从北境来的。

看完上面的内容，李娴的心情久久不能平静，没想到林飞星居然可以先一步料到北境的局势。

绢报上说，自从雍王到达北境之后，高德义和仲梁俊老实了不少，算是被震慑住了。

同时李娴也得到了来自匈奴人内部最准确的情报，匈奴人内部确实如林飞星所说，从草原的最深处请出了冒顿部，若是有冒顿部的号召，草原上很快就会汇集大量的兵马，就连闲散的小部落也会凑过来，北境之势，危矣。

绢报的末尾特别提到了"曼莎"，这个几年前借着图克图部倒台的东风和一些其他因素在匈奴草原上异军突起的女可汗。

随着冒顿部的异动，曼莎女可汗的部落也在异动。

李娴的眉头紧锁，到底是谁在插手北边的事情？

南边有一个烟雨楼，北面也要出状况吗？

李娴抬起纤纤玉手抵住自己的额头，一脸疲态。

"小慈。"

听到李娴的唤声，守在门外的阿隐出声回道："殿下，奴婢阿隐。"

李娴这才想起小慈被自己关到暗房去了。

"你进来吧。"

阿隐推门进来，离李娴的书案老远，打了一个万福："殿下有何吩咐？"

"你去把流狸叫来。"

"是。"

过了一会儿，一位丫鬟走了进来，穿着一身粗使丫鬟的衣服，身体干瘦，身形矮小，进门规矩地跪在李娴的面前："奴婢流狸，参见殿下。"

阿隐从外面带上了门，懂规矩地走出二十步开外守着。

李娴看着面前跪着的人，轻声说道："可干净？"

这名叫流狸的丫鬟缩着身体，一双招风耳动了动，回道："五十步之内，只有阿隐。"

李娴嫣然一笑："起来吧。"

"殿下今日怎么亲自召见奴婢？小慈呢？"

"进暗房了，非常之时，情报的事情本宫也不想假二人之手了。"

"哦。"流狸点了点头，一脸了然。

"最近那边可有信来？"

"有的，昨日到了一封，小慈没来拿，属下带了来了。"

说着流狸从怀中拿出一方盒子："殿下少安毋躁，昨天小慈没来，我还没打开呢！"

"嗯。"

流狸大大方方地将盒子摆在李娴的书案上，只见这方锦盒的上面有一个九宫格，上面却只有八块，流狸手指动得飞快，只听"嗒嗒"声不绝于耳，李娴一直盯着流狸的手指，见九宫格上的八个方块随着流狸的手指飞快地移动，看得李娴眼花缭乱，就是抓不到其中的关节所在。

随着"咔"的一声，流狸咧嘴一笑，露出一排小米牙："殿下，钥匙。"

李娴拿出一早就准备好的东西，是一方红色的四方硬物，仔细看去这方硬物的正中心烙着一个"药"字。

李娴将这个方块放在九宫格的中心，"咔"的一声，其他八块木块沉了下去，盒子被打开了。

李娴拿出里面的信，并不打开，笑着问道："这个盒子，若是强行打开，会怎样？"

"会喷出毒烟，十步之内人畜皆不得活，里面的东西也会被毒物沾染，触碰即死。"

"这盒子倒是机巧，可否和本宫说说？"

"这个盒子的每一幅图画都有不一样的解法，一步都不能错，一般人怎么也需要十年的功夫，不过殿下冰雪聪明，也许只需要五年。"

听到流狸如是说，李娴撇了撇嘴。

流狸又笑着继续说道："不过没有殿下手中这把独一无二的钥匙，任属下再怎么拨弄也是打不开这个盒子的。"

"好了，你先下去吧。"

“是。”

流狸离开房间，李娴打开信封，上面只有四个字：会面详谈。

李娴捏着信，沉默良久。

她了解写信之人，若无必须要见面的大事，绝对不会提出如此要求。

可是眼下不是时候，即便事情再大也必须要等下去。

一转眼，又过去一个月，算算日子，秋收之战应该打响了。

自从和李娴开诚布公地谈完之后，林挽月的心情平静了许多，李娴派来四个生面孔昼夜不停地守着她，她在府内畅通无阻，但是别想踏出长公主府一步。

日子似乎又回到了从前，李娴每日无论多忙，一日三餐定要与林挽月一同用膳，有时候还会和她手谈一局，在无人的湖心亭里，李娴会一边下棋一边与林挽月说些北境的事情，当然也会认真地听取林挽月的意见。

两人看上去还是和从前一般相处着，但林挽月知道有些东西早已不同。

有了如此转变之后，林挽月发现自己颇有一种柳暗花明又一村的感觉。成长，很多时候都是一种缓慢的积累，当积累到一定程度之后，就会发生质的改变。

林挽月不再那般小心翼翼，李娴对她的态度也转变了不少，两个人在一起更像君子之交。

消失了一个月之久的小慈终于回到了长公主府。

听说在小慈回府的前几日，宫里一个名叫阿烟的宫女淹死了，这宫女原先在楚王的母妃良妃宫中做事，良妃死于册后大典前夕，宫中之人尽数被遣散，这阿烟又被内廷司指派到了湘王的青芜殿，湘王出京没有把她带走，内廷司又将阿烟派给了新后。前阵子阿烟不小心掉到井里淹死了，不过小小的一个宫女，没有人会去调查她的死因，也没有人会在意，只是成了一些宫婢太监茶余饭后的谈资，他们私下里说阿烟被捞上来的时候，身子是硬的，已经有了几个月的身孕，至于消息究竟是真是假，终成了一个谜。

《离国通年志》记载：元鼎三十一年九月，由匈奴冒顿部为首，联合稽粥、当户、焉支、头曼四大匈奴部落以及数百附庸的小部落，数日内集结成数十万大军，重军直压离国边境。

至此，离国与匈奴人终于撕开了由两代大将军王父子维持了数十年的“和平”，开始了旷日持久的拉锯战。

这场动乱史称“五胡乱法”。

自九月开始，北境几乎每日都有战事发生，战火蔓延，双方互有胜负。

军报呈交朝廷，帝置于廷议，后采纳太子李珠及右丞相的联合建议，着边境百姓举家后撤百里。

李钊想了想还特意写了一份密诏给雍王李玑：待百姓平安撤走后，北境大军依阳关城之利，以据守为主，出战为辅，静待寒冬，以天时挫匈奴人之猛势。

消息一出，震惊天下。

离国北境的百姓更是苦不堪言，世代生活的土地和薄田都要放弃，他们舍不得呀！没了土地以后叫他们怎么过日子？可是皇命难违，即便再怎么不舍，也要离开。

由于各地州府的积极配合，再加上军队的掩护，不到一个月的时间，北境的百姓大多迁到了新家，开始新的生活。

北境的战争才刚刚开始……

元鼎三十一年，十月十五日。

由北境发出的急报日夜兼程，递交天听。

传令官风尘仆仆，因身背红色竹筒，一路畅通无阻，直接到了李钊的御书房。

顺喜神色沉重，双手举着红色的竹筒，跪在李钊面前，头埋得很低。

李钊一看红色的竹筒，心中一沉，放下手中的御笔，打开。

陛下垂鉴，元鼎三十一年，十月十日。

匈奴大军再次来袭，雍王殿下点兵出战，遭遇五部合击，双方主将大战百余个回合，雍王殿下一时不慎，被匈奴人恶贼图图尔巴斩于马下，以身殉国。

我军损失惨重，副将仲梁俊战死，死伤士兵万余，罪臣高德义万死，乞陛下明示。

李钊看完了军报，双手颤抖，向后退了三步，才摇晃着站稳，朝冠上的串珠帘"哗啦"作响。

"陛下！"顺喜连忙跑到李钊的身边将李钊扶住。

李钊大口大口地喘着粗气，口中高呼道："逆子！逆子！寡人叫你不可贪功冒进，你……你！"

话没说完，李钊双眼一翻，竟承受不住打击，晕了过去。

"陛下！来人哪，快来人，传御医……"

李钊二十二岁登基，至今已有三十一年，雍王李玑虽然不得宠爱，但到底是李钊的亲子，如今一位年过半百的老人要白发人送黑发人，哪怕是薄情的帝王也难以承受这份打击。

李钊年纪毕竟大了，这一下他昏睡了一天一夜，御医战战兢兢地诊治，好在李钊并无大碍，只是由于过于操劳加上丧子之痛造成的昏迷。

第二天午后，李钊醒了。

"哎……"李钊轻叹一声，满脸疲惫的德皇后立刻打起精神，跪匍在李钊的床边："陛下，您醒了？"

李钊看了德皇后一眼，沙哑着声音说道："水……"

宫婢端着水杯，德皇后亲自喂李钊喝下水，又将御医叫了进来，四位御医诊断片刻说道："娘娘，陛下的身子已无大碍，只需要静养些时日即可康复如初，臣等稍后再开一服顺气温补的方子来。"

"你们都下去吧，寡人的身子，寡人清楚。"

"臣等告退。"

御医离开，李钊拍了拍自己的床，德皇后坐在李钊的床边，看着眼前这位头发花白与自己生活了二十几年的男人。

"你扶寡人坐起来。"

"是。"

李钊靠在龙床上，脸色有些灰白，德皇后安静地坐身边一言不发。

"畜生！畜生！这个不孝子！"李钊突然发火，将身下的龙床拍得"砰砰"响。

"陛下，保重龙体要紧哪！"

李钊倒也听劝，不再发脾气，大口喘着粗气，胸口起伏。

良久，李钊再次开口问道："太子呢？"

"回陛下，昨儿您突然昏倒，太子、长公主还有二公主都在宫里守了您一夜，早晨我让他们回去休息了。"

"嗯，你……去叫太子来见我。"

"是。"

李珠一撩袍，跪在李钊的床前："儿臣参见父皇。"

"平身吧。"

"谢父皇。"

"太子，这几日寡人需要静养，你搬回东宫住。"

"是。"

李钊转过头，看着自己唯一的嫡子，从他的脸上，李钊找到了李倾城的影子，一阵恍惚，一转眼她已经去世好几年了。

见自己的父皇看着自己不说话，李珠端直了身板，安静地等待。

"传旨，寡人静养的这段日子，由太子监国，左右丞相辅政。"

听到李钊的旨意，李珠连忙跪在地上，心情无比复杂，他一直都在期盼着这一天，可是一想到这些都是因为自己父皇生病换来的，又忍不住有些难过。

"儿臣遵旨！"

"你下去吧，朝务繁重，不必总往寡人这里跑，你要多听两位丞相的意见。"

"儿臣明白。"

"去，叫人将你皇姐……还有，将驸马传进宫。"

"是。"

李娴昨夜在皇宫守了整整一夜，刚刚乘车回府，就接到了与驸马一同进宫的旨意，李娴不敢耽搁，与林挽月乘马车进宫。

顺喜打外面走了进来，禀报道："陛下，娘娘，长公主殿下及驸马林飞星，在殿外候旨。"

"叫他们进来。"

"是。"

李钊对德皇后说："你先回去休息吧。"

"臣妾告退。"

李娴与林挽月入得殿内，李娴不等李钊开口，径直走到李钊的床前，叫了一声"父皇"，眼泪便簌簌地往下落。

李钊看到嫡女如此模样，拍了拍自己身边的空位示意李娴坐下。

李娴坐了下去，看着李钊，大颗大颗地往下掉眼泪。

李钊心头一暖，他疼爱李娴不仅仅因为李娴是他的嫡长女，也不全因为李娴酷肖李倾城，而是因为李娴在兼顾皇家风骨的同时，还可以让李钊感觉到许多民间才有的亲情，体会到一个平常父亲的快乐。

林挽月立在一旁，她还是第一次看到这样的李娴。

在林挽月的印象中，李娴永远都是端庄的、矜持的、睿智的，此时的李娴，更符合林挽月心中最先想象的样子。

亲情的温馨在父女二人之间流淌，林挽月不禁惆怅，这份天伦之乐，自己有生之年怕是无福享受了。

"好啦，父皇没事。"李钊拍了拍李娴的手背，后者慢慢地止住了泪水。

李钊缓缓地收敛了笑容，脸上的皱纹一夜之间深了许多。

"你雍王兄的事情，你都知道了吧。"

"儿臣知道了，父皇保重身体，雍王兄以身殉国，儿臣也很难过。"

"哎……这个逆子，寡人特意嘱咐他不要贸然出城，他偏要贪功冒进！"

"父皇，北境之势复杂，也许雍王兄有他的考量，您保重龙体。"

"哎……"李钊又重重地叹了一口气，问道，"这次找你来，父皇想听听你的意见，你雍王兄的身后事该怎么办？”

　　林挽月竖起了耳朵，自李娴点拨她后，她已今非昔比，曾经的她因为在大殿上听不懂二人的对话而沮丧，此时李钊刚一开口，林挽月就品味过来李钊话中的含义。

　　雍王乃皇室血脉，但同时也是败军之将。

　　若按照皇室血脉身死他乡的典制，陛下应当派遣与雍王身份等同的人亲赴北境迎回灵柩，若是派这样的人去迎灵柩，意味着雍王无罪。

　　但按照败军之将来说，军衔低的就地埋葬，军衔高一些的由当地兵丁将棺木护送回京，家属领走棺木埋葬，若如此，雍王有罪。

　　如何操办后事，关乎将来雍王后嗣的待遇以及史书上对雍王的评价。

　　林挽月站在那里，目光下垂，侧耳倾听，李娴回道：“雍王兄不畏艰险，力战匈奴人，以身殉国，儿臣愿亲赴北境接雍王兄回京。”

　　李钊沉默不语，李娴继续说道：“父皇，逝者如斯，还请您为恒儿考虑，他才三岁，没了父亲，日后还要依靠萌荫长大成人。”

　　“如此……便依娴儿所言吧，只是北境战事惨烈，父皇不放心你去，我再想想别的人选吧。”

　　“父皇，如今朝中只有我与珠儿、嫣儿三位皇室血脉，齐地、楚地、湘地距北境路途遥远，父皇身体欠安，珠儿定要留在宫中的，嫣儿年纪小又不曾出过远门更是不成的，女儿也去过北境几次了，如此非常之时，就请父皇允许女儿为父皇分忧吧。”

　　李钊看着李娴，感慨地说道：“吾儿识大体，明大礼，只可惜……”李钊看了一眼林挽月，将未说完的话咽了回去。

　　李娴淡淡一笑：“珠儿虽年幼，已习得父皇大道，父皇无须忧心。”

　　“嗯。”李钊点了点头，“你也累了一天了，先到侧殿去休息，我和驸马单独说几句话。”

　　“是，儿臣告退。”

　　李娴起身，走出大殿，在与林挽月擦肩而过的一瞬间，二人目光短暂地相接，已无须多言。

　　“驸马，北境的事情，你都知道了吧？”

　　林挽月垂着眸子，回道：“儿臣不知。”

　　李钊笑了笑，叫来顺喜，将那个红色竹筒交给了林挽月。

　　林挽月快速地将绢报看完，没想到雍王居然是死在了图图尔巴的手上。

　　“说说吧，你对北境的事情怎么看。”

　　林挽月思考了片刻，回道：“儿臣认为，匈奴人联合进犯我离国，是偶然，也是必然。”

"嗯，说下去。"

"是，儿臣从小在边境长大，从军五年来，与匈奴人交战上百次，匈奴人苦寒，冻土期很长，每年只有几个月水草丰沃的时间，剩下的月份大多数匈奴部落是不能自给自足的，所以他们为了生存只好靠抢，内部争抢，对外抢离国边境百姓的东西，之前有大将军王坐镇北境，大将军王威名远播，匈奴部落有所忌惮，如今大将军王不在，对于匈奴人来说是一个机会，虽然无法知晓背后细节，但这么多年匈奴人败多胜少，如今联合进犯也在情理之中。"

"嗯，若是让你掌帅印，眼前之势，你当如何？"

"儿臣没想过。"

李钊捋了捋胡子："现在想。"

"是，若儿臣挂帅，当以战破之。"

听到林挽月的回答，李钊皱了皱眉头，心中对林飞星有些失望，他到底还是太年轻了吗？

林挽月见李钊沉默不语，躬身一拜："还请父皇让儿臣说完。"

"你说。"

"儿臣以为，匈奴人五部是因为世仇和生存的问题才联合的，但直接原因是大将军王的离世给了匈奴人联合的契机和勇气，他们误以为我北境无人，才如此肆无忌惮，如今匈奴人联军初成，内部其实并不团结，五大可汗各自为政，而且这五大部虽然有雄厚的实力去为部队提供供给，但他们都居住在草原的深处。儿臣若为帅，则会命令一支轻骑兵绕到敌人腹地，断其运输粮草而后静待些许时日，待到匈奴人粮草吃紧必定会狗急跳墙进攻阳关城，不过那时的匈奴人已经是强弩之末，我军便集中优势兵力给匈奴人以重创，之后便可依靠阳关城之地利与匈奴人耗下去，且守且战，静待寒冬。"

"嗯……"李钊点了点头，复又问道，"寡人已命边境百姓举家后撤百里，你为何不安心据守？"

林挽月张了张嘴，脸上闪过一丝为难。

李钊看在眼里："但说无妨。"

"是，儿臣以为这一战必须要打，哪怕会赢得很艰难也要打出去。一则之前主帅被斩，匈奴人气势高涨，我军士气低迷，需要一战扭转士气；二则要用这一战让匈奴人明白，我离国有足够的实力打败他们所谓的联军，若是这一仗不打，空耗到寒冬，必定会埋下隐患，就算匈奴人迫于天气勉强撤军，明年也会卷土重来，但若是先给予重挫再守城，日后匈奴人再想大举进犯，恐怕要思量思量。毕竟五大部落各自为政，他们的合作是短暂的，内斗是持久的，谁也不愿意冒着被其他部落吞并的风险打没有把握的仗，对我离国而言，匈奴人与离国接壤，对付匈奴人绝非朝夕可成……"

元鼎三十一年，十月二十日。

《离国通年志》记载：帝下旨，擢升长公主驸马，四品卫将军林飞星为正三品骠骑将军，统领西北军务，掌管北境帅印。

至此，林飞星成为离国历史上，以布衣出身的军阶最高、最年轻的元帅。

又因林飞星曾带领北境军士、工匠修建新阳关城，史称"阳关飞将"！

浩浩荡荡的队伍由天都城出发，四乘马车里坐着离国的长公主李娴，林挽月跨坐龙冉宝驹行在马车左边，朝着北境始发。

李钊又觉得林飞星过于年轻，虽临危受命，但终究放心不下。

在林挽月出发当日又颁布一旨：命齐王李琪率两万精锐，奔赴北境协助林挽月共定五胡之乱。

因照顾到李娴，队伍整整行进了七日方至北境。

主帅被斩，全军获罪，不过考虑到情况特殊，又有太子联合朝臣共同上书为北境军士求情，李钊便拟了一旨让李娴带到北境去。

"奉天承运皇帝，召曰：主帅被杀，按律应全军获罪，念在北境儿郎常年奋战，又有太子及朝臣联名上书求情，故此法外开恩，校尉以上军衔者，罚俸三月，全体军士以三战军功相抵，副帅高德义，身为军中元老，未起到督监之责，且临阵脱逃，即刻辕门外处斩，高氏三族革去军籍，贬为贱籍，钦此。"

李娴站在高台上，宣读完圣旨，自有千牛卫拿下高德义，任凭他如何哀求众人皆面不改色，辕门外血溅三尺，高德义身首异处。

李娴与林挽月分头行动，李娴负责料理雍王后事，而林挽月则整顿军务。

林挽月并没有将副帅之职交给张三宝、蒙倪大等心腹。

其中一位，林挽月选中了曾经跟随李沐立下汗马功劳的将军安承弼。

另外一位，林挽月钦点了白锐达。

林挽月大刀阔斧地砍去了十六位先锋郎将中的半数之多，任命之前挑选好的背景干净的并且经过考察的年轻人，断臂的侯野官复原职，王大力被贬去养马。

中层的校尉林挽月倒是一个没动，而底层的营长，林挽月从之前设立的考核司调出了卷宗，从中挑选考核优秀的直接安排到了营副的位置上，明眼人都看得出来，放在那里不过是为了锻炼和熟悉他们，提正是早晚的事。

如今林挽月虽然只是三品军衔，但凭着一块北境帅印，权力就大过许多一品大员！

在北境，林挽月可以直接任命四品以下军衔的官员，四品以上的任命要请旨，得到朝廷的批复后任命才正式生效。

白锐达擢升四品卫将军，蒙倪大坐上了之前白锐达右将军的位置，张三宝擢升裨将军，统领飞羽营，另外拨了四路先锋郎将。

卞凯擢升为斥候营营长，大家各归各位。

原先在修建新阳关城的时候，林挽月在新城中轴线上，选了一块好地，为李沐修建了新帅府，可惜李沐身中剧毒还没来得及搬进去，便离开了人世，白白便宜了雍王，雍王从封地带来了不少好东西，充实了新帅府的内库，然而天意无常，雍王战死，这些东西尽数都归了林挽月。

雷厉风行地处理好军务后，林挽月又检查了布防，确认没有问题，她带了两坛好酒，跨上龙冉的马背，独自一人往城郊去了。

昔日军中兄弟，如今化作一捧黄土。

林挽月提着酒坛，跳下马背，放眼望去黄土堆连绵起伏，此处埋葬的皆是北境战死的英魂。

余纨难产而死，本身是不能埋葬在此处的，多亏李沐体恤，又有林挽月力排众议，夫妻终得相依相守。

西风呼啸，吹得人睁不开眼，林挽月来到林宇的坟前，会有人定期来打理这块坟地，这里还不算太荒凉。

林挽月摸了摸林宇和余纨的墓碑，坐在旁边，轻声说道："阿宇，余纨，我来看你们了。"

拍开封泥，林挽月先敬二人一杯，自己灌了一大口。

坟前再次陷入一片寂静，林挽月坐在坟前怔怔出神，自顾自地喝了几大口，继续说道："白水很好，现在已经会叫人了，轮廓像阿宇，眉眼像余纨，陛下已经赐了白水金册玉牒正式册封她为郡主，你们放心，我会将白水好好养大，等到有一天她懂事了，可以正确地对待生死了，我会将全部的事情告诉她的……"

林挽月倒了酒在坟前，自己喝了一大口。

混浊的酒溢出林挽月的嘴角，顺着下巴淌下，林挽月也不管，任凭浊酒沾湿她胸前的衣襟。

"阿宇，你小子也是一个没福气的，从前成天喊着和我一起建功立业，建功立业！如今我领了帅印，你躺在这里，你……"

林挽月的声音颤抖，闭着眼睛灌了自己一大口，平复了好久才开口说道："林老爹那边，我帮你瞒着呢，好在他老人家腿脚不好，也没有什么来看你的心思，我每隔一段时间就会派人给他老人家送口信过去，他还盼着战事平息，你告个探亲假，带余纨回家去看看他，你呀你，你这个臭小子，一直丢烂摊子给我，我打算再瞒两年，找机会把他老人家接到京城养老……阿宇，我们不是说好的，一起建功立业吗？阿宇，我还指望你帮我把木板带回婵娟村旧址烧掉，你怎么……"

"我的事情，余纨都告诉你了吧？对不起啊，一直带着秘密和你做兄弟，你可别怪我！

"对了，有一件喜事忘记告诉你们了，我当驸马了，娶了长公主为妻，若是你们还在，可会觉得我是怪物？呵……我也有我的苦衷啊，官越做越大，芝麻绿豆的小事放在旁人眼中都是大事儿，若是哪天等来一道圣旨，我的脑袋就该搬家了。公主是个好人，待到时机成熟我会和她坦白身份，争取得到公主的原谅。公主也说了，待时机成熟我们便归还对方的自由，挺好的，能到这一步，也算是上天的眷顾。

"阿纨，你的事情我都知道了，我不怪你，谢谢你替我保守秘密，你……永远是，林挽月最好的朋友。"

……

林挽月每倒掉一次酒，就会喝上几大口，然后对着冰凉的基碑说上几句话，直到两坛酒都空了，她才起身，拍掉身上的杂草尘土："我走了，这阵子有硬仗要打，过些日子再来看你们……若是，你们遇到婵娟村的人，请帮我告诉他们，当年村头立下的誓言，我已经完成，请他们安息。"

林挽月大步流星地走到龙冉身旁，跨上马背，扯着缰绳，离开前终是忍不住回头望了一眼，已经看不清基碑了，放眼望去皆是起伏的土丘，她最好的兄弟和朋友都葬在这里。

回到阳关城，一切如常，匈奴人没有来，林挽月换了一身衣服，直奔雍王的灵堂，棺木将在北境停放三日，再由李娴亲自护送回京。

进了灵堂，只有几个宫婢跪在灵前烧纸，不见李娴，也没有小慈的身影。

林挽月捧了一把纸钱丢到火盆里，问其中一名宫婢："公主呢？"

"回驸马爷，奴婢不知。"

林挽月点了点头，没有多问，回到帅府，李娴并没有回来。

第三日，本是李娴带雍王灵柩回京的日子，战事却来了。

牛角号的声音响彻阳关城，前方的斥候马不停蹄地回报："前方匈奴大军距阳关城不足百里。"

林挽月听到消息，立刻命人禀告李娴，暂时不要出城，自己则第一时间登上了阳关城的城墙。

战鼓擂起，全军待命。

林挽月站在城墙上远眺，白锐达和安承弼两位副将站在身后。

过了一会儿，如同闷雷的马蹄声远远地传来，林挽月心中一沉，匈奴人居然集结了这么多兵力。

"锐达、承弼，听出什么了？"

经验丰富的安承弼率先说道："匈奴骑兵在十万以上。"

林挽月点了点头，安承弼的推断和她差不多。

白锐达严肃地问道："大帅，您打算如何？"

"通知飞羽营的人全部上墙，有弓的骑兵也全部上来。"

"是！"

"大帅……您这是，打算死守？"

"没错，匈奴人刚杀了北境主帅，气势正猛，如今集结大军汹汹而来，我军士气尚未回暖，这一仗胜负不好说，我打算死守。"

当城墙上的弓箭手尽数就位、蓄势待发的时候，诡异的事情发生了！

原本气势汹汹的匈奴骑兵，纷纷减缓了进军的速度，在弓箭射程范围之外停了下来。

"大帅！这是……"

林挽月从墙墩的空隙向下看去，皱了皱眉，示意弓箭手少安毋躁。

她也看不透匈奴人到底是什么名堂，离国弓箭手居高临下，匈奴骑兵躲了这么远，是不可能伤到阳关城分毫的。

"全军待命！我看看匈奴人到底打算做什么！"

"是！"

匈奴骑兵聚集城下，乌泱泱的一堆人，放眼望去看不到尽头。

时间一点点儿过去，突然，匈奴人队伍中出现了一阵骚动，林挽月双手按在墙墩上，趴着身子向前一看，大惊道："马上传令，城下所有士兵后退百步，队形散开！弓箭手听令，依靠墙墩掩护自己，快！凡能拉开二石以上弓箭者，准备！拿我的三石弓来！"

旗语迅速传达了主帅的命令，城内传来轰隆隆的声音，白锐达从未听过林将军如此惊慌的口气，趴着身子一看，愣了愣，快速躬身贴在墙墩后面，惊愕地说道："投石车！怎么可能？"

林挽月面色难看，拿过杜玉树递上来的三石弓，将身体完整地藏在石墩后头，匈奴人是没有投石车的！因为匈奴人各部作战用不上此等攻城利器！这投石车恐怕是专门为了对付离国而准备的！

"卞凯！"林挽月大吼一声。

卞凯猫着身子快速来到林挽月身边："大帅！"

"卞凯，你看看匈奴人有没有推来攻城木和云梯！"

"是！"

目力过人的卞凯趴在城墩上极目眺望，利落地从上面跳下来，回道："回大帅，一共四架投石车，未见攻城木和云梯！"

听到卞凯的汇报，林挽月大大地松了一口气，当机立断地命令道："二石弓以上的弓箭手准备！”

"是！"

林挽月自己也闪身站到城墩的缺口处，持弓，搭箭。

"大帅！"白锐达看到林挽月如此，吓得魂飞魄散，那投石车可不是闹着玩的，一旦被砸中绝无存活的可能！

"拿大盾来！"

"是！"

白锐达丢下兵器，双手扛起大盾，守在林挽月的身边。

"全体听令，瞄准投石车！"

"是！"

"放箭！"

林挽月一声令下，几十名二石弓弓箭手射出箭。

可惜投石车尚远，除了林挽月用三石弓成功地射中一名推车的匈奴人之外，其他人只射到了前排的匈奴骑兵。

底下的匈奴人也乱了起来，他们没想到计算着距离躲出这么远居然还有人能射到他们！

这还要得益于林挽月之前提供给飞羽营系统的训练方法，经过长时间的训练后，飞羽营能拉开二石弓的人已经有几十名！

匈奴骑兵一阵骚乱，暂时作为统帅的图图尔巴气得大吼，命令士兵不许乱。

可惜这些士兵并不都是冒顿部的士兵，效果甚微。

"放箭！"

几十支箭矢再次破空而去，林挽月又射死了一名推投石车的匈奴人，而其他的人也射倒了一些前排的匈奴骑兵。

林挽月心中大急，因为她发现自己射死了推投石车的士兵后，立刻就有其他的匈奴人跳下马背自动补上，四台投石车依旧缓缓地向前移动，很快就可以装石投射了！

而匈奴人那边，随着新的匈奴骑兵落下马背，人群中发生了更大的骚乱。

就在图图尔巴威压士兵们也起不到作用的时候，立在图图尔巴身边一个戴面具的人高声喝道："勇士们不要慌，他们不过有几十个人能射到这里，你们是草原上的苍鹰，难道还怕离国羔羊的暗箭吗！"

杜玉树立刻对林挽月翻译了那个人的话，细密的汗珠从林挽月的额头上渗出，匈奴部落里果然有高人在！

"锐达，城下的士兵散开了吗？"

"大帅放心，都散开了！"

"派一队人去保护公主！"

"是！"

林挽月双腮隆起，弓箭手持续不断地放箭，随着投石车的距离越来越近，那些二石弓的弓箭手也能射到推投石车的匈奴人了。

可是就像刚才一样，每倒下一个匈奴人，立刻就有其他的匈奴人心甘情愿地补上，转眼间随着投石车移动的轨迹已经倒下了不少匈奴人，可是投石车还是在缓缓地向前移动着……

林挽月搭弓的时候，看到匈奴人已经在装石，汗珠顺着林挽月的额头淌下。

"全都躲好！"

"大帅！"白锐达扛着大盾，保护林挽月，神色焦急，希望林挽月可以躲起来。

林挽月低头看了看装石的速度，狠狠地一咬牙，立在城墩缺口处，气沉丹田，搭弓，瞄准。

"嗖"的一箭，箭矢直奔图图尔巴！

擒贼先擒王，若是匈奴人主帅死了，他们的大军必乱。

箭矢飞快地朝着图图尔巴射了过去，林挽月趴在城墩上。

白锐达死死地拽着林挽月的胳膊："大帅！"

千钧一发之际，图图尔巴身子一偏，箭矢"啪"的一声射在了他头上戴着的牛角上。

"咔吧"一声，箭矢穿透牛角，林挽月见这一箭没有射中图图尔巴，失望地怒吼一声，而就在此时，第一拨投石已经来了！

"大帅！"白锐达扛着大盾将林挽月撞倒在地，一枚大石"咣"的一声，重重地砸在了林挽月刚才站的那处城墩上！

剩下的三枚投石，两枚打在了城墙上，一枚打中了城墩上插着的帅旗，"咔吧"一声，旗杆断裂，掉下了城墙。

好在林挽月在修缮城墙的时候特意将城墙加高了不少，石头才因此并没有砸进阳关城里！

图图尔巴见投石车并没有达到预计的效果，用匈奴语愤怒地对旁边戴面具的人吼道："为什么丢不进去？"

"将军少安毋躁，这阳关新城修得太高，我们的距离又远，如今投石车不过初试身手，待我将投石车改良一番就可以了。"

图图尔巴哼了一声，高声喝道："投石车前进！"

面具人连忙阻止道："将军不可，再往前，恐怕就进了他们弓箭手的射程范围，得不偿失。"

图图尔巴面露不悦："那怎么办？"

"将军，如今我已经知道了投石车的射程，不如我们先行撤退，待我回去多做几台投石车，加大投石车的射程，再让勇士们练习蹬云梯，这阳关城定破！"

"还要等？哼，投石车，前进！"

"将军！"

"懦弱的外来人！"图图尔巴挥舞钢鞭，一击拍死了面具人胯下的战马。

面具人应声落马，十分狼狈，脸上的面具也随着翻滚脱落，竟是一位老叟，长着一张离国人的脸庞。

老叟气得面色通红，最后只能拂袖而去，抢下一名匈奴人的战马，策马扬鞭离开了队伍……

在头曼部落里，一位身穿皮装的女子便是匈奴部落中唯一的女可汗，曼莎。

在曼莎的身边，竟然也立着一位戴着面具的人，二人看到这一幕，面具人与曼莎耳语了几句，曼莎点了点头。

投石车依照图图尔巴的命令继续向前，果然提高了不少攻击力。

大石块"嗖嗖嗖"地从城墩上飞了过去，砸进了阳关城！

好在林挽月之前进行了完美的预判，早就散开了城下的队伍，而匈奴人仅有四架投石车，无法形成密集攻势，所以落石不过是砸坏了城内的一些建筑和路面，没有人员伤亡。

林挽月靠在墙墩上，闭着眼睛在心中默数，再两轮投石过后，林挽月睁开了眼睛。

她朗声命令道："全体弓箭手搭弓准备，听我命令！"

"是！"

"嗖"的一声，四块石头飞过了城墙，林挽月抓紧时机大吼一声："全体瞄准投石车，放箭！"

"是！"弓箭手在林挽月的命令下整齐地起身，将箭射了下去！

随着一阵阵的惨叫声，四台投石车上插满了箭，守在投石车边上的匈奴人死伤殆尽。

林挽月看到这一幕，悬着的心终于落地："弓箭手全体准备！"

根本不用林挽月吩咐，弓箭手早就搭好了箭，所有后补的匈奴人纷纷死在了冲向投石车的路上。

图图尔巴没想到一眨眼的工夫就不能用自己的"神兵利器"了！气得他骑在马背上大吼。

不断有匈奴人死在冲向投石车的路上，随着尸体越来越多，匈奴人的冲锋迟缓了下来。

林挽月将手中的三石弓拉满，瞄准图图尔巴"嗖"的一声，又射出一箭！

图图尔巴也非等闲之辈，将手中的两柄钢鞭抡得滴水不漏，"叮"的一声，随着刺耳的金属碰撞声，林挽月射出的箭被图图尔巴打飞！

没给图图尔巴丝毫喘息的机会，第二支箭矢顷刻便至！

"叮"的一声，图图尔巴怒吼着再次将箭矢击飞。

在图图尔巴身旁的匈奴人纷纷打马绕开，生怕箭射到自己，也怕被图图尔巴那恐怖的兵器误伤到。

林挽月一口气连发五箭，虽然每一次都被图图尔巴挡开，但此时图图尔巴的周围已经形成了一片空地，图图尔巴仿佛一个活靶子，尤为显眼！

其实图图尔巴站得已经很远了，一般的弓箭根本射不到这里，奈何阳关城比一般的城池要高出不少，再加上林挽月手中的三石弓威力惊人！

曼莎很快便注意到了图图尔巴的情况，她还是第一次看到草原第一勇士这般狼狈。

"大帅威武！"

"好！"

解除了投石车的危机后，城墙上躲起来的弓箭手都站了起来，他们没有一个人可以射到图图尔巴站的距离。

匈奴人没有阵法，也没有大盾，纵使想要掩护图图尔巴，也做不到。

城墙上的离国士兵，看着自己的主帅，弓步沉腰，将三石弓拉如满月，箭箭射向敌军主帅，情不自禁地爆发出了喝彩。

就连白锐达和安承弼，也不得不折服于林挽月的风采，特别是安承弼，他跟随李沐多年，曾经见过年轻时候的李沐力挽三石弓，如今再看林挽月，仿佛两个身影重合，他无比激动。

曼莎循声望去，看到城墙上立着一位麦色皮肤的极其年轻的男子，正是这人一箭接着一箭将草原第一勇士图图尔巴逼到此般境地！

曼莎勾了勾嘴角，朝着身边的面具人问了一句。

后者透过面具眯眼看了看，闷声闷气地回答了，曼莎露出一抹笑容，饶有兴致地远远地看着林挽月。

其实林挽月虽然能拉开三石弓，但如此频繁地开弓对于她来说并不轻松，若不是有拇指上质地坚硬的扳指护着她的话，恐怕她的拇指早就会被弓弦割断！

此时的林挽月已经连发十箭，仍旧没能奈何得了图图尔巴，她的双臂上已经传来了刺痛，额头上的汗成股地往下流。

可是她的心头憋了一股劲，正是这样的信念支撑着她，给了她一箭又一箭的力量！

一旁的安承弼已经惊得说不出话，三石弓他年轻的时候都开不了，可是这个十九岁的少年郎居然可以这么快地连开十几弓！

很快，经验丰富的安承弼发现了林挽月的异样，心头一惊："大帅！快快住手，莫要伤及自身！"

林挽月听到安承弼的声音，集中的精神一松，双臂的刺痛愈发明显，泄了这一口气，林挽月便再拉不开弓了，她重重地呼出一口气，止住了拉弓的手。

一连射出十五箭，这已是她的极限！

安承弼上前一步，一把按住了林挽月手中的三石弓，心有余悸地看着自家大帅。

他还从未见过如此拼命的人呢！

图图尔巴肌肉虬扎的上半身已经布满了汗珠，这种濒临死亡的感觉让他非常难受，终于那致命的飞箭没有了，他也并非毫发无伤，身上有好几处被刮出了血口子，正汩汩地淌着鲜血。

图图尔巴都是堪堪躲开最后的五箭，若是林挽月再继续坚持，结果还真不好说。

图图尔巴又羞又怒，又惊又怕，他愤愤地向城墙上看了一眼，见射自己的人竟然是那个"无耻的盗贼"，咒骂了一声。

但他确实被这位少年将军的勇猛给吓到了，看着掉了一地的箭，心有余悸地大吼一声："撤退！"

图图尔巴带着自己的部族率先离开，其他四部的首领看了一场好戏，草原第一勇士居然也有今天，他们在心中暗爽，也欢欢喜喜地吼了一声，带着自己的士兵离开了。

退军如洪水，转眼之间只剩下弥漫的尘土和四台插满了箭羽的投石车孤零零地立在城下。

大军撤出很远后，曼莎扯着缰绳回头望了一眼。

"噢！"城墙上的离国士兵，扬着手中的兵器高声呼喊。

这一仗，匈奴人来势汹汹，但离国未费一兵一卒成功地守护了阳关城，逼退匈奴人，让他们灰溜溜地滚回草原。

虽然他们也没杀多少匈奴人，但是想想之前由雍王挂帅的时候离国士兵损伤的惨重，这一仗简直就是大胜仗！

不少人都见识了主帅林挽月的风采，之前的主将被图图尔巴斩杀于马下，新主帅却轻轻松松地将图图尔巴逼到退兵，高下立判！

林挽月将三石弓递给了杜玉树，擦了擦脸上的汗水，说道："叫人把城外的投石车拖进来，玉树你去请公主到帅府等我，另外传令裨将军以上所有人到主帅大帐去，锐达、承弼，你二人先去大帐，将今日之事通报诸将，我先回一趟帅府，稍后就到。"

"是！"

林挽月骑着龙冉一路疾行回到了元帅府，手上的刺痛愈发明显。

因为这一仗，李娴没有办法出城，林挽月跳下龙冉宝驹，迈进帅府。

早有下人跑去通知李娴，李娴端坐在正厅，小案上摆着两杯温热的茶水。

林挽月跨进正厅的门，看到李娴安然无恙地坐在那里，还是忍不住问了一句："公主，你没事吧？"

李娴看着满脸大汗的林挽月，起身相迎："我没事，倒是驸马打了一仗辛苦了，快坐下喝杯茶，茶还温着。"

林挽月与李娴双双落座，看到茶水，林挽月还真觉得渴了，端起茶杯的一瞬间，脸上的肌肉抽搐，"啪嗒"一声，茶杯落地。

门口守着的丫鬟立刻走了进来，林挽月垂着手臂说道："你们先下去吧，不留人伺候。"

"是。"

林挽月吃痛的表情并没有躲过李娴的眼睛，李娴看着成股的汗珠顺着林挽月的脸往下流，北境的天气凉爽，此时不是人会出汗的时候。

"又伤到胳膊了？"虽是一句疑问，但却是用的陈述的口气。

林挽月咧嘴一笑，见瞒不过李娴，干脆坦荡地承认："嗯，拉弓伤了胳膊，具体的过程你问玉树就好了，我就不赘述了，回来找你有其他的事情要说。"

李娴轻叹一声，不禁回忆起三年前林飞星站在城墙上拉弓的模样，那倔强的侧脸她记忆犹新，想来适才那一仗，这人又犯了倔脾气了吧。

李娴有些感慨，这样倔强的一个人，居然会心甘情愿地接受自己安插的桩子。

"驸马有什么话，喝了水再说吧。"李娴将自己的杯子推给了林挽月。

又想到这人刚伤了胳膊，转过头，果然见林挽月一脸的为难，艰难地抬起胳膊，脸上的肌肉抽搐，她愣是一声不吭，咬着牙用手去握杯子。

李娴起身，走到林挽月身边，伸出柔荑，按住了林挽月的手。

"我来吧。"

林挽月听到李娴的声音，抬起头，对着李娴眨了眨眼，没明白李娴要做什么。

李娴无奈于林挽月的迟钝，抿了抿嘴。

林挽月这才反应过来李娴话中的含义，呆呆地看着李娴，眼中带着浓浓的不可置信，缓缓地撤回了握杯的手。

李娴端起水杯，递到林挽月的唇边，喊了那么多话，又流了些许的汗，林挽月的双唇干燥泛白，林挽月"咕咚咕咚"地将杯中的茶水牛饮而空。

"驸马有什么事要说？"

"哦，哦！公主，我想让你修书呈报父皇，北境战事频繁，不宜回京！"

李娴沉吟片刻，回道："这恐怕不成，雍王兄已停灵多日，再拖下去恐怕不妥，多亏北境秋高气爽，不然……我想父皇也不希望雍王兄魂无皈依的，驸马若是担心，我多带些人就是了。"

"不行，你无论如何也不能走，你一个人上路，带再多的人我也不放心。"

李娴没有答话，林挽月对于这样的李娴早已习惯，冷静下来继续说道："你听我说，事情紧急，你将我一会儿说的情报如实上报给父皇，他会理解的！适才匈奴大军进犯，我粗略估计至少有十万，而且匈奴人出现了四台投石车！"

李娴心头一跳，看着林挽月。

林挽月继续说道："我参军五年，从来没有见过匈奴人用投石车这种攻城利器，而且我翻阅过许多书籍，这是匈奴人第一次用投石车！这投石车他们匈奴人不会制造，也没有必要制造，匈奴人内部的战争中他们根本用不上，这意味着什么？"

林挽月的话音戛然而止，二人对视一眼，心意相通：这意味着匈奴人里面有他国奸细，为他们提供了投石车的技术！

"我已经缴获四台投石车，已命人将投石车拉进城中，公主若是感兴趣一会儿可以去看看，看看这匈奴人的投石车与我离国的有何不同，好在这次匈奴人匆匆而来，只带了四台投石车，并没有形成规模攻击，可是下一次谁又知道呢？我知道阳关城可能也不安全，但是匈奴人如此诡异，我怕奸细了解到你的行踪，在半路上对你不利，父皇不是已经下旨让齐王兄带兵增援了吗？到时候你再走，我亲自护送你也好，或者请齐王兄护送你也好，总之你现在不能走！"

林挽月一口气说完，重重地咳嗽了起来，刚才拉弓过猛扯到了胸口，原本以为将养了些许时日内伤已经痊愈，没想到剧烈的运动加上情绪的激动使得她胸口一阵翻腾。

李娴略带担忧地看了林挽月一眼，点头道："既如此，我即刻修书一封给父皇，禀明缘由，而且投石车的这件事更是要让父皇第一时间知晓。"

林挽月好不容易止住了咳嗽，脸色憋得通红，继续说道："没错，我需要朝廷拨工匠来，制造护城弩来克制投石车，这次不过是四架投石车已经打得我措手不及，下次若是他们造了更多的投石车，再使用云梯和攻城木，仗就更难打了！"

"驸马不要太过激动，事情总会解决的！"说着李娴又倒了一杯茶递给林挽月，这次林挽月用双手握住杯子，饮下杯中水。

"公主稍后可以去看看拉回来的投石车。"

"嗯。"

"啪"的一声，林挽月重重地捶在小案上，痛心疾首地说道："我想不明白！"

"驸马在想什么？"

"我想不明白到底是谁在帮匈奴人！怎么能去帮匈奴人，他们和我离国有血海深仇！每年抢走我们多少粮食？边境有多少百姓遭殃？有多少热血将士战死在这片土地上？匈奴人是养不熟的恶狼！我不知道这背后有什么阴谋，但如今这背后的人置北境百姓、将士的性命于不顾，如今教会了匈奴人用投石车，匈奴人一旦尝到了甜头，以后会是用更多的攻城利器来对付离国，未来的多少年将要有多少的军士牺牲！"

林挽月越说越激动，胸口一阵翻腾，再次咳嗽了起来。

李娴咬了咬下唇，面色阴郁，有些事情她必须要弄清楚了。

"我不管了，我要先下手为强！在匈奴人的投石车大规模制造出来之前，给匈奴人部以重创，最好可以粉碎他们的联盟！"

林挽月没头没脑地抛下这么一句话，起身，大步流星地走出了正厅。

李娴看着林挽月的背影消失不见，在座位上沉默良久，开口唤道："小慈。"

"奴婢在，殿下有何吩咐？"

李娴的目光闪了闪，冷冷地说道："叫幽琴来见本宫。"

"是。"

林挽月走进大帐，所有裨将以上军衔的将军尽数到场，大帐中摆了两排凳子，上面坐满了人，还有一些是站着的。

"大帅！"

"嗯。"林挽月点了点头，走到大案后面坐定。

白锐达和安承弼各自坐在首位的左右两把椅子上，林挽月对二人问道："事情已经交代清楚了？"

"是。"

"那就说说吧，诸位将军也都别拘着，集思广益，你们觉得接下来的仗要怎么打？"

安承弼率先说道："大帅，末将参军二十多年，从未见过匈奴人会使用投石车，属下认为此次匈奴人联军大有蹊跷！"

白锐达回道："没错，这投石车的威力我们话才也见识了，好在只有四台，若是形成规模，后果恐怕不堪设想。"

白锐达说完，帐中将军纷纷点头，深感认同。

林挽月将身子向后一靠，说道："父皇的意思，匈奴人此番联合来势汹汹，如今北境百姓已后撤，父皇希望我军可以占据地利以守为主，静待寒冬，减少不必要的损伤，以天时克敌。但我认为，此一时彼一时，之前匈奴人不曾有投石车，我军尚可依靠新城守上一阵，如今之势，刻不容缓，越拖对我军越不利，既然匈奴人有了四台投石车，想要大量制造投石车也并非难事，我们给了他们充足的时间，下次再来，恐怕就不是四台，是十台甚至更多！匈奴人没有固定城池，我们想要主动出击犹如大海捞针，可是阳关城就在这里，我们不能一味地被动挨打！"

"末将以为大帅所言甚是！"

"没错！"

"决一死战！北境的儿郎没有贪生怕死之辈！"

"末将全凭大帅调遣！"

林挽月满意地点了点头，心中宽慰的同时又想起了那四台投石车，暗道北境中有没有暗中勾结匈奴人的人呢？

"既然诸位都没有异议，我在此先颁布一条军令！从即日起，关闭阳关城城门，所有人只准进，不许出，有人想紧急出城必须要有盖了主帅大印的手书！"

"末将明白！"

"危急之时，希望诸位将军约束好手下的人，军令在前，一旦有人触犯，莫怪本帅不留情面。"

"是！"

"好了，各位将军先下去吧，两位副帅留下。"

"是。"

人都走光了，林挽月开门见山地说道："两位副帅，飞星才疏学浅，忝居帅位，还请二位副帅多多扶持。"

安承弼笑着回道："大帅哪里的话，在北境，有志不在年高，能者居之，大帅虽然年轻，却有勇有谋。我等都看在眼里，大帅太过谦虚了。"

"那我就说说我的看法，我认为匈奴人之战，宜快不宜迟，我打算在匈奴人卷土重来之前，出其不意，给予匈奴人重创，打乱他们的部署。"

"我同意，大帅有何良策？"

"正所谓兵马未动粮草先行，匈奴人最强大的五部应该是此次战役的粮草供给者，据我所知除了新锐头曼部距离边境很近之外，剩下四个老牌的部落全都居住在草原的深处，距离阳关城至少也要有几百里，这么长的战线，若是能想办法烧掉匈奴人的粮草，或者切断粮草的补给，我想就算不能让匈奴人联合瓦解，也会大大动摇匈奴人的军心，随着天气变冷，我军的胜算会越来越大，二位副帅以为如何？"

"末将认为此计可行！"

白锐达也点了点头，问道："可是……该派谁去呢？"

林挽月勾了勾嘴角，说道："兵分两路，一路人马潜伏到匈奴人军营中去，火烧粮草；另外一路人日夜兼程绕到广袤的草原腹地去，切断匈奴人的后期补给，这样即使有一方失败，我们也成功了一半，若是两方都成功，可大挫匈奴人，本帅负责挑选绕到草原腹地去的人手，二位元帅挑选另一路，如何？"

白锐达和安承弼听完林挽月的话，对视一眼，点了点头。

"好！既如此，事不宜迟，就请二位速去筹备，人手的挑选全权由二位负责，我不再过问，但只有一点，但凡是家中独子者，不用，家中有幼子不满五岁者，不用。"

二人的脸上流过一丝感动，点头道："大帅放心，我二人这就去办！"

"辛苦了。"

林挽月亲自到军营中挑选了两百名精壮的士兵，张三宝、蒙倪大、卞凯三人均在行列中。

两百人排成方形纵队，挺胸昂首站得笔直，脸上带着兴奋和骄傲的神色，能被主帅亲自点中，不管是去执行什么样的任务，对他们来说都是莫大的荣耀！

林挽月站在队伍的最前方，目光尽可能地扫过每一位军士的脸，朗声说道："本帅再问一次，但凡是家中独子，或者家中尚有不满五岁幼子者，出列！"

两百人的方队纹丝不动，没有一个人踏出队伍。

"好！"林挽月看着眼前的士兵，胸中也燃起了一股豪情，"现在将你们的名牌都交出来，放在前面的桌子上，这次任务很危险，没有人会为战死的人收尸，活着回来的人，再领走名牌！"

队伍中的士兵们井然有序地将木牌放在案子上，放好后又按照顺序站了回去，片刻的工夫，木案上摆满了名牌，两百块木牌，两百条人命。

林挽月看了看案上的木牌，再次问道："本帅再给你们一次机会，现在可以拿回你们的名牌，本帅绝不追究。"

这一次，不但没有一个人出列，众人还齐声地吼道："没有！"

"好，本帅要你们今夜出发，绕到匈奴人的腹地去，寻找到他们粮草的运输车，不惜一切代价，烧毁匈奴人的粮草，这次任务的马匹、服装、装备，本帅会统一为你们准备，现在先散了，回去好好休息，养精蓄锐，但凡活着回来的，记大功一次，赏十金！"

"是！"

"倪大、三宝、卞凯，你们三个随我来。"

"是。"

三人来到了主帅大帐，林挽月让三人搬凳子坐了，自己坐在大案后面，看着三人说道："这次的行动很危险，或许匈奴人会派重军护送粮草，可是我只能派这么多人，人太多目标太大，任务很容易失败，我要的结果是，一旦发现匈奴人粮草，要不惜一切代价毁掉！"

三人的脸上都染上了沉重的神色，但皆目光炯炯没有一丝闪躲之意。

林挽月轻叹一声，说道："记住，我要你们三个务必活着回来。"

三人抬起头，看着林挽月的眼睛，看到了她眼中的真诚和严肃。

林挽月笑了起来，对三人说："还记得图克图部那一次吗？"

三人也跟着笑了起来，他们怎么会忘记？那是他们这辈子都引以为傲的事情！以后他们老了，打不了仗了，走不动路了，还要将这个故事传下去！

林挽月感慨地说道："如今我身份不同，就算我想去，恐怕两位副帅也不会答应，所以这次的奇迹要靠你们三人去创造了，别让我失望，也一定要活着回来，知道吗？"

三人脸上神情动容，齐声回道："大帅请放心！"

"那我来分配一下任务，这次行动，小凯你要发挥你的长处，负责做这两百人的眼睛，找到匈奴人的车队，队伍的总指挥交给倪大，三宝负责协助。"

"是！"

林挽月又特意嘱咐张三宝道："三宝，我最不放心的就是你，这次去，你可千万不许贪功冒进，之前那位就是最好的例子，你要记住，再大的功劳也要有命去享受！"

说完，林挽月的心头一痛，不禁又想起林宇来。

张三宝虚心地回道："大帅教训的是，三宝记住了。"

"还有，你们三个要特别注意，但凡发现队伍中有行为可疑者，不问缘由，就地格杀，宁可错杀，绝不放过，我不能让一个人害死剩下的人，也绝不允许行动失败，找不到粮草车便罢了，找到了，一定要成功。"

"属下明白了！"

"去吧，回去好好休息，我稍后会通知到了丑时出发，倪大，你子时就去叫人，子时一刻准时出发！"

"是！属下告退！"

林挽月有些疲惫地捏了捏眉心，物品的清单她已经交代下去，但总担心准备不足，看了看天色，距离晚上还有几个时辰，她决定回去问问李娴的意见。

说来也巧，李娴正好带了小慈到军营来看投石车，被林挽月碰了个正着，省下了不少时间，林挽月将李娴请到大帐，把事情的安排和李娴说完，拿出了她列的物品详单给李娴过目，希望李娴帮忙把关。

李娴看着手中的绢布，上面是林挽月歪歪扭扭的字：黄骠马两百匹、土黄粗布行军服两百套，火折子、打火石、防身匕首、石灰粉……泻药、蒙汗药？

李娴嘴角勾了勾，递回绢布说道："驸马选了黄骠马和这衣服，是为了士兵们好做掩护？"

"嗯，如今草原上的草木枯黄，士兵们穿上这个颜色的衣服可以起到一定隐蔽作用。"

"我有另外一个想法，驸马要不要听一听？"

"公主请说。"

"不如由杜玉树带队，再挑选熟悉匈奴语的士兵，马匹也不必拘泥于颜色，全部换成耐力好、脚力快的上等马，将服装都换成匈奴人部族的衣服，兵器也是。至于驸马写的泻药、蒙汗药倒是可以留下，火折子也留下，还可以赶制一批兽皮水袋，里面装上烈酒和油，选两个弓箭手，准备几支火箭备用，驸马以为如何？"

听完李娴的话，林挽月的眼睛亮了起来，仿佛被李娴的话轻轻一拉便进入了另一处美妙的洞天！

林挽月不得不再次叹服于李娴的谋略！李娴的方法与她当初在图克图部用的方法有异曲同工之妙，不过李娴要比林挽月当初更加大胆，所用的方法也更加适宜。眼下匈奴部落联合，人员本就杂乱，出现几个生面孔也是很正常的事情。

林挽月喜不自胜，兴冲冲地对李娴说道："我这就去告诉锐达和承弼两位副帅，让他们也按照公主的办法做，准能成的！"

李娴却果断地阻止了林挽月："驸马，这次的任务能成功一半已是万幸。"

林挽月听完李娴的劝告，心头闪过一丝明悟，点了点头。

"公主，阳关城中倒是有不少兽皮，可是……赶制衣服恐怕需要一些时间，还有兽皮水袋也要做，人员也要重新挑选，怎么办？"

"想来驸马必然知道'欲善其事，先利其器'的道理。虽然眼下情况紧急，但几日的工夫还是等得的，而且我传了一位能人过来，最早也要明日才能到，她或许可以给驸马提供帮助。"

林挽月咧嘴一笑："那就依公主之言。"

第二日，林挽月正和李娴在元帅府内共进早膳。

门房气喘吁吁地跑了进来，跪在门口："大帅，公主，传令官求见。"

林挽月放下手中的筷子："快让他进来！"

"禀报大帅，斥候在五十里外发现有一队匈奴人在追赶一个匈奴人打扮的女子，女子似乎正向阳关城逃，请大帅示下。"

林挽月看向李娴，李娴点了点头。

林挽月起身："我去看看。"

"我随驸马一同去吧，驸马不认得那人。"

"也好。"

林挽月与李娴来到城墙上，一炷香之后视线中出现了飞扬的尘土。

林挽月作战经验丰富，听着马蹄声或者观察尘土的范围就可以大致地判断出匈奴人的数量。

"公主，你看看……匈奴骑兵的数量在千人以上。"

李娴看向远方，摇了摇头："尚看不清。"

一旁的士兵请示林挽月道："大帅，是否吹号击鼓？"

林挽月皱了皱眉："先不要，通知卫将军亲自带两路先锋城下待命，弓箭手准备！"

想了想又补充道，"不必惊动两位副帅和其他人，这是本帅派出去的人，是私事。"

昨夜林挽月与李娴秉烛密谈，李娴告诉林挽月：三年前她第一次来北境的时候，曾向匈奴人内部渗透过去一位密探……

林挽月没有想到李娴从第一次到北境来的时候就开始布局了。

如今北境的局势处处透着诡异，暗处有无数双眼睛盯着，林挽月不想李娴派出去的人暴露在三军面前，即使林挽月知道凭借李娴的心智，事后定能拿出合理的说辞来，可是她依旧不想把李娴推到明处，这种心思，林挽月自己也讲不清楚。

好在匈奴人追来的人并不多，两路先锋足以应付。

随着轰隆隆的马蹄声越来越近，林挽月看到匈奴骑兵正追着一位女子，那女子虽然甩开匈奴人一段距离，但似乎受伤了，半趴在马背上，身形不稳。

"驸马，救人！"

"弓箭手放箭！不要射到那名女子！放绳索下去，城下骑兵可就位？"

"回大帅，骑兵已经就位！"

"骑兵冲出，掩护那名女子，歼灭这批匈奴人！"

"是！"

阳关城厚重的城门被推开，两路先锋骑兵朝着匈奴人冲了过去，此时匈奴骑兵和那名女子已经距离城池非常近了，为了防止情况有异，在骑兵冲出去之后，士兵便关紧了阳关城的城门。

两队骑兵很快便交战到一处，弓箭手们停止放箭。

有了骑兵的掩护，女子轻松了许多，她往城墙上一看，露出如释重负的表情，一手捂着淌血的胳膊，跳下了马背，跌跌撞撞地往城墙上垂着的绳索跑。

"准备拉人！"林挽月一边命令，一边注意着城下的情况，她注意到随着女子距离绳索越来越近，城下的匈奴人愈发躁动不安，有些匈奴人甚至不惜性命，无视与他们近战的士兵，纷纷拿起弓箭瞄准了女子！

林挽月眼皮一跳，匈奴人如此在意这女子，定是这女子掌握了重要的情报！

林挽月的心悬了起来，紧张地看着城下的女子，看着她抓着绳索在腰上缠了一圈，大吼一声："拉！"

随着林挽月一声令下，四名士兵齐齐发力，城下的女子脸上露出痛苦的表情，受伤的胳膊冒出了一股血，双脚离地，快速地升空。

就在此时，匈奴骑兵再次骚乱，更多的人拿起了弓箭，朝着女子射了过来！

林挽月怎么也没有想到这批匈奴人居然如此拼命，这女子转眼间就成了活靶子！

"放！快！"

四名士兵齐齐松手，女子快速地落了下去，前后相差不过喘息的工夫，就在女子刚才停的地方，几十支箭钉在了城墙上！

绳索也被好几支箭射中，万幸的是他们放下了绳索，若是再往上拉，就算女子不被射中，绳索也必定会因不吃重而断裂。

这个高度女子非摔死不可！

林挽月趴在城墩上，向城下看，本就受伤的女子，这么一摔后已经站不稳了，虚弱地靠在城墙上，身体缓缓地滑了下去。

城下的匈奴人虽然被杀了不少，但仍旧有人不停地朝女子放箭，好在都没有射中！

林挽月急得额头冒汗，越是这样，越能体现出此女子掌握的情报重要！

她咬了咬牙，吼道："拿大盾来！"

李娴看到林挽月居然捏了两股绳子绑在自己的腰上，大惊道："驸马？"

"公主，我去救她上来，你等我！"

李娴一把拽住林挽月的胳膊："驸马身份贵重，乃三军统帅，换个人去！"

"不行，他们都太重了，我虽然绑了两股绳子，也难免绳索被射中，如果只剩下一股绳索，根本承受不了两个人加上大盾的重量，城下的女子重伤，再摔一下怕是活不成，让拉绳子的人手脚快些，我们一定可以平安上来的，你放心！"

李娴听完林挽月的话，端庄矜持的神情随之不再："她的任务已经完成，不必救了。"

林挽月错愕地看着李娴，李娴的话深深地刺痛了她的心，李娴对待弃子竟如此绝情，甚至可以说到了视如草芥的地步，林挽月突然觉得这样的李娴好陌生。

她不禁联想到自己，如果有一天，自己也完成了任务，是不是会和城下女子同样的下场？她的心头涌起一股苦涩的悲伤的情绪。

林挽月参军五年，虽然见惯了生死，但是她对生命的态度与李娴截然不同，正是因为经历了太多的死亡，林挽月珍惜每　条生命，战争流血是必然的，可也要死得其所！她可以接受一个人战死沙场，可以接受一个人死在完成任务的路上，而无法接受当这个人完成任务归来的时候，被自己人舍弃。

林挽月眼中透出的陌生和失望直达李娴的心底，李娴看着这样的眼神，切身地感受到了林挽月那股浓浓的哀伤，这感觉触动着李娴的心，可是她仍旧没有丝毫让步的意思，一只手紧紧地抓着林挽月的小臂，指尖发白。

一旁的士兵扛着大盾，一脸无措地看着元帅和公主，林挽月感受到士兵的目光，闭着眼深深地吸了一口气，当她再睁开眼睛的时候，目光沉静了下来，隐去了适才的波动。

林挽月知道这里不是和李娴理论的地方，也知道自己根本没有能力去改变李娴，但这个人，她一定要救！

如今城下的女子已经不再单纯地是一名探子了，她承载了林挽月和李娴对待生命的不同态度。

李娴感觉握着林挽月胳膊的那只手已在发痛。

然而，这点儿力道，对于林挽月来说根本微不足道。

李娴感觉手上一痛，仿佛有一把老虎钳捏住了自己的手，林挽月并未舍得用力，还是轻松地一根一根掰开了李娴的手指。

林挽月将绳索缠在自己的身上缠了三圈，用力地拉了拉，从士兵的手上接过了大盾。

她深深地看了李娴一眼，眼中带着倔强。

李娴的手背上清晰地传来火辣辣的痛感，她亦冷着脸看着林挽月，再没多说一句。

林挽月扛着大盾，轻松地踏上了城墩，士兵快速地将绳索放了下去。

林挽月来到女子面前，背着大盾，女子托着受伤的胳膊，脸色苍白，已经奄奄一息，鲜血顺着她的胳膊淌了一地。

"姑娘？"林挽月唤了一声，女子没有任何反应。

"砰"的一声闷响，一支箭射在了大盾上，好在大盾是由三寸厚的硬木板制成的，一般的弓箭很难射穿。

林挽月一手抱起女子，另外一只手扛着大盾。

"拉！"

一直沉默不语的李娴终于开口，沉着脸命令道："多来几个人一起拉！"

"是！"立刻有弓箭手放下手中的弓箭，加入到拉人的队伍中。

林挽月抱着女子，扛着大盾，缓缓升空，升至一丈高时，大盾上开始频繁地传来闷响。

卫将军蒙倪大看了看挂在城墙上的林挽月，怒骂道："给老子上，杀光这些匈奴人狗！"蒙倪大急得直冒汗，这些匈奴人疯了，抱着必死的决心放箭，在被杀死之前也要将箭射出去！

当升到两丈高的时候，随着城墙上的一阵惊呼，林挽月的身子向下一沉！

"怎么了？"李娴阴着脸问道。

"回公主殿下，绳子好像被匈奴人射中了，断了一股！"

"先稳住，抛几股绳子下去！"

"是！"

林挽月抬头看了看，不幸被她言中，绳子被射中了一股，她们停在了半空中，仅凭这一股绳子也不知道能不能承受住她们两人的重量！

正在林挽月担心的当头，从城墙上又垂下了几股绳索。

李娴终是按捺不住，趴在城墩上，向下看去。

"长公主殿下！"士兵扛着大盾守护在李娴的身旁。

李娴看到林挽月一手抓着插满箭的大盾，一手紧紧地抱着幽琴，幽琴已经失去了意识，林挽月虽然抱得很稳，想必也很吃力。

李娴忍不住喊道："驸马！丢下她！抓住绳索！"

林挽月听到李娴的声音，艰难地抬起头，二人隔空对视。

林挽月看出李娴眼中的担忧，心中一暖，绳子在轻微地摇晃，一根绳子果然承受不了这个重量！

是时候做个抉择了！

李娴双眉间隆起，双眸一眨不眨地盯着林挽月，又是生气又是担忧，这人到底为什么要如此执拗？为什么就是不肯听自己的话！

突然，李娴看到仰着头看着自己的林挽月笑了起来。

李娴的心头一跳，果然在李娴的注视下，林挽月丢掉了手中的大盾，腾出一只手，抓住了抛下去的绳索。

李娴的瞳孔一缩，手心渗出了细密的汗珠："快拉！"

丢掉了沉重的大盾，上升的速度快了很多，然而就在距离城墩口不足一丈的时候，林挽月看到一支箭矢以极快的速度朝着她们二人飞了过来！

林挽月置身半空又没有借力点！躲闪已经来不及了！

在千钧一发之际，林挽月用右脚狠狠地踏了一下身后的城墙，腰上用力，抱着已经失去意识的女子在半空中转了一个圈，将女子贴在城墙上抱在怀中，自己的后背则完全地暴露在空气中。

"不！"随着李娴的惊呼，那支箭不偏不倚地插在了林挽月的后心上。

"嗯！"林挽月吃痛地哼了一声，身体快速上升，被拉上了城墙。

第十九章 问君是否能如旧

林挽月一动不动地趴在元帅府的床上，身上缠着干净的绷带，后心的位置上被鲜血染出了一个刺眼的红色十字。

李娴安静地坐在林挽月的床边，一只手被林挽月紧紧地攥在手中，即使此时床上的人已经昏睡过去，李娴依旧能感受到从手上传来的若有若无的力道。

林挽月睡得并不安稳，眉头紧锁，眼底和嘴唇上泛着淡淡的青紫色，脸上布满了细密的汗珠。

此时外面的天已经全黑了，室内灯火通明，李娴已经在林挽月的床边端坐了几个时辰，她看着床上的人，心中震撼的感觉久久不能平息。

被拉上来的林挽月将幽琴交给了士兵，一把抓住了李娴的手，死死地握在手中，露出一抹苍白的笑容："公主，千万不要离开我！"

说完，林挽月的双眼一翻，昏倒在李娴的怀中。

那一刻，李娴是慌乱的，她接住了林挽月倾倒的身子，没想到这人竟然这样轻……

"大帅！"城墙上的士兵乱作一团，纷纷看向了林挽月。

李娴搂着林挽月的身子："抬担架来，将幽琴交给军医，按照驸马之前说的，歼灭城下匈奴人。"

"是！"

士兵们将担架抬来了，士兵将后心中箭的林挽月放在担架上，却发现元帅紧紧地攥着长公主殿下的手，无论如何也不松开。

李娴想到林挽月昏倒前看自己的那个眼神，里面带着歉疚和绝望，这样的眼神让李娴心慌。

"你们只管抬着就是，本宫跟着。"

"是。"担架被抬上了马车，李娴吩咐道："通知军医，回元帅府。"

"是！"

李娴的一只手被林挽月死死地攥着，另一只手抓着净布，尽量帮林挽月止血，趴在担架上的林挽月眼底泛青，眉头紧锁。

士兵麻利地将林挽月抬到了帅府的卧房，军医要过一会儿才能来，李娴吩咐道："你们先下去吧，这里有本宫。"

"是！"

小慈走到床边，想帮林挽月宽衣。

"小慈，你也下去，守在门口，不要让任何人靠近。"

小慈怔了怔，打了一个万福回道："是。"

"立刻叫洛伊来见我，要快！"

小慈不可置信地看着李娴："殿下？"

李娴看着床上的林挽月，皱了皱眉："快去。"

"是！"

房间里终于只剩下了李娴和林挽月两个人，林挽月依然紧紧攥着李娴的手，仿佛是在抓着最后一根救命的稻草一样，即使失去了意识，依然没有松开。

李娴的神色凝重，费尽力气将林挽月扶起来，让她靠在自己的身上，李娴的一只手被林挽月攥着，又要小心林挽月后心的箭伤，行动十分吃力，不一会儿额头上渗出了细密的汗珠。

林挽月枕在李娴的肩膀上，眉头紧锁，或许后心的伤口被扯痛了，发出了闷哼，握着李娴的那只手紧了又紧。

林挽月到底在怕什么？为什么要说出那样一句话，为什么要这样抓着自己，一切的答案就要解开了。

林挽月急促的呼吸一下一下打在李娴白皙的脖颈处，痒痒的。

李娴拉开林挽月的腰带，打开衣襟，露出里面雪白的被汗水浸透的中衣。

"啪嗒"一声，一物从林挽月的怀中滚出，掉在地上。

李娴低头一看，竟是李环送的那把匕首，只是珠光宝气的外壳被换掉了，换成了一个朴质无华的木头外壳。

李娴吃力地捡起匕首，拔下木头外壳，手持匕首小心翼翼地朝着林挽月的胸口割了过去。

随着棉帛割裂的声音，一切事情都真相大白了。

当李娴看到林挽月胸口包裹的裹胸布时，瞳孔一缩，喉头一紧。

匕首的锋刃轻轻地颤抖着，李娴划开了林挽月身上的最后一层伪装。

当裹胸布被剥落，"啪嗒"一声，匕首落地。

门口守着的小慈听到声音出声询问道："殿下？"

"无事，你只管守着。"

"是。"

李娴小心翼翼地把半裸的林挽月重新安置在床上，自己一只手仍旧被紧紧地攥着，上面传来粗糙刺痛的触感。

李娴盯着后心插着箭的林挽月，大脑一片空白。

直到小慈敲门说，军医来了。

李娴才猛然回神，仔细检查了一下林挽月的后背，确定光看后背不会被看出端倪，才让军医进来。

军医满头大汗，背着药箱跪匐在李娴的脚下："小人参见长公主殿下。"

"军医免礼平身，请为驸马拔箭吧。"

"是！"

军医从地上起身，走到林挽月的身边，本想请长公主殿下回避，却看到两人紧紧握在一起的手，心中感叹这长公主殿下竟然与元帅这般恩爱。

李娴的面色沉静似水，目光却一直在打量着军医。林挽月由于常年束胸，胸口被勒出两条青紫痕迹，而这青紫的痕迹慢慢变黄，最终形成了两道明显的疤痕，林挽月那里的形状并不美观，而且很袖珍，但仍一眼就能看出那不是男子的胸膛。

好在只露出一个后背，尚且看不出什么，只是林挽月的腰身要比一般的男子纤细不少，褪去衣服之后隐约也可以看出女子的身形来，李娴特意在林挽月的腰上盖了一张薄被，挡住了腰身。

军医却不知道长公主殿下一直在观察他，他走到床边，神情专注，伸手碰了碰箭矢，林挽月吃痛地皱眉，又伸出手在林挽月伤口周边按了按。

"嗯——"林挽月吃痛轻哼。

李娴看着军医的手指按在林挽月的背上，皱了皱眉。

李娴使出了些许力量抽出了被林挽月攥住的那只手，回握她粗糙的手。

军医简单地检查过后，拱手向李娴说道："殿下，元帅中的是倒刺箭，如果这样拔出来的话恐怕会血流不止。"

"那该当如何？"

"嗯……需要先用刀在元帅中箭处割出一个十字口，再拔箭！"

李娴双眉间隆起小丘，点了点头。

得到许可，军医打开药箱，拿出小刀，在火上烤了烤，又麻利地拿出一小瓶烈酒，含在嘴里走到林挽月的身边"噗"的一声，朝着林挽月的伤口处喷了过去。

"嗯！"昏迷中的林挽月吃痛哼出声，即使在失去意识的情况下，林挽月也没有大声呼痛，而是倔强地抿着嘴唇，哼声透过紧闭的嘴唇闷闷地传了出来。

这疼痛似乎顺着李娴发痛的手，传到了她的身上。

军医麻利地捏着箭，在林挽月的后背上划出了一个十字，鲜血淌了出来，军医麻利地用净布擦去，鲜血却很快又流了出来。

"殿下，小人要拔箭了，需要人手按住元帅的身子……"

李娴思索片刻，站起身，将林挽月的头护在怀里，另一手按住了林挽月的肩膀。

"这……"

"开始吧，驸马握着本宫的手不放，旁人进来了怕也用不上力。"

"是。"

箭被拔出的那一瞬间，林挽月喷出的鲜血染红了李娴的衣襟。

林挽月终于呼出了声音，身体颤抖上弓，李娴咬住牙关，几乎是用尽了全身的力气死死压住了林挽月的肩膀，不让她露出端倪。

净布被染红了一块又一块，撒下去的金疮药一次又一次地被鲜血冲开。

汗珠顺着军医的额头流了下来。

李娴看向被拔下的箭，箭上带着倒钩，箭头上泛着淡淡的青色。

"军医，为何那支箭的箭头上的血液是青色的？"

军医大骇，连忙拿过丢在一旁的箭，看到李娴所说的青色之后，脸色煞白，磕磕绊绊地说道："这……殿下……这……是狼毒箭！"

李娴的心头一沉，她曾经在一本书中见过，狼毒被誉为匈奴人第一奇毒，是由一种极阴的名为狼毒花的东西提炼出的毒物，配合狼的唾液和几种毒草提炼而成的毒药。

狼毒一旦进入人体，会顺着血液很快汇集在五脏六腑，侵蚀中毒者的五脏，又因为里面夹杂了狼的唾液，中毒之人慢慢地会变得或癫狂或痴傻，最后行为就像狼一样，双目赤红，丧失语言能力，攻击周围的人……

军医颤颤巍巍地跪在地上，不停地磕头："殿下恕罪，殿下饶命，小人医术有限，解不了这狼毒，还请殿下传御医来为元帅诊治，殿下饶命！"

李娴面色阴沉，冷冷地说道："你立刻去煎一服药来，就算你解不了，也要将这毒先压制住，驸马若是有丝毫的闪失，本宫要你全族陪葬！"

"是是！小人这就去，这就去！"军医从地上爬起，额头已经青紫，他刚跑到门口，又反身回来，从药箱中拿出干净的绷带："小人……小人先为元帅包扎。"

李嫦接过绷带，冷声道："不必了，此处自有本宫，把绷带留下，你速去煎药。"

"是是！"

"元帅府中的药材供你选用，若是元帅府内也没有，缺了什么，报给本宫。"

"是是……"

夜色浓郁，元帅府的卧房内灯火通明。

林挽月趴在床上，打着赤膊，身上缠着绷带，后心处一个醒目的十字伤口透过净白的绷带显了出来，细密的汗珠布在她苍白的脸庞上。

她睡得并不安稳，虽然李嫦给她灌下了军医开的汤药，但是并没有什么效果。

林挽月眼底和嘴唇上带着越来越明显的青紫色，眉头紧紧锁在一起，神情痛苦。

李嫦一直端坐在林挽月的床边，身上仍旧穿着那一套溅了血的宫装。

匈奴人已经被尽数歼灭，幽琴的伤情也已经稳定住了，军医被留在了元帅府。

可是林挽月一直没有松开握着李嫦的那只手。

"公主，千万不要离开我！"

李嫦的耳边又回响起了林挽月昏倒之前的最后一句话。

原来，她是这个意思。

李嫦用浸湿的净布轻轻擦去了林挽月脸上的汗珠，看着这个熟睡的人，一阵恍惚。

从前积压在李嫦心中诸多的困惑，以及那种时不时就会涌起的奇异感觉，终于解开了。

李嫦不是没有怀疑过林挽月的身份，可是随着对她了解程度的加深，以及一份份的绢报上的内容，李嫦慢慢地在心中否定了这个想法。

因为李嫦不相信，天下间会有女子能活成"林飞星"这个样子。

林飞星，大泽郡婵娟村人氏，元鼎十二年四月二十九日生人。

元鼎二十六年，秋，匈奴人进犯，屠尽婵娟村一百一十八口，唯林飞星幸存。

同年，林飞星年十四，独驱百里外，孤身投军李沐将军帐下……

李嫦的脑海里不禁回忆起了有关于林飞星的全部资料，所有的往事如同洪水般袭来，她亲眼看到的，以及从绢报上收集到的。

从"林飞星"十四岁参军伊始，这几年来李嫦收集到的所有情报一一浮现在李嫦的脑海里。

李嫦终于明白了为什么"林飞星"这般无欲无求，原来这人女扮男装参军，真的只是为了报那血海深仇。

在"林飞星"参军的前两年里，只是步兵营的大头兵，三伍的人共住一帐，一个女子，到底是怎么小心翼翼地生活下来的呢？

"林飞星性孤，不善交际，参军两年唯与林宇一人相交，属下以为可从林宇身上着手……"

原来，这人之所以孤僻，不过是为了保护自己的身份而已。

"前些日子作战，小人亲眼看到林飞星伤了传宗接代的家伙，从此之后林飞星便异常消沉……"

既然如此，林宇所见之物……莫不是葵水？

李娴看着林挽月的侧脸，情不自禁地呢喃道："这事情，你又是怎么瞒住的呢？

"你不是林飞星，那你又是谁呢？"

李娴不禁回忆起"林飞星"护送自己回京时的事情，在客栈里，"林飞星"曾和自己说过她的过去……

莫非，活下来的那个，并不是弟弟，而是姐姐不成？

"原来，你是林挽月啊……"

那个人杀了山贼，用雷霆般的手段杀掉匈奴人俘虏，先后三次缝合胳膊上的伤口，一声不吭的倔强模样，拼着受伤的胳膊在营墙上拉弓百次……

这样的一个人，怎么可能会是一个女子呢？

欧家夫妇不过收容了他们一宿，这人每年都会命人送钱过去，从不曾间断，将林宇与余纨的女儿视如己出，这般"老吾老以及人之老，幼吾幼以及人之幼"的细心和善良的人，也并非一般男子可以与之相比的。

她平民出身，在短时间内精熟弓马骑射之术，可以用二石弓左右开弓。

放眼整个离国，能拉开三石弓的人，也不过寥寥，偏偏有这人一位。

谁能相信，这人竟然会是一名女子呢？

匈奴人第一勇士图图尔巴，百回合内斩杀雍王李玥，这人却与那怪物力拼三十回合而不落败，这样一位在北境军中威望极高、最年轻的元帅，竟然，是一位女子呢。

到了这一刻，李娴才终于明白，为什么"林飞星"可以轻易地原谅自己有了别人的"孩子"。

为什么"林飞星"的眼中总会闪过自己看不透的哀伤。

为什么"林飞星"会那般倔强，为什么"林飞星"一定要去救幽琴。

原来，如此。

十九年来，李娴的心情从未如此复杂过，林飞星，不！林挽月给了她太多太多的震撼。

一直以来，李娴步步为营，自命高瞻远瞩，用尽身边一切的资源，只为达到自己最终的目的。包括林挽月能有今日，少不了李娴这只幕后的推手，一直以来，由于林挽月的真诚和简单的性格，也曾经让李娴受到过良心上的谴责，可那只是一些微不足道的愧疚感罢了，李娴从来没有想过在事情结束之前放弃使用"林飞星"这枚棋子。

可是，李娴却发现一直以来，无怨无悔为自己付出一切的人，并不是林飞星，而是林挽月。

李娴不禁又开始打量躺在床上的林挽月，见这人时常暴露在阳光下的皮肤呈麦色，而不见阳光的皮肤其实很白皙。

也多亏了这人参军时候年龄尚小，外人本身就不是太好分辨孩童的性别，也多亏了这人把自己晒成了这样的肤色，不然……怎么瞒得住呢？

黑色的皮肤赋予了林挽月些许粗犷的气质，这大半年她疏于训练，皮肤慢慢地变成了麦色，此时这般打量过去，其实在林挽月的眉宇间依稀也能看出女子的模样来。

"笃笃笃。"一阵敲门声打断了李娴的思绪。

"进来。"

"殿下，洛伊已经到了，正在府外候着。"

"殿下，容奴婢多一句嘴。"

"你说。"

"奴婢以为洛伊是殿下最重要的一步棋，实在不适合在这个节骨眼上暴露出来，奴婢知道驸马的情况不好，但传'望闻问切'四大御医来，假以时日也可以调理如初……"

听完小慈的话，李娴看着林挽月的侧脸，平静地说道："请洛伊进来。"

"是。"

不一会儿，一位公子推门走进来，穿着一袭布衣长衫，背着药箱，身材颀长，双目似笑非笑，唇边自带轻佻的弧度，小麦肤色。

小慈关上门守在十步开外，洛伊背着药箱径直走到李娴身边，大大咧咧地坐下，摘下药箱小心翼翼地放在床边。

"小娴儿这么急找我来，什么事？"这人语气轻佻。

李娴似乎并不介意，回道："你给她看看，中了狼毒箭。"

洛伊低头一瞧，笑道："哟，这不是你那个身有隐疾的驸马吗？"

李娴的脸上平静无波，没有答话。

洛伊继续自说自话道："哟，二位的手握得倒是够紧的？我说小娴儿，你这小驸马可是和我见过的，狼毒箭也不是什么大事，你叫那四个不成器的老东西来给他看就是了，虽然我那时候易容了，不过你一向小心，难道不怕他认出我来，坏了布局多年的计划？"

洛伊一边说着，一边去扒林挽月握着李娴的手，却发现自己居然掰不开，皱了皱眉看了眼李娴，打开药箱，从里面拿出一套银针，拔出一根最长的，在林挽月的手腕、手背、手肘三处各自狠狠地扎了一针，再一碰，林挽月的手松开了。

"握得还真够紧的，都僵了！他对你是不是存了非分之想啊？"

洛伊笑着看向李娴，却见李娴的脸上没有任何表情，目光沉静似水。

洛伊看着李娴，一阵恍惚，咽回了嘴边的话，执起李娴被林挽月握了良久的那只手。

"别动！"洛伊将李娴的手攥紧，李娴未能抽出。

"你被他攥了那么久，我要是不给你行针，之后的几天你这只手都别想动了！"

说着，洛伊麻利地挑选了几根银针，掀开李娴的袖子，露出洁白的藕臂。

洛伊一眨眼的工夫已经在李娴的胳膊及手腕上扎了几针，然后温柔地将李娴的手放在旁边的小几上，嘱咐道："别动，一炷香。"

"嗯。"李娴点了点头。

洛伊温柔地看着李娴，笑着说道："自从上次北境一别，你我三年未曾见过了，真是白驹过隙呀！"

李娴冷静地看着洛伊，说道："我叫你来是看病的。"

洛伊似乎是听惯了李娴的口气一般，坦然地笑了笑，丝毫不恼："好好好……小小狼毒也要麻烦我……"

一边说，一边将手指搭在了林挽月的脉门上，下一刻洛伊的手弹开，转过头，不可置信地看着李娴，怎么是女的？

洛伊的反应早就在李娴的预料之中，只见李娴将食指竖在唇边，见洛伊闭嘴才开口说道："所以我才叫你来，她的身份万不能泄露出去。"

洛伊却一下子站了起来，惊愕地对李娴说："她是女的怎么成为驸马的？欺君罔上，你也不要命了？你娘临终前可是让我好好照顾你……你，你——"

李娴不置一词，只是与洛伊安静地对视，最终洛伊还是败下阵来，坐回椅子上，却坚持道："她的身份太危险了，就让她这么死了最好，弃车保帅的道理还用我教你吗？我不医！"

李娴无奈地轻叹一声："你别忘了当初你答应我的事情，眼下北境的军权刚刚到手，丢不得。"

"那你也别忘了你曾经答应我的事情！这次你把事情弄得这么大，居然让幽琴刺杀了冒顿部的二王子，你可记挂过我的生死？若不是曼莎本就不想嫁，又倚仗于我，我哪儿还有命来见你？"

李娴平静地看着洛伊，笃定地说道："你放心，曼莎是聪明人，她的志向也绝对不会允许她嫁给什么冒顿部的二王子，你自然是没事的，我有分寸。"

听到李娴如是说，洛伊脸上的神色才舒缓，重新坐回到凳子上。

李娴又继续宽慰道："如今匈奴人五部联合，我想这并不是曼莎想要看到的局面，就单从地理位置上来说，其他四部久居草原深处，唯独头曼部距离阳关城不过百里，若是匈奴人部族真的到了和离国不能共存的地步，头曼部可是处于最危险的位置，我想曼莎她不会不明白这个道理的。"

洛伊点了点头："她也说过类似的话。"

李娴勾了勾嘴角："她倒是对你很放心，什么都肯对你说。"

"小娴儿……"

"我想和曼莎谈一笔生意，我想她会有兴趣的，人我已经派过去了，现在我需要你做的事情，就是医好她。"

"哎……"洛伊叹了一口气，认命般地捏住了林挽月的手腕，一边还抱怨道，"我是什么身份，这小小狼毒……咦？"

看到洛伊皱眉，李娴的心悬了起来，这天下间医术最高的人便是她了，洛伊开的药，连御医都能瞒过。

"哎？"洛伊又发出了一声怪叫，李娴无奈地看着洛伊。

"你们家驸……这个人，体内怎么会有药王花的毒？"

"药王花？"李娴皱了皱眉，想起余纨绢报中的话，又想到御医说的，林挽月的体内确实存在一种奇毒，只是这药王花到底是什么，李娴并没听说过。

"嗯……真是奇了，我要医好她，问问她这药王花的毒到底从何而来。"

听到洛伊说能救，李娴稍稍放心，问道："药王花可是有什么特别之处？"

"嗯，这世间医书上根本没有记载药王花，虽然各地都会生长，但只是其貌不扬的小花，既没有人用它做食材，也没有人用它来入药，因为药王花的药性非常难缠，若是用它，需要好多味药材去温和它的药性才行，所以只有我们药王谷一直在用，她的体内怎么会有药王花的毒呢？而且从脉象上看，至少在她的体内盘踞了三年了，已经侵入了五脏六腑，怪了……小娴儿，你说这人不会是有吃树皮啃野草的习惯吧？"

李娴冷冷地扫了洛伊一眼，后者憨笑一声，闭上了嘴巴，集中精力为林挽月诊脉。

"啧啧啧……哟哟哟，啧啧，哎！"

李娴无奈，洛伊的医术确实是天下无双，可是这人的毛病这么多年了也没有改变，这个大惊小怪的样子，不了解她的人恐怕还以为没救了。

洛伊摇了摇头，将林挽月的手腕丢开，嫌弃地拍了拍手，对李娴说道："小娴儿，你别说，这人还真是命大。"

"此话怎讲？"

"你别看她看上去挺结实的，其实六十岁的老人的身体都要比她的好多了，外强中干，内里早就不中用了，就像是一棵被虫子掏干了的树，外表看上去好好的，一敲就碎了。"

李娴的眉峰抖了抖，问道："为何会如此？"

"先说这药王花吧，此毒一直附着在她的五脏六腑上，前些日子她应该是受了很重的内伤，药王花的寒毒乘虚而入，侵入她的脏器内部，再加上这人的忧思太甚，经常郁郁寡欢，还要时常高强度地摧残自己的身体，人都是有承受极限的，无论是身体上，还是精神上，超过这个极限就会伤及自身，仗着年轻呢，一次两次还是可以修复的，但是次数多了，就要积成暗疾潜伏在体内，早晚有一天会显出来的，再加上这次的狼毒箭，两种极阴之毒纠缠在一起，又去了她半条命，治好了恐怕也是废人一个。"

听了洛伊的话，李娴自己也无法形容她此时的心情，若不是当初她将林挽月拖下水，她的身体也不会……

"洛伊，就连你也治不好吗？"

听到李娴商量的口吻，洛伊收敛了玩世不恭的神态，正色道："一枚棋子而已，至于吗？"

李娴一时语塞，想了好久才回道："她的身份我也是今日才知晓的，若不是我，也许她也不至如此。"

洛伊听了李娴的话，似有感触，也许同是女子的缘故，洛伊可以想象到林挽月所承受的苦楚。

洛伊忍不住问道："小娴儿，若此时躺在床上的是我，你会竭尽全力救我吗？"

"当然会。"

洛伊笑了起来："但愿如此吧，人我可以救，也可以让她在最短的时间内恢复如初，但是我也必须告诉你，她无法享常人之寿。"

李娴的脸色顷刻间变得很难看，虽然很快她就调整了过来，但依旧被洛伊捕捉到了。

"就连你……也做不到吗？"

洛伊点了点头："我不是神仙，人的身体都是有承受极限的，她的身体亏得太厉害，至少目前我是没有办法的。"

"那她的寿数……"

"若是时时进补，注重调养生息，可以撑到天命之年。"

李娴和洛伊都沉默了，她们的心里都明白，林挽月忧思过甚很有可能是女扮男装这个秘密造成的，一个女子……能走到今日这一步，即便立场不同也很难不让人心生敬意。

林挽月这一下足足睡了三天三夜，军营里的事情李娴也不插手，全权交给了两位副帅，不过在第三天的夜里，李娴将杜玉树的那一队人马放了出去……

林挽月中箭的第二天夜里，幽琴醒了。

"属下幽琴罪该万死！"

李娴正坐在林挽月的床边，随手将林挽月盖在腰间的薄被往上拉了拉："起来吧。"

"谢殿下。"

"这几年一直把你放在匈奴人那里，辛苦你了。"

"能为殿下效劳，是属下的福分。"

李娴看着熟睡的林挽月，说道："从今天起，你不再属于本宫。"

幽琴大惊失色，单膝跪在地上："殿下？"

"驸马不顾自身的安危救了你，从即日起，本宫革去你旗主的身份，你就安心跟着驸马报恩吧。"

"是！"

"下去吧。"

"属下告退。"

第四天一清早，林挽月醒了。

林挽月先是发出一声无力的闷哼，随后睫毛抖了抖，才缓缓地睁开了眼睛。

醒来的林挽月先是感觉大脑一片混沌，浑身酸痛无力，趴在床上打量四周的陈设，想了好一会儿才想起这里是元帅府。

林挽月闭上眼睛，开始回忆：自己中了一箭……被拉上来，然后……

"公主，千万不要离开我！"

是了，昏倒前的最后一刻，林挽月自知身份秘密不保，只能像抓住救命稻草一样，抓住了李娴，希望她可以保护自己。

"嗒——"林挽月撑着身体从床上起来，却不想扯到了背后的伤口，疼得直咧嘴。

林挽月艰难地坐在床上，看着自己赤着的上身，上面缠着绷带……苦笑一声："还是没瞒住啊……"

林挽月将手按在了胸口，一想到自己身份已经暴露，如今没在天牢里，大抵是李娴帮着自己瞒住了身份，可是这下要怎么面对她呢？

她会不会怪自己？

她会不会恨自己？

她会不会因为自己凭借女子的身份强求了驸马之位，而感到恶心？

一想到李娴将会用厌恶的目光看自己，林挽月的胸口痛了起来，自己应该早点儿坦白身份的，或许早一点儿她们已经是朋友了。

正在林挽月失神的当口，李娴端着药碗推门而入。

看到林挽月已经醒了，李娴心中一喜，又看到林挽月赤着上身，失魂落魄地坐在床上，一手还按着胸口，脸色极为难看，吓了一跳，忙走到林挽月的床边，轻声唤道："驸马？"

林挽月听到李娴的声音，身体猛地一抖，抬起头，看到李娴，脸上露出了惊恐的神情。

又想到此时自己的上身什么都没穿，连忙抓过身后的薄被，挡在身前。

李娴看到林挽月一连串的动作，有些哭笑不得，还有什么可遮遮掩掩的？这四天来，这人的身子自己早就看遍了。

看到林挽月这样子，李娴心中无名之火燃起，只见李娴先将手中的药碗放在桌子上，坐到林挽月的对面。

李娴一靠近，林挽月浑身都不自在，紧了紧挡在身前的薄被，低着头不敢看李娴。

李娴冷冷地说：“抬起头来。”

林挽月磨蹭了半晌依言抬起了头。

“啪”的一声，李娴的巴掌打在了林挽月的脸上。

林挽月偏过了头，嘴边勾起一抹苦笑，李娴虽然打了她，可是林挽月却在心中庆幸，这要比让她解释来得轻松多了。

林挽月缓缓地正过头，“啪”的一声，李娴反手又赏了林挽月一个巴掌。

林挽月依旧苦笑着，垂着眸子不敢看李娴一眼，重新正过了脸，李娴却没有再出手。

“喝药。”林挽月意外地看着李娴，却从李娴的脸上读不到任何信息。

“公主……我自己来……”

林挽月欲伸手接药碗，手刚一离开胸前，薄被便往下滑，林挽月手忙脚乱地捂住，又对上了李娴冷冷的眸子。

那样的目光让林挽月十分心虚，甚至提不起一丝反抗的念头，只得乖乖地张开嘴，将李娴递到嘴边的药匙含在嘴里。

药很苦，林挽月却不敢抱怨，只要李娴将药递过来，她立刻乖乖地含在嘴里。

李娴没有再说话，一碗药很快见底，喂完了最后一口，李娴拿着药碗起身离开。

林挽月呆愣愣地看着李娴，没想到对于自己的身份李娴居然只字不提。

李娴走到门口，站定，头也不回地说道：“第一下，是打你不顾身份，不顾大局，非要亲自去救幽琴；第二下，是林飞星欠我的。”

说完，李娴便打开门走了出去，留林挽月一个人坐在床上。

林挽月这才抬手摸了摸自己的脸，品味着公主说的话，难道……自己的这条命就这么保住了？

李娴推开客房的门，洛伊正跷着腿，坐在桌前吃早饭。

看到李娴进来，她将一个剥好的鸡蛋丢到粥碗里，说道：“醒了吧？”

“嗯。”李娴径自坐在洛伊的对面。

“果然不出我的预料，不错不错。”

"洛伊……"

听到李娴叫自己，洛伊将一口粥喂到自己的嘴里，用平静的语气说道："怎么，要赶人？"

"你知道我不是这个意思，有一些事情我不能让她知道。"

"呵，是不能让她知道，还是不想让她知道？我可不走，我是什么身份？你让我来我就来，你让我走我就走？再说了，她的胸口里有瘀血，不排出来会有大麻烦，我洛伊救人，要么不救，要是救了从来没有半途而废的。"

"你躲在我这里不是办法，你应该回曼莎那里去。"

"这人女扮男装娶了你，就这么过去了？"洛伊问。

李娴的眼中好似滑过一丝漫不经心的神色，回道："这场婚事本就是在我引导之下完成的，我决不允许因为一场婚事与东宫离心，这个驸马是男是女、是老是幼并不重要。本就是我步步设局诱她殿前求亲的，至于她女子的身份，乃是本宫不察所致，与人无尤。如今她手握北境兵符，又是驸马，本宫自然要保她无虞。"

一连三日，李娴每天会到林挽月的卧房去三次，除了喂药和喂饭，李娴没有和林挽月有过任何交谈。

三天来，林挽月的心情几经转变，最开始害怕见到李娴，一句话都不敢和李娴主动说，每次李娴喂她吃药的时候林挽月都要把目光撇开，不敢去看李娴的眼睛，毕竟以女子之身迎娶公主是大错，林挽月已经做好了承担一切后果的准备，只是面对公主这位"受害者"的时候，还是有些心虚和愧疚。

到后来林挽月慢慢发现李娴每次来的时候除了喂自己喝药和吃饭之外不会提任何事，似乎根本没有发现自己女扮男装的这件事一样。

林挽月终于后知后觉地回忆起了，李娴在自己醒来后打自己的那两个巴掌，李娴说第二下，是林飞星欠我的。

这是不是代表着……

她原谅了自己？

这个想法一出，林挽月又觉得自己在痴人说梦。

怎么可能？先不说这场假凤虚凰的婚姻，自己还间接连累李娴冒着欺君之罪的风险，这么大的罪，李娴又怎么会如此轻易地原谅自己呢？

到了第三天的晚上，李娴喂下了最后一口汤药，起身准备离开，突然感觉到衣襟下摆一紧。

李娴回头一看，见林挽月微微低着头，一手护着胸前的薄被，另一只手扯住了自己的袖口。

这活脱脱的小女子姿态，李娴还是第一次见。

低着头的林挽月没有看到李娴眼中那一闪而过的温和笑意。

林挽月只感觉似乎有千斤重量压在自己的头上，让她抬不起头，她攥紧了李娴的袖口，无声地阻止李娴离开。

李娴隐去了唇边弧度，故作冷清地问道："驸马可还有事？"

"公主。"

"嗯。"

"你……能再坐片刻吗？"

林挽月没想到李娴竟这般好说话，真的依言坐回到凳子上了。林挽月松开了李娴的袖子，快速地抬起头看了李娴一眼，又低下了头去，双手抱着胳膊，压住围在胸前的薄被。

李娴一直打量着眼前的林挽月，自然将她的一切变化尽收眼底。李娴暗恼自己眼拙，其实仔细想来，林挽月也有很多次情不自禁地流露出些许女子姿态来，自己居然没有识破！

李娴看向林挽月轮廓清晰的锁骨，因为常年被包裹着，那里的皮肤是白皙的，又得益于多年来的训练，林挽月的身材非常好，线条清晰，全身上下没有一丝赘肉。

随着目光的移动，林挽月白皙的胳膊上那两道醒目的蜈蚣形状的疤痕映入李娴的眼帘。

这两道伤疤一条是阿隐缝的，另一条由她先扎了几下，林挽月接过自己缝的，两次用的都是自己的头发。

此时头发已经随着时间消失在林挽月的身体里，但是这蜈蚣一样的疤痕却留了下来。

看着这两条伤疤，李娴又不禁回想起林挽月当时受伤的样子来：第一次是躺在自己的营帐中，浑身是血，却倔强得一声不吭；另一次是在护送自己回京的路上，她谈笑自若地自己给自己缝合。

在林挽月昏迷不醒的那几日，李娴曾经为林挽月仔细地检查过身体，在林挽月的上半身上，除了这两道蜈蚣一样的伤口之外，其实还有其他的伤疤，只不过因伤口不是很大，而且伤在"不方便"给别人看到的位置上，想来是她自己处理了。

其中有两处最让李娴触目惊心：一道是在林挽月的后背上，从右肩膀开始，一直被划到了左腰处，伤口极长。这处伤口余纨曾经提起过；另外一道是在林挽月的肚子上，靠近左腰的位置，巴掌大的伤口，想来应该是被匕首之类的利器刺中了，这人为了止血用烧红的烙铁烫平了伤口，留下模糊狰狞的伤疤。

想着想着，李娴的心情又复杂了起来。

"公主……对不起。"

沉默良久的林挽月终于闷闷地开口了。

李娴复杂地看了林挽月一眼，洛伊说这人的胸口还有瘀血，再加上忧思太甚，心肺一直不是很通畅，若不让她彻底放下这个"身份"的事情，恐怕还要出问题。

李娴沉吟片刻，没有接林挽月的道歉，反问道："所以，驸马当初给我讲的婵娟村的故事，活下来的那个其实是姐姐？"

"嗯。"林挽月闷闷地答了，仍旧不敢抬头看李娴。

"这五年，过得一定很辛苦吧？"

听着李娴温柔平和的声音，低着头的林挽月忍不住心头一酸，五年了，女扮男装生活在军营中五年了，每日担惊受怕，承受着超过女子身体数倍的负荷活在军营里，这一路，经历了多少辛酸，承受了多少只有林挽月自己知道。

其实有很多时候，林挽月都期待着自己的身边可以出现一个人，知晓自己所有的一切，不用自己的秘密要挟自己，并且维护自己的秘密，可以如李娴这般只问问自己：这些年，你过得是不是很辛苦？

她可以很严格地要求自己，可以为了活下去自己服用了药王花，流血也好，流泪也罢，她都可默默地咽回肚子里。

可这五年来，林挽月是多么希望有一个人可以心疼自己，可以些许怜惜一下身为女子的自己。

这也是为什么余纨去了，林挽月如此悲痛的原因，在余纨知道了她的身份之后，林挽月才觉得自己是真的活在这个世界上的，不是林飞星！是林挽月！

余纨去了以后，林挽月有那么一阵子甚至觉得林挽月也跟着"死"了，她又要以林飞星的身份孤单地活着。

林挽月无疑是坚强的，身上这么多伤疤，身体有多痛，流了多少血，没有一次因为这些流过眼泪；林挽月同时也是柔软的，每一次至亲离开她的时候，林挽月都会流泪。

这副身体她可以用近乎于苛刻的手段，锻炼到不比男子差的地步。但是她的心，从来都是女子的。

李娴见林挽月迟迟不肯答话，却听到了如受伤小兽的呜咽声，声音很小，让人揪心。

大颗大颗的泪珠一滴滴地往下掉，林挽月自己也吓了一跳，可是却怎么都停不下来。

这情绪积压了太久太久，已经超出了林挽月的控制范围。

听着林挽月颤抖的呜咽，李娴竟被这哭声感染得鼻头一酸。

从这低沉呜咽里传出的痛一下一下打在李娴的心上。

李娴不是没有见过林挽月流泪，但见到的更多的是林挽月的坚强。

沉默寡言的人说出的话更金贵。

坚强隐忍的人流出的泪更震撼。

李娴的身体已经先于她的语言行动了起来，李娴从怀中掏出一方锦帕，温柔地为林挽月擦拭泪水。

很快，从林挽月眼眶中溢出的泪珠透过这方锦帕烫到李娴的指尖。

耳边，林挽月强自压抑的呜咽并没有丝毫要停息的意思。

林挽月的这五年，李娴虽没有全程参与，好歹用绢布的方式见证了大多数日子，当这一切都套在一位女子的身上，再听着极尽压抑的呜咽声，李娴是真的心痛了。

"哎……"李娴轻叹一声，将林挽月拥入怀中。

"嗝……呜呜呜……"

当听到林挽月因为被自己抱住惊愕地抽搐一声，随即又开始呜咽起来，抱着林挽月的李娴忍俊不禁。

"呜呜……"林挽月伏在李娴单薄的肩膀上，正好眼睛被挡住了，许是流出的泪水太多，林挽月摇着头在李娴的肩膀上蹭了蹭。

李娴侧过头，轻声说道："对不起。"

林挽月的呼吸一滞，止住了哭声，偶尔会不受控制地抽鼻子，她伏在李娴的肩膀上一动不动，冷静下来之后林挽月才发现自己好像是在李娴的怀里……还趴在人家的肩膀上，还用公主的宫装擦眼泪，还有鼻涕……

林挽月只感觉一股热流席卷她的全身，连耳朵尖都热了，怎么办？

李娴似乎不在意林挽月的沉默，优雅地挺着身子，也并没有因为林挽月用自己的衣服擦眼泪而露出任何不悦。

倒是林挽月先开口了："你……躲开。"

声音太小，李娴没有听清楚，问道："嗯？"

"请……公主躲开。"

"哦。"

见林挽月双手支着床，低着头不知道在想什么，李娴才悠悠问道："驸马可冷？"

林挽月这才反应过来自己的状况，低呼一声，手忙脚乱地在李娴的注视下拉起了被子挡在自己的身前。

她又觉得实在太过出丑，干脆一头躺在床上，不小心触碰到后心的伤口，痛呼一声，在床上翻了个身，拽过薄被盖过了自己的头顶……

"哎……"林挽月重重地叹了一口气，心想这下完了。

李娴怔怔地看着林挽月的双腿直挺挺地暴露在外面，却将整个上半身包裹在被子里，挡得那叫一个滴水不漏。

"公主恕罪，失礼了。"被子里传来林挽月闷闷的声音。

"公主请回吧！"

李娴看着床上的一团，哭笑不得，别人都会对自己的身份有几分忌惮，这人可倒好，仿佛从来都没怕过自己一般，大婚之初改好了一段时间，现在身份暴露了，索性"原形毕露"，连做做样子也不愿意了，大概是女子身份暴露的缘故，林挽月竟多了几分小性子，真真是……。

李娴只有一个同胞的亲弟弟，不知道有个妹妹是什么感觉，看着眼前的林挽月，大概便是如此吧？

"也好，驸马好好休息，我先回去了。"李娴带着笑意退了出去，对李娴而言她与所谓的驸马本就是一场政治联合，驸马是谁都无所谓，至少在东宫没有登上大宝之前，与之同气连枝的自己是不可能拥有自己的人生的，林挽月是女子也好，至少自己可以对她少些猜忌，少些防备，日子也能过得舒心几分，而且林挽月又无根无派，心思简单，正直善良，李娴并不介意和她一起生活。

且说李娴在开门的那一刻便看到了站在院子中的洛伊，目光一沉，带上了门走到洛伊的面前。

李娴用仅有二人能听到的声音说道："你随我来。"

洛伊咧嘴一笑，痛痛快快地跟着李娴离开了林挽月的院子。

二人一路无言，回到洛伊暂居的偏僻小院，李娴停住脚步，平静地看着洛伊，与之对视良久说道："不是嘱咐过你，不要出现在她的眼前吗？"

"我刚才突然觉得应该让她当面感谢一下自己的救命恩人，别以为是军医医好了她，再去感谢军医才是大大的不妙哦！"

见李娴一言不发，洛伊故作意外地说道："难道小娴儿没有告诉她，军医已经被你处理掉的事情？啧啧……真是干净利落！"

听到洛伊的话，李娴的脸上依旧平静无波，甚至连一丝松动都没有，用那双深邃的眸子盯着洛伊。

被李娴这样的目光盯着，洛伊收敛了玩世不恭的神色，认真地说道："小娴儿，有没有人说过卸下伪装的你，真的好可怕？"

李娴冷冷地说道："见过本宫这一面的，除了你都死了。"

"那我还真想让那位林挽月也看看你这副样子。"

"洛伊！"

"怎么？你很紧张她？"

李娴摇了摇头："她是我很重要的一步棋，本宫已经和你解释过很多次了，北境的军权不能丢，你最好不要挑战本宫的底线。"

对于李娴的解释，洛伊报以嗤笑一声，不屑地说道："收起你那套骗骗小孩子的

227

说辞吧，如今你掌握了她这么大的一个把柄，还怕她不乖乖听你使唤？说到底就是你害怕她看到你的肮脏的地方，排斥她见识真正的你！"

李娴冷哼一声，直直地注视洛伊的眸子，丝毫不见动摇和退让的意思，问道："所以呢？"

洛伊被噎得半晌说不出话来。

李娴继续说道："洛伊，棋局已经到了这一步，你最好不要节外生枝。"

"小娴儿……"

李娴的唇边勾起一抹弧度："洛伊，如果你认为知晓本宫的一切，就是你要挟本宫的资本，那你就大错特错了，不要仗着当年的几分恩情恣意妄为。"

李娴说完，看都不看洛伊一眼，转身离开，离开之前冷冷地说道："你最好不要出现在她的面前。"

洛伊呆愣愣地看着李娴走远，在李娴的身影彻底消失在小院之前，洛伊突然爆发，对着李娴的背影不甘地吼道："纸里包不住火！就算我不说！你的事情早晚会被她知道，到时候她会接受这样的你吗？这个世上，只有我可以包容最真实的你！只有我！"

李娴的步子一顿，最终迈着果断的步伐离开了小院。

第二天一早李娴到林挽月房间去的时候，林挽月已经洗漱完毕，从柜子里翻出了一件衣服穿在身上，坐在床上等李娴了。

李娴将托盘放在桌上，上面是一碗药膳粥，一碗汤药。

"驸马今日的气色不错，已经能下床了吗？"

"嗯。"

林挽月来到桌前，自己拿过药膳粥吃了，李娴便坐在林挽月的对面陪着。

"公主……"

"嗯？"

"那个……我的身份暴露了吗？"

"没有，好在你伤在背上，御医拔了箭没有看出什么，为了保险起见我已经给了御医一家一笔银子，让他们搬到其他的地方隐居了。"

"哦。"林挽月点了点头，咽下了粥，"谢谢公主。"

"公主，军营中怎么样？"

"一切如常，人已经派出去了，相信再过几天就会回来了，在此之前驸马安心养伤便是。"

"两位副帅派出去的那路人马应该有结果了吧？"

"嗯。"李娴点了点头，如实答道，"失败了，全军覆没。"

"哎……"林挽月重重地叹了一口气，其实早在李娴阻止自己将新计划告诉白锐达他们开始，林挽月已经预料到了失败，但就像李娴说的，这次计划能成功一半已是大幸。

"公主……"

"嗯？"

"那个……我想要裹胸布……"

李娴思考片刻回道："你伤在后心处，晚上也该换药了，到时候我先看看你的伤势再决定。我觉得，驸马还是安心养伤比较好，我接到密报，齐王兄的部队再有五日就会进城，父皇关于雍王兄的批复也已经在路上了，到时候有驸马忙的，不如趁此机会好好养养。"

李娴看了林挽月的胸口一眼，心想就算你不缠裹胸布，只要不触及你的胸口，光用眼睛也是看不出来的。

"好。"

林挽月服用完汤药之后，房间中陷入了沉寂，林挽月坐在李娴的对面，十指绞在一起，一双眼睛飘来飘去。

在昨天李娴离开之后，林挽月想了好久，既然李娴已经和自己道歉，而且还包容了自己对她的欺骗，她也应该和李娴开诚布公地谈一谈才对。

林挽月清了清嗓子，鼓起勇气看着李娴，认真地说道："公主……其实在成婚的那天晚上，我本想……和你坦白我的身份的。"

没等林挽月说完，李娴亦认真地回道："我知道。"

"哦。"

房间中两人再次陷入沉默，这次却是由李娴打破了沉默："其实在驸马昏睡的这几天，我也想了很多，我也曾问过自己，若是早些知晓你的身份，我该当如何？"

林挽月的心头一紧，绞在一起的十指握紧，竖起了耳朵。

李娴笑了笑，继续说道："我想了几日，最终也没有想透彻，也许早些知道你的身份，有很多事情都要与现在不同，也许……不会让你受这么多的苦。我们都是女子，又何苦互相为难？你有你的苦衷，我也是。"

房间中再次回归安静，二人都没有再多言，李娴和林挽月的唇边都带着淡淡的弧度。

李娴怕林挽月觉得闷，命人搬来了棋盘，二人在房间中对弈，间或说些没有头绪的对话，比如从前现在的经历、京城民间的趣闻、军事棋道之类的，半日的闲适时光很快过去。

用过晚饭后，李娴为林挽月换药。

林挽月盘膝坐在床上，身上的绷带已褪，头发略显松垮，由发箍盘在头顶，低着头，双手按在膝盖上，赤着上身，挺着腰板。

李娴坐在林挽月的身后，绾着已婚女子的发式，露出洁白的脖颈，微微挽起宫装的广袖，现出半截藕臂，坐姿虽不端正，却掩不住通身的优雅从容的气质。

床边的小案上放着打开的药箱，里面摆着不同颜色、大小不一的瓷瓶。

李娴认真检查林挽月后心的十字伤口，熟练地从药箱中拿过一个青色的瓷瓶，拔开瓶塞倒出翠绿色的胶状药膏摊于手心，放下瓷瓶，拿起象牙白的狭长玉片，挖了药膏抹到林挽月的伤口上。

"伤口恢复得不错，已经长出新肉来了。"李娴的声音既温柔又舒缓，听得林挽月身心舒畅。

"难怪这几日总觉得伤口有些痒。"药膏冰凉凉的，虽是上药，却也是极享受的事情，林挽月舒服地眯起了眼。

"就算痒也要坚持一下，莫要抓破了。"

"嗯。"

李娴将药膏均匀地涂抹在林挽月的伤口处，漫不经心地问道："这条伤疤是那次留下的吧。"林宇战死的那次。

"嗯。"

"伤口这般长，多亏有余纨帮你处理了伤口，若是感染了很危险。"

李娴的语气依旧如适才那般舒缓而温柔，林挽月却敏锐地捕捉到了一丝危险的气息，僵直了脊背。

林挽月身体的变化并没有躲过李娴的眼睛，李娴勾了勾嘴角，温柔地用玉片涂抹药膏。

"当初……多亏了阿纨。"

"嗯。"

"公主……"

"逝者如斯，我并没有追究的意思。"只是，余纨的忠心李娴是知道的，也正是余纨的绢报几乎彻底打消了李娴对林挽月身份的猜测，即使被背叛的感觉并不好受，李娴也不得不承认，林挽月身上那特殊的人格魅力吸引了一批人围绕在她的身边。

林挽月的脊背松弛下来，无声地笑了："谢谢公主。"

"如果我所料不差，过几日父皇的旨意定是召我回宫，明日我将埋在北境的三旗影子都交给驸马，供驸马差遣。"

林挽月按在膝盖上的手紧了又紧，一股暖流从心底涌出，席卷全身，自从身份暴露之后，林挽月发现李娴开始逐步地交给自己一些事情，曾经她作为男子时从不曾接触到的东西。

李娴继续说道："影子尽量不要暴露在明处，最好是让他们负责你的安全，还有秘密的任务。"

"嗯。"

"我会尽快给你一份名单，上面的人都是北境军士，驸马可以放心用。"

"嗯。"

"将绷带递给我。"

"嗯！"林挽月拿过绷带，抬手绕过肩膀，递给李娴。

李娴用净布擦干手上的药膏，接过绷带固定后背的半圈后，将绷带交到林挽月的手里，林挽月拿着绷带在自己的身上完成剩下半圈的缠绕，再递给李娴，二人配合默契。

"还有你的身份，目前除了我之外，只有……帮你看病的大夫知道，她不能在北境多留，我也不想再让其他人知道，我走了之后，你切莫莽撞，一定要保护好自己，不要再受伤了。"

"知道了。"

李娴接过林挽月递过来的所剩无几的绷带，拿过小剪刀在绷带上剪了一个口，纤纤十指灵活地打了一个结。

"幽琴我也留给你，你可以把她带在身边，幽琴的医术和毒术在诸多旗主中算是一流的，你日常的饮食可以由她把关，但是她并不知道你的身份，你还是要注意一些。若是日后意外受伤……可让幽琴替你诊治，你对她有救命之恩，你放心，以她的性子定不会背弃你的。"

"公主……"林挽月感动得一塌糊涂，胸口酸酸涨涨，听着李娴的声声叮嘱，生出一股与李娴即将分别的感觉来。

分别之期尚未来临，已生不舍。

"好了，把衣服穿起来吧，裹胸布怕是要再等等。"

林挽月依言背着李娴穿上了衣服，转过身，二人相对而坐。

李娴的唇边显出一双浅浅的梨涡，朱唇轻启："婵娟一朝蒙雾霭，何惧分作沟中瘠，本是农家布衣女，今朝三军中帐坐，世人皆道飞将军，巾帼何曾输须眉？"

林挽月惊愕得说不出话来，过了好一会儿，嗫嚅地重复道："世人皆道飞将军，巾帼何曾输须眉？公主，公主……"

李娴依旧笑着，用舒缓的腔调继续轻柔地说道："如今北境之势，正是驸马一展拳脚的好时机，我留在这里并不能帮上什么，便在京中拭目以待吧。"

林挽月笑了，笑容如孩子般纯净，眼眸亦是澄澈见底，李娴恍惚记起刚认识林挽月的时候，就是这样的目光让李娴感受到了一丝不同，如今这个人单纯且直白的欣喜感染到了李娴，令李娴情不自禁地绽放出更大的笑意。

李娴隐约地开始明白林挽月这份简单的美好，这是她一辈子都学不会的。

"公主，你把旗主都留给我，你怎么办？"

"这个驸马无须忧心，母后临终前留给我十二支暗旗，自是足够的。"

"哦。"林挽月点了点头，露出一副"那我就放心了"的神色。

李娴继续说道："况且我在京中，至少在安危上有足够的保障，而你则不同了，明的暗的，千万要小心。"

"我知道了！"

"估摸着派出去截匈奴人粮草的人马很快就会回来了，明日你便写好折子，不管他们是否回来，这份折子一定要在齐王兄入北境之前送出去，呈交给父皇。"

林挽月稍加思考便明白了李娴的用意，点了点头，又有些不放心地问道："可是……公主怎知必成？"

李娴微微一笑，坚定地回道："必成。"

林挽月终于见识了李娴的心智，在无比仰慕她的同时，自身也开始蠢蠢欲动，无比渴望从李娴的身上汲取自己所不具备的东西，无比渴望充实自己！

"公主！"

"嗯？"

"齐王兄入北境之后，军中之事该当如何？"

李娴欣赏地看了林挽月一眼，林挽月能有今日的成就，与她这份孜孜不倦的求知欲望脱不开关系，她从不掩盖自己对知识的渴求。

"如今驸马是三军统帅，掌管北境帅印，军中之事自然是驸马说的算，但齐王兄很特殊，齐王兄当初向父皇自请封于西南的齐地，多年来统领军队抗击蛮夷，鲜闻败绩。齐王兄是诸多兄长中的翘楚，西南的风土虽然稍异于北境，但驸马可多听听齐王兄的意见，相信会有不小的收获。"

"好。"

"还有，如今五胡动乱，气势汹汹，但凡没有必胜把握的军令，驸马大可请上齐王兄一同决策。"

说完，李娴勾了勾嘴角，林挽月看着李娴眨了眨眼，惊奇道公主这是在教我拉人背黑锅？

翌日。

元帅府书房内，林挽月端正地坐在案前，案上放着一份空白的奏折。

李娴站在林挽月的身边亲自为林挽月研墨。

"好了。"李娴放下手中的墨石，放下袖子。

林挽月脸上闪过一丝局促之色，拿过悬挂的毛笔，蘸满了墨水，一手拽着袖子，姿势倒是有几分风骨。

林挽月的神色非常认真，在纸上写完第二个字的时候，李娴无声地笑了起来。

林挽月看着自己写的字，心头闪过一丝懊恼，自己明明已经很用心了，可就是写不好。

好在李娴只是安静地立在旁边，并未对她的字迹发表意见。

林挽月硬着头皮写完了奏折，如释重负地呼出一口气，放下毛笔，吹了吹，问道："公主，你看这样写可行？"

李娴点了点头："这样写便好。"

待墨迹干透，林挽月将奏折封好，命人快马加鞭送到京城去。

李娴看着林挽月坐立不安的样子，想起自己昔日的承诺，柔声道："驸马，若是不嫌弃，我教你练字可好？"

林挽月绽放出大大的笑脸："多谢公主！"

李娴拿来一叠裁好的宣纸，又为林挽月挑选了一支毛笔。

刚才林挽月在写奏折的时候，李娴并没有过多关注奏折的内容，而是着重观察了林挽月写字时候的姿势，她发现林挽月写字的时候手腕的运用不正确。

经过一番详细的讲解后，李娴让林挽月在纸上写写看。

李娴又看着林挽月写了一行字，秀眉微蹙，绕到林挽月的身后，将纤纤玉手轻轻地搭在林挽月的手背上。

林挽月耳边传来李娴温柔的声音："别用力，随着我写几个字，你记住手腕上的这个感觉。"

"嗯。"

李娴冰凉的手握紧了林挽月的手，带着林挽月在宣纸上写了一行字，林挽月的双眼一眨不眨地看着宣纸上陆续出现的字，既羡慕又惊奇，真希望自己可以写出这样一手好字。

李娴松开了握着林挽月的手，说道："手腕要放松，你记住这个感觉，再写写看看。"

"嗯。"林挽月闭上了眼睛，回味刚才的感觉和李娴的讲解。

林挽月睁开眼睛，在李娴的注视下再次提起笔，刚写了两个字，林挽月的脸上一抽。

李娴挑了挑眉，拿过林挽月手中的毛笔仔细地检查了一遍，暗道奇怪，为什么林挽月的字笔锋很奇怪呢？

突然，李娴恍然大悟，放下毛笔："驸马，给我看看你的手。"

林挽月依言摊开了右手，李娴抓住林挽月的手，捏了捏林挽月的手掌和手指，入手是硬邦邦的触感，而且上面还有非常厚的老茧。

李娴终于明白林挽月一直写不好字的原因，僵硬的手指和老茧阻碍了林挽月的触感，导致林挽月写字的时候总是控制不好笔锋，所以写出的字才会如此扭曲。

李娴看着林挽月的手，轻叹了一口气，这还哪里像是一个女孩子的手？

林挽月看着李娴捏着自己的手不说话，唤道："公主？"

李娴又摸了摸林挽月手上的硬茧，才松开了她的手："驸马，练字我看先不要急了。"

"为什么？"没等李娴回答，林挽月便反应了过来，"没关系，以后再练吧。"

李娴看着林挽月，突然发现她为林挽月做的实在是太少了。

曾经林挽月还顶着男子身份的时候，李娴从未有过这样的感受，如今，李娴发现越是与林挽月相处，她越会涌起想要对林挽月好的想法。

想到这五年来她所承受的一切，李娴对她心生怜惜。

又过了三日，李娴终于同意林挽月缠上了裹胸布。

齐王率领的两万精兵与陛下的传诏队在阳关城外百里处会合，不日即将入城。

林挽月与李娴亲自迎接大队人马进入阳关城，齐王李琪不仅带了两万精兵助阵，还带来了他麾下赫赫有名的猛将：布衣出身、军功拜爵的无双侯，夏侯无双。

且说李钊收到李娴的手书后，按照李娴的请求拨派了两千匠人、八千民工、护城大弩若干，这些人由五千羽林卫护送而来。

李钊下旨匠人和民工留在阳关城协助布防，着长公主李娴接到旨意后，三日内由五千羽林卫护送，接雍王灵柩回京。

多事之秋，一切从简。齐王入了阳关城之后，主动谢绝了林挽月设宴招待的提议，简单地吃过饭，去灵堂看过雍王，便与林挽月进入主帅大帐密谈。

林挽月将护城大弩及一众工匠交给了两位副帅处置，白锐达和安承弼各自领了任务，带着工匠紧锣密鼓地对阳关新城的护城设置进行强化。

局势似乎在朝着有利于离国的方向发展，好消息纷至沓来，之前派去草原腹地破坏匈奴人粮草的队伍在日落之前也回了城，果真如李娴说的那般，他们成功了！

林挽月大喜，将杜玉树召到主帅大帐询问详细事宜。

元帅府的偏殿内。

"小慈，叫幽琴来见本宫。"

"是！"小慈停止收拾行李，走了出去。

片刻后，小慈与幽琴一同进来，幽琴走到李娴身前，跪地："幽琴，参见殿下。"

"你今夜趁着夜色将洛伊送回去。"

"……"

"怎么？"

"殿下恕罪，属下觉得应该将洛伊软禁起来，作为筹码。"

李娴勾了勾嘴角，漫不经心地说道："难得你忠心。"

"幽琴誓死忠于殿下！"

"本宫已经将你派给驸马，今后你只忠于她一人便可，驸马的饮食由你把关。"

"是！"

"至于洛伊，你将她送回去。"

"是！"

"下去吧……"

待幽琴离开，小慈不解地问道："殿下，奴婢以为幽琴说得有理，将洛伊掌握在手中，更稳妥。"

"小慈，你可知这次与曼莎谈判她提了什么条件？"

"奴婢不知。"

李娴的眼中闪过一丝精光，似笑非笑地说道："曼莎只向本宫求了洛伊！"

"啊？"

"呵……本宫找洛伊来，她没和曼莎打招呼，自己带着药箱偷偷跑来了，曼莎还以为是本宫抓了洛伊逼她就范，一口答应了本宫的要求，你说是不是很有趣？"

"咦？"

李娴仍旧笑着："小慈。"

"奴婢在！"

"本宫这几日总是在想，你说本宫对她……是不是做得太过分了？"

听到李娴的话，小慈吓了一跳。她服侍李娴这么多年，自问最了解李娴的性子，在惠温端皇后仙逝后，公主做了很多事情，可是从来没见公主如此这般过！

小慈想到一个可能，脸上一喜："殿下……您，莫不是对驸马动心了吗？"

小慈的内心无比雀跃，他们家公主哪儿都好，唯独在感情一事上总是显得很淡然，当年李忠世子对殿下痴心一片，可小慈总觉得李娴对李忠没有什么太大的感觉。惠温端皇后弥留之际一直对殿下的终身幸福忧心！

小慈经常会想，她们家殿下到底会对什么样的一个人动心？在大婚之后，小慈沮丧地发现，公主和驸马实在太过相敬如宾！

这些日子，李娴的变化小慈看在眼里，小慈更没有想到一向谨慎的公主居然会为了驸马叫来了洛伊！

此时听到李娴这样说，小慈几乎可以笃定，至少殿下是心动了的，只不过看殿下此时的样子，好像心存犹豫。

李娴沉默半晌，摇了摇头，知晓了林挽月的真实身份后，便谈不上什么动心不动心了，只是一想到那人以女子之身承担了这么多，自己又给她制造了诸多磨难，便觉得于心不忍，只是这些话是万万不能对小慈说的，林挽月的身份是机密，谁也不能知道。于是李娴搪塞道："现在谈动心，为时尚早……我与她之间终是隔了太多。"

听了李娴的话，小慈也陷入了沉默，这一路来李娴所做的绝大多数事情，她都有参与，即便许多事情都是不得已而为之，林挽月能接受吗？

小慈开始心疼起李娴来，谁又能知道她们家殿下的苦呢？

小慈看着李娴，这个她从小就跟着的主子，把心一横："殿下！不如找机会将事情都告诉驸马吧！"

李娴没有说话，小慈咬了咬牙继续说道："殿下，难道您忘记了皇后娘娘临终时候嘱咐您的话了吗？东宫的根基日渐稳固，殿下您呢？纸里包不住火，殿下若真的动心，何不给彼此一个机会？这些年，您这样独自承受一切，奴婢看着都心疼呢！况且……奴婢觉得驸马虽然倔强，但是，是一个明事理的好人，我相信就算一时很难接受，他一定会体谅殿下的！"

李娴心想，自己的确是背着林挽月做了许多恶事，之前交给小慈销毁的绢报泄露出去的事情，便证明了母后昔年那句"天下无不透风的墙"这句话的正确性，这些恶事放在那儿早晚是个祸害，与其被人捅给林挽月徒伤和气，还不如自己找机会透露给她，眼下东宫羽翼未丰，父皇身体康健，即便有什么变数也在自己的掌控之中，若是林挽月能自己想通，今后便再也没有潜在的危机了，她也能彻底成为东宫的利剑。

待到珠儿登基……自己也算是完成了当年母后的嘱托，可以功成身退了。

第二十章 入骨相思知不知

　　林挽月与齐王李瑱在大帐中密谈了一天一夜，将北境和匈奴人两边的局势分析了个透彻。

　　这一天一夜，林挽月受益颇多，以至于从大帐中走出来的时候，一副神采奕奕的样子，丝毫不见疲态。

　　在之前，林挽月一直对齐王的印象不错，至少齐王送的那把孤胆银枪，林挽月是喜欢的。

　　经过了这一天一夜的密谈，林挽月更是对齐王相见恨晚！

　　她带着这股兴奋劲儿找到了李娴，将自己的感受如实相告，李娴认真地听着，脸上始终带着淡淡的笑容。兴奋的劲头过去，疲惫的感觉袭来，李娴为林挽月拉好被子，转身离去。

　　出发当日，林挽月带着一队人马出城十里相送。

　　李娴坐在回京的四乘马车上，后面跟着雍王李玔停放多日的灵柩，由五千羽林卫护送着浩浩荡荡地向京城进发。

　　林挽月自是舍不得李娴离开的，她好不容易和李娴坦诚相待，真心相交，还从未度过如此轻松惬意的时光。

　　原本想象中的灭顶之灾并没有出现，李娴的坦然接受让林挽月犹如置身梦中，可林挽月却不敢深问，生怕戳破这份美好。

　　心中的大石终于落地，尽管她依旧需要以男子的身份存活于世，但有了李娴这个极其重要的知情人，一切都不同了。

林挽月跨坐龙冉宝驹，置身土丘，目送浩浩荡荡的队伍变成一条弯曲的小线，再到消失不见。

李娴坐在宽敞豪华的四乘马车中，一路沉默不语，直到队伍彻底离开了阳关城的地界，她才从思绪中回神，推开车窗，看着不住向后退去的风景，下了某种决心。

在护城大弩全部上墙之后，林挽月突然想出了一条妙计，与齐王商议，齐王更是拍案叫绝！

于是林挽月亲自带着李娴留给她的名单上的人手，用大量的水在城外布置了一个秘密的陷阱！

这陷阱并非必用，但匈奴人的投石车若是数量太多，可以给予其毁灭性的打击！

接下来，便是等待了，匈奴人被截了粮草，决计不会轻易善罢甘休。

齐王的猜测与林挽月不谋而合，在北境第一场大雪来临之前，他们将会有一场恶仗要打。

这场战争的胜败，也关系着匈奴人联盟是否能维系下去！

没让林挽月等太久，在一个黑云密布的清晨，这一天终于来了。

低沉厚重的牛角号响彻整个阳关城的上空！

不同以往的是，在牛角号吹响之前，阳关城内的部队早已集结完毕，分列成十六个方阵在城外等待！

当战鼓擂响，每一位将士都挺起了胸膛，握紧了手中的兵器，胸中的战意达到最高！就连胯下的战马也开始躁动地蹬着蹄子，从鼻孔里冒出一股股白烟！

匈奴大军几乎倾巢而出，根据斥候的回报，这次匈奴人准备了上百台投石车，并且配备了云梯和破城木！

林挽月与齐王约好，各司其职。齐王李瑱带着麾下的猛将夏侯无双率全部骑兵出城杀敌，林挽月作为三军主帅坐镇城上。

由于有投石车这种远程大规模杀伤性武器，城墙上也并不安全。

所有的步兵几乎全部上墙，就连楼梯上也有序地站满了士兵。

齐王李瑱身穿一袭黄金铠甲，手持三尖两刃枪。夏侯无双立于齐王身后左右手各持一把长柄板斧。

林挽月站在城墙上，看到齐王的装束，心中热血沸腾，她也好想立于千军万马之前，与匈奴人决一死战！

黑压压的匈奴骑兵奔袭而来，一眼望不到队伍的尽头！

厚重的黑云仿佛就压在头顶上，匈奴人的马蹄声若闷雷，林挽月眯着眼睛抬起了右手！

战鼓变奏，随着细密的鼓点声，林挽月深吸一口气，大吼道："放箭！"

三十二张护城大弩，放出射程极远的大箭，二石硬弓弓箭手也不甘示弱。

城下一阵凌乱，匈奴士兵的惨叫声、战马的嘶鸣声不绝于耳！

经过几轮远程攻击后，齐王李瑱缓缓地举起手中的三尖两刃枪，林挽月看到信号，一抬手："停，开始精准打击！"

"是！"

"吼！吼！吼！"

城下最前方的大盾护卫兵有节奏地低吼着，一边快速地向两边散去，几个喘息的工夫，两军之间再无阻碍！

"嚯！"随着刺眼的白光，齐王李瑱长枪直指："杀！"

喊杀声震耳欲聋，城下的骑兵冲了出去！

这一次，林挽月并没有挽弓，而是专心地看着城下的局势，并时不时地与身后的两位副将讨论。

这是林挽月参军五年来参与的第一次人数如此之多的一战，而且还是作为主帅！

"大帅！投石车上来了！"目力异于常人的卞凯禀报道。

"大纛传令！战鼓变奏！"

"是！"

林挽月传出指令后，撤到两旁的大盾兵动了起来！

"吼！吼！吼！"

随着吼声，退到一旁的大盾兵迅速列阵，以一人高的大盾为墙，组成了若干个铁桶形状的阵形！

这些"铁桶"阵形的大盾兵，是齐王和林挽月共同想出来破坏敌人投石车的小阵法。

俯瞰下去，大盾兵阵正在缓慢而坚定地朝着投石车的位置移动着！

"小鼓，令旗！动！"

"是！"

这所谓的小鼓是按照齐王的提议特制的战鼓，鼓点和声音都很特别，方便和大战鼓区分，鼓手由齐王带来的士兵担任。

小鼓和令旗是用来指挥大盾兵阵的。

随着细密的鼓点声远远传开，大盾兵阵内的士兵们大吼一声，从大盾之间特制的缝隙中刺出了数把长矛！

吃一堑长一智，林挽月还特别在大盾兵配备的长矛上淬了致命的剧毒！

得益于这些不断收缩突刺的长矛，就连匈奴骑兵也无法轻易靠近这大盾兵阵！

至于射过来的弓箭更是奈何不了大盾分毫！

看着大盾兵阵稳健地朝着投石车移动了过去，林挽月脸上一喜，敌人的投石车数量太多，在投石车到达射程点之前，预先破坏掉一些可以大大减轻守城的压力！

"大帅！您看那是什么？"

听到卞凯的声音，林挽月趴在城墩上，顺着卞凯的手指极目眺望，却只能在匈奴人队伍之中看到五个大黑点，无法看得更清楚。

"小凯，你发现什么了？"

卞凯趴在城墩上，眯着眼睛看了一会儿回道："大帅，是五台战车！由大盾和重兵护着，上面好像站着什么人！"

林挽月皱起了眉头："战车？五台……"

脑子里电光石火地一闪，林挽月立刻吩咐道："大纛传令！将五台战车的位置传过去！"

"是！"

成股的鲜血顺着齐王的黄金铠甲向下滴，这真真是一件宝甲，刀枪不入，滴血不沾！

听到大战鼓的变奏，齐王李瑱将手中的三尖两刃枪挥了出去，所到之处一片惨叫，夏侯无双默契地护在齐王身边，抡圆了手中的板斧为齐王争取空当！

齐王李瑱回头望向大纛，再抬眼一看，果然在百丈开外看到了五台战车！

"无双！你看，匈奴人五部的首领就在前面的战车上！"

夏侯无双劈死一个匈奴骑兵，眼中闪过一丝精光，兴奋地喊道："好机会！"

李瑱也点了点头，重新加入了战斗，可惜此时的战场上的人太多，无法组织突袭！

正在齐王李瑱感叹之际，城墙上的战鼓再次变奏，大纛传来指令：全军听令，且战且散开！

"好！"齐王李瑱大吼一声，夏侯无双也露出了笑容，这林飞星确实有些本事，战机往往稍纵即逝，能在发现异样后当机立断，痛快，痛快！

匈奴人的骑兵们感觉原本与他们拼死厮杀、寸步不让的离国士兵突然放缓了手中的力道，改猛烈进攻为防守，并且向四周散开，留出了大片的空当！

"无双，带一队人马杀过去！本王至少要一台！"

几乎在齐王话音落的同时，夏侯无双大声吼道："甲队随我来！"

此时城下战场中的人没有那么多了，这对他们来说有利有弊。一方面林挽月当机立断地给齐王提供了组织突袭的可能；另一方面，也给投石车让出了路，无形中加大了阳关城的危险程度。

然而林挽月在选择下令的时候，没有丝毫的犹豫，这正是让齐王叫好的原因！

果然，在离国骑兵散开后，匈奴人的投石车明显加快了速度！

林挽月眯了眯眼，一边估测着投石车的距离，一边关注着齐王那边。

"投石车来了！小鼓手隐蔽！令旗给大盾兵下达自主攻击命令！"

"是！"

"大纛传令，所有骑兵注意躲开陷阱区！"

"是！"

"护城大弩瞄准投石车！"

"是！"

"热油准备得怎么样了！"

"回大帅，全都准备好了！"

"抬上来！"

"是！"

一桶一桶的热油接力一般被抬上了城墙！

大盾兵阵接近投石车后，迅速张开，犹如食人花的嘴巴一样，将投石车"吞"了进去，随着一阵阵的惨叫，当大盾兵阵散开重组的时候，投石车的四周横七竖八地躺着推车的匈奴人的尸体，而投石车的关键位置也被破坏，不能用了！

上次缴获的投石车运到城中，李娴看过后画出了图纸，在临别之前，李娴为林挽月在图纸上圈出了投石车的关键点，这让他们可以迅速破坏投石车！

看到大盾兵阵成功又快速地破坏了投石车，林挽月由衷说道："谢谢公主！"

"大帅！"卞凯喊了一声。

林挽月命令道："放冲天箭！"

"是！"绑了炮仗的箭矢由大弩射向天空！

齐王听到声音，看向夏侯无双的方向："无双，快！"

齐王与林挽月相约，当投石车大量集结在城下的时候，以冲天箭为令，开启陷阱保卫阳关城。这一招不到万不得已林挽月是不会用的，因为在毁灭投石车的同时，也会在一定时间内阻断离国骑兵回城的退路！

冲天箭一出，便是通知齐王李瑱决一死战之时，不打退匈奴人，他们是回不了城了的！

"倒油！"林挽月的颈子上青筋暴起，太阳穴上也可以看到明显的凸起！

"是！"城墙上的士兵以更大的声音回复主帅。

城墙上所有的士兵几乎全部行动起来，几人高高举起装满热油的大桶，顺着城墩的口将木桶直接丢了下去！

上百桶热油从天而降！有一些甚至带着猪肉的香气，阳关城内所有的油都在这儿了！

不光菜籽油，林挽月甚至将囤积的猪肥肉都炼成了油！这一仗打完，恐怕阳关城的士兵们要很久不见油腥。

随着滚滚的白烟升起，落地摊开的热油开始向下流！

原来，林挽月充分利用北境的冻土特点，在大战之前用大量的水将城外的地貌改成了斜坡！

油虽然会烫化一部分冰，但由于油比水轻，再加上明显的斜坡，不一会儿就淌到了林挽月布置的陷阱里！

那些大盾兵阵的士兵，在听到冲天箭的命令后，迅速散开，绕到投石车的后方，快速结阵！

两排士兵背靠背站在一起，每个人都扛着大盾，一座简易的木墙顷刻形成！

"吼！"组成墙的大盾兵们整齐划一地将淬毒的长矛顺着大盾的缝隙刺了出来！彻底隔断了投石车和匈奴骑兵，使后面的匈奴骑兵不能及时赶上来救援。

"全体隐蔽！"

城墙上所有的士兵都依靠有利地形躲了起来，楼梯上的士兵们也快速下了城墙，来到城内靠在城墙上躲避大石！

"咚咚，咚咚——"

城墙上变得安静了，喊杀声远远地传来，林挽月可以清晰地听到自己的心跳，以及投石车逐渐靠近的"咔咔"声……

"咣"的一声，第一颗巨石砸到了城墙上！

"大帅！"

"等下去！"

"是！"

在躲避之前，林挽月大致估测了投石车的数量，被大盾兵阵破坏了十几台，至少还有八十台可用的投石车！

等下去！一定要坚持住！才能给予匈奴人最大的打击！

"咣！咣！"随着轻微的摇晃，又有巨石砸在城墙上！

林挽月紧紧地攥着拳头，靠在城墙上深呼吸，她不知道下一秒巨石会不会落在自己的头上！

随着建筑被砸裂的声音，投石越来越密集，有一些甚至直接飞过了城墙砸进阳关城！

"大帅！"十几名弓箭手着急地向林挽月请示！

"呼！"林挽月示意弓箭手少安毋躁，深吸了一口气，冒着被巨石砸到的风险，快速地站起来，向下看了一眼，然后再次躲了起来！

林挽月闭上了眼睛，投石的次数越来越多，越来越密！八十多台投石车的密集打击果然威力惊人！

林挽月猛地睁开了眼睛，眼中闪着慑人的精光："放火矢！"

"是！"十几名弓箭手早就准备好了，听到主帅的命令麻利地点燃手中的火箭，不顾巨石的危险，站直了身体，火矢破空而去，最后稳稳地落在了林挽月预先做好的陷阱区！

"呼"的一声，地火蔓延！

"啊！"匈奴士兵怎么也没想到好好地说起火就起火了！

转眼的工夫，想全身而退已是妄想！

热油早就沾上了投石车的车轮，再加上它的木质结构，顷刻间投石车就烧起来了！

天气干燥，热油为辅，想拉走投石车？痴心妄想！

有一些躲闪不及的匈奴人甚至也被大火波及！他们的身上穿的都是干燥的兽皮，遇火即燃！

有一些人干脆丢下投石车向后跑，少部分自身着火的匈奴人则就地打滚，一不小心沾了地上的油，燃起一片！

这火来得奇，打得匈奴士兵措手不及，还以为天怒神罚！怪叫了一阵子之后，集体选择弃车逃跑！

只可惜……

当他们跑出一段距离之后，发现在他们的身后不知道什么时候，居然形成了一道一人高的木墙！

木墙支着"獠牙"，锐利的长矛头上带着致命危险的毒！

上天无路，入地无门！

"吼！"随着几百名大盾兵整齐划一的吼声，木墙开始移动了！

士兵们每吼一次，会整体向前移动一步，大盾上用醒目的油彩画的獠牙青兽仿佛活了起来！张着它们的巨口，朝着匈奴士兵扑了过来！

前有"猛兽"，身后则是一片赤焰火海，这一拨匈奴士兵陷入了深深的绝望！

一阵西风呼啸而过，城下呼呼燃烧的火海发出了一阵阵不满的声音。

雪。

北境迎来了今年的第一场雪……

鹅毛大的雪片，漫天飞舞！

"弓箭手！"

投石车停了以后，城墙上的士兵也陆续地站了起来，随着主帅林挽月大袖一挥数百支箭蓄势待发！

"放箭！"

又是一阵西风吹过，林挽月的喊声飘出好远。

惨叫声不绝于耳，所有操控投石车的匈奴人无一生还！

投石车呢？正在哗哗剥剥地燃烧着。

"啊！"城墙上所有的士兵看着城下的情况，纷纷扬起了手中的兵器，对天嘶吼！

痛快！

"呼……"林挽月重重地呼出了一口气，勾起了嘴角。

跟在后面守着云梯和攻城木的人失去了投石车的掩护，就成了明晃晃送死的靶子，不足为惧！

阳关城守住了！下面就看齐王的了！

"驾！"夏侯无双身上缠着套索，以足绕缰绳，两把板斧左右开弓，十分轻松地冲开了匈奴骑兵的阻挡，一队气势汹汹的金甲卫跟在夏侯无双身后，突袭的队伍犹如一把刺向敌人胸膛的锐利匕首，快且狠地朝着五台战车中最中间的一辆刺了过去！

无人能挡！

林挽月站在城墙上，将整个战场尽收眼底。

战事已经进行了两个多时辰，地上躺了不少士兵和战马的尸体。

尤其是这突如其来的大雪沾染到地上的鲜血，鲜血的腥气四处弥漫。

即便身经百战的林挽月，也不禁感到一丝萧索：这，便是战场。

"给大盾兵阵下令，让他们去保护齐王殿下！"

"是！"

夏侯无双将手中板斧丢给两边的士兵，左右两位士兵稳稳地接住，并且默契地朝夏侯无双靠拢，牢牢地将夏侯无双护在中间。

夏侯无双仍旧以脚操控缰绳，卸下了身上的套索，抡圆了胳膊！

"去！"特制的套索分量十足，急速朝着中间的战车上一身油彩的匈奴人男子飞了过去。

夏侯无双在跟随齐王李琪之前以养马为生，套马索时从未失手，曾经多次以此生擒敌方主将！

眨眼的工夫，套索稳稳地朝着匈奴人飞了过去，就在即将套住匈奴人主帅的时候，突生变异！

不知从何处跳出一个匈奴人，稳稳地打在了套索上，金属套索"叮"的一声被拍离了原来的轨道！

夏侯无双感觉双手的虎口被套索狠狠地擦了一下，心头一沉。

隔空打到套索还能传来如此力道，此人不简单！

夏侯无双丢掉手中的套索，一伸手，两把长柄板斧握在手中。

"开口子！准备撤！"

"是！"

夏侯无双向前望去，只见一身量惊人的匈奴人男子，头戴一方牛骨，脸上抹着油彩，光着上身，暴露的上身肌肉虬扎，浑身上下充满力量，身上有几处野兽留下的狰狞的伤疤，此时北境已经下雪，这人却感觉不到冷一般，大片的雪花落在他的身上迅速融化，身上冒着腾腾热气！

夏侯无双想起林挽月的描述，眼皮一跳：此人是图图尔巴！

夏侯无双知道这图图尔巴的厉害，能将雍王李玵斩于马下，绝非等闲之辈！

夏侯无双起了较量的心思，但他同时也明白，此时并不是好时机！

自己带了一队人马突袭到匈奴人的后方，一击不成只能撤退！

夏侯无双朝着图图尔巴挥了挥斧子，不再久留，带着金甲卫杀了出去。

来去如风，剽悍的匈奴骑兵竟也阻挡不住。

图图尔巴被夏侯无双激得大口粗喘，却也不敢离开战车一步。

因为站在他身后的是冒顿部的首领依多波可汗！

"图图尔巴！"

"在！"

"去取了那离人的头颅来见本汗。"

"是！"图图尔巴大喜过望，拜过依多波，口中怪叫着挥舞着手中骇人的钢鞭冲了出去！

"王爷，属下无能，未能成功。"

"无妨，随本王杀敌！"

"是！"

齐王与夏侯无双将各自的后身交给对方，专心对抗眼前，咆哮着冲过来的匈奴骑兵无不被斩在马下！

随着一阵"哗啦啦"的锁链声，夏侯无双感觉到致命的危险向他扑了过来！

"小心！"耳边传来齐王的喊声，"叮"的一声，金属碰撞的声音刺痛了夏侯无双的耳膜！

三尖两刃枪与一柄黑色巨大钢鞭在夏侯无双的头顶碰撞。

齐王胯下的战马四肢一抖，才站稳了身子，齐王更是脸色不善，这一招的力道让齐王心惊！

"啧！"一击不成，图图尔巴啐了一口，拉回了甩出去的钢鞭。

"王爷！您不要紧吧？"夏侯无双掉转马头，来到齐王李瑱的身边。

齐王李瑱摇了摇头，眼中的神色是从未有过的认真严肃。

夏侯无双继续说道："王爷，这人便是图图尔巴！"

"匈奴人第一勇士，果然名不虚传！无双，这里人太密施展不开，你我将他往前引上一引！"

"是！"

齐王李瑱与夏侯无双二人双双勒马上前，挥舞着手中的兵器与图图尔巴对上几招后，并不硬拼，而是掉转马头朝着阳关城的方向跑。

图图尔巴大吼一声，毫不畏惧地追了过来。

林挽月站在阳关城上，见齐王与夏侯无双往回跑，再定睛一看，身后居然跟着图图尔巴！

林挽月立刻命令道："大纛传令！各部机动作战，拦住匈奴人，小鼓手通知大盾兵阵，听从齐王殿下调遣！"

"是！"

战鼓变奏，齐王看向大纛，微微一笑，与夏侯无双一起勒住缰绳迎战图图尔巴！

图图尔巴见这两个离国羔羊不跑了，发出一阵怪笑，也停了下来，三方对立，大战一触即发！

不知齐王李瑱是有心还是无意，居然停在了三石弓的射程范围内！

林挽月估测距离，心中有数，命亲兵拿来了三石弓。

远处的战场匈奴人的伤亡明显要大于离国的士兵的，林挽月放下心来，看来只需要些许时间就能取得这场仗的胜利了。

这边图图尔巴已经与夏侯无双和齐王战在一处，大盾兵阵围出了方形的空地确保三人的激战不受任何人打扰。

此时雪已经下得很厚，覆盖了整片战场，溅落在地上的鲜血愈发醒目。

林挽月看着场中的三人战局，他们已经行过五十多个回合，双方不分胜负，图图尔巴没有在齐王和夏侯无双的联合下占到任何便宜，而这二人也没能奈何图图尔巴。

林挽月一方面震惊于图图尔巴的天赐神力，一方面又不禁在心中默默进行比较。

她也是和图图尔巴交过手的，在图图尔巴没有使出全力的前提下，与之斗了三十个回合，最后差点儿被砸死，后来和杜玉树张三宝共战图图尔巴，依旧没有得到什么便宜。

若是自己带着张三宝和蒙倪大与齐王和夏侯无双相较，胜负又如何呢？

这个想法一出，林挽月勾了勾嘴角，怕是不可能的。

雪，越下越厚，厚重的黑云丝毫没有散去的趋势，战事也因为大雪而变得艰难了起来。

"大帅！"卞凯的声音拉回了林挽月的思绪，林挽月向下看去，只见图图尔巴与齐王和夏侯无双斗了百回合后，两方僵持了起来。

此时图图尔巴高举钢鞭正在与齐王和夏侯无双角力！

好机会！

林挽月抽出一支箭，搭弓瞄准，一气呵成。

这一箭图图尔巴一定躲不开！

在松手之前，林挽月的心头闪过了一个念头。

"大帅？"卞凯不解地看着林挽月，不明白为什么大帅缓缓地松开了弓弦，这可是千载难逢的好机会！且不说图图尔巴是匈奴人第一勇士，杀了他可以震慑匈奴人，就说图图尔巴曾经斩杀过北境的上一任主帅，若是由新主帅手刃图图尔巴，不仅可以令士气大振，而且还可以让林飞星声名远播！

林飞星的箭法卞凯见识过，他绝不会认为林飞星放弃是因为没把握！

林挽月没有回答，只是默默地将箭矢放回箭壶内，然后将三石弓递给了卞凯，一副不想插手的样子。

"王爷！"一直注视城墙上动静的夏侯无双喊了一声，齐王李瑱的眼中闪过一丝惊异。

齐王李瑱向夏侯无双使了一个眼色，夏侯无双撤掉板斧虚晃一招，图图尔巴慌忙去挡。

"嚯！"的一声，白光一闪，一阵天旋地转。

血溅三尺！图图尔巴被齐王李瑱的三尖两刃枪削了个身首异处！

齐王李瑱杀死图图尔巴后，骑在马背上回头向城墙上望了一眼，鹅毛大雪阻碍了他的视线，让他看不清楚林飞星的表情。

夏侯无双与齐王李瑱向着前方战场奔了过去。

林挽月负手而立，微微仰起头，看着天空上一片片飘落的雪花。

当时城墙上有许多士兵，他们都看到了主帅挽弓，也都看到了主帅撤弓，每个人都为主帅感到惋惜。

唯独林挽月心中平静，一派淡然。

图图尔巴的死给了匈奴士兵极大的打击，毕竟图图尔巴自十二岁跟随依多波可汗后，十年间未尝败绩，如今被两个离国人给杀了，他们怎能不害怕？

一个时辰后，沉重的牛角号响起，来势汹汹的匈奴人五部联军，最终选择了撤军。

离国胜了，这是十年以来最大的一场胜利，是一场规模最大、斩杀匈奴人数量最多，也是赢得最漂亮的一战。

在士兵们打扫战场的时候，离国士兵阵亡万余，重伤万余。

他们斩杀匈奴士兵四万有余。

在这场战争中阵亡的士兵都得到了很好的安置，家属的抚恤也很丰厚。

林挽月按照平时的三倍发放了抚恤金，一时间人人歌颂大帅仁义。

匈奴人和战马的尸体被堆成了数十个小山，就地焚烧。

大火烧了整整一夜，整个阳关城尸臭弥漫。

闻着尸体燃烧的熟悉气味，看着熊熊燃烧的大火，林挽月第一次生出了厌倦的念头。

她开始迷茫，这仗究竟要打到什么时候？

除了守卫阳关城不破之外，自己到底能为百姓做些什么？

林挽月想了好久，却并未思考出答案。

五年的时间，白驹过隙，过了这个冬天，就是林挽月女扮男装参军的第六个年头，这六年的经历就像一场梦，她从一个步兵做到今时今日掌管北境的大帅。

林挽月真怕有一天她从睡梦中睁开眼睛，醒在断壁残垣的婵娟村里。

这场大雪整整下了一天一夜，车马难行，匈奴人怕是很久都不会来了，若是恶劣的天气一直持续下去，这个冬天北境都是安全的。

宴会进行了三天，北境士兵载歌载舞，这一年，北境的将士们承受了太多的变故和不安，终于可以好好放松一次了。

在后来某一天的宴会上，齐王与林挽月在军帐内对坐畅饮。

齐王终于按捺不住心中的疑惑问道："飞星，当日大战图图尔巴，飞星为何不挽弓相助？"

林挽月并没有着急回答，而是默默地饮下樽中酒，才笑着回道："大雪阻碍视线，星无必中把握。"

齐王微微一怔，盯着林挽月良久不语。

最后二人相视一笑，心照不宣，共饮一杯。

大战后的几日，李娴便收到了这场战事的详细绢报。

当她看到林挽月挽弓而不射的时候，心头一跳。

因为林挽月的行为诡异，所以她的手下将这段汇报得十分详尽，李娴看了一遍又一遍，将林挽月的动作在心中描绘了一遍又一遍。

李娴看着绢报，无声地笑了起来：这颗种子，终于长成了足够遮风挡雨的参天大树。

李娴将绢报收好，拿过一方崭新的绢报，毫不迟疑地写下一段话。

只有龙飞凤舞的八个大字：知无不言，言无不尽。

绢报很快就由小慈亲自送了出去，目的地是北境。

不知是苍天庇佑北境，还是老天怜惜林挽月厌战的心情，大雪绵延不绝，封山封路，匈奴人再无卷土重来的可能。

车马难行，齐王便留了下来，等待旨意。

林挽月已经写了折子递交天听，将捷报呈交，同时也提到了齐王亲自斩杀图图尔巴的事情。

关于她自己的奇策和功劳，未提一笔。

很快来到了元鼎三十一年的年底，这段时间林挽月的心情极好，按照惯例过些日子她就可以和齐王一同进京朝拜，也就可以见到李娴和小白水了！

怀着无比的期待，终于距离回京出发的日子只剩三天了！

林挽月早就准备好了礼物，有献给陛下的，有送给项经义夫妇的，送给各位王爷皇子公主的，还有送林白水的，以及送给李娴的……

东西早就被装上了车，林挽月不放心又检查了一遍。

三天后，她就和齐王一同出发回京！

这天，林挽月的心情极好，带着幽琴走在阳关城的街道上，由于百姓大部分都撤走，街道上空荡荡的。

突然，林挽月看到街道上闪过一个女子的身影！

林挽月皱起了眉头，总觉得女子面熟，当她想起来女子在哪里见过的时候，感到一阵天旋地转！

"幽琴！给我追！我要活的！"

"是！"

林挽月攥紧了拳头，身体不住地颤抖，越思考便越害怕，这青天白日的，自己居然看到了一个死人！

幽琴压抑着心中疑惑，提起气追了三条街，最终还是失去了女子的踪影。

没有办法，十二旗主各司其职，幽琴的身手虽然比一般人要高出许多，但是面对轻功极高的第十一旗主时依旧落了下风。

就在幽琴追踪无果准备回去找林挽月复命的时候，一个熟悉的声音突然在耳边响起："你是不是在找我啊？"

幽琴的瞳孔一缩，猛地回过头，看到她一直追的女子就在她的五步外！

幽琴脊背泛凉，环顾一周，才上前几步，压低了声音急切地说道："你来做什么？你疯了吗，小十一！"

"好久不见了，幽琴。"小十一笑得灿烂。

"你在驸马的眼中已经死了，难道你忘了吗？你为什么要出现！难道……你背叛了殿下吗？"

幽琴突然严肃起来，手腕一翻，指尖闪过寒光。

"久闻幽琴旗主司暗杀，擅医毒。今天我偏要看看我的轻功躲不躲得开你的透骨钉！"

幽琴深吸了一口气："驸马让我抓你回去，我这条命是他的，你也不要怪我不顾昔日情谊。不过，你的轻功我是知道的，我抓不到你，你若是躲开我的透骨钉，可径自离开，一切罪责有我来承担！"

"哼。"小十一冷哼一声，并不逃跑而是朝着幽琴扑了过来。

幽琴大惊失色，无数个念头在脑中闪过，是小十一背叛了殿下，还是殿下觉得自己知道得太多派人来杀自己灭口，还是……

已经容不得幽琴细想，小十一鬼魅的身影已经近在咫尺，幽琴无法，只能甩出了手中的透骨钉！

幽琴一次可发出九九八十一根透骨钉，极少有人能躲过！

时间仿佛静止了，一个犹如幽灵一般的身影用极其诡异的身法在一片虚无中穿梭。

若是再仔细看去，就会发现在半空中有数十支细若毛发的暗器！

幽琴发完暗器丝毫不敢大意，足下用力向后撤出一丈多远，手腕再次发力，又发出八十一根透骨钉！

小十一见幽琴如此不顾旧情，暗自啐了一口，神情变得前所未有地严肃，她自命轻功天下无双，可是幽琴的厉害她也是知道的！

她使出毕生所学，拿出全部的实力去应对，竟起了争强好胜的心思，却没有发现幽琴突然低下了头，"嗖"的一声，一支透骨钉从幽琴的后颈飞出，直逼小十一的眉心！

此刻她正在半空中，堪堪躲过这一百多根暗器，没想到幽琴还有后手！

完了，这次玩过火了！小十一绝望地闭上了眼睛，"叮"的一声在小十一的耳畔响起。

当小十一再睁开眼睛的时候，已经安全地落地，透骨钉飞到一旁，一颗鹅卵石掉在她的脚卜。

"啊！"小十一再抬头，看到幽琴捂着自己的手腕，面带惊愕地看向一旁。

小十一顺着幽琴的目光看去，看到一个黑衣女子蹲在旁边铺子的屋脊上，脸上戴着面具，姿态优雅。

"余——呀！"没等小十一叫出熟悉的人名，就被一颗石头砸中了腿弯，腿一软跪了下去。

小十一的表情非常精彩，脸上惊喜的神色还没来得及退去，又夹杂了吃痛和不解的。

屋脊上的女子缓缓站起身，从怀中掏出一物，信手一甩，这件东西就到了幽琴的手上。

"办完这件事情之后，你便与影子再无瓜葛，还有，小十一我权当借给你，十日后我会来接人。"

女子说完"唰"的一声便不见了。

幽琴心有余悸地看向手中的物件，发现是一方折成块状的绢布，展开，上面的字迹无比熟悉。

小十一匍匐在地上，看着面具女子消失的方位，一动不动。

幽琴摸出火折子亲手点燃了绢布，看着绢布彻底化为灰烬才来到小十一的面前，掏出一把匕首抵在小十一的颈子上："跟我回去吧。"

"哼，你别得意！要不是……要不是余……姐姐……你才抓不到我！"

"要不是她出手，你刚刚就死了，我是抓不到你，但不代表我杀不了你。你要明白旗主的排位不是随便来的，你之所以叫小十一就是因为你只杀得了小十二。"

小十一的脸色几经转变，最后化为愤愤和不甘，也不再说话了。

元帅府，书房内。

林挽月脸色极其难看地坐在案后，被五花大绑的小十一坐在书案前面，幽琴面无表情地站在林挽月的身后。

"如果我没有认错人的话，姑娘是公主身边的婢女吧？"

"驸马真是好眼力，一眼就认出我来了，没错，你可以叫我小十一。"

林挽月脸颊上的肌肉抽了抽，继续问道："如果我没有记错，你应该死了，在三年前我第一次护送公主回宫的时候，我们遇到了刺客，断后的兄弟们都死了，你一个宫婢是不可能活下来的，告诉我，究竟怎么回事？"

听到林挽月的问题，小十一先是似笑非笑地看了看幽琴，才回道："我是谁，驸马大可以问她，我们很熟的！"

林挽月握紧了拳头，从牙缝中挤出两个字："幽琴？"

幽琴无声地来到小十一的身边，跪下："驸马。"

"她说的可是真的？"

"回驸马，属实。"

林挽月的目光往返在幽琴和小十一的脸上，不怒反笑："好好好，那么你来说，究竟是怎么回事？"

"回驸马，我与小十一、小十二是下三旗的旗主，由惠温端皇后收养，根据各自的天赋培养成只忠于皇后娘娘的旗主，皇后娘娘仙逝后，我们被交给了长公主殿下，我是第十旗的旗主，司暗杀，擅医毒，小十一的轻功比较高，小十二擅长易容术，我们从小接受训练，虽然只是下三旗，但一般人是杀不了我们的。"

林挽月靠在椅背上，脸色变了又变，带着三分侥幸的心思问道："小十一，你是不是出卖了公主？"

小十一冷哼一声，用怜悯的目光看着林挽月，坚定地回道："我死也不会背叛殿下的，只有殿下不要我们的时候，我们是不会背叛殿下的！"

林挽月仿佛听到了天地崩塌的声音，丧失了全身的力气。

林挽月没有再问，小十一却突然来了精神，一副不肯善罢甘休的样子，兴致勃勃地继续说道："当年的刺杀事件不过是殿下高瞻远瞩下的一步棋而已，良妃薨逝，宫廷内部一片混乱，公主为了置身事外，特意在路上耽搁了些许时日才回宫的，刺客是公主派的，我和小十二都参与了屠杀，就凭那区区的二十人，哼，交给我一个人都不够看！"

"哗啦！"一声，林挽月突然站起来，将书案上所有的东西都扫在地上。

砚台就砸在幽琴的肩膀上，书籍、笔架扫在小十一的身上，二人却一动不动。

林挽月大口地喘着粗气，眼眶赤红，胸膛不住地起伏。

小十一看着这样的林挽月，心中闪过一丝不忍，撇过头去。

幽琴跪在地上，将头压低。

"幽琴，她说的都是真的吗？"

"句句属实。"

小十一转过头："驸马若是不相信，大可以写信给殿下——"话音戛然而止。

因为小十一看到了林挽月的表情，这表情，她无法用语言形容，可就连她这个局外人看到这样的表情，都会不由自主地心脏一揪，再不忍去伤害他。

林挽月重新坐回到椅子上，良久才开口："她还做过什么伤天害理的事情，通通告诉我。"林挽月仿佛被抽光了活力，声音沙哑。

小十一在林挽月看不见的角度，用脚碰了碰跪在一旁的幽琴，不知道为什么，小十一再也说不出伤害林挽月的话了。

幽琴垂下肩膀，想到绢布上的字，轻轻呼出了一口气："驸马，可还记得苏西坡吗？"

听到这个名字，林挽月只感觉心一抽，再也感觉不到痛了。

"继续说，不要停。"

"苏西坡这个人根本是不存在的，苏西坡的本名叫洛伊，是殿下在三年前第一次来北境因缘巧合重逢的故人，她主动找到殿下提出了联盟的提议，彼时的洛伊已经取得了头曼部曼莎女可汗的信任，于是由洛伊负责牵线搭桥，曼莎女可汗密会殿下，双方协定在必要时刻头曼部可以倾力相助，殿下答应了，曼莎女可汗让殿下拿出诚意来，于是殿下将北境几十万大军过冬的粮草许给了头曼部，作为盟约礼，而我也作为监控洛伊的棋子，被殿下派到了洛伊的身边，后来殿下派了人暗中协助，小十二亲自将洛伊易容成苏西坡，在驸马的眼皮子底下运走了粮草。"

"还有呢？"

小十一接过幽琴的话头，叹了一口气继续说道："驸马还记得那个卖糖水的人吗……李忠是因为中了一种叫英雄冢的毒才死的，中毒的人会表现出被酒色掏空的脉象，直到衰竭而死。"

随着"嗖"的一声，书房的一角传出了瓷器破碎的声音。

林挽月从怀中掏出了一方玉佩，奋力地将它丢了出去，玉佩砸到了花盆上，花盆碎了一地。

幽琴自始至终都没有抬头，小十一第一次露出了胆怯的表情。

杀气。

小十一敏锐地从林挽月的身上感受到了浓浓的杀气。

这样的气魄让小十一本能地感到惧怕和窒息，只有久经沙场、无数次从死人堆里爬出来的人才配拥有这样的气魄。

林挽月的双目赤红，表情狰狞，小十一咽了咽口水，身体向后仰，本能地想绕开林挽月。

此时若是有一把刀子，小十一相信林飞星会连眼睛都不眨地砍了自己。

恨意。杀气散去后，便是毫不掩饰的恨意，犹如一把锐利的刀子，狠狠地戳在小十一的心口。

小十一感觉自己都快哭出来了，这林飞星却没有一点儿要放过自己的意思。

这回小十一终于明白了，自己在小十二手里抢了一项什么任务，她终于明白在接下这个任务之后，余闲姐姐为什么会一改温柔和她大吵了一架。

她终于明白了在余闲替自己送行的那天，为什么会露出生离死别的表情。

她终于明白了，余闲说的那句"小十一，你这次真的玩得太过火了，这绝对不是好任务，那人……看似温和，可却是心有坚守的人，而且我能感觉到他心底压抑着一股戾气，你可知，你是在送死？"

"余闲姐姐，你别担心，殿下答应我做好这次任务，她给我一年的时间，那时我可以和你游山玩水！到时候我们就到南边去看看，你不是一直喜欢那边的风光吗？"

余闲看着笑得灿烂的小十一，脸上带着哀伤的神色，心在滴血：小十一啊，小十一，殿下自己都不敢亲口对那人说，难道你没看出来吗？就连殿下……都要避开那人的怒火呢。

小十一终于流下了眼泪，因为林挽月已经掐住了她的脖子，掐得她连呼救都做不到！

眼泪、鼻涕以及口水不受控制地往外流，小十一白眼直翻，映入眼帘的是林挽月近在咫尺、居高临下的狰狞脸庞。

小十一的脚开始乱踢，一下一下重重地踢在林挽月的小腿上，就像是踢在柱子上一样，没有任何作用。

"驸马！手下留情！"

幽琴见小十一的脸色已经开始由赤红向绛紫变化，从地上爬起来，拉住林挽月的胳膊。

林挽月缓缓地转过头，幽琴对上那双赤红的眼，心跳一滞。

就在小十一即将失去意识的时候，从窗外飞进了一块石头，精准地打在林挽月的手腕上。

林挽月吃痛，松开了手上的力道，也恢复了几分清明。

林挽月看了看已经昏过去的小十一，还有微弱的呼吸，冷冷地说道："把她关起来。"

"是。"

林挽月离开了书房，窗上的破洞还在，院中却不见人影。

林挽月回到自己的房间，将已经收拾好的包裹抖开，从里面摸出一方玉佩。

这块玉佩和之前那块一样的大小，一样的佩饰，极其相似的材质，唯一不同的便是玉佩上刻的是"月"字。

这块玉佩是林挽月花了大功夫，以原玉为料，命能工巧匠按照李娴玉佩的规格雕出来的，为了不被人怀疑，上面的"月"字是林挽月自己刻上去的。

为了能刻好这个字，林挽月写了无数遍"月"字，才勉强满意。

这块玉佩是她送给李娴的礼物。

林挽月笑着，死死地攥紧了拳头，"咔吧"一声闷响，再摊开手，玉佩碎成几瓣……

"月"字倒是被完整地保留了下来，鲜血染红了笔画。

林挽月呆呆地看着鲜红的"月"字，突然爆发出一串大笑，笑着笑着，大颗大颗的眼泪便溢了出来。

朦胧着视线，林挽月仿佛看到了李娴穿着一袭华丽宫装，脸上带着端庄的笑意。

锥心之痛。

锥心之痛！

想着那些枉死在自己人手上的战友。

那个潜伏在北境的内鬼，那个偷走几十万大军过冬粮草的内鬼，竟然是她！

"噗！"

喷出一口心头血，林挽月眼前一黑，身体向后倒去。

林挽月躺在冰凉的地上，四肢大敞，口鼻间皆是血腥气，大口大口地喘着气，泪水无声地流淌。

林挽月枕着冰凉的地面，无力地摇了摇头，抬起左手压在胸口。

阳春三月，在北境内人们依旧能看到雪的痕迹。

元鼎三十一年最后一次朝会上，众人不见北境新帅林飞星的身影。

李钊在太子的搀扶下亲自主持了朝会，依旧对林飞星进行了褒奖。

齐王将图图尔巴的首级带回京城，放在了雍王李珊的碑前。

这场匈奴人与皇室之间的恩怨，由图图尔巴斩杀雍王为始，齐王斩杀图图尔巴为终。

林挽月星临行前突然改变主意不回京城了，齐王没有多问，只是帮着她星将礼品带了回去。

礼品被送到了长公主府，小慈拿着长长的礼单，对来对去，却没有发现驸马送给李娴的那份礼物。

小慈将事情上报给李娴，后者笑而不语，笑容中带着三分苦涩、七分怅然的意味。

"大帅，吃饭了。"幽琴亲自将膳食端了进去。

自从那件事之后，林挽月便不让幽琴再称呼她驸马了。

"放这儿吧。"林挽月端坐在案后，手中翻着一本兵书。

"大帅，趁热吃吧。"

林挽月想了想，放下了手中的兵书，看到其中的黑芝麻糊皱了皱眉："幽琴，我不是说了，不要再在这方面下工夫了吗？"

幽琴看向林挽月，林挽月双目不怒自威，眉毛又黑又长，薄薄的嘴唇倔强地抿在一起，双鬓那刺目的白色与他年轻的脸庞极为不符。

那件事……幽琴没见林挽月追究，就连十日后小十一被人劫走，这人听说后连眉头都没有动一下。

可是，自从那件事过后，幽琴再也没见林挽月笑过。

前段时间林挽月两鬓上生出的新发竟变成了白色，几个月的时间，双鬓上白色的头发已经冒出几寸，其他地方都是好好的，唯独两鬓再不生一根黑发。

最开始的时候幽琴吓了一跳，生怕林挽月的身体出了什么问题，才显出早衰之症，幽琴想为林挽月诊脉，无论幽琴怎样请求，都被林挽月无一例外地冷冷拒绝，幽琴留心观察了好长一段时间，见林挽月除了双鬓雪白之外，并无其他症状，才悄悄地放下了心。

从此，林挽月的膳食里出现了一碗黑芝麻糊，只是他她从来都没有用过。

"把黑芝麻糊端下去吧，以后不要再做。"

"是。"

幽琴端着黑芝麻糊走到门口，情不自禁地回头看去，林挽月又拿起了兵书。

元鼎三十二年，五月十五。

"殿下！从北境来信了！"小慈捧着一个包裹，兴冲冲地迈入正殿。

茶杯里的水一晃，溢了出来，烫到了李娴的手指。

李娴放下茶杯，白皙的食指染了一抹红色。

小慈眉开眼笑地捧着包裹，来到李娴身前："殿下，驸马总算来信了！"

李娴抬眼，看到小慈怀中的包裹，笑意消失，轻叹出声。

"殿下？怎么了？"

"你打开吧。"

小慈狐疑地打开包裹，看到里面熟悉的木匣子："咦？这是……"

当匣子打开，里面有一瓶冰肌玉骨膏、一枚象牙扳指，还有一封信，上书：驸马亲启……

"这不是殿下……您送给驸马的生辰礼物吗？"

李娴勾了勾嘴角，没有说话。

四月二十九日是林挽月二十岁的生日，李娴准备了象牙扳指做礼物，五月十五日，包裹被原封不动地退了回来。

"殿下……"

"随本宫去看看郡主吧。"

林白水已经三岁了，看到李娴走进院子，立刻将手中的木剑递给奶娘，向李娴奔来。

"娘亲！"

李娴抱起林白水，笑着说道："白水，你是个女儿家，怎么喜欢兵器？"

"这是女儿的生辰礼物，爹爹派人送来的，奶娘说爹爹是大将军，是大英雄，娘亲，是真的吗？"

见林白水提起林挽月，李娴一阵怅然，这人倒是没改爱女成狂的性子，从不言归，却不忘女儿的生辰，偶尔还会命人带些小东西回来。

"当然是真的！"

"可是娘亲，爹爹什么时候回来？"

林白水的声音突然委屈了下去，她已经记不住自家爹爹的模样，前几日她的生辰，娘亲问她想要什么礼物，她说想要爹爹，生辰当天自己便收到了一幅爹爹的画像，还收到了爹爹差人送来的礼物，一把木剑！

下人们都说，自己的爹爹是大将军，大英雄！

她好想见到爹爹呢！

"你爹爹镇守边关，不能轻易回来，那里成千上万百姓都要靠你爹爹去保护，白水明白吗？"

林白水乖巧地窝在李娴的怀里，一双大眼睛带着几分困倦，忽扇着，想了半天，在李娴的怀里蹭了蹭，呢喃着说道："女儿明白了，爹爹是大英雄，不能回家……"

之前林白水疯跑了大半日，现在早就乏了，再加上李娴身上的气味怡人，小姑娘话还没说完，就窝在李娴的怀里睡着了。

李娴低头看向林白水，她虽非自己亲生，但一直由她养育，小家伙对她毫无防备，极为依恋，如今看着熟睡的林白水，李娴的心中一片柔软。

李娴坐在林白水的床边，小家伙如今一天天长大，对周遭的一切事物都充满了好奇。

特别在意识到"阿爹"这个词的真正含义之后，明明那人在她的记忆中已经模糊，却偏偏不停地打听，特别是在知道她爹爹是镇守边关的大将军之后，不但丝毫不介意林挽月不能回家，反而对这个爹爹感情深厚。

李娴对此深感无奈，是要说这人的魅力独特，还是要归功于林挽月对林白水倾注了同等的爱呢？

李娴不禁回忆起林挽月宠溺林白水的样子来，看着熟睡的林白水笑了笑，悄悄起身准备离开，却被秀阁中最显眼的一面墙上挂的一幅画吸引了目光。

这幅画是自己画的，年初小白水过生辰，府中应有尽有，吃穿用度样样不缺，自己便问她生辰想要什么礼物？却没想到小家伙认真地思考了半日，对自己说想要爹爹。

提起那个人，自己忍不住一阵怅然，她知道事情的真相之后，连过年都不回家了呢？

早就料到的结局，不是吗？

没有期待，便不会失望，从小到大，她总习惯将一切都掌控在自己的手中，只有这样才是安全的。

且不说北境路途遥远，就算自己带着白水去了，那人也是万不想见自己的，何必自寻烦恼？

李娴独自沉浸在书房半日，终于提笔，一路行云流水，纸上便出现了这人的轮廓。

只见这人如墨的长眉，坚毅而又有神的双眼，直挺的鼻子，再下面却顿住了。

那人的唇也很好画的，薄薄地抿在一起。

只是……这样画，会不会看上去有些凶恶？若是吓到了小白水，来日这人会不会怪自己破坏她在孩子心中的形象？

李娴笑了起来，托着宫装的广袖，轻笔勾勒，画中之人薄薄的嘴唇抿在一起，嘴角带了几分柔和的弧度。

有了这抹笑意，画中之人都显得柔和了起来。

这人极少笑的，可是她笑起来很好看，笑容很干净。

在小白水生辰那天自己将画送给了她，小姑娘展开画卷的时候，一直都是期待的表情，眼睛亮晶晶的。

"这就是爹爹。"

"啊，爹爹好漂亮！"

李娴笑而不语，这个年纪的孩子还不能够区分男女之美。

不过到底所言不差，她确实很漂亮的。

小白水捧着画轴好久都舍不得撒手，最后让奶娘将画挂在了秀阁里最显眼的一面墙上。

自小白水的生辰后，李娴便对北境的暗桩下了命令，今后绢报只提北境军事便可。单方面绝了那人的消息。

这场赌局，到底是输了吧，不过到底没掀出什么风浪来，也好。

母后病逝，十二暗旗被交到了自己的手上，这十二旗遍布各地，自己的眼界终于可以脱离书本，可以收到各种各样有趣的绢报。

再后来，自己遇到了洛伊。

那一战，北境十六路先锋郎将陨落七成之数，自己便知道，匈奴人之中有高人坐镇。

对方的目的很明确，擒贼先擒王，在无法对阵高阶军官的前提下，集中火力大量杀死了先锋郎将。

培养一名将军要比培养一名士兵耗时费力许多，而先锋郎将虽然官阶不高，若是长此以往北境的人才储备一定会不足，用不了几年就会出大问题的。

那一夜，自己苦思冥想，正打算找舅舅商议的时候，幽琴来报有故人求见。

故人？北境怎么会有故人？这些年自己一直深居简出，何谈故人？她最终没有忍住心中的疑惑，带了几名得力的旗主深夜赴约。

到了约定的地点，对方只有一人。

屏退左右，那人掀开大袍，显出离国人的脸庞来。

"好久不见了，小娴儿。"

李娴的记忆翻江倒海地袭来。

"你是……洛神医？"

那人大笑："我叫洛伊，难得你还记得我！"

元鼎二十年，那年自己八岁，母后孕有珠儿四个月，突然见红，是胎儿不保的脉象。御医综合诊断了几日，也得不出个所以然来。

父皇一气之下命人贴出了皇榜，能令母后母子平安者，重赏。

第二天，便有人揭了皇榜，自己好奇跑过去看，那是自己第一次见到洛伊。

那年洛伊十六岁，少女打扮，行为举止毫无礼节可言。

面对父皇的质疑，她甩出了一方红色正方形令牌，上面烫着一个"药"字。

父皇看到令牌之后大喜，后来李娴才知道：在离国的土地上，有一处不归朝廷管辖仙境般的所在之地，里面有药王谷，相传药王谷又叫阎王殿，进了药王谷是生是死由药王他老人家说了算。

没想到洛伊小小年纪居然是药王他老人家唯一的嫡传弟子，据说不久前药王突然消失，洛伊接掌药王令，成为新一代的药王。

用洛伊的话说她不想做这个药王，便四处寻找师父，行至京城，见到皇榜，便随手揭了。

那日，凤藻宫的寝殿内，只有父皇母后、洛伊和自己。

洛伊把手往母后脉门上轻轻一搭，便扭头对父皇说："皇后中了毒。"

父皇听完后，让我离开。

后来，父皇和母后大吵一架，父皇拂袖而去，洛伊留在了凤藻宫中专门医治母后，直到珠儿满月。

洛伊翩然离去，临行前她从药王谷调来了四位外门弟子，父皇将四人安置在御医院，便是后来的"望闻问切"四位御医。

生下珠儿后，母后的身体极度衰弱，珠儿从小身子便不好，这些年一直由四大御医用洛伊留下的方子温补着。

到珠儿八岁才摆脱了从胎中带出的毒，那一年母后仙逝。

那一年，我十六岁接手了十二支影旗，第一件事便是着手调查当年的下毒事件，却不想，调查出了一桩宫廷秘辛。

原来当年洛伊对父皇和母后说孩子若是拿掉，由她开一服方子，调养个两三年，皇后的身体可以恢复如初。若是执意生产，在生产当日，毒素会侵入产妇的五脏，孩子也会带毒。

孩子可以平安长大，皇后会短寿。不过不管是否保全孩子，母后都终身不能行房事。

令人窒息的沉默持续了好久，那天洛伊坐在一边饶有兴致地吃着梨子。

母后决定生下孩子，父皇和母后大吵了一架，拂袖而去，最后还是依了母后。

后来的日子，洛伊的变化是显著的，从最开始每日行了针就拿着令牌四处游玩，到后来几乎衣不解带地照顾母后，寸步不离。

在草原见面那日，洛伊对我说："你站在营墙上，我一眼就认出了你，你……像极了你的母亲。"

洛伊还说这些年，她虽然逐步接掌了药王谷，但心底依旧不想过被药王身份束缚的生活，于是她离开皇宫后一路寻找老药王，几年前她打听到老药王似乎在离国和匈奴人边境一带出现过，便来到了这里。不想，苍天作弄，医者不能自医，到了这边她竟然病倒了，被匈奴人头曼部的曼莎女可汗救下，为了报恩，她便留在了曼莎的身边。

一待就是三年。

彼时的曼莎部还是匈奴人内名不见经传的小部落，距离离国边境很近，时常会与离国作战。

曼莎部虽小，但曼莎女可汗不容小觑，雄心壮志，用兵有道。

离国有几次损伤惨重的大仗，都是与曼莎部打的。

洛伊说她与母后一见如故，引以为知己，没能医好母后她心中有愧，愿意全力相助。

后来自己和她谈了很久，她倾其全力地助我，待到珠儿登上大宝，会全力支持药王谷。

于是洛伊带来了曼莎，那个如豹子一样的女人。

那一年，我与曼莎达成盟约，将北境几十万大军过冬的粮草作为盟礼支援给头曼部，并且暗中提供一些资金上的帮助，提升头曼部的兵器、马匹的质量。

回报是曼莎部要在必要时刻倾尽全力助我拿到北境帅印，并且拿了粮草之后的两年，要对北境边关秋毫无犯。

曼莎做到了，有了足够的粮草，她真的没有再来抢北境分毫，并且用我提供的资金换了全新的装备，加上足够的过冬口粮，在元鼎三十年年初，曼莎带领头曼部，成为匈奴人五大部之一。

五胡乱法那个秋天，曼莎邀我见面。

她提出北境雄狮助她扫平其余四部，若是由她统领草原，定与离国修订盟约，世世代代永不侵犯。

我却只能苦笑，如今帅印虽然到手，我却再不能左右她了。

洛伊说得对，纸里包不住火，绢报那种"天知地知"的东西都会败露，更何况是自己做的那些恶事呢？秘密就像是一把双刃剑，伤人伤己，为了大局……我决定和林挽月坦白一切，让她亲自查到真相。

元鼎三十二年，七月二十三。

长公主李娴双十生辰。

李钊自雍王李玠战死后身体一直不好，李娴特意交代不要铺张，只摆了几桌，邀请太子李珠、二公主李嫣、皇子李珮三位皇室成员，及京城相熟的世家女眷。

正殿内，姐弟二人对坐。

"姐姐，这里有二十颗夜明珠，将二十颗置于一室，可使黑夜亮如白昼，献给姐姐做双十生辰之礼。"

李娴的唇边显出浅浅的梨涡，神色温和，示意小慈将贺礼收起来。

"珠儿有心了。"

李珠端详李娴良久，说道："姐姐这阵子似乎清减了不少，可是府中的庖丁不合心意吗？要不要我将之前服侍姐姐的御厨放出来？"

李娴欣慰地看着李珠："珠儿真是长进了，如此姐姐便不担心了。"

李珠听到李娴如是说，惭愧一笑，不禁回忆起李忠还在时，姐弟二人之间发生了数次龃龉，现在回头想想的确是自己失礼，如今父皇身体抱恙，自己监国，这大半年来他成长了不少，真正脱离了长姐的保护独自站在高处，才真的明白李娴为他付出了多少。

"姐姐，姐夫还是回不来吗？"李珠突然提起林飞星。

"他啊……这个时节北境正是紧张的时候。"

李娴隐藏得很好，没有让李珠看出任何端倪，唯独知晓内情的小慈心疼地看了李娴一眼。

"北境军务繁忙，辛苦姐夫了。"

北境。

"大帅！"

"参见大帅！"

"嗯，进度如何？"林挽月穿着一身戎装，身后跟着寸步不离的幽琴。

"回大帅，所剩的石料已经不多了，毗邻的几座城池的石料能运来的都运来了，工程浩大，现在的石料不过是所需量的十中之一……"

林挽月站在阳关城的城墙上，向东方极目眺望，蜿蜒的城墙一直延伸到目力所不能及的地方。

说是城墙，似乎差了一些火候，这些城墙还不足半丈高。

上次大战，自己虽然成功守卫了阳关城，暂时破坏了匈奴人五部的联盟，但是林挽月看着阳关城下一望无际的尸体，突然生出了厌战的念头。

她开始明白李沐临终留给她的那句"以战养战，点到为止"的含义。

林挽月不禁感叹，曾几何时，她年少气盛，手中握了一些兵权，加上林宇战死，新仇旧恨让她对匈奴人的仇恨膨胀到顶点，甚至起了对匈奴人灭种的念头来，时过境迁，当她真正掌握了北境的军权，她才明白当年的自己是多么地狂妄。

很庆幸，她矫正了自己的心态，不然那才是真正的生灵涂炭，想要实现她当初的愿望，不知道要战死多少北境的军士！

如今她已经体味到了这方帅印的重量。

她开始思考，战争究竟要打到什么时候？在这漫长的边境线上，究竟还要留下多少的鲜血。

于是，在元鼎三十二年初，林挽月冒出了一个大胆的念头。

北境与匈奴人接壤的城池一共有十四座，若是将这些城池由数丈高的城墙连起来，彻底隔绝匈奴人与离国百姓的接触，这样是不是可以避免许多战争呢？

好在阳关城内的工匠不少，再加上几十万大军一齐上阵修筑城墙，让不可能也变成了可能。

林挽月借着去年的大雪，命工匠以特殊的颜料水划线、钉桩。冻土期一结束，工程便开始了。

只不过想起来容易，真正行动起来却遇到了重重阻碍。

如今整个北境已经没有石料可用了！

过些日子，又到了秋收之战，这可怜的城墙不过才修了半丈高，有些地方甚至还没连起来，根本起不到任何防御作用，仗一打起来城墙势必要受到一定程度的损坏，打完了仗便又到了冻土期，工匠们想要开山凿石的话会更加困难了。

每年真正留给他们修筑城墙的时间不过几个月，等到这城墙修完，不知道要等到何年何月……

林挽月并不打算放弃，哪怕是倾其一生，让她这辈子都耗在北境，只要能在她闭眼前完成这个工程，她死也能瞑目了！

"既然北境内已经没有现成的石料可用，就近开山凿石！距离秋收还有一段日子，抓紧能做多少，就做多少。"

"是！"

林挽月带着幽琴到军营内视察了一圈，然后回到了元帅府。

站在院子里，林挽月突然问道："幽琴，今天是什么日子？"

"回大帅，七月二十三。"

"哦，你先下去吧。"

"是。"

林挽月负手而立，看着头上的四角天空，喃喃地说道："七月二十三……"

第二日一早，幽琴请见。

林挽月穿戴整齐，端坐在主位。

幽琴进门先打量林挽月的气色，见林挽月神色倦怠，轻声问道："大帅昨夜又睡得不好？可要属下为您行针？"

自从幽琴跟在林挽月身边后，发现林挽月一直睡得不好，有时候幽琴偷偷守在门外值夜，时常能听到林挽月从噩梦中惊醒的声音。

幽琴苦苦哀求，林挽月才答应幽琴为他行针安神，幽琴又绞尽心思为她做药膳补身，没几天林挽月的双鬓却生出了白发，前几日幽琴费尽心力为她寻来了安神草，这才安稳睡了没几日，怎会又生出倦态？

幽琴盯着林挽月，眼中的担心一目了然。

林挽月抬眼看了看幽琴，心中闪过一丝无奈，摆了摆手："无妨，昨夜想了些事情，睡得晚了些，你这个时辰来找我，是有什么事吗？"

幽琴从怀中掏出一封信，双手递给林挽月："大帅，这是头曼部曼莎女可汗的亲笔信，请我务必交给您。"

林挽月皱了皱眉，还是接过了信，撕开信封，抖开宣纸。

看完信，林挽月嗤笑一声："痴人说梦，妄想我助她打退冒顿部？呵。"

林挽月毫不客气地将信揉成一团，捏在手中。

"幽琴，我不管从前你被安排了什么任务，从今以后不得再与匈奴人有任何联络，记住了？"

"是！"

"下去吧。"

幽琴并没有离开，踌躇片刻，看着林挽月，小心翼翼地说道："大帅，属下……有话要说。"

"讲。"

"大帅，属下在匈奴人三年，在回到北境前已经掌握了足够的证据，冒顿部内有一个神秘人，可以断定此人是离国某位藩王的人。此人狼子野心，昭然若揭，五胡结盟就是这人在其中运作，而且冒顿部本身就是匈奴人第一大部，若是任由其吞并其他四部，届时冒顿部没有了后顾之忧，对北境而言，乃一大祸患。在回来之前，属下接到……殿下的命令，刺杀冒顿部二王子，阻止冒顿部与头曼部联姻，以免头曼部失控，也可以从内部使五部联合产生裂痕，如今，我军的工事竣工之日遥遥无期，还请大帅……重新考虑曼莎的请求，属下认为当前并不是摒弃头曼部的时机。"

林挽月端坐在主位上，面色阴沉。

"你下去。"

"是。"

幽琴从正厅退了出来，有那么一瞬间，她险些将所有的真相吐露出来。不过在最后关头，她生生地忍住了。

她是孤儿，从小被培养成了被需要的样子，二十年来一直在服从主人的命令，没有人会在乎她的性命。

一直以来，就连她自己都觉得这是理所当然。

直到那天，她奉命成功刺杀冒顿部二王子，被冒顿王骑一路追杀数百里。

一路上数次与死神擦肩而过，一次次濒临死亡的边缘，一向不惜命的幽琴也感到了害怕。

终于回到了阳关城，当绳索被射中的时候，她真的以为自己这一生就会那样结束。

在迷离之际，有一个人背着坚实的大盾从天而降，他的声音很好听，他叫道："姑娘？"

虽然一直虚弱得睁不开眼，但他做的一切，自己都是知道的，他紧紧地抱着自己，在抉择关头也没有松手。

那些王骑将狼毒箭射来时，这人更是毫不犹豫地将自己紧紧地护在怀中。

这些，她都是知道的。

作为旗主，除非死了，不然绝对不可以完全丧失意识。

公主将自己如物品般送给了这人，自己眼睁睁地看着他夜不能寐，梦魇缠身，看着他一夜白发……

幽琴恨不得让自己死了，来抵消他承受的苦。

只可惜，这人对自己足够尊重，却从不入心。

幽琴知道，她是无论如何都配不上林飞星，若是能这样一生一世立于他的身后，为他操持膳食，为他呵护身体，她便满足了。

所以，她永远也不会主动告诉林飞星，公主当年与头曼部订下了头曼部将对北境秋毫无犯的誓约。

说她自私也好，说她忘恩负义也罢，幽琴知道是林飞星的坚守和倔强将他死死地绑在北境，不肯回京。

若是林飞星知道了全部的真相……

幽琴不敢赌，哪怕今生今世自己都不会和林飞星有什么，只要自己能每日都陪着他，她就满足了。

若是有一日，林飞星问起？

那便是，她的命了……

林挽月最终没有理会头曼部曼莎女可汗的提议，她将北境的士兵分成两部分，每十日一轮换。一半的士兵守卫阳关城，另一半则负责与工匠一起开山凿石。

似乎任何事也不能动摇林挽月修建这条近千里的连接了北境十四城的防御工事。

随着消息的传开，北境各郡丞也自发地响应北境大帅的号召，工匠和徭丁不惧危险，大量涌入北境参与到了城墙的修建中。

北境百姓后撤百里的圣旨已过去了快一年，如今轰轰烈烈的五胡乱法暂时落下了帷幕，阔别故乡、安土重迁的百姓们有的偷偷回家，见朝廷并没有阻止，便开始大规模地举家回迁。

萧索的北境再次恢复了生机，一般的百姓或许没有林挽月立足得远，但他们都明白，若是修成了这座城墙，便可以更好地抵御匈奴人的侵犯，可以保护他们世代生活的家园，大量的劳力自发地加入了修城墙的队伍中。

男丁修墙，妇孺们便在家中蒸了馍馍，腌了野菜，条件稍微好些的更是在野菜里放了肉糜，每日晌午都将饭菜送到城墙下。

一时间，北境军民其乐融融，林挽月数次去城墙视察，起初妇女们都自发地回避，男丁们见到年轻的大帅也都唯唯诺诺的。

时间长了，众人发现这位大帅虽然看上去很严肃，两鬓的白发更是异相，但人很和善，便不再怕林挽月了。

偶尔有人壮着胆子和林挽月搭上几句话，也能得到礼貌的回复，把这些人高兴得和什么一样。

就这样，在北境全体将士、工匠、百姓的共同努力下，绵延千里的城墙缓慢而坚定地在修建着。

其间，有小股的匈奴人意欲骚扰北境，都被林挽月亲自率军击退。

北境的百姓见"林飞星"打了胜仗，亲眼见识了这位少年元帅的英姿，更加振奋，劳动虽然繁重，但每个人的脸上都挂着笑容。

林飞星这个名字更是响彻整个北境，人人都知道他们北境有一位天生异相双鬓雪白的少年元帅，只要有他在，北境定能安泰。

昔日所有关于林飞星的流言蜚语早就被人们遗忘。林飞星既是元帅又是驸马，本可以在京城过更优渥的生活，却与公主分隔两地，留在北境，抗击匈奴人造福于民，每个人都对林飞星心存感激。

林飞星在孩子们中间的威望更是出奇地高，不少男孩子憧憬林飞星的奇特发色，央求自己的父母将自己的双鬓也变成白色，就连很少出门的女孩子偶尔也会聚在一起，悄悄议论林飞星的风采，盼着有一天在她们的生命中也可以出现这样的奇男子。

时光匆匆，白驹过隙。

一晃，又过去几个月，北境下了第一场雪。

入冬前，在林挽月的指示下，北境内囤积了大量的石料，尽管冬日工程进展缓慢，林挽月似乎也并不打算荒废时光。

林挽月并没有让百姓们白干，参加修筑城墙的劳力都得到了酬劳，林挽月变卖了元帅府中积存的大量宝物，自掏腰包支付给劳工们银钱，冬日里不用种田，许多男丁都抢着去修城墙。

林挽月独自站在阳关城的城墙上，天上飘着鹅毛大雪，西风呼啸卷白雪，天地间一片苍茫。

城墙上的士兵无不挺直了身板，握紧手中的长矛，自从入了冬，大帅经常登上城墙远望，有时候会站好久，要幽琴姑娘来唤了才会回去。

士兵们摸不清大帅为什么会对这里情有独钟。

有人猜大帅眺望西北，是立志扫平匈奴人。

还有人猜大帅自从五胡乱法临危挂帅后，至今已经一年多未曾回京，许是在思念公主。

还有人好奇终日跟在大帅身后的幽琴到底与大帅是什么关系。

有人猜幽琴是林飞星养在北境的红颜知己。

有人说幽琴姑娘是公主殿下留给元帅排遣寂寞的房中人。

当然也有知晓真相者说林飞星是幽琴的救命恩人，幽琴许是为了报恩，一直跟在林飞星的身边，任劳任怨。

林挽月站在呼啸的西风中，突然感觉到周身一暖，原来是有人将一件大氅披到了自己的身上。

"大帅，这几日天寒地冻，您也站在城墙上好一会儿了，回吧。"

原来是幽琴抱了大氅来到了城墙上，林挽月沉浸在自己的思绪中竟然没有发现。

幽琴为林挽月披上大氅后，绕到林挽月的面前，温柔地为林挽月将大氅拉好，系上了胸口的带子。

身后的士兵们虽目不斜视，但眼中皆闪过了了然的目光。

这一幕，他们已经看过很多次了。

公主的容颜有的人不曾见过，不过这幽琴姑娘长得也不差嘛，而且幽琴姑娘看大帅的眼神里有着明晃晃的爱慕之意。

林挽月不知道身后士兵的心思，她也并未看幽琴一眼，依旧将目光投向远方，良久才幽幽地问道："幽琴，今天是什么日子了？"

"回大帅，十一月二十五。"

林挽月点了点头，喃喃地说道："哦，又要过年了。"

幽琴黯然地低下头，无论自己怎么努力，这人从不曾正眼看自己……

"大帅……可要属下为您收拾行装？"说完这句话，幽琴的心头一酸。

她垂着头，不敢看林挽月，她怕见到对方表情上的松动，那么自己的希望也会随之落空吧。

西风呼呼地刮，雪片打在脸上。

良久的沉默，好似无尽的等待。

林挽月终于开口："不必了。"

只三个字，犹如一股暖流打通幽琴的四肢百骸，她猛地抬起头，脸上的雀跃还来不及隐去，却没想到，林挽月正低着头看着自己，幽琴吓了一跳，连忙收起脸上的表情。

林挽月的眼中闪过一丝无奈，将轻叹咽回肚子里。

"这儿冷，我们回吧。"

"是！"

元鼎三十三年，上元节。

天都城一片张灯结彩，爆竹声声，不绝于耳。

行人若当街相逢，纵不相识，也要拱起手道一句"吉祥如意"。

今年李钊的身体愈发不好，不但直接命太子李珠主持最后一次朝会，就连在上元佳节的宫宴上也只是在德皇后的搀扶下稍坐了一会儿，带头饮下第一樽酒，便离席了。

太子李珠坐在高位小案后，帝后之位无人。下首坐着齐王李瑱，之后坐着楚王李玹、湘王李环、皇子李珮。对面坐着长公主李娴、二公主李嫣及驸马。

李嫣已于去年出阁，嫁给了位列三公之位的殷太尉之长子，殷伯远。

大殿中依旧如往年一般，丝竹歌舞，玉盘珍馐。

其他人却并不如往年那般轻松自在，毕竟雍王战死，皇亲又少一人。

李嫣与殷伯远新婚宴尔，共用一案，倒也琴瑟和谐。

对面男子的行列中，唯独齐王李瑱一如既往，似乎什么都不曾发生过的样子，慵懒踞坐，欣赏歌舞，间或击节而歌，自饮自酌好不快活。

楚王李玹全程无话，既不与两边的兄弟交流，也不欣赏歌舞，只闷头喝酒。

湘王李环，更是沉默，不过却与楚王完全相反，滴酒不沾，偶尔欣赏歌舞，目光在太子李珠和长公主李娴之间流转，没人知道他在想什么。

皇子珮，尚且年幼，自己的亲兄长不理他，他只能埋头苦吃，又不胜酒力，不一会儿就显出迷离之态来。

李珠穿着储君威严的玄黑服饰，头戴储君冠，面色如玉，少年英发，如今独坐高位，犹如高高在上的胜利者，只见他勾起嘴角，端起面前的酒樽"孤，敬诸位兄弟姊妹一杯。"

说着，李珠微微扬起下巴，显出三分倨傲来。

李娴第一个端起酒樽回应，李嫣与殷伯远也双双回应。

齐王为自己倒了一杯酒，举起酒樽。不胜酒力的李珮更是不敢忤逆太子殿下的意思，红着脸举起了酒樽。

唯独楚王李玹与湘王李环面色阴郁，迟迟不肯举杯。

李珠看到这一幕，陈年往事一一在眼前闪过。

当年母后新丧，他尚且年幼，楚王和雍王是如何步步紧逼，欺压他与长姐的，还有李环是如何害得长姐失去了第一个孩子，导致姐夫与长姐生出龃龉，两年都不曾回家。

新仇旧恨今日也该算上一算了。

"怎么？楚王、湘王，二位……兄长，是不想与孤共饮一杯，祝父皇龙体康泰了？"

几年过去，李珠早非昔日的黄口小儿，一句话说得两位藩王脸上挂不住。

李娴面色如水，目光却没有离开楚王与湘王，这两人当初可都是花了大心思去刺杀林挽月呢。

自母后仙逝，她护着幼弟苦撑多年，如今珠儿终于长大了。她虽然不赞同李珠如此张扬，但适当拿出一些气魄来，倒也无妨。

最终楚王与湘王也不得不端起了酒杯，李珠脸上挂着胜利者的笑容，一仰头，饮下了樽中酒。

宫宴过半，李嫣许是觉得李娴只身一人，难免寂寞，便端起酒樽随口问道："姐姐，姐夫可说了何时归京？"

第二十一章 不负天下不负卿

这个世上，真的有心有灵犀这种事吗？

元鼎三十三年，四月二十九日，林挽月在二十一岁生辰当晚，小酌了几杯。

入夜，林挽月在幽琴的服侍下睡去，做了一个梦。可以说，这个梦林挽月已经期盼了好久，她梦到了李娴。李娴依旧是老样子，穿着一身高贵的宫装，脸上带着恰到好处的笑容。

在梦中，林挽月一把抓住了李娴的肩膀，问她为什么要狠心牺牲那二十个弟兄？为什么要勾结匈奴人，既然害死了李忠，那孩子到底是谁的？

可是梦中的李娴却始终不置一词，任凭林挽月如何心急地问她话。

突然，梦境一转，她和李娴来到了一处断崖边。

这是她熟悉的断崖，这里的风景依旧，还没等林挽月反应过来，李娴竟从断崖上掉了下去！

"不！"林挽月大喊着，她突然回忆起，她做过几乎同样的梦境，李娴将她带出了火海，然后将她从这里推了下去！

林挽月趴在断崖上，歇斯底里地喊，她眼睁睁地看着李娴坠落云端，以及李娴眼中浓浓的哀伤之意。

"不！"梦中的林挽月没有把持住自己，在最后的关头，她毅然决然地奋力跳下了悬崖。

"不！哈……哈……"林挽月从噩梦中惊醒。

林挽月喘着粗气，汗珠大颗大颗地顺着额头流下了。

　　这梦境实在太过真实，真实到林挽月醒来后，竟有些分不清现实。

　　林挽月甚至来不及冷静下来，去思考自己是不是已经原谅了李娴，她此时满心念的都是她不要李娴死，"人死如灯灭"这五个字，林挽月这一生已经体会过太多太多次了，李娴固然犯了错，可人死了，就真的什么都没了，没了……

　　爹娘、阿星、婵娟村的乡亲们、阿宇、阿纨、大帅……一个又一个亲朋好友离自己而去。

　　"幽琴！幽琴！"

　　一直在门外偷偷值夜的幽琴突然听到林挽月慌乱地喊自己，心头一惊，在一瞬间拿出毕生所学，闪到门口，直接推开了房门。

　　"大帅！"还好，幽琴松了一口气。林挽月安然无恙地坐在床上，只是脸色很差。

　　"大帅，可是……梦魇了吗？"这一年来，幽琴已经用尽了所有的手段，也没能让林挽月脱离梦魇。

　　林挽月重重喘了几口气，稍稍平复了自己的心情。

　　"幽琴……"

　　"属下在。"

　　"最近……你可有……收到公主的信吗？"

　　幽琴怔了怔，心头滑过一丝钝痛，但还是如实回答道："没有，我已被殿下逐出影旗。"

　　"哦，你先……下去吧。"

　　"是！"

　　"等一下！"

　　"大帅有何吩咐？"

　　"你　　天亮之后，让杜玉树来见我。"

　　"是！"

　　"还是……还是现在就去叫他来见我吧。"

　　幽琴看着林挽月，感觉到自己的心中仿佛有一样宝贵的东西，碎了。

　　"是。"幽琴离开。

　　半个时辰后，幽琴带着杜玉树来到了元帅府，将人带到，幽琴打算离开，却被林挽月叫住。

　　林挽月看到杜玉树，开门见山地问道："玉树，公主有多久没有来信了？"

　　杜玉树愣了愣，照实回答道："二十日。"

　　"平时你们多久会收到一封信？"

　　幽琴与杜玉树对视一眼，最后由幽琴回答道："从前每隔十五日，我们便会发一封绢报给殿下，七日内殿下定会回复。"

"也就是说……她已经超过十三日没有下达命令了？"

"是。"杜玉树点了点头。

林挽月坐到椅子上，问道："如今京中之势如何？"

杜玉树的脸上闪过一丝为难，林挽月"啪"的一声拍在小几上。

"快说！"

"是！属下了解得也不多，不过据说今年陛下的身体一直不好，由太子殿下监国，年初各路藩王例行回京，过了上元节后，齐王、湘王都各自回到封地，听说楚王殿下突然病倒，不宜远行，留在京中王府养病。"

林挽月眉头紧锁，按照律例，分封出去的藩王若是没有旨意是不可以在京中久留的，但……楚王若真的生病，也无可厚非，再加上陛下不理朝政，太子虽为储君，也不好强赶楚王，落下个棠棣不和的名声。

可是，林挽月太了解李娴的个性，有那种什么都要了如指掌才放心的性子的人，真的会十几日都不给北境下指示吗？

"玉树。"

"属下在！"

"本帅不管你用什么办法，所有绢报都要正常上报，而且要提到我，就说我一切如故即可。"

"是，属下明白了。"

"你先下去，幽琴留下。"

"是。"

待杜玉树离开，林挽月开口问道："幽琴，你最近可与曼莎女可汗有联络吗？"

幽琴单膝跪地回道："自从上次大帅勒令禁止属下与匈奴人接触后，属下再未与匈奴人联络。"

"明日一早，你亲自去找曼莎，告诉她本帅要亲自见她。"

"大帅？"

"记住了？"

"是！"

"对了，你是否还能联系到其他的旗主？"

"属下已经被逐出影旗，但可以试着联络看看。"

"嗯，我要你找到一位可以自由进出京城、身手奇佳的人。"

"我明白了，属下这就去联络看看，顺利的话，明日一早就可以把人带来。"

幽琴离开后，林挽月睡意全无，她翻出了随意包好的包裹，从里面找出了那块黑

271

铁令牌。

林挽月捏着黑铁令牌，轻轻摩挲上面的烫金暗纹，耳边回响起李沐的临终遗言。

京城一定出事了！李珠贵为国储，护国储，就是护国本，自己没有滥用这块令牌！

林挽月重重地叹了一口气，外面的天还是黑的。

她并没有原谅李娴，不管怎么说，李娴践踏了她良心的底线，这是绝对不会随着时间消弭的。可是，即使不原谅李娴，她也不要李娴有事。

她要李娴好好地活着！

第二天天刚蒙蒙亮，幽琴带来了一个人。

"大帅，这是小十二。"林挽月抬眼一看，她是认识这人的，和小十一一样，都是"死"去的宫女。

"你先下去吧幽琴，休息一下，再去做我交代你的事。"

"是。"

"不知驸马召小十二来有何贵干？"

林挽月并不在意小十二的无礼："坐吧。"

"谢驸马。"

"本帅召你来，实在是情况紧急，我怀疑宫中出事了。"

小十二眼皮一跳，一脸惊愕地看着林挽月，之前上三旗的某位旗主也联系过她，推断宫中出事了，因为各地的旗主最近均未收到殿下的指令。

小十二的表现更加印证了林挽月的猜测，她继续说道："所以，我有一件事要拜托你，但是这件事光凭一个人恐怕不成，我希望你再联系一些公主的人。"

"小十二全凭驸马吩咐。"

"在京城将军府原址，正厅的匾额后面有一封先皇密旨，我要你找到身手俞佳的人，在不惊动任何人的前提下，将它偷出来，快马加鞭送到北境，交给我！"

小十二惊愕得张大了嘴巴，她没想到林飞星居然掌握了这么一手消息，这是连公主殿下都不知道的事情！

"还有，我要你想尽一切办法，调动所有的影子，千万不要去请示公主，在我拿到密旨后，立刻在京畿附近所有的关卡上撒下天罗地网，所有的驿官、可疑的人，包括信鸽，全部都将之截下，一封信也不能通到京城去，可做得到？"

小十二的脸上闪过一丝为难，如实回答道："驸马恕罪，我只是下三旗最末位的旗主，这件事若是想办成，恐怕要请出上三旗的三位旗主共同运作才有可能！"

"需要多久才能给我答复？"

"这个……我立刻就去联络，只要联系到一位就好办了，上三旗的旗主彼此有特殊的联络方式。"

"你去吧，你记住，千万不要去妄图联络公主，我希望你相信我！"

小十二沉吟片刻，看着一脸严肃的林挽月，最终点了点头。

接下来，便是漫长的等待。

第十天，小十二回来，告诉林挽月，她已经联系到上三旗的其中一位旗主，将林挽月的话原封不动地转达清楚了，那位旗主表示会尽快布置。

关于取密旨这件事，小十二精通易容之术，由她亲自去取，然后交给另外一位旗主带回北境。

又五日，幽琴终于回来了。

幽琴对林挽月说由于她先前拒绝了曼莎女可汗的救援提议，这大半年的时间，冒顿部一直在追打头曼部，好在曼莎女可汗当机立断放弃了大本营，带着部队和族人流浪在草原里，才没有让冒顿部赶尽杀绝，不过也是元气大伤，幽琴好不容易才找到了曼莎女可汗，再三游说，曼莎女可汗终于同意与林挽月三日后在阳关城外百里的米拓拉草场会面，但只允许她带一人前往。

所谓的米拓拉草场，是匈奴人的叫法，林挽月根本不知道具体的位置，好在幽琴知晓，林挽月交代好军务，便带着幽琴上路。而在另一边，神秘的上三旗旗主，在京畿一处不起眼的民宅中聚在了一起。

第一旗旗主子、次旗旗主青言、三旗旗主余闲，余闲身后还跟了一个小拖油瓶，小十一。

一男，三女。

"子大哥，青言姐姐，好久不见了。"余闲笑着打过招呼，而这两位旗主由于身份高贵，只是下三旗的小十一并未见过。

"叮！"的一声，小十一根本没有反应过来，余闲已经拔出了佩剑，与那个叫"子"的旗主过了一招。

"子大哥，手下留情，她不是外人，是第十一旗旗主。"

戴着面具的人发出犹如老风箱一样沙哑的声音："余闲，你坏了规矩，她不是上三旗，没有资格见到我和青言。"

余闲的表情一瞬间变得无比严肃："我带她来，自然有我的道理，已经没有人可以再伤害她一根头发了，我敬你年纪大，叫你一声'大哥'，别敬酒不吃吃罚酒！"

"好了！"青言旗主主动站到二人中间，握住二人的手腕，和颜悦色地说道，"自从大主子仙逝后，我们上三旗的旗主也很多年没有见过了，小余儿既然发了特诏令，一定是有急事，子我们坐下来。"

天都城的街道上依旧车水马龙。

京畿地区依旧商贸繁华，在官道上时时可以看到大型的商队。

然而，最近的几天，附近的城池中出现了大量陌生的面孔。

北境，林挽月与幽琴前往米拓拉草场。

临行前，林挽月将军务交给两位副帅共同打理，下令暂时停止城墙的修筑工事，并且封锁了整个北境！

所有的城市百姓们只准进不许出，并破天荒地设立了宵禁。

不仅如此，城墙上还十二个时辰不间断地有羽林卫的弓箭手巡逻，即便是夜晚也要由大量的火把将城墙上照亮，哪怕是一只鸽子从城中飞出，都要被羽林卫射下来。

林挽月与幽琴披星戴月地整整走了三日，终于到达了米拓拉草场。

威风一时的头曼部如今仿佛流亡的部落，在米拓拉周围搭着极简陋的帐篷，族人和士兵们也都面黄肌瘦，赶着数量可怜的牲口，在米拓拉草场上放牧。

林挽月和幽琴一进来，就立刻引起了他们的警惕，这些匈奴人纷纷拔出了短刀，将二人围了起来。

林挽月看了幽琴一眼，幽琴跳下马背，用熟练的匈奴语喊道："我们是曼莎女可汗的客人，请代为通传。"

一名匈奴士兵将信将疑，转身跑了。

不一会儿，围着幽琴和林挽月的队伍有序地让开了一条路，一位穿着兽皮小麦肤色的女子，以及一位戴着面具的女子走了过来。

林挽月跳下马背，打量曼莎，她头发乱糟糟的，好像很久没有时间打理的样子，身上的兽皮装也显得有些旧，但周身的气场却并没有因为外在的行头而折减分毫，特别是那双眼睛，棕色的眸子带着野性的气息。

跟在曼莎女可汗身后戴面具的人，林挽月总觉得她的身形有些熟悉，却怎么都想不起来，看向自己的眼神令林挽月非常不舒服。

林挽月正打算让幽琴给自己做翻译，曼莎女可汗先开口道："林，你来了。"

曼莎女可汗竟是说得一口流利的离国话，发音带着些许生硬。

"是，我来赴约，我们找个地方好好谈谈吧。"

"好。"曼莎点了点头，转过身，径直朝前走，林挽月带着幽琴跟在后面。

四人来到一处帐篷，帐篷里面除了面积大以外，内部十分简陋，只有一张床、一方矮桌、几个小凳，一条特殊的马鞭随意地挂在帐篷上。

林挽月环顾一周，看来这大半年，头曼部在冒顿部的追打下日子过得很狼狈，从面黄肌瘦的族人和士兵，再到数量可怜的牲口，以及女可汗简陋的帐篷可以看出他们现在过着怎样落魄的生活。

看来，她们之间有的谈。

林挽月与曼莎落座，曼莎也不客套，单刀直入地问道："说，你的来意。"

林挽月勾了勾嘴角，这曼莎倒是直接，也好，省去她许多麻烦。

"我这次来，是有一件事，希望和贵部合作。"

"什么事？"

"我愿出兵帮贵部夺取一块肥美的草场，作为贵部休养生息、扩充实力之用的地方，但贵部要成为阳关城的屏障，至少在今年入冬前，保证阳关城不受匈奴人滋扰。"

未等曼莎回答，戴面具的女子先开了口："林将军这么说也不怕闪了舌头，真是打了一手如意算盘。"

此女子说的是一口极为标准的离国话，林挽月皱了皱眉。

戴面具的女子继续说道："你也看到了，如今我们头曼部的实力大不如前，林将军三言两语就想哄骗我们替你卖命送死？"

曼莎也点了点头，接过话头继续说道："没错，况且你撕毁了我们曾经缔交的盟约，我并不信任你。"

林挽月不接对方的话头，对曼莎女可汗笑了笑："我相信曼莎女可汗是聪明人，如今我这么做虽然无礼，但对头曼部来说并不是全无好处，如今冒顿部虎视眈眈，誓要灭掉贵部，方才我观贵部族人极为疲惫，想来也是连日作战、奔逃所致，而且贵部储蓄的牲口数量也极为有限，现下五月，水草肥美，还可坚持一段时日，但再过几个月，我想就算冒顿部没有找到你们，贵部也无法安然度过下一个寒冬。"

林挽月说完，帐篷内陷入了沉默。

林挽月自知确实是她撕毁"盟约"在先，如今提出这个要求也有乘人之危的嫌疑，但她从来都没有想过会与匈奴人合作，如今若不是形势所迫，她又怎会顶着和匈奴人的血海深仇来找曼莎？

在林挽月的眼中，匈奴人都是一样的。只是如今李娴失联，定是京中出变。她需要用先皇密旨启用黑铁令牌，带一支勤王护驾的军队杀回京城，届时北境的大军恐怕要去掉一半，边防空虚，匈奴人中还有其他皇子安插的桩子，若是冒顿部得到消息，乘虚而入，让北境生灵涂炭，她就是千古罪人了！

万般无奈之下，她只能联合曼莎，以夷制夷，为北境增添几分胜利的把握，最终目的是保护北境百姓，这样林挽月便能够说服自己与匈奴人短暂地联合了。

曼莎女可汗思考良久，终于开口："我可以答应你——"

"曼莎！"戴面具的女子不满地喊了一声。

曼莎示意女子少安毋躁，继续说道："但是我有条件。"

"那就请女可汗说说看。"

"很简单，就像上次一样……"

林挽月带着幽琴马不停蹄地往回赶，不过这一次，她的怀中揣了一份按了血手印的羊皮。

这是她和曼莎签订的新盟约，一旦被"有心人"拿去，这份羊皮也可以看作她"通敌"的证据。

按照匈奴人的信仰，她们先拜了天神，然后按下了血手印。

幽琴忐忑地策马跟在林挽月的身后，这一路林挽月都没有同她讲一句话。

"大帅……"幽琴怯怯地唤了一声。

林挽月听到喊声，僵直的身体慢慢放松："算了。"

林挽月脑海中浮现出了刚才的场景……

"敢问女可汗，上次指的是？"

曼莎女可汗见林挽月如是问，有些意外，但还是如实将她与李娴当年签订盟约的全部内容如实相告，于是隔了两年，林挽月终于知晓了全部的内容。

虽然李娴盗走北境大军过冬粮草的事情依旧是事实，可是当听到"秋毫无犯"四个字时，林挽月开始怀疑自己这两年多来的坚持是不是对的了。

回来的路上林挽月一直在思考，她们虽然有过一段开诚布公的日子，可是……似乎，自己与她，从来都没有真正站在对方的立场去想过，李娴是，自己何尝不是。

她们需要好好地谈一次，自己有太多太多的话想让她知道。

复三日，林挽月与幽琴回到元帅府。

元帅府内，有一位"客人"正在等林挽月。

"小十一？"

"哼！"小十一对着林挽月重重地哼了一声，她还是不能释怀自己差点儿被她掐死的事情。

"你怎么来了？"

"废话！影旗旗主里，我的身法是最快的，给你！"

"小十一从怀中掏出一卷略显陈旧的明黄……"

元鼎三十三年，五月二十日。

北境发生了一件惊天大事。

元帅林飞星，召集三军，宣读先皇密旨，请出黑铁令牌，一时间潜伏在北境军中的秘密部队浮出水面。

一些在北境参军了几十年的老丁热泪盈眶，有生之年终于等到了这一天！有的人突然成了秘密部队的人，下到不起眼的马夫、伙房兵、步兵，上到校尉、营长、先锋郎将，随着密旨的宣读，这些人神奇般地拥有了第二个神圣的身份！

北境号称二十五万大军，实则远远不止这些人数，一些边陲重臣为了避免朝廷猜忌，对外都会谎报编制，所以北境的士兵人数明显多于二十五万，也没有人会觉得奇怪。

一夜间，林挽月的勤王之师的人数达到了十万之多，这其中有很多人已经是"第二代""第三代"了，先辈战死后，后辈们在遗物中找到了一块印着黑铁令牌上的花纹的无字破布，当作遗物珍藏了起来。

如今圣旨一出，他们心中有关这块破布的谜团终于解开了，他们便拿着当年留下的证明，骄傲地继承了先辈的遗志。

就连白锐达和安承弼都没想到，李家和皇族之间有着这样的约定。

林挽月将她与曼莎签订的血书展给两位副帅看，两位副帅看到元帅私通匈奴人的罪证吓得不敢说话，但看到羊皮上的内容后，大大地松了一口气。

林挽月得到了两位副帅的支持后，调兵五万，阳关城由安承弼坐镇，白锐达率领张三宝、蒙倪大、侯野等猛将出城百里，带上足够的辎重协助曼莎女可汗，共抗匈奴人其他部落！

出发当日，林挽月在阳关城上供了三牲祭，烧了敬告天地的文书。烈酒不够，兑了水也要让十万大军一人有一碗！

写着"林"字的大纛祭出，十万大军开拔出城！

为了不引起百姓的恐慌，队伍绕城而行，不过每到一城，林挽月都会调出一小队士兵去控制城内的官衙，命令他们关闭城门，只进不出！

她还安排了十二个时辰昼夜轮换的弓箭手在城墙上守着，哪怕一只鸽子也别想飞出去！

林挽月给这些士兵下达的命令是三日，十万大军离开该地，三日后，该地自动解禁！

而在京畿地区，上三旗的旗主充分发挥了他们的威力，以遗旨为令，一夜之间撒开了天罗地网！

所有的驿站、枢纽要塞、可疑人物、信鸽全部都被他们控制了！

不知住在京畿几处不起眼的民房里面的人犯了什么事，被人一把火把房子烧了个干干净净。

不过经过这一次大动作，李倾城苦心经营多年，后又交给李娴发展的十二影旗几乎全部暴露，但也别无他法！

就连上三旗的三位旗主也都无比震惊，原来影子的数量是如此庞大，且渗透到民间的诸多角落里去了。

特诏令一出，从街边的乞丐、跑堂的店小二、身材富态慈眉善目的乡绅，甚至青楼里的名伶都冒了出来……

林挽月风尘仆仆地骑着龙冉，行在队伍的最前方，眺望京城的方向。

　　影子的力量固然不可小觑，但终归师出无名。

　　在京畿一带，民意动乱、百姓们怨声载道的时候。林挽月带着她的那支十万人的勤王之师赶到了京城周边。

　　影子们的压力骤减，林挽月当机立断请出了那封明黄圣旨，只抖开圣旨的一角，上面赫然是传国玉玺印下的"受命于天"四个大字。

　　好在影子做事有分寸，除了拔掉一些其他人的暗桩之外，并未伤及无辜。

　　被扣留的商队虽然耽误了些许时日，也无大损失，又有圣旨在上，只能道一句"圣意难测"。

　　上三旗的三位旗主戴着面具见了林挽月。

　　在十八日前，陛下突然以身体不适为由召长公主进宫陪伴，从那天起所有影子皆未再收到过长公主殿下的指令了。而且在每十日一次的朝会上，也并未见到太子李珠的身影，据说太子抱病，养在东宫，由左右相代理朝务，除此之外诸事正常。

　　听完上三旗的汇报，林挽月皱紧了眉头，宫中果然出事了。

　　兵贵神速，林挽月立刻吩咐上三旗旗主先行行动，而她带着十万大军浩浩荡荡地向京城进发！

　　林挽月行于大军最前方，手中高举先皇遗旨，卷轴露出一角，上面盖着传国玉玺的大印。

　　接到消息出动的京城巡防营看到圣旨纷纷跪在街道两旁。

　　林挽月一路畅通无阻地进了京城，由于林挽月与影旗的密切配合，成功地暂时切断了楚王的消息来源，再加上林挽月命影子及时呈上北境的绢报，每一封都特别提到了自己，这些绢报理所当然地被楚王截获，达到了林挽月想要迷惑楚王的效果。

　　直到林挽月率军包围了整个皇宫，楚王方如梦初醒！

　　大军来势汹汹，打了楚王李玹一个措手不及，听着越来越近的喊杀声，楚王眼前一黑：万事皆休！

　　"去！带人到东宫和未明宫，杀掉那对姐弟！"就算是死，他也要拉上那对贼姐弟陪葬！

　　"是！"两队楚王亲卫领命去了。

　　慌乱过后的楚王并不甘心坐以待毙，他带着半块虎符，以及一众甲士挑了一处包围薄弱的角门杀了过去！

　　原来，楚王以胞妹李嫣拉拢林飞星的计谋不成，又生一计，将自己的妹妹嫁给了太尉长子殷伯远。至少太尉手中握着半块虎符，可凭此诏令天下半数兵马，他也不亏。

　　后来，李嫣成亲没多久，李钊的身体竟日渐衰落，楚王心急如焚。

他不是没起过刺杀李珠的念头，可是他母妃已逝，如今德皇后坐在后位上，杀了李珠，论长，他头上有贤名远播、军功赫赫的齐王；论嫡，继后孕有两子，湘王李环，以及皇子李珮。

李珠若死，大位无论如何也轮不到他来继承。

若是当初自己的母妃能成功当上继后，他就不必处于如此被动的局势了！

那日上元节的宫宴，看着日渐长大锋芒毕露的李珠，楚王恨得牙痒痒，当初任他揉捏的小娃娃也可以在他面前作威作福了！

楚王如梦初醒，再这么拖下去，父皇若是哪一日撒手人寰，太子顺利登基，自己就真的完了！

还是那日湘王提醒了自己。在宫宴结束之后，湘王笑着安慰自己："楚王兄，太子虽然比你我二人年幼，但终究是储君，受命于天！"

受命于天！没错！

湘王仿佛为楚王拨开了迷雾，令他看到了唯一的希望！

传国玉玺！如今父皇病重，只要自己成功拿到传国玉玺，伪造一封父皇退位给自己的诏书，那么，管他什么嫡长？

宫宴结束后，齐王、湘王先后离京返回封地。

楚王用装病的手段，成功留在了京城，欲成此事，必须要有手握兵符的太尉协助自己行事！

楚王找到殷太尉，没想到这老东西居然不肯就范。只好由甲士将老东西软禁起来，自己拿到了半块兵符，并用这半块兵符调遣了京畿驻军，然后成功控制了宫廷禁卫。

楚王自己都没有想到事情会如此顺利，他一直有一种感觉，在自己行事的时候，有一股他看不见的力量在秘密地协助自己，可是当他探查的时候却无法发现这股力量。

楚王苦思无果，再加上胜利就在眼前，他彻底丧失了冷静。

最后楚王竟沾沾自喜认为他李玹才是真正的受命于天！

他成功软禁了东宫、后宫众人，以及李娴。

楚王喜不自胜，他甚至找来能工巧匠模仿李钊的字迹写好了退位诏书。

当他拿着诏书兴高采烈地走进大殿的时候，目光炽热地看着金灿灿的龙椅，他放肆大笑！

他离这皇位，终于，只差一步了！

楚王一步步走向高位，当他用颤抖的双手打开龙案上那四四方方的盒子时，脸上的笑容凝固，一滴冷汗从他的额头上滑下……

传国玉玺不见了！

楚王找遍了大殿的每一个角落，可是就是找不到传国玉玺！

他愤怒地将龙案上的一切扫在地上，包括那个四四方方的空盒子。最后他瘫坐在他梦寐以求的龙椅上，感觉自己像是……像是，演了一出皮影戏！

楚王并不笨，当他彻底冷静下来的时候，惊得手脚冰凉，难怪这一切如此顺利！

他一直都有一股奇异的感觉！一只看不见的手在背后推着自己！

他发疯一样冲到未明宫，等待他的是那个女人！

那个女人孤零零地站在那里，一身的倨傲之气，数日的囚禁生活并未折减她身上半分贵气！

楚王咆哮着重重地抽了李娴一个巴掌，将女子打翻在地，可是她即便匍匐在地，依旧一身傲骨，嘴角带着渗出的鲜血，回头看向自己，眼中的嘲弄和嘴角的弧度深深地刺激着楚王。

她缓缓开口，声音平缓，不见半分慌乱，没有一丝感情："楚王兄，如今你非嫡非长，即便杀了珠儿也不过是与他人做嫁衣罢了，你要想清楚，若是你就此收手，本宫可以保你无事。"

楚王被这句话震慑得说不出话，仿佛自己才是匍匐在对方脚下的那一个！

没等楚王开口，李娴又继续说道："楚王兄，父皇虽然病重，但终有康复之日，难道你想弑父弑君？你想想，事情是不是太顺利了一些？楚王兄，你中了湘王的奸计了，你非嫡非长，珠儿死了，湘王便是嫡子，就算湘王威望不够，齐王兄才是父皇长子，多年来战功赫赫，你要谋反，恐怕要掂量掂量自己坐不坐得稳江山，且不说北境的二十五万大军服不服你，就说齐王日后直捣黄龙，你能否挡得住？楚王兄，莫要让离国的江山社稷毁于一旦，珠儿宽厚，你若就此收手，本宫可以以性命担保，权当什么事情都没有发生过。"

"李娴！你别得意，我现在不杀你，待本王找到传国玉玺之日，就是你姐弟二人归天之时！"

楚王最终也没能奈何得了李娴，怒气冲冲地离开了。

他命人翻遍了整座皇宫，甚至把太子的外宅和长公主府也掀了个底朝天，可就是没找到传国玉玺！

直到……林挽月以雷霆之速带着十万大军包围了皇宫！

上三旗的旗主兵分两路，子潜入东宫保护太子，余闲和青言则到了未明宫。

余闲和青言赶到的时候，甲卫还没有来！

"属下护驾来迟，请殿下恕罪！"

"余闲留下，青言，你速到东宫保护太子！"

"殿下，子大哥已经去了！足够应付那些甲卫！"

李娴的神情无比严肃："快去！子一个人不够！"怕是湘王的人此时已经动手了！

青言不敢耽搁，冲了出去！

余闲单膝跪地："殿下，驸马察觉殿下异样，请出先皇圣旨，带兵十万，已经包围了皇宫！"

李娴终于露出了一抹多日未曾有过的笑意，她没有问什么先皇圣旨，也没有质疑林挽月是如何调兵的，只是淡淡地笑着。

"余闲，还有得力的人手跟来吗？"

余闲顿了顿，如实相告："回殿下，小十一也来了……"

李娴一脸了然，说道："你让小十一去一趟，暗助楚王突围。"

"殿下？放虎归山岂不是后患无穷？"

李娴坚定地摇了摇头："并不能坐实楚王谋反之名，况且父皇尚在，绝对不能在这个关键时刻让珠儿背上诛杀手足的罪名。"无论是楚王杀了珠儿，还是珠儿杀了楚王，恐怕都要称了那位湘王殿下的意呢，真是一个好对手，真是一步好棋，真是……深谋远虑！

"是！"余闲立刻反应过来，钦佩地看了李娴一眼，闪身出了未明宫。

李娴还不会把区区一个楚王放在眼里，哪怕是他有半块兵符又如何？他非嫡非长，师出无名，最终也不过是乌合之众罢了，放了就放了。

况且，李娴现下还不知道林挽月手中的那份先皇遗旨到底是真是假，更不能让一位深受父皇疼爱的藩王死在林挽月的手中！

她……真的来了。

李娴马上又涌出了担忧的情绪，若先皇圣旨是假的，这人私自调动戍边军队入京，这一路……怕是想压都压不住，就算由珠儿出面洗清他谋反的罪名，私调军队也是重罪！

李娴闭上眼睛，深深地吸了一口气，再睁开，已是满眼坚定，就算圣旨是假的，本宫也要把它变成真的！

这次，换我来保护你，阿月。

一切似乎进行得太过顺利了，宫廷禁卫几乎没有反抗，顺利到林挽月无比心慌。

是不是，出了什么变故？她不怕这是一场陷害她谋反的阴谋，她只怕自己回来晚了，没能救回李娴。顾不得什么祖制，什么礼节，林挽月骑着龙冉宝驹，奔跑在皇宫内廷的御道上。

马儿踏在宫道上"嗒嗒"作响。门口，上三旗的一位旗主正在对战几十名甲卫，单凭一人之力，竟守住未明宫的宫门不破！

林挽月一挥手，跟在她身后的北境骑兵立刻冲上前去，北境最凶悍的骑兵对上这些甲卫，几十人瞬间被放倒，己方无一人伤亡。

林挽月跳下马背，大步流星地来到戴着面具的余闲面前："公主呢？"

"殿下在里面。"

一颗悬着的心稍稍安定，可林挽月一刻没有见到安然无恙的李娴，便一刻不能彻底踏实。

在出发前，林挽月还曾纠结李娴过去做的种种事情。在路上时，林挽月想的却只有快些赶到京城。

在未明宫外，林挽月只希望李娴还活着。人死如灯灭，这五个字太痛了。

林挽月犹如冲进丛林的猛兽穿梭在未明宫中。

李娴置身大殿，宫中很静，她听到越来越近的脚步声。

按照余闲的身手，哪怕跑得再快，也不会有这般凌乱的脚步声。可是李娴并不害怕，一股熟悉的感觉让她的内心无比平静。

"嘭"的一声，殿门被粗鲁地推开。

阳光洒进来，给来人镀上了一层薄薄的光辉。

林挽月站在大殿门口，喘着粗气，安然无恙的李娴站在大殿内。

林挽月的一颗心终于落回了原位。

林挽月一言不发，一步步迈入大殿。

两年多不见，李娴风采依旧。

随着脚步的移动，林挽月身上的光辉一点点退去，李娴的笑容凝固在脸上。

她双鬓全白？怎么会双鬓全白？只不过两年多不见，刚过弱冠之年的她，怎会生出白发！

李娴一眨不眨地盯着林挽月双鬓的雪白，两年多不见，这人彻底退去了昔日的稚气，神情坚毅，轮廓分明，双目炯炯，只是这醒目的白，触目锥心。

林挽月看到李娴的表情，还以为她被自己莽撞的推门动作吓到了，感到既自责又心疼。

她放缓了脚步，压低了气息，唇边含笑，眼中带着安慰的柔情，一步步走到李娴的面前。

自十六岁二人相识，至今已经走过五个春秋。

林挽月来到了李娴的面前，她抬起微微颤抖的双手，坚定地将李娴拥入怀中。

"公主，我好害怕。"

近三载别离，相逢后，林挽月对李娴说的第一句话，便是这句。

李娴放松了身体，用最舒服、最自然的姿势依偎在林挽月的怀中。

耳边听的是最没头没脑的一句话。眼角，却有温热溢出。

"呼……"

林挽月重重地呼出一口气，如释重负，如释重负。

李婳反手拥抱林挽月，喃喃细语："你的头发……"

林挽月怔了怔，拥紧了李婳的娇躯，咧嘴一笑，轻描淡写地说道："不过是，狼毒的后遗症罢了，怎么，大夫没有告诉你吗？"

楚王成功突围，带着残部，怀揣半块兵符，狼狈地逃往封地，头都不敢回。

十万大军牢牢地将皇宫控制起来。

青言赶到东宫时，甲卫已被子全部解决，果然不出李婳的预料，两个宫婢打扮的人正和子缠斗在一起。

子身为影旗第一旗主，以一敌二，丝毫不落下风，不过也在短时间内奈何不了二人。

当青言加入战斗，维持了很久的平衡被瞬间打破。

两名宫女瞬间一死一伤。

不过，没等青言捉拿受伤的宫婢，那宫婢的七窍突然溢出黑血，竟然毒发身亡了！

东宫太子安然无恙，后宫众人也被解禁。

当一切尘埃落定时，李珠、手持先皇遗旨的林挽月、长公主李婳三人来到李钊的寝宫。

龙床上，李钊双手交叉躺在那里，龙床下躺着一位七孔流血的宫婢。

在李钊的胸口，赫然插着一把匕首！

匕身完全没入胸膛，龙床上的李钊，胸口已经没了起伏……

"父皇！"

"陛下！"

智者千虑必有一失，李婳料到了湘王的奸计。若是楚王成功，当楚王杀死她姐弟后，湘王会派刺客刺杀楚王，若是楚王失败，湘王则定会派人刺杀太子，再把太子之死嫁祸给楚王！

可是，李婳却怎么都没有料到，湘王居然会刺杀自己的亲生父亲！可以说湘王部下的局，李婳大部分都破掉了。唯独这一手，李婳失算了！在悲痛父亲不得善终的同时，李婳暗自心惊：好狠毒的湘王！

恐怕不日外界就要传出太子弑父弑君的消息了！唯今只有一计！先声夺人，将此事全部推到楚王头上！可……若如此，楚王必反！他的手上又有半块兵符，东宫在如此不利的情况下登基，是否抵挡得住天下半数兵马和民意的猜测？还有，若是楚王和东宫斗个两败俱伤，到底会称了谁的意？是露出獠牙的毒蛇湘王，还是神秘逍遥了多年，手握兵权，战功赫赫的长子齐王？

须臾间，李娴已经想了很多。

李珠匍匐在龙床前号啕大哭，高声嚷着要传御医。

林挽月手握圣旨，惊得说不出话。

唯独李娴，虽然也是眼泪絮絮不止，却走到了李钊床边，伸出手按在李钊的脖子上，确认父皇已死，她悲痛地闭上了双眼，坚定地说道："驸马，关闭大殿，任何人不准进来，派人……请皇后娘娘，还有……将佩儿，保护起来。"

林挽月依旧没有跟上李娴的思路，不过这一次她坚定地点了点头，什么都没去想："好。"

德皇后只身进入大殿，绕过屏风，看到李钊的尸体，脸上闪过一丝悲怆神色，倒没落泪。

"母后。"李娴对着德皇后深深地打了一个万福。

"儿臣林飞星，参见母后。"

"儿臣……参见母后。"

德皇后令三人免礼，深深地注视李钊良久后，将目光收回，与李娴对视。

一位倾国倾城，一位仪态万千。

整座大殿内鸦雀无声。

李娴看着德皇后，当年母后还在时，眼前的这个女人不似其他后宫嫔妃，从不争奇斗艳，多年来不争不抢，与母后的关系一直很近。

如今……只能靠她了，可是那边站的是她的亲骨肉，李娴也无十足把握，好在德皇后还有一个儿子，希望她能够以这个筹码搏一次！

"驸马，你带珠儿先到侧殿去等候片刻。"

"好！太子殿下，请随我来吧。"

"皇姐？为什么！"

"珠儿，你可曾记得母后仙逝之前对你说的话？"

李珠与林挽月离开。

大殿内只剩下李娴与德皇后二人。

李娴将所有的经过，无一隐瞒地与德皇后说了一遍。

说完，李娴又悠悠地说道："如今父皇已逝，儿臣希望母后可以站出来，亲自宣布父皇乃病死，这件事就算作我们母女二人永远的秘密，今生今世，珠儿也不会知道真相，珠儿登基后，尊您为皇太后，湘王、珮儿乃您的亲子，珠儿的性子母后是知道的，湘王只要不犯上作乱，定会一生无忧，我还可以保证，珮儿的封地任他挑选，母后以为如何？"

元鼎三十三年，五月二十六日。

皇后亲自拟诏，昭告四海，大行皇帝驾崩，宣各路藩王回京。三日后，因有林挽月带来的十万大军坐镇，朝中大臣皆无异议。

在德皇后与北境元帅林飞星的共同拥护下，太子李珠登基，追大行皇帝李钊为烈帝，追惠温端皇后为母后皇太后，尊德皇后为圣母皇太后。

封林飞星为正一品忠武侯，邑九千户，世袭罔替，加封天下兵马大元帅，赐字：飞将，仍旧统领北境军务，并遵循历代先帝遗诏，准许林家秘密召集一支专门用于勤王护驾的军队，由朝廷供养，林飞星统领，不受虎符调遣，只尊黑铁令牌！

封长公主李娴为大长公主，食邑加封两千户，并赐一万府兵，赐金牌令箭，见帝王不跪，自由出入宫廷。

林白水依旧为郡主，赐字慧。

破格赐封尚未成年的皇子珮为淮王。

封雍王遗孤李恒，接替其父王位，封号由雍改为魏江。

封两位良娣静、瑾妃。

烈帝后宫中孕有成年皇子的齐王之母贤妃尊贤太妃，待烈帝守制期满，准许齐王将太妃接回封地赡养。

雍王之母淑妃，尊淑太妃，待守制期满，准魏江王接回封地赡养。

其他后宫妃嫔，因无子无女，迁往烈帝陵。

元鼎三十三年，六月一日，新帝改国号为天元。

因"珠"一字，应用范围极广，新帝特赐恩典，自避讳，改珠为絑，免去了天下诸多典籍的修改，四海称颂，并大赦天下，减免赋税三年！

由于德皇后，也就是圣母皇太后与大长公主李娴的联合，由皇太后亲自宣布了烈帝的驾崩原因，湘王李环意欲嫁祸新帝弑父弑君的阴谋就此粉碎！

在大行皇帝驾崩当日，暮色四合，林挽月与李娴回到了长公主府。

驸马府早就已经修建完毕了，就坐落于长公主府的旁边。

林挽月思女心切，顾不得疲惫，与李娴一同回到了长公主府探望林白水。

这些日子小家伙可算是吓坏了，见不到自己的娘亲，府中还时常有卫兵搜查。

林挽月和李娴来到秀阁时，小家伙睡得正熟。

林挽月一眼就看到了墙上挂着的自己的画像。

画像中人惟妙惟肖，唇边还带着温和的笑意，出自何人之手，一目了然。

李娴轻声说道："女儿长大了，思念父亲。今年她生辰，向我要爹爹，我便画了这幅画送给她，她喜欢得不得了。"

林挽月的心化作一汪春水，柔软得不行。

"谢谢公主。"

恐怕，她最愧对的人就是自己的女儿了，因为和李娴僵持不肯回家，忽略了女儿的感受，她真是一个不称职的"父亲。"

林挽月一方面感激李娴维护了她在女儿心中的形象；另一方面，当危机退去，两人的关系又变得尴尬起来。

横亘在她们之间的问题并没有得到解决。

事情已经过去了这么久，林挽月也不想固执地死死抓着不放，如今她更想要的是李娴的态度。

问题一刻没能解决，林挽月便一刻无法正视李娴，说她执拗也罢，顽固也好。

李娴也看出了林挽月的不自然，心知不能强求，便随意找了个借口离开了秀阁。

李娴一走，林挽月整个人轻松多了。

她守在林白水的床边，慈爱地看着小姑娘的睡相，耐心地等她醒来。

"嗯……"小家伙揉了揉眼，醒了，却看到自己的床边坐着一个"陌生"的男子。

小白水也不怕，瞪着水灵灵的大眼睛，打量林挽月。

面前的人几乎和画像中的人一模一样，只是那双鬓的白发使得他好像老爷爷，让她有些不敢认。

林挽月注视着林白水，笑着说道："白水，是爹爹回来了！"

听到"爹爹"两个字，林白水的眼睛一下子亮了起来，猛地从床上蹿到林挽月的怀里，紧紧地抱住林挽月的脖子，甜甜地叫了一声："爹爹！"

女儿的一个拥抱打消了林挽月之前心中所有的忐忑，她满心幸福地抱起小白水，嗯，重了，长大了。

"爹爹，你什么时候回来的？女儿好想你，爹爹你这次回来还走吗？"

小姑娘抛出了一连串的问题，林挽月耐心地回答道："爹爹也想念白水，爹爹……恐怕过些日子还要回去的。"

小姑娘的目光一黯，不过很快就恢复了过来，自豪地说道："女儿知道，爹爹是大英雄，大将军，守护边境的百姓不被匈奴人欺负！"

林挽月看着林白水，惊愕于几岁的娃娃可以说出这样一番话，好奇地问道："是谁告诉你的？"

"当然是娘亲，娘亲说爹爹要保护那边的孩子不受欺负。"

林挽月已说不出话来。

小白水却没有发现自家"爹爹"的异样，在林挽月的怀里扭了扭，小鼻子突然一皱，嗅了嗅，嫌弃地说道："爹爹，臭臭。"

"哈哈哈哈哈！"

林挽月沐浴更衣完毕来到正殿，小白水正兴奋地坐在李娴的腿上，二人兴致勃勃地在说些什么，俨然一对亲生母女。

见林挽月来了，林白水从李娴的怀中跳出来，一手拉着自己的爹爹，一手拉着自己的娘亲，一家三口其乐融融地吃了一顿晚饭。

因大行皇帝驾崩，晚餐很简单，皆是些素食，却是这一家人坐在一起吃的第一顿团圆饭。

吃过晚饭，林挽月陪着林白水玩了一会儿，李娴看出林挽月的疲态，唤来奶娘将林白水抱走。

正殿就剩下二人，林挽月收敛了笑容："公主……"

林挽月刚开口，李娴便已经猜到林挽月想和自己说什么，其实她何尝不是有许多话想对她说呢？

一方面，此时大局未定，李娴尚不能对林挽月做出任何承诺，她本就不擅长解释，不如等等；另一方面，李娴确实心疼林挽月，从京城到北境，传诏官都要用上七日，这人率领十万大军只用了六天，其中的辛苦不言而喻；再加上林挽月这触目惊心的白发，更是让李娴不放心她的身体状况。

"驸马，连日来你也累了，时辰不早了，我便不留你了，驸马府已经修缮完毕，驸马若是不嫌弃也可自宿小院，好好休息，来日方长。"

林挽月点了点头，起身告辞，径直到小院，进了卧房，连衣服都没脱，一头扎在床上，刚沾上玉枕，便睡着了……

李娴却下定了决心，一定要想办法将洛伊寻来，好好调理这人的身体。

两人错过了这次谈话的机会，次日林挽月和李娴便忙了起来，为太子登基做准备。

林挽月成功控制了京城，并且软禁了左右相、殷太尉，及其长子殷伯远和二公主李嫣。

按照李娴的话说，见太子迟迟不出现在朝会上，两位丞相居然没有任何请示，其中必定有人出了问题。

两人一直忙到天元元年，六月二日。

李娴变成了大长公主，林挽月拜了忠武侯，两人才真正有时间好好地坐下谈谈。

"公主……"真到了这一天，林挽月发现自己一时间竟不知如何开口。

"驸马，可还怨我？"

林挽月沉默了，点了点头，又摇了摇头，她茫然地看着李娴，说道："其实有一日，我突然发现我们两个，从未站在对方的角度上思考过，公主……你……"

李娴看着一脸纠结的林挽月，好看的眉毛皱在一起，淡淡地笑了，不等林挽月说完，李娴轻声唤道："阿月。"

林挽月没了声音，惊愕地看着李娴，这个名字已多年没人叫过。

李娴敛去笑意，无比认真地看着林挽月，说道："这番话，是我对林挽月说的，你要听好，我承认当年的我，做过很多错事，如今我不想为过去的自己辩解什么，做了便是做了，在那个年岁，或许有更……妥当的办法，可是我选择了最快的路，阿月，我……从未觉得我做错了。"

林挽月的眸子暗了，眼中闪过一丝失望。

李娴继续说道："但是我可以答应你，从今以后，再也不会如此。我知道，你恐怕很难接受我过去的所作所为，可我们是不同的，我答应你，从今以后我再也不会瞒你，也不会再做过去的那些事情，你……愿意原谅我吗？"

看着林挽月呆呆愣愣地不说话，李娴嫣然一笑，继而感慨地说道："其实分开的这两年多，我想了很多，甚至去假设，如果可以重新来过，我该如何选择？我想我依旧会这么做，阿月，我明白，在你的心里，生命是珍贵的，私通匈奴人牺牲粮草更是罪不可恕，可是我不想骗你，不过……你用你的力量让我明白了许多，也请你……接受我们的不同，好吗？"

林挽月盯着李娴，脸上带着三分倔强，问道："你保证？"

李娴笑了起来，还以为这人成熟了，却依旧残存着童真的一面："我保证，如今新皇已经登基，虽然局势尚未稳妥，但我已经不需要再做什么，我会慢慢地将影旗移交给絍儿，只留下三旗，从今以后，我不会再瞒你，也绝不会再滥杀无辜。"

林挽月笑了起来，像个孩子一样，这么多年，她一直希望李娴端正对生命的态度，她终于等到了！

"阿月也答应我一件事可好？"

"公主请说。"

"我已经修书给洛伊，希望她进京一趟，让她好好看看你的身子，匈奴人那边你不必担心，若有异样影旗会第一时间上报，在此之前，答应我，好好调理身体。"

"好。"

李娴复又感慨道："本以为扶持絍儿登上大宝或许会耗费我半生年岁，没想到这一天会来得这么快……"

林挽月也忍不住发出一声叹息。

"阿月，如今我毕生夙愿已经实现，你我皆是女子，你可有什么打算吗？"

被李娴这么一问，林挽月的眼中滑过一丝茫然，这个果决的北境大将军，竟也迷茫起来了。

良久，林挽月幽幽道："我不知道，从前我想着要么马革裹尸，要么就是杀够了匈奴人找个机会隐退，从未想过有一日会站在这样一个位置上，如今的我……好像再也没有退路了呢，世人会接受林飞星是一个女子吗？我若身份败露又有多少人会受到牵连呢？可我不能总霸占这个驸马的位置，公主你……也应该拥有属于自己的幸福才是。”

这次轮到李娴沉默了，她又笑了，说道：“阿月，待到父皇守制期满我便是实打实的老姑娘了，况且女子哪有那么容易随心而择自己的婚事的？这几年，我累了，真的好想歇一歇，也想过过不动思虑的安静日子，若是你不嫌弃，你我对外是夫妻，在内是姐妹，过相濡以沫、相互扶持的生活，可好？”

日子一天天过去，齐王李瑱偕王妃及世子李恪入京。湘王李环入京。雍王妃携魏江王李恒入京。

在诸位藩王入京之前，还发生了一件有趣的事情。

李娴对林挽月说，因为林挽月这一路的动静太大，凡经过每一城还控制了城内的官衙，所以在林挽月离开之后，这些大人立刻拟了弹劾林飞星的折子递交到了京城。

前些日子宫中琐事繁忙，新帝没有时间看。结果当新帝对林挽月进行加封以后，那些听到信儿的大人便纷纷呈上了新折子，无不是对林飞星的称颂和致歉。

李娴说完，林、李二人相视一笑，这便是朝廷。

凡是应该进京的人，都来了，唯独不见楚王回京。

其实在这个节骨眼上，楚王若是大大方方地回来，交回兵符，按照李娴的性子，或许会授意新帝借机收回楚王的军权，便不再追究楚王了。可是楚王自己心中有鬼，再加上怀揣调动天下半数兵马的兵符，硬是不肯回京吊唁烈帝。

李娴私下里劝李紸，先以孝悌之道发诏驳斥楚王，静待民心失衡，根基稳固再动手。

李紸年少气盛，一朝登上大宝，又有林飞星手握的十万雄师为倚仗，竟对楚王起了杀心。

李紸以楚王拒不回京吊唁烈帝为由，驳斥楚王不尊孝悌，目无尊长，扰乱纲纪，叛祖离宗，并对楚王下达了最后通牒，十五日内再不回京，将革除楚王的金册玉牒，剥夺楚王宗室身份。

十五日后，楚王依旧没有回京。

李紸派使者前往楚地收回楚王的藩王大印，使者被楚王斩杀。

天元元年，七月二日。

新帝李紸，下诏通报四海，楚王意欲谋反。

天元元年，七月十日。

楚王于楚地发布檄文，怒斥李紸无道，意欲戕杀手足兄长，并自矫烈帝遗诏，说烈帝临终前赐予他半块兵符，以督国本。楚王以半块兵符为印，召集兵马，意欲对抗朝发夕至的天子之师。

大战一触即发。

天元元年，七月十五。

齐王李琪奏请天子，愿拜讨贼元帅，亲自带兵消灭楚王叛军，以正寰宇。

当夜，李絃移驾大长公主府。

只有姐弟二人在的书房内，李絃开门见山："姐姐，寡人定要灭掉李玹，拿回兵符的。"

李娴幽幽一叹："依照皇上的意思便是，楚王即便拥有半块兵符，不尊孝悌在前，斩杀帝使在后，早就成了无名之师，但楚王对楚地周围军队的控制力仍旧不容小觑，皇上想以何人为帅？"

李絃笑着对李娴说："寡人就知道姐姐一定会支持我，齐王今日奏请领军伐贼，但……寡人并不信任他，齐王本身就拥有齐地军权，若是再领了朝廷军队，以伐楚之名，行窃取虎符之实，到时候他带了虎符逃回齐地，会变成第二个棘手的楚王。"

李娴微微一笑，已心若明镜，却仍旧淡淡地问道："那皇上想派何人挂帅？"

"我想拜姐夫为讨贼大元帅，带上他的十万黑铁骑兵，齐王为副帅，带上他齐地的十万金甲军，二十万大军，共讨反贼，姐姐以为如何？"

李娴听完李絃的话，面若止水，唇边带笑："你已经是天子，一切全凭皇上做主。"

李絃欢欢喜喜地离开，李娴独坐书房，心中又悲又喜，喜的是这么多年，她终于完成了母后的遗愿，扶持絃儿成功登上了大宝，悲的是她一直期待着自己的弟弟终有一日可以独当一面，可是当这天真的来临，她的心却是痛的。

李絃确实成长了不少，可李娴仍旧能够一眼识破他的手段和伎俩。

李絃说不信任齐王，不放心齐王挂帅，才想用林挽月。

可是，他又何尝信任林挽月呢？

林挽月手握的太祖遗诏到底是让他不放心了，林挽月立下大功，他没有办法驳斥太祖遗诏，但眼看着林挽月手握十万私军，他怎能坐视不理？所以，他便让林挽月和齐王共同带上数量相等的私军去剿贼，二人可以相互制约，互相监督。

打仗哪有不消耗士兵的？那拥有半块兵符的楚王是那么好对付的？朝廷不出一兵一卒，就有了二十万的大军，絃儿打得多好的一手如意算盘。

李娴都不得不承认李絃下了一手好棋，可是当她发现李絃拿林挽月当棋子的时候，心中极不好受。

虽然曾经李娴也不遗余力地利用过林挽月，可如今，李娴只有一个心思。

林挽月大节无亏，忠心耿耿，而且以她的身份来看，她更是不可能谋反！

哪怕这人是自己的亲弟弟，也休想再把她当棋子了。

天元元年，七月十七日。

天子下诏，拜忠武侯林飞星为讨贼主帅，齐王李瑱为副帅，领兵二十万，于七月二十日出发！

七月十九日，夜幕降临。

因烈帝守制，三年内大长公主都不可以点灯召幸驸马。

林挽月这些日子自宿在小院内。

明日就是出发的日子，林挽月早早躺下。突然房门被推开了，林挽月立刻睁开了眼睛："谁！"

来人没有说话，一步步走向了林挽月的床边，其实在来人关上房门后，林挽月紧绷的身体便放松了下来。

来人的气息太熟悉。

果然，趁着朦胧的夜色，林挽月看清楚来人正是李娴。

"公主！你怎么来了？"

"明日，你就要出征了，总是有些放心不下，便来看看你。"

"公主稍候，我点灯！"

李娴一把拉住了意欲点灯的林挽月："不必了，阿月可否与我躺下来说说话？"

"好！"

于是，林挽月和李娴并排躺在了床上。

二人在黑夜中悄悄地说着体己话。

李娴思考了整整三日，最终还是将李紝对林挽月的猜忌告诉了林挽月。

"阿月，我也曾利用过你，可是当一切都结束，当紝儿表露出我当时对你的态度的时候，我才后知后觉地体会出你的心情，对不起阿月。"

林挽月无声地笑了起来："公主，没关系的，讨伐楚王也是为了天下太平，百姓安居乐业，我心甘情愿！毕竟皇上是你的亲弟弟，他江山永固，咱们都是安全的。大不了，再过几年，我就以身体不好为由，辞去北境的帅印，回到京城，过几年清闲的日子挺好的。"

"哎……"林挽月叹了一口气。

"怎么了？"

林挽月遗憾地说道："只可惜，今年又不能陪你过生日了，对不起啊，公主。"

李娴沉默了一会儿说道："自母后仙逝，我与紝儿在宫中过着如履薄冰的生活，那个时候我唯一的盼望就是紝儿可以平安长大，然后完成母后的遗愿，辅佐紝儿登上大宝……”

“后来呢？”

“后来……”

黑暗中的李娴脸上闪过一丝感慨，后来她便遇上了林挽月，她本以为捡到了一把未开锋的宝剑，却没想到林挽月的身上有太多不可控制的因素，她们这一路已经发生了太多太多的事情，林挽月就像那涓涓的山泉，无声地流淌着，坚定且从不停息，悄无声息地改变着身边的人。

想说的话太多，一时间不知从何说起。

“公主？怎么不说话？”

听到林挽月的声音，李娴从思绪中回神，她确实有很多话想对林挽月说，不过并不是现在，明日还要出征，自己此刻也真的累了。

“以后再说吧，等你回来以后。”

“好。”

这些日子李娴也累了，彻底睡着前，李娴突然想起，自己还没有问过林挽月日后想要的生活，便强打着精神呓语着说道：“阿月……你呢？”

林挽月轻叹一声，这夜短话长，要如何说完？

“公主，睡会儿吧，以后我再告诉你，等我回来。”

“嗯……好。”

林挽月却毫无睡意，其实有那么一瞬间，林挽月好想告诉李娴，自从上次她亲眼见证了五胡大战，她便厌倦了将军的生涯，不想再打仗了。

只不过现在并不是时候，一切就等自己回来以后再说吧。

林挽月迷迷糊糊睡了片刻，东方露白便到来了。

刚醒来便是一声长叹，这天下，到底是新帝的天下，仗是永远都打不完的，待到修筑完毕连纵十四城的防御工事后，相信北境那边也会迎来新的局面，江山代有才人出，总有人可以替代自己。

想通这里，林挽月如释重负地笑了起来，真想有一天能带着公主和白水回婵娟村看看，一起烧了木板，带她们看看自己曾经奔跑驰骋的大山，还有林宇的事情，也该告诉林老爹了。

林挽月起床的动作很轻，但还是惊动了不远处的李娴。

“我吵醒你啦？再多睡一会儿吧，天亮了，我要出发了。”

“不睡了，我送你。”

“好。”

两人洗漱完毕，李娴从袖子里拿出一方红领巾："其实，我是想给你送这个来的。"

"这是……"

"北境是常驻军，所有没有这个风俗，在离国其他的地方，丈夫若是出征，都要由妻子亲手为丈夫系上红领巾，保平安的，此次战事凶险，我作为你名义上的妻子，生活中的挚友，理应给你戴上。"

林挽月微微低着头任凭李娴给自己戴上了红领巾，心道：真希望早些打完这场讨贼之战，早点儿修完北境的城墙，早些培养出新一代的帅才，早点儿卸下军权。

"公主，你放心，我一定会活着回来的！"

"我要你安然无恙、毫发无伤地回来。"

"好。"

林挽月穿着一身玄铁戎装，后背着三石弓，腰间带着佩刀，怀中揣着匕首，右手拿着孤胆银枪，左手牵着龙冉宝驹。

李娴穿着一袭宫装，将林挽月送到了大长公主府的门口。

林挽月需要孤身前往点将台，皇帝和大军都在那里。

林挽月担心李娴身体不适，便让李娴回去。

李娴却舍不得，固执地说再送十步。就这样，送了十步又十步，竟送出百步。

此时天刚亮，大长公主府前的街道又是庄严之地，故只有二人。

"公主，别送了，回吧。"

"嗯。"

李娴在原地站定，想目送林挽月离开。

林挽月对着李娴绽放出一抹灿烂的笑意，在李娴的注视下转身离开。

林挽月的步伐极快，当她重新拿起孤单银枪，跨上龙冉宝驹的马背。一手扯着缰绳，回头一望。二人隔空对视，林挽月勒了勒缰绳："驾！"

李娴一直目送林挽月，直到她潇洒驰骋的背影消失在了街角。

回到府中，李娴隐隐有些不安，自己也觉得有些诧异，从前林挽月也没少打仗，可是她却从来都没有如此刻这般担心，为何这次如此不安？难道是自己失去了影旗，失去了先知权，便如此不安？还是说……这是什么特殊的预示吗？

"早知如此，应该晚一些将影旗交给绀儿……"至少有影旗跟着，自己能稍稍安心一些。

李娴手中只留下了上三旗，分别监视着左右丞相和殷太尉，如今新皇根基不稳，外忧内患，不适合处置这些老臣，只好将他们监控起来。

只是这样一来，自己便没有足够的人手去保护林挽月了。

希望自己的担心是多余的。

点将台上，年仅十三岁的李紝，穿着一身肃穆华贵的帝王玄服，皇冠上二十四道珠串随风摇曳。

穿着一身玄甲的元帅林挽月和一袭金甲的齐王李瑱，分立李紝左右。

点将台下，十万黑甲骑肃然站立，齐王的金甲军尚在封地，齐王已经发了令箭，两队人马将会在路上会合。

李紝亲自倒了三碗酒，一碗递给林挽月，一碗递给齐王李瑱。

"寡人与姐夫、齐王兄共饮此杯！望二位同心同德，旗开得胜！"

"谢谢陛下！臣，定不负陛下重望！"

三人共饮碗中酒，酒碗被重重地摔在地上。

台下的十万黑甲军也饮下了壮行酒，十万只碗被摔在地上，十分壮观！

"必胜！必胜！必胜！"

十万军士高声怒吼，气壮山河。

李紝还是第一次见到如此场面，他挺直了腰杆，来到了点将台边上，看着下面的军士，眼中闪过激动。

林挽月来到李紝身后，一抬手，十万人鸦雀无声。

李紝大袖一挥，张开双臂，以尚且稚嫩的声音喊道："壮我离国国威，攻必克，战必胜！"

"万岁！万岁！万岁！"

烧了敬告天地的文书，摆了三牲祭，喝了壮行酒。

林挽月和齐王李瑱拜别李紝，走下点将台，跨上战马。

天元元年，七月二十日。

讨贼大元帅林飞星、副帅齐王李瑱带领十万黑甲骑兵浩浩荡荡地从天都城出发。在前往楚地的必经之路上，夏侯无双已经带了十万金甲士等在那里！

大长公主府，李娴也到了用早膳的时间。

李娴刚刚坐好，林白水便飞也似的奔了进来，一头扑在李娴的怀里："娘亲！"

"白水乖。"

"娘亲，爹爹呢？"

随后入内的奶娘将林白水抱起，将她安置在自己的位置上。

"你爹爹今日奉了你皇舅舅的命令，出征了。"

"那爹爹什么时候回来？"

李娴看着林白水笑了笑："很快就会回来了。"

丫鬟端来一碗黑乎乎的粥，由翡翠碗盛着。刚摆到桌上，才想起驸马已经出京，对李娴告了个罪，想将粥端走。

"不必了，放下吧。"

"是。"

这粥是李娴专门让洛伊针对林挽月双鬓的白发开的方子，以何首乌、枸杞、黑芝麻、百合、莲子等数种原料熬成的药膳，据说有奇效。

李娴拿过粥，舀了一口放进嘴里，皱起了眉头。

她勉强将粥咽下，嘴角又勾了起来。

这好好的粥里，洛伊居然加了一味黄连进来！难怪那人每次吃粥的时候，都是一副苦大仇深的表情。

在《离国通年志》上关于这场兄弟阋墙的新朝大战的记载很奇怪。

开战的前三个月，有关事迹记载得非常详细。

林飞星与李琪兵分东西两路，击溃无数叛军。特别是林飞星，仅凭二十一岁的年纪，三个月时间，他率领的十万黑甲军攻无不克、战无不胜，一路势如破竹，剿灭楚王叛军三十余万！

在贼众我寡的前提条件下，林飞星连续打了数次以少胜多的战役！

楚王分兵三十万对抗林飞星的十万黑甲军，仅仅三个月，林飞星将这些叛军吃得一点儿不剩。

捷报传来，震惊四海。

各路将军听说后，纷纷上书奏表，恳请李絓将林飞星的详细指战经过传阅军内。

李絓恩准，后竟有人专门收集了林飞星的所有指战内容，包括此次讨贼和在北境打的守城战，将这些战役经过汇总编撰成了一本兵书，分为《守城篇》和《战役篇》，特别是林飞星这次一共打了六次以少胜多的战役，更是被各地将军视为金篇。

再后来，这本无名的兵书被李絓亲题为：《飞将兵书》，更是名声大噪，成为离国兵书经典之一。

然而，当后人翻阅这段历史，会发现一个非常奇怪的现象。

在《离国通年志》上，频传为期三个月的捷报后，书上说林飞星率领的黑甲军与齐王李琪率领的金甲军终于在楚城下会师，楚王已成瓮中之鳖……

至此，书上的内容戛然而止，只字未提后续的战争，其他方面的记载也只有寥寥几个字：楚王被斩杀，齐王以身殉国，新帝体恤，着世子李恪继承王位，改封晋阳王。

匆匆结束的这一篇留给后人无穷无尽的猜测。

这期间，李絓收到捷报后都会命人誊写一份捷报，第一时间给李娴送来，李娴倒不在乎林挽月打了多少胜仗，只要她平安便好。

看着一份份绢报，李娴无数次地告诉自己多心了。

不知道为什么，从林挽月出征后，李娴一直心神不宁，好在每一封绢报上都显示林挽月是安全的。

至于北境那边，一切尽在掌握之中，估计过了这个冬天，顺利的话，曼莎女可汗应该会带着盟约朝拜新皇，若是曼莎愿意对离国称臣纳贡，离国自然可以扶持曼莎成为草原上的一方霸主！

对待匈奴人，离国这边当然不能完全放心，北境一直按照林挽月的命令在紧锣密鼓地修建防御工事。

不过，曼莎这道草原上的屏障也将给北境带来新的局面。

李娴特地将洛伊请到京城，一方面是为了给林挽月调理身体，另一方面，有洛伊在手，曼莎女可汗绝对不会轻易反水，如今林挽月已经出征三个月，洛伊一直好好地在京中"做客"。

天元元年，十月二十日。也就是林挽月奉命出征的第三个月。

已经连续几日了，李娴感到莫名地烦躁，已经到了食不下咽、夜不安寐的程度。

"殿下，楚地来了信使，求见殿下！"

李娴一下子从椅子上站起来，对小慈说："请进来！"

"是！"

"直接将人带到书房。"

"是。"

"小奴贾似道，参见大长公主殿下。"

李娴眯了眯眼："哦，原来是齐王兄身边的忠仆。"

贾似道恭恭敬敬地给李娴磕了一个头："殿下真是八面玲珑，正是小奴。"

"楚地的信，应该送到陛下那里去才是，你大老远地赶来，却送到本宫的府上，为何？"

"回殿下，齐王殿下说，只要将东西给殿下您看一眼，您就会明白。"

李娴藏在广袖中的拳头不由得紧了紧："呈上来。"

"是！"

贾似道又恭敬地给李娴磕了一个头，从怀中小心翼翼地掏出一方包好的锦盒，向前挪了几步，双手将锦盒放到了李娴的案上，然后又退回了原地。

李娴拿过锦盒，拨开方布，打开锦盒。

看到眼前的物件，一向泰山崩于前而面不改色的李娴，慌了。

锦盒里放的是一方平淡无奇的黑铁令牌，还有一缕白发。

李娴狠狠地咬了咬自己的下唇，剧烈的疼痛让她重新冷静下来，虽然恢复了之前的模样，身体却在轻微地颤抖着。

李娴"啪"的一下关上了盒子："怎么？齐王兄这是要反？"

饶是早有准备，经验老到的贾似道也被李娴这句话震慑到了，愣了半晌没有说话，后一个头磕在地上，按照主子的交代，复述道："殿下息怒，我家主子说了，他反与不反，决定权在殿下您的手里。"

"呵……齐王兄真是风趣，怎么，还是本宫逼他不成？"

"这……殿下息怒，主子请殿下赴楚地一聚。"

李娴紧紧地握着四方的锦盒，此时她早已心急如焚，若是说白发可以伪造，可这黑铁令牌又如何解释？再加上自己连日来的不安更让李娴心慌意乱，只是她千算万算，也没有算到一向谨慎的齐王居然会在尘埃落定后反水！

"本宫问你，驸马如何了？"

"这……"

"若不从实招来，本宫不仅不会到楚地去，还会将你千刀万剐，碎尸万段，你信不信？"

"殿下饶命，小人……驸马……"

李娴的一双凤眼死死地盯着贾似道。

贾似道此时已经满头是汗，这大长公主的气场的确不是一般人能够承受的，反正齐王殿下也没有交代他不准透露驸马的消息……

"回殿下！驸马……驸马……"

"快说！"

"是！我家殿下只是将驸马软禁，后来……后来，楚王殿下……趁我家殿下不备，对驸马用了刑，驸马……不堪其辱，撞墙自尽，后被我家殿下救下，经过名医……诊治，驸马现已无性命之忧，只是小人离开楚地的时候，驸马尚在昏迷……"

"嗡！"李娴只觉眼前一黑！

什么叫"不堪其辱"？

什么叫"昏迷不醒"？

楚王那个畜生到底对她的阿月做了什么？

李娴半天没有说出话来，过了好一会儿，才开口问道："你的意思，齐王联合了楚王？"

贾似道没想到李娴竟然如此精明，被吓得噤声不语。

"不说话，就是默认了。"

贾似道重重地给李娴磕了三个响头："殿下，我家主子有吩咐，只请您到楚地一聚，希望……希望殿下不要声张。"

李娴命人将贾似道关了起来,火速前往皇宫。

一个时辰后,李娴从皇宫中出来,李絑拨了五千禁卫军护送李娴,并且将影旗暂时还给了李娴,李娴带了在京城中的六位旗主及洛伊,绑了贾似道,火速前往楚地。

至于李娴、李絑姐弟二人究竟说了什么,没有第三个人知道。

在大战之前,楚地算得上是离国最为富庶的封地之一,从京城到楚地的官道上,商客、车队络绎不绝,如今这条路却格外地荒凉。

行人都不见一个。

四乘马车被车夫赶到最快,五千禁卫军骑着快马,将马车护在中间。

四天,就连夜晚,李娴也会命令车夫不停地赶车,队伍整整行进了四天四夜。

直到第五天一早,队伍终于进入楚地境内,李娴这才一声令下,命队伍原地休整。

这四天,李娴感觉是她这辈子最长的四天。

五千禁卫军护着四乘马车一路畅通无阻,来到了楚城之下。

城门大开,进了楚城,李娴推开车窗,城中的景象出乎李娴的意料!

李娴本以为楚王和齐王联手,已经歼灭了林挽月的黑甲军,可现实却并不是这样,城中随处可见黑甲军,剑拔弩张的气氛十分明显。

李娴有些困惑,走到这一步,她才恍然发现,似乎自始至终自己都没有料对过齐王。

最开始李娴以为齐王有鸿鹄大志,才带着絑儿示弱,后来相处一段日子后,又发现齐王确实无意大位。

当絑儿登上了大宝,李娴开始相信齐王只想做一代贤王的时候,齐王却突然反水!

当她千里迢迢赶到楚地时,看到的一切,又和她想的大相径庭!

马车未等进入楚王府,却被一股黑甲军拦住了去路。

"放肆,吃了豹子胆?竟敢拦大长公主的凤驾!"禁卫军立刻将这一小股黑甲军团团围住。

李娴听到了声音,示意洛伊打开马车门。

外面的黑甲军见果然是李娴亲临,立刻放下兵器单膝跪地:"参见大长公主殿下,小的有要事禀报。"

按照宫礼,李娴是不便见这些外臣的,特别是现下只有一驾马车可容人,但考虑到情况特殊,李娴对外面的禁卫军吩咐道:"让他们派一个代表,解下兵器到马车里来禀报。"

"是!"

片刻后,一位黑甲军进入马车,跪在李娴面前:"大长公主殿下息怒,小的适才见到殿下您推开车窗，想着可能是您，带着人冒死拦驾，望殿下恕罪！"

"本宫恕你无罪，说说吧，为何拦驾？"

"殿下，元帅自从入了这楚城，已经抱病不见任何人半个多月了，小人怀疑有变，前几日齐王殿下居然拿了黑铁令牌想代替大帅将黑甲军调出楚城，因为大帅已经半个月不曾出现，吾等集体抗命，这几日金甲军和我们黑甲军僵持着呢，我们见不到大帅，担心他的安危，也没敢和金甲军起正面冲突。"

李娴点了点头，困在心中的谜团也解开了："忠心可嘉，你叫什么名字？"

"小人不求褒奖，小人原是白锐达将军麾下士兵，幸得大帅舍命相救，不敢报名，只求大帅平安。"

"好，你先下去吧，本宫心中有数，黑铁令牌现在本宫的手上，本宫命你秘密集结部队，等候调遣。"

"是！"

难怪齐王会将黑铁令作为信物给了自己，原来是他调遣不动这支军队！

"进城。"

"小娴儿，此时进城恐怕是羊入虎口，不如将齐王约出来，让禁卫军和黑甲军保护着你。"

李娴果断地摇了摇头：若是请齐王出城，林挽月必定要留在城中做质，她日夜兼程，为的就是把林挽月救出来，如今哪怕是龙潭虎穴，她也要闯一闯！

她一定要将林挽月接回家，况且城中没了齐王坐镇，谁知道楚王会怎么对她？

马车一路畅通无阻进了城，夏侯无双亲自将李娴引到楚王府。

子、青言、余闲三人将李娴护在中心，旁边跟着背着药箱的洛伊。

正厅，齐王已经等在那里，茶水摆好，犹带余温。

齐王看到李娴，笑着说道："皇妹，你果然来了。"

李娴冷冷地看着齐王："她在哪儿？"

齐王一脸了然，示意身边的随从先带李娴去看林挽月。

"青言、余闲随本宫来，子等在这里。"

李娴一行四人随着齐王随从来到一处厢房。

"殿下，到了，驸马就在里面。"

"青言、余闲你们二人守在这里，没有本宫的命令不许任何人入内，洛伊你随本宫进来。"

"是。"

厢房的门被推开了，李娴甚至可以听到自己的心跳声，房间中很静，静得李娴心慌。

李娴强自镇定，一路向里，绕过屏风，终于看到了那个让她日夜忧心的人。

李娴突然停住了脚步，再不肯向前一步，脸色白得吓人。

"洛伊，你给她……看看。"李娴声音颤抖。

床上的林挽月头上缠着厚厚的绷带，穿着一袭干净的中衣，一动不动地躺在床上，脸上没有一丝表情，煞白的嘴唇紧闭，露在被子外面的十根手指每一根上都缠着绷带。

李娴的眼睛一刻也没有离开林挽月，她的身体不住地颤抖，就是固执地立在原地，不肯向前再迈一步。

洛伊知道李娴为何不敢上前，她坐到林挽月的床边，伸手一搭，说道："她还活着。"

听到洛伊的话，李娴险些瘫软。

她还活着！

也许只有李娴自己知道，刚才的她是多么害怕，她害怕当她来到林挽月的床边，触碰到的却是她冰凉的身体。

她怕她来晚了，没能带她回家！

她怕林挽月的一生太短，为国为民拼尽一生，却没享受过生活的美好便撒手人寰。

李娴来到林挽月的床边，泪水还是溢了出来。

往事一幕幕不住地在李娴的脑海里回现，这个为了边境百姓浴血沙场，为了天下太平又带兵出征的女子，无欲无求……却在功成名就后落得如此下场。

她，不该让她出征的，至少她是有借口说服帝王的。

可是她没有……

她为什么没有？她好恨！

李娴强忍着不让自己哭出声音，若是可以，她多么希望此时躺在床上的人，是自己。

另一边，洛伊已经将林挽月身上的绷带都拆了下来，看着林挽月的伤，就连一向不喜林挽月的洛伊，都皱起了眉头。

洛伊又掀起了林挽月的袖子，扒开了她的中衣，果然……入眼，满是鞭痕。

李娴当然也看到了林挽月的伤，她此刻恨不得立刻杀掉楚王、齐王！

李娴蹲了下去，伏在林挽月的床边，流着眼泪，看着林挽月却不敢伸手碰她，只能带着哭腔无助地问道："洛伊……还医得好阿月吗？"

洛伊轻叹一声，这样的林挽月的确令人唏嘘又揪心，她如实回道："你也看到了，她的十根手指的指甲被人拔掉，身上鞭痕不计其数……"

洛伊担忧地看了一眼李娴，继续说道："不过……这些都是皮外伤，指甲可以再长，伤口也可以愈合，虽然过程痛苦，但对于我来说，并不是难事，真正……严重的，是她头上的伤……从外部的瘀青来看，也撞了有些时日了，可是这瘀青都快散了，她头上却没有消肿！我判断是颅内有血块，在我小时候，曾经看过师父他老人家接过类似的病人，师父直接破开了那人的头颅，从里面取出了一块肉球，但，我学艺不精，根本……

不敢，也做不到！所以，这才是最难办的，不过齐王确实请了一个好大夫，若是换成庸医她早就死了！"

"哎……"洛伊从怀中掏出一方绢布，递给李娴。

李娴没有接，而是哀求地看着洛伊："洛伊，你有几成把握？"

"行针，用药，五成把握，最重要的还是她的求生信念。"

"救她！"

"我试一试吧。"

天元元年，十一月十五日。

叛乱谋逆的楚王被斩于楚城王府内，齐王在城巷混战时不慎被叛军的箭射中，重伤不治，以身殉国。

帝，体恤齐王之忠义，着齐王世子李恪继承父位，封地改迁至京畿富庶之地，改封晋阳王。

齐地内的二十万金甲卫被朝廷收编，戍边将军人选待定。

逝者如斯，新帝恩旨，楚王生母，已故的良妃，仍旧安葬在妃陵内，褫夺贵妃荫封，改为文妃。

楚王封地，府内财产一律充公，一干下人，男丁皆斩，妇孺刺面流放幽州郡。

因新帝感怀宗亲凋零，又因楚王同胞亲妹，二公主李嫣在楚王谋反前已经出阁，遂只褫夺公主身份，贬为浩山夫人。即日迁出京城，赐居烈帝陵旁的浩山府，非诏不得入京。

忠武侯，大长公主驸马林飞星，连日征战，沉疴复发，帝恩旨暂时在楚地养伤，痊愈回京领赏受封，并恩准大长公主赴楚地陪伴驸马。

天元元年，十月二十五日。

楚王府。

书房内，只有齐王与李娴二人。

"皇妹请放心，阿玹只是对林飞星用了重刑，绝无其他行径，这个愚兄可以以性命担保。"

"还要多谢齐王兄多方回护，还为她及时找了大夫。"

齐王看着一脸冰霜的李娴笑了笑："只是我没想到驸马竟是女子。"

李娴立刻眯起了眼睛，盯着齐王。

齐王脸上闪过一丝内疚，解释道："皇妹，你放心，自你入城后，除了我和阿玹，知晓驸马身份的人已经全部处置妥当，我并无恶意，只不过林飞星在我心中，算得上是一位英雄，没想到竟是一位巾帼英雄，故此感慨罢了。"

李娴的表情稍稍柔和了下来，沉吟片刻，开口问道：“齐王兄，我不明白。”

齐王笑了起来：“罢了，为了让你彻底放心，我便也告诉你一个秘密，我并非父皇亲子，个中细节我不便与你多言，所以我自幼便能置身事外看着你们，也不知你还有没有记忆……从前的我和楚王可是很要好的兄弟。”

李娴惊愕得说不出话来，齐王继续说道：“我告诉你这么多，只是想请你，放过我和阿玹。妹，本是同根生，相煎何太急。这些话此时的陛下或许听不进去，但我相信他会明白的。可人一旦死了，后悔也无用了。太子孱弱，藩王强盛，我早就预料到了今日的局面，这么多年来我一直试图阻止你们兄弟阋墙，暗中斡旋，可惜还是输了。紝儿已经登上大宝，楚王即便有错，从今往后也翻不出什么浪花了，我知道朝廷留不住他，我可以带他离开，父皇虽然不是我的生父，但我感念他对我的抚育之情，以及对我母妃的善待，我不想在他尸骨未寒之时，便子嗣凋零。这么多年，除了这件事，我从未害过你们姐弟，母妃是我亲娘，恪儿是我亲子，我把他们都留在京城，陛下可以安心，齐地的兵权我也可以交上去，从此天下再无齐王。

“妹，你还记不记得？你七岁那年把纸鸢挂到了树上，差点儿急哭了，是楚王踩着小太监的背爬到树顶给你摘下来的？他为此还摔了一跤，你还记不记得？小时候，我、楚王、雍王都曾抱过你和紝儿的，若是不生在帝王家，该有多好啊……

“妹，愚兄再叫你一声妹，虽然你我非一母同胞，但诸多兄弟姐妹中，我一直最欣赏你，只可惜你不是男儿，不然也不会落得皇室凋零的地步，临行前，大哥最后送给你一句话，妹，你可知这十万黑甲军已经到了‘不奉黑铁令，只尊林飞星’的地步了？这并不是一件好事情，你要早做打算，最是无情帝王家，你不要明白得太晚……”

荒芜的小路上，渺无人烟，一位身着布衣的男子骑着一匹骏马，身后跟着一位同骑着马的仆人。

在二人的马后，有一辆宽敞的马车由精壮的马夫赶着，马车朴实无华，但拉车的两匹马，额头隆起，眼睛明亮、体壮膘肥、四蹄宽阔、足下生风，步履稳健！

竟是两匹千里宝马……

突然，藏蓝色的车帘被掀开，内探出一小童，伸着脖子喊道：“大爷，二爷醒过来了！”

布衣男子听到喊声，勒住缰绳，潇洒地跳下马背，纵身跳到了马车上。

小童见“大爷”入了车厢，钻出马车，坐到车夫边上去了。

马车内，一名男子半躺着，脸色苍白，右脸上还有一道明显的鞭痕，赤着上身，即使缠满了绷带，也可以看到清晰的肌肉轮廓。

男子披头散发，浑身透着疲软之态，但一双眼睛闪烁着锐利的光芒，那是仇恨与愤怒的神色。

看到"大爷"，男子更是激动，只可惜身子无力，勉强将缠着绷带的拳头砸在案上，也是软绵绵的。

"大爷"对着男子笑了笑，随意地坐在他的对面，丝毫不惧受伤男子那杀人般的目光。

"二弟醒了。"

这受伤男子竟是已经"死"在楚城的楚王李玹。

这位"大爷"便是齐王。

"呜呜呜……"李玹怒吼着，可是舌头仿佛不听使唤，只能发出呜咽的声音，那一腔怒意却很明显。

李瑱为自己倒了一杯水，一口饮下方开口说道："玹儿别白费气力了，我给你服了软骨散。一来，可以让你感受不到周身痛楚；二来，我怕你跑了。"

李玹虚弱地靠在马车上，狠狠地盯着李瑱，不再说话了。

李瑱悠悠道："'煮豆燃豆萁，豆在釜中泣。本是同根生，相煎何太急？'为了一个皇位……值得吗？如今天下再无楚王、齐王，你也休想再做什么生灵涂炭的事情了。"

如今一切已经尘埃落定，李瑱回忆起当日最后发生的一切，才恍然发现自己错了。李娴那股子玉石俱焚的气魄，恐怕他这一生都不会忘记！

"齐王兄，我再叫你一声兄长，我可以答应你的提议，放你们离开，但在走之前，恐怕我有一笔账要先和楚王算上一算！"

李瑱收起了脸上的笑意，盯着李娴，一字一句地说道："妹子，你可知早在你出京之时，我已经秘密将齐地境内剩下的十万金甲军调了过来？如今这楚城已经被层层包围，你手上虽然有黑铁令，就算北境军士再怎么勇猛，群龙无首，你认为凭那几万人，可以杀退由无双亲率的十六万金甲军？"

却不想李娴径直向前逼近一步，抬头盯着李瑱的眼睛回道："兄长，我也不妨告诉你，这次出京，我就没打算活着回去，一切身后事我已经和絍儿交代清楚，这次讨贼，朝廷并未出动一兵一卒，絍儿的手中还握着八十万大军！十日内，絍儿没有收到我的暗号，天子之师朝发夕至！踏平整座楚城！包括你的齐地，还有你的母亲贤太妃，你的儿子李恪，以及被你抛弃的王妃，都要为你陪葬！"

"妹……愚兄这些话，白说了？"

"齐王兄，我可以留他一命，但'死罪可免，活罪难逃'的道理难道你不懂？若是他全身而退，那些因为这场战事枉死的将士，如何瞑目？还有从懂事起就浴血奋战在边境，为国为民，无欲无求的林挽月又何其无辜？我知道你十万金甲军不容小觑，在此之前，我要拉上你和李玹陪葬！就算十六万大军护着你们逃出生天，我已交代下去，我死以后，十二影旗定会取你二人头颅！今生今世，不论你们逃到天涯海角，哪怕是坐上了那帝位，也定杀你二人，若不幸，没能手刃你们，让你们安度了残生，最后我也会让人找到你二人的坟地，将你二人挫骨扬灰！"

最终让步的人是齐王。

行刑那天，李瑱万没想到，李娴竟然亲自动手，抽完了一顿鞭子，还亲手拔掉了李玹的指甲。

当李玹最后一根指甲被拔掉后，李娴向后倒去，被身后的洛伊一把抱住，竟然是脱力导致了昏厥……

便，如此吧。

马车里，齐王说道："阿玹，再行两日，我们便进了草原，多年前我已秘密联系到匈奴人五部中的一部，给了他大量的银钱，从他手中买下了一块肥沃的草场，那边已经安置了我最后的两万人马，我想我们以后便在这草原上安身立命吧，以后这世上没有楚王，也没有齐王了。等我们安顿好，我便会修书给无双，他会交出齐地兵符，陛下便会宣告你我的死讯。"

李瑱看了李玹一眼，低声说道："你好好养着，我不再来打扰你了，你若想要我的命，等你伤好了，凭本事来拿便是。"

李瑱钻出了马车，仍旧骑马，一主一仆加上一辆宽敞马车朝着天边悠然地行进。

诏书已下，失落的半块虎符、齐地的兵符，尽归天子所有。

托齐王的福，楚城虽然被破，但基本建制完好。

黑甲军出发，返回北境。金甲军由夏侯无双暂时带着，进京面圣，再做安排。

五千禁卫军留在了楚地，保护大长公主的安全。

风波终于平息，天下再次回归平静。

可为了这个天下付出一切的林挽月却安静地睡在楚城的厢房内，至今没有醒来。

洛伊每日为林挽月煎药、行针，甚至霸占了李玹的书房，命人从药王谷搬来了大量的医书，除了给林挽月诊治以外，几乎都待在书房里。

洛伊毕竟是新一代的药王，林挽月的外伤虽重，但在她的精心救治下，伤情已经得到了控制，伤口在缓慢地愈合。

林挽月的伤势稳定后，李娴便接下了为林挽月换药的工作，如今洛伊只需要每日为林挽月行一次针，检查林挽月受伤的头，其他的事情全部由李娴来做。

床上的林挽月安静地躺着，呼吸平稳，不着一缕。

李娴坐在林挽月的床边，细心地为林挽月上好药膏后，又在伤口外面小心翼翼地抹上一层冰肌玉骨膏，洛伊说两种药膏的药性并不相冲，可以共用。

上好了药膏后，李娴又拆掉了林挽月十指上的绷带，依旧细心地抹好药膏，然后利落地缠上干净的绷带。她的动作很熟练，不知道已经做过多少次。

李娴安静地坐在林挽月的身旁，直到林挽月身上的药膏已经干透，才拽过薄被，小心翼翼地盖在林挽月的身上。

"阿月……

"阿月，你是不是累了？你睡了好久了，你起来好不好？

"阿月，对不起，明明约定好了我们扶持相守的，我没有保护好你，若是我当初自私一点儿，将你留在京城，便不会成了今日这样，你会不会怪我？"

日子一天天过去，林挽月身上的伤口已经结痂，指甲也慢慢地长了出来。

可是，由于林挽月带着必死之心使出全力的这一撞，导致了她头上的伤情极重，沉睡了这么多日子，毫无苏醒的迹象。

李娴怕林挽月睡得太久身体出问题，便每日都会来给林挽月按揉身体。

李絟派了几批御医过来，都被李娴打发了回去，这天下，若是连洛伊都治不好林挽月，那么别人来了也是于事无补。

如今天气已经转凉，再过一阵子楚地怕是也要下雪了。

房间中摆了四个红彤彤的火盆，映红了林挽月半边脸庞。

这样的林挽月，就和睡着了别无二致。

"阿月，即使你从来不说，我也知道你累了，曾经你本意只是为了报仇，而这仇早就结了！是我，一直把大义强加给你，才会让你走到今天这样的地步，阿月，我知道，在你的心中根本就不在乎什么功名利禄，什么荣华富贵，你之所以还守在北境，就是因为当初我对你说你有力量保护那里的百姓，不再让百姓重蹈你的覆辙，你真傻。"

直到楚城下了第一场雪，洛伊终于出关。

整个人瘦了一圈，但眼中却闪着自信的光芒。

洛伊这些日子命人从药王谷运来了大量的医书，当她沉下心来好好去看这些书的时候，才发现这么多年她医术早已荒废。

可笑的是她还自命不凡，药王谷中几乎藏尽天下医书，历代老药王的行医手札更是无比珍贵。可是，十六岁的洛伊自认为得到了老药王的真传，就再也没看过这些书，后来师父留下药王令失踪，她不但没有继承师父的遗志，反而选择了浪迹天涯，放弃了继续钻研医术，以至于现在她才后知后觉自己的医术还不及十六岁的自己。

如今借着这个机会，洛伊好好恶补了一番医术，并且找到了上一代药王的行医手札，她翻出了当年那次让她极为震撼的开颅救人那一篇内容。

她发现老药王事后在下面又留下长达几页的心得。原来，当年的老药王其实一共有两种救治办法，一种是传统的以特殊的手法将银针刺入颅内，辅佐汤药医治的方法，但这种方法极为复杂；另外一种方法是破开病人的头颅直接将根源取出。

老药王选择了第二种，过了几年，在手札中进行了深刻的反省，认为自己不应该冒进，因为老药王其实并没有十足的把握，作为医者，不应该怕麻烦就不珍视病患的生命。

于是，几年后，老药王在这篇手札后面补了一份非常详尽的以银针药物治疗这类病人的方法。

洛伊正是看到了这份手札，结合其他医书上的理论，为林挽月制定了一套有十足把握的治疗方案。

卧房内水汽氤氲，让屋内的陈设都蒙上了一丝朦胧。

林挽月坐在一个特殊大木桶内，木桶中并没有水，却不断地冒出带着浓浓药材气味的白烟，将林挽月包裹其中。

在林挽月的身上扎满了密密麻麻的银针。

洛伊挽着袖子，额头上尽是大颗的汗珠，手中拿着一根三寸长泛着白光的银针。

"小娴儿，这一针下去，她要是死了，怎么办？"

据《离国通年志》记载：

林飞星，元鼎十二年生，大泽郡婵娟村人氏，元鼎二十六年，匈奴人来犯，屠村，星只身百里外，投身李沐大元帅帐下，为一步卒。

元鼎二十八年，星开二石弓，破格擢升飞羽营营长。

同年，帝赐千户。

元鼎二十九年初，拜授先锋郎将，加封食邑百户。

元鼎二十九年八月，擢升神将军。

元鼎三十一年上元节迎娶长公主李娴。

同年，领四品卫将军。

同年十月二十日，升正三品骠骑将军，统领西北军务，掌管北境帅印，又称阳关飞将！

元鼎三十三年五月二十六日，林飞星护国有功，拜正一品忠武侯，邑九千户，世袭罔替，加封天下兵马大元帅，赐字飞将，仍旧统领北境军务。

天元元年七月二十日，林飞星拜讨贼大元帅，率二十万大军讨伐楚王，时年二十一。

天元二年四月二十九日，于生辰当日病逝于楚城，享年二十二岁。

大长公主哀伤过度，于同年带发出家，帝苦留不住，遂在一方宝地为大长公主修建感业寺。

帝感慨林家忠烈，特降恩典，将林飞星遗孤慧郡主林白水封为慧公主，领三千户。

天元二年九月。

一富贵商客路过大泽郡，不知什么原因，这位商客竟然留在大泽郡不愿离开，还带来了惊人的祖产！

这位商客也真是一位奇人，大泽郡下乡城无数，他竟单单选了婵娟村！

不顾婵娟村是鬼村的事实，将府邸修在了婵娟村内，每逢有人好心劝他，他总是一笑了之。

再后来，这位富豪又出惊人之举，竟散了半数家财，修缮婵娟村。

几年后，"鬼村"早已不再是当年惨状，陆陆续续有人开始搬过来，在婵娟村落户。村民非常爱戴这位商客，联名举荐他成为婵娟村的村长。

婵娟村在这位村长的带领下，路不拾遗，夜不闭户，村民友爱，一派祥和。

据说，这位商客的夫人，有倾国倾城之貌，闭月羞花之姿。而且这位夫人不仅容貌极美，更是才华满腹，已经成为村长的富商忙于田里，怕自己夫人寂寞，便在自家成立了免费的私塾，让夫人教导村里的孩子们。

这位村长为人和善，年龄也不大，村里的后生们见了总会亲切地喊一声阿岳哥。

至于"阿岳"的夫人，村民们只知道夫人小字娴儿。

后来，"阿岳"村长有一次不小心叫出了夫人的姓氏，村民们才知道夫人原来姓"宫"。

又因为这位夫人是村中唯一的教书先生，虽是女子，在村中的威望依然极高，受了夫人恩惠的人家，见到这位夫人，都要尊称一句"宫先生"。

"阿岳"村长和"宫先生"极为恩爱，据说二人孕有一女，在外求学，当年夫人产女伤了身子，"阿岳"村长丝毫不在乎家中没有男丁，与夫人琴瑟和谐，守望终老。

番外 后来·某年

且说，天元二年九月。

一富贵商客路过大泽郡，散尽半壁家财竟在婵娟村这个"鬼村"落户，经过五年的发展婵娟村已不再是昔年模样，此时匈奴人某强大部落与朝廷签订了互不侵犯的条约，边境一派太平，不少人听说了大泽郡下婵娟村被建成了一处桃源般的村庄，便带着妻儿老小迁居此地。

从一位叫"阿岳"的村长手上领到了全新的房屋，还有属于自己的田地，外来的百姓们开开心心地在婵娟村定居下来。

随着迁来的百姓越来越多，婵娟村先后扩建过两次，百姓们出力，阿岳村长出钱，大家一派祥和，村子欣欣向荣。

这位阿岳村长有一位容貌倾城的夫人，听说闺名好像是叫"娴儿"，姓宫。

因为这位夫人是村子里最早的教书先生，大家都尊敬地称呼她为"宫先生"。

婵娟村适龄的孩子们都可以去私塾上课，孩子们都很喜欢这位宫先生，据说这天下事似乎就没有这位宫先生不知道的，她更是精通琴棋书画，性子亦是极温婉的，从不会体罚学生，而且这位宫先生好像有什么神奇的地方，不论多么调皮的学生，到了宫先生的课上都会变得很乖巧。

一日，私塾里传出朗朗读书声，宫先生看到窗外站着一位妇人，便从后门出来，询问道："妹子，可是来找自家孩子的？"

那小娘子的脸莫名羞红，局促起来，支吾半晌，摇了摇头。

宫先生的眼中滑过一丝疑惑，不过她是何其冰雪聪明的人物，看着面前的女子虽然梳着已婚女子的发髻，却很年轻，又见她不时抬头望向里面，便明白过来。

宫先生微微一笑，并不点破，走到里面搬了个凳子出来："坐一会儿吧。"

"谢谢，宫先生。"女子喏喏地行了一礼，之后便一直坐在外面。

宫先生下课回到家中，热乎饭菜已经摆在桌上，阿岳村长端着一盆汤，笑着走进堂屋："开饭了，娴儿。"

宫先生微笑注视着阿岳村长，说道："这阵子又迁进来不少人家，你的事情忙，做饭这种小事不如让余闲和小十一来做，或者青言来便是了，何必亲力亲为？"

"咱们隐居于此，我不再是世袭罔替的忠武侯，你也不再是大长公主，平常百姓的生活不就是这样吗？即便再忙也要自给自足，况且青言和子大哥的孩子正是需要人照顾的时候，余闲和小十一在村子里也有职务，不比我清闲多少，何必麻烦人家？"

"好吧，就是辛苦你了。"宫先生，不……李娴笑道。

原来当年李娴在听完齐王那番话后，突然对朝堂生活生出莫名的厌倦，一想到紝儿才刚登基便对忠心耿耿的林挽月心生猜忌，李娴便疲惫至极。在平定了楚王的叛乱后，索性借着林飞星的假死遁出朝堂，二人按照当年的约定，对外夫妻相称，对内以姐妹的身份相互扶持，先是到各地游玩了一阵子，最后在林挽月的建议下回到了婵娟村。

这里远离朝廷，离边境不远，又是林挽月的故乡，身为大长公主的李娴虽然遁走，但万户的食邑依旧在，他们用这笔钱重建了婵娟村，刚开始的生活苦了一点儿，如今却是越来越好了。

婵娟村民风淳朴，村民们朴素善良，都很简单，给自幼生活在尔虞我诈中的李娴提供了别样的体验，她很喜欢。

她很喜欢这种不用揣摩别人用意的日子，很喜欢这种不用事事都要深思熟虑生怕出错的日子，很喜欢这种人与人之间只存在最简单情感的地方。

偶尔，李娴也会在余闲和小十一的陪伴下，回京城看看，回府邸小住几日，看着年轻的帝王将国家治理得井井有条，李娴是欣慰的。

对林挽月而言，通过对婵娟村的重建，她也逐渐走出了战争给她留下的阴霾，双鬓的白发已经消失，身体似乎也比从前好了许多，每日挽起裤腿和村民们一起开荒种田，还要出面调解一下邻里矛盾，坐镇村中的红白喜事，偶尔还给新生儿取个名字之类的，当年主持西北军务的大将军如今做起了村长的活计，林挽月反而觉得生活更有滋味了。

林挽月夹了一只鸡腿给李娴，说道："昨儿赶集，我托青言姐姐帮我买了十几只鸡，养在余闲和小十一的院子里了，下了蛋一人一半，偶尔还能吃到鸡肉，你每日教书辛苦了，补一补。"

李娴夹起另一只鸡腿放到了林挽月的碗中，笑道："阿月村长更辛苦，咱们村子的安居乐业就靠你操持了，也补一补吧。"

　　二人相视一笑，各自咬了一口鸡腿，林挽月问道："私塾里怎么样？孩子们都还乖巧吧？有没有调皮捣蛋的？"

　　"嗯，我的课上他们自然是乖巧的，别的先生那边明日我再问问。对了……"突然，李娴的脑海中闪过今日那位在私塾外偷听的妇人来。

　　"怎么了？"

　　"今日……"

　　李娴便将今日的事情和林挽月说了，后者听完沉吟须臾，说道："求知是好事，下次她再去，你不如就让她进去听吧？"

　　对此，李娴却提出了不同的看法，她说："就算我让她进去，她也不会进去的，而且我猜，即便是在外面听课，她也不会每日都去的。"

　　"这是为何？"

　　李娴无奈地看了林挽月一眼，回道："我说你这个村长啊，除了村中这些看得见的东西之外，是不是也该抽空操心一下看不见的东西了？"

　　"看不见的东西？"

　　李娴抬手指了指自己的心口，说道："这儿！"

　　"哦……"

　　夜里，林挽月失眠了。

　　她大概知道李娴所说的看不见的东西是什么，当年带兵那会儿，操练固然重要，军队的士气也不容忽视，只是对平常百姓而言，他们的士气是什么呢？

　　林挽月想了一宿也没有理清思路，无奈只好第二日瞪着一双带血丝的眼睛请教李娴，后者见状颇有些哭笑不得：这人竟想了一夜吗？

　　"娴儿……你说的看不见的东西，到底是什么呢？带兵打仗的时候我懂，可平常百姓又不需要士气，也不用同仇敌忾，我到底该怎么管呢？"

　　李娴沉默片刻，耐心地解释道："你可知为何，就算我允许那妇人进去，她也不会进去听课吗？"

　　林挽月摇了摇头。

　　"因为她怕那些孩子笑话她，而且你有没有发现，婵娟村虽然民风淳朴，但这里百姓更加传统，'男主外，女主内'的思想根深蒂固，男子耕田打猎，挑水劈柴，女子则主持一些零散的活计，分工明确，但大多数女子都过着'大门不出二门不迈'的生活，平日里除非给家人送饭，出门洗衣，女子都很少出门。"

　　"被你这么一提醒，还真是……"林挽月恍然大悟。

"阿月，你我皆是女子，陪在咱们身边忠心耿耿的余闲、小十一和青言也是女子，你曾经还是手握天下半数兵马的大元帅、守护边境的阳关飞将，名垂青史的人物，你难道也认可女子无才便是德吗？"

"不不，我绝不是……我明白了。"

"阿月，我想再成立一间女子私塾，不论老幼，只要是对学识有渴望的女子，都能来学。我们可以商定一个时辰，一个不影响她们做饭、洗衣、做家务的时辰。"

"好，这件事我来办！"

林挽月苦思冥想了三天，她知道即便不收学费，要办一个女子私塾也绝非易事，总有不开明、不开化的村民不允许自家女眷"浪费光阴"在读书上，而林挽月向来不是一个靠身份压着旁人做事的村长。

功夫不负有心人，经过三日的思考，林挽月总算是想到了一个合理的切入点。

她叫来了里正，李娴把村子里的当家人都集中起来，就女子私塾的问题开了一场大会。

刚提出这个设想的时候，台下哄堂大笑，村民们倒是没有恶意，只是觉得女子又不能考取功名，而且大都嫁为人妇，只要做好分内的事情好好过日子便是了，有什么必要上私塾呢？

林挽月的脸上带着和善的笑意，等大家都笑好了，安静了，才抛出一个问题："乡亲们，你们觉得什么是'贤妻良母'？牛二啊，我看你乐得挺欢，你来说说。"

牛二嘻嘻哈哈地站了起来，回道："照顾好孩子和当家的，回家能吃上热乎饭，把家里收拾得干干净净，孝敬父母，能缝补好破了的衣裳的人，就是贤妻良母。"

牛二的回答引来一片认同，还有几人补充了几点，场内再次安静了。

"还有吗？还有要说的吗？"林挽月问。

"没有了！"

林挽月转头看了李娴一眼，对上后者信任的目光，林挽月深吸一口气，唤道："牛二，来，你前阵子当爹了，生了个大胖小子，恭喜。"

"嘿嘿，谢谢村长。"

"那我问你，你想让你儿子当大官不？以后考个功名，接你们到京城生活？"

"那，那当然了！"

"那等到七八年后，你儿子问你'上兵伐谋，其次伐交，其次伐兵，其下攻城'何解？你如何作答？"

牛二当场语塞，憋了半天，冒出一句："问先生去！"

在一片笑声中，林挽月转向李娴，问道："夫人，若我们的女儿如此问你，你当如何作答？"

李娴微微领首，柔声道："所谓上兵伐谋，其次伐交，其次伐兵，其下攻城者，说的是上等的用兵之道是凭借谋略取胜，其次是用外交手段取胜，再其次是用武力手段击败敌人，而最下策才是攻打敌人的城池。正所谓不战而屈人之兵，才是兵家的上上法宝。"

李娴说完，场内安静极了，林挽月自豪地说道："这，才是我心目中的贤妻良母。妻，是明媒正娶抬进门来与你共度一生的女子，不是用人，不是老妈子，更不是丫鬟。牛二刚刚说的那些，什么做饭、洗衣、缝补，除了孝敬父母外，在大户人家里，这些都是下人们应该做的事情。

"洗衣有洗衣的婢女，做饭有做饭的庖丁，缝补有缝补的婆子。而贤妻良母，是家中的定海神针，是一家主母，是维持内宅安宁，张罗家中大小事宜，能给子女提供言传身教的榜样，能为你撑起半边宅邸的女主人！是与你生同衾，死同穴，共同被后代祭祀，相伴一生的那个人啊！

"咱们贫苦人家，请不起什么用人、老妈子，妻子便顶替起了这些活计，为了这个家能越来越好，这是她们的奉献和付出，不是天职。你们出去种田打猎是付出，家中的妻子们同样也在为了这个家付出。我们要心存敬意和感激，你们平日里陪孩子多，还是你们的妻子陪孩子时辰多？

"若是你们的妻子个个目不识丁，孩子一问三不知，事事都要问先生，先生岂不是累死了？成立女子私塾，不仅仅是对咱们村里所有女子的尊重，也是为了咱们孩子着想，娘亲和孩子一起学习，难道不好吗？行了，都回去好好想想吧，女子私塾的地基我已经选好了，建好了就开课，哪怕有一个人来，我也开课。到时候人家的母亲可以教导自家孩子，你家的却不行，可别怪我。"

村民们散了。

李娴走上前来，挽住林挽月的胳膊，由衷地赞叹道："阿月，你做得很好。"

三个月后，女子私塾开课了，刚开始的时候只有几个学生，不过十日后，屋里便坐满了人，朗朗的读书声十分悦耳。

又过了一年，村子里的气氛越来越好，邻里间的矛盾锐减。

林挽月和李娴无比欣慰，婵娟村的日子，会越来越好。

【全文完】